假 如 镜 子
Tr--·ck M--·rror
Reflections on Self-Delusion

流行文化与女性身份的迷思

欺 骗 了 我

[美]
贾·托伦蒂诺
Jia Tolentino
著

薛玮
译

中信出版集团 | 北京

图书在版编目（CIP）数据

假如镜子欺骗了我 /（美）贾·托伦蒂诺著；薛玮译. -- 北京：中信出版社，2025.8. -- ISBN 978-7-5217-7707-9

I. I712.65

中国国家版本馆 CIP 数据核字第 2025Z9C579 号

Trick Mirror: Reflections on Self-Delusion by Jia Tolentino
Copyright © 2019 by Jia Tolentino.
Published by arrangement with The Williams Company, through The Grayhawk Agency Ltd.
Simplified Chinese translation copyright © 2025 by CITIC Press Corporation
ALL RIGHTS RESERVED
本书仅限中国大陆地区发行销售

假如镜子欺骗了我
著者： ［美］贾·托伦蒂诺
译者： 薛玮
出版发行：中信出版集团股份有限公司
（北京市朝阳区东三环北路 27 号嘉铭中心　邮编　100020）
承印者： 河北鹏润印刷有限公司

开本：880mm×1230mm 1/32　　印张：12.5　　字数：236 千字
版次：2025 年 8 月第 1 版　　　　　印次：2025 年 8 月第 1 次印刷
京权图字：01-2025-2100　　　　　　书号：ISBN 978-7-5217-7707-9
定价：59.80 元

版权所有·侵权必究
如有印刷、装订问题，本公司负责调换。
服务热线：400-600-8099
投稿邮箱：author@citicpub.com

目录

引言　　　　　　　　　　I

网络中的"我"　　　　　001
真人秀中的"我"　　　　043
时刻最优化　　　　　　081
纯真女主人公　　　　　123
迷醉　　　　　　　　　169
一代人，七个骗局　　　201
我们来自老弗吉尼亚　　251
难搞的女性　　　　　　301
我恐婚　　　　　　　　341

致谢　　　　　　　　　379
参考阅读　　　　　　　383

引言

我创作本书的时间是从 2017 年春到 2018 年秋。在这段时间里，美国的身份、文化、技术、政治和相关的言论似乎聚合成了一颗将要爆发的超新星。冲突不断升级，我们每一日都像身处一部停运的电梯里，或是一场永不停歇的博览会中。很多人常常会冒出这样的念头："一切都太糟了，糟得不能更糟。"当然，之后我们自会发现：一切总能变得更糟。

在这段时间里，就连自己心中浮现的任何人或事，我都几乎无法相信。一种始终在我脑海深处萦绕的疑虑愈演愈烈：无论我对自己、对自己的生活、对自己所处的环境得出什么结论，这些结论都有可能大错特错，也可能对得不能再对。我很难准确地形容这种疑虑，部分是因为我通常通过写作来消除疑虑。一旦对某件事感到困惑，我就会把它写下来，直到我变成字里行间的那个人：一个看似值得信赖、思路清晰、直觉敏锐的人。

正是这种习惯，或者说强迫行为，让我怀疑自己在自欺欺人。如果我真如字里行间那般冷静，为什么我总得煞费苦心地编织出一个叙事，才能让脑子冷静下来呢？我一直是这么对自己说的：写这本书的初衷一方面是因为美国大选的结果让我十分困惑，而依我的性情，我受不了困惑；另一方面也是因为写作是我消除矛盾的唯一方法。我对这套说辞深信不疑，尽管我也能看清它的反面——我写这本书是因为我永远觉得困惑，永远半信半疑，又被一切诱导我远离真相的机制所吸引。写作要么能帮我摆脱自我幻想，要么会让我萌生更多的自我幻想。任何一种精心编排、结论明确的叙事通常都很可疑，无论它说某某"不喜欢装"，还是说"美国必须再次强大"，抑或说"美国已经很强大"。

书中的文章与公共想象有关，它们影响了我对自己、对国家以及对这个时代的理解。第一篇讲的是互联网。有一篇是关于"最优化"概念，以及作为晚期资本主义拜物教服饰风的运动休闲服饰的流行；在这篇文章中，我还谈到了一种受众面越来越广的观点，即女性应不断提高其身体的变现能力。除此之外，书中还讨论了"诈骗"如何成了千禧一代的精神风貌。有一篇讲到文学作品中的女主人公从勇敢的女孩到抑郁的少女再到痛苦愤懑的成年女性（也许已人间蒸发）的历程。另有一篇讲述的是我青少年时期参加真人秀节目的经历。我还探讨了我的母校弗吉尼亚大学的性别、种族和权力状况，我在这一篇讲述了几件看似令人信服的真人真事，让大家看到这些故事造成的严重却又不为人知的后果。最后两篇分析了女性主义者对"难搞的女性"的痴迷，以及我二十几岁时因为参加了很多场婚礼（我真感觉自己仿佛喝了几千场喜酒）而缓慢滋生出的疯狂念头。这些文章本是我借以认识自我的多棱镜，而在本书中，我试图消解它们的折射效果。我想看到镜子里的自己。也有可能，我最终只是画了一幅繁复的壁画。

那也未尝是件坏事。在过去的几年里，我学会了克制住自己想要下结论的冲动，学会了去假设没有什么是一成不变的，学会了唯一正确的就是我得不断地重新审视，并希望在时间的长河中，细微的真相能随之涌现。写本书时，有个陌生人在推特（Twitter）上摘录了我在2015年给杂志《耶洗别》（*Jezebel*）写的一篇文章，重点提到了一句话，这句话说的是女性似乎总想从女性主义网站上寻得"一面骗人的镜子，既能让女性产生自己完美无缺的错觉，又能让女性自我鞭挞，不断挑自己的毛病"。在构思书名[1]时我不记得自己写过那句话了，而在写那篇文章时，我也尚未意识到，这句话解释的是一些更私人的感受。现在我开始意识到，从小到大，我都在给自己留下一串线索。我其实并不总是知道，在往前走的过程中前方等待我的是什么，但这并不重要。我告诉自己：哪怕要花很多年的时间才能弄清楚真相，仅仅试着看清楚，一切付出都是值得的。

---

[1] 本书的英文书名是"Trick Mirror"，意为"骗人的镜子"或"变形镜"。（本书页下注均为译者注，后文不再说明。）

网络中的「我」

起初，互联网似乎很好。"第一次在爸爸办公室上网，我就迷上了网络，我觉得它是天底下最最酷的东西。"10岁的我在 Angelfire[1] 的网站页面写下了这么一句话，页面标题是"贾染上网瘾的故事"（"The Story of How Jia Got Her Web Addiction"），在填充成奇丑无比的紫罗兰色的文本框里，我接着写道：

> 但那会儿我才上三年级，上网无非就是看看豆豆娃。当时家里只有台又破又老土的电脑，但没网，就连拨号上网也是遥不可及的梦。1999年放春假时，家里买了台顶级配置的新电脑，当然，买来时电脑里已经装好了免费软件。这下我终于能在家上网了，终于能在网上创建个人档案，能跟人聊天，能发即时信息。我被互联网强大的功能所折服!!

---

[1] 一家早期的互联网服务公司，成立于1996年。用户可以通过 Angelfire 创建和托管个人网站。

接着，我写道，我发现了个人网页这么个新玩意儿。（"我简直惊呆了！"）我学会了用 HTML 和"一些操作 JavaScript 的小窍门"。我在初学者源码网站 Expage 上建了自己的网页，最开始采用了各种柔和的颜色，后来换成了"星空主题"。再后来空间不够了，于是我"决定把内容搬到 Angelfire 网站上。真厉害！"我还学会了制图。"而这一切都发生在短短四个月之内。"一个 10 岁的小网民居然进步如此神速。最近，我又访问了那些曾经给了我灵感的网站，才发现当时"我是有多蠢，竟然会觉得这些玩意儿厉害"。

我压根儿不记得 20 年前的自己曾漫不经心地写下这篇文章，还在 Angelfire 网站上建了个人主页，这都是我在"考古"自己早期的网络踪迹时发现的。那主页现在已经风化得只剩下骨架了：点开登录页面，你会看到"最最棒"三个字，配了电视剧《恋爱时代》（Dawson's Creek）中的角色安迪的一张加了黄褐色滤镜的照片，还插入了一个早已失效的链接，但那会儿点开链接就可以跳转到名为"冻土"的网站，据说这个网站"更棒！"。我还建了个页面，专门展示一只名叫苏茜的眼睛眨个不停的老鼠的动图；还有"超酷歌词页面"，页面上会滚动出现歌词，有破嘴合唱团（Smash Mouth）的《全明星》（"All Star"）、仙妮亚·唐恩（Shania Twain）的《天！我想我是个女人！》（"Man! I Feel Like a Woman!"）和 Sporty Thievz 乐队为讽刺 TLC

组合推出的歌曲《无鸽》("No Pigeons")。在"常见问题"页面——是的，确实有这么个页面——我写道，由于"反响太过热烈"，我只能关闭了定制卡通形象的版块。

爸妈购置新电脑是在 1999 年，之后短短的几个月里，我就在 Angelfire 创建了个人网站，还用了起来。在那蠢极了的"常见问题"页面上清清楚楚地写着，该网站创建于 6 月。在"日志"页面上我还郑重其事地宣布，"虽然我不会深入探讨自己的想法，但我会如实记录自己的生活"。可上面的日志都是 10 月往后的，其中有篇是这么开头的："外面热死了，我连脑袋被橡子砸了多少次都数不清了，也许是太累了。"我还在日志中写下："要疯了！上网真让人上瘾！"——我可真是有先见之明。

那是 1999 年，那会儿成天泡在网上的感觉跟现在可不一样。不仅是 10 岁孩子，每个人都是这么觉得的：那是属于电影《电子情书》(You've Got Mail)的年代，那时你在网上能碰到的最倒霉的事莫过于爱上生意对手。在整个八九十年代，大家都特别喜欢泡那种开放式的公共论坛，他人的兴趣和知识就像一处处水洼或者一朵朵花朵，你像蝴蝶一样被它们吸引。像新闻组（Usenet）这样由民间自发建立的论坛鼓励网友们探讨太空探索、气象学、烹饪、小众唱片等话题，气氛热烈又不失文明。那时的网友会提建议、答问题、交朋友，大家都很想知道互联网这个新生事物未来会变成什么样。

在互联网诞生之初，由于搜索引擎很少，也没有统一的社交平台，上网在很大程度上是一种私人领域内的行为，而乐趣本身就成为孤独中的自我奖励。1995年，有本名为《你可以上网冲浪！》(*You Can Surf the Net!*)的书列举了数个影评和习武网站。这本书不仅号召广大网友要遵守互联网基本礼仪、帖子里不要全用大写字母、不要写太长的帖子浪费别人花大价钱买来的宽带，还劝慰读者们不必对网络这片新大陆感到不安（"别担心，"作者建议道，"只有真搞砸了你才会被人'网暴'的。"）。大约在这个时候，网站托管公司地球村（GeoCities）开始为那些想创建自己的高尔夫网站的爸爸，还有那些想为作家 J. R. R. 托尔金、歌手瑞奇·马丁或一只独角兽建造闪光神龛的孩子提供个人主页服务，这些主页通常都有最简单的访客留言簿和绿黑相间的访客计数器。地球村就跟当时的互联网一样：丑陋、不太好用、功能不全，而且分为不同的版块——科幻、性少数群体、儿童、宠物。如果退出了地球村，你不妨去这个不断扩张的奇异村落的其他街道上走走瞧瞧。你可以像我一样，在 Expage、Angelfire 一类网站上漫步，在动画仓鼠跳舞的街道上驻足。一种新的审美观正在形成——闪烁的文字、粗糙的动画。要是发现了自己喜欢的东西，要是想在某个版块里多待一段时间，你就可以用 HTML 框架搭建、装饰自己的房子。

这一时期被称为"Web 1.0"时代，它是从术语"Web 2.0"倒推而来的说法，"Web 2.0"是由作家兼用户体验设计师达西·迪努奇（Darcy DiNucci）在1999年发表的文章《破碎的未来》("Fragmented Future")中最先提出的概念。"我们现在所知道的网络,"她写道,"基本是将静态文本和图形载入浏览器窗口,它只是未来网络的雏形。我们已经看到 Web 2.0 时代的第一缕曙光……人们所理解的网络将不再是一屏又一屏的文字和图形,而是一种交互传输媒介,是能让互动成为可能的以太。"她预测,Web 2.0 的结构是动态的:网站不再是房子,而是门户,通过它我们可以展示不断变化的活动流——最新的状态、最新的照片。你在互联网上的一言一行与其他人的言行交织在一起,其他人喜欢的内容就是你看到的内容。像博客网(Blogger)[1] 和聚友网(Myspace)[2] 这样的 Web 2.0 平台,能让那些本只是旁观风景的人开始创造属于自己的、动态变化的风景。随着越来越多的人用网络记录自己的生活,本属于消遣的网上冲浪就成了必须:为了证明你的存在,你必须用网络记录你的生活。

2000 年 11 月,《纽约客》(*The New Yorker*)刊登了一篇由丽贝卡·米德(Rebecca Mead)撰写的文章,描写了一位名为梅格·休利汉(Meg Hourihan)的早期博客先

---

[1] 一个由谷歌运营的博客发布平台,最早在 1999 年推出,曾是全球首个提供免费、易用博客创建服务的平台,目前仍作为基础博客平台运行。

[2] 一个社交网络平台,最早在 2003 年推出,曾是全球最受欢迎的社交网站之一,尤其以音乐分享和个性化页面设计著称。后来,随着其他社交媒体平台的崛起,聚友网的用户逐渐减少。

驱用户,她以"Megnut"为名创建了个人博客。米德指出,仅仅在此前的一年半的时间里,博客网站的数量就从50个激增到几千个,而且,像梅格·休利汉这样的私人博客每天都能吸引成千上万的访客。这种互联网新形态既具备社会属性("博客主要由指向其他网站的链接和对这些链接的评论组成"),同时又是以个人身份为中心(浏览Megnut博客的网友知道,她希望旧金山能开家更好吃的墨西哥卷饼店,她是女性主义者,她和她妈妈关系很好)。博客圈充斥着互惠互利的"交易",这种互动往往会相互呼应,愈演愈烈。"博客的主要受众是其他博客作者。"米德写道。网络世界的基本礼仪即"如果有人在自己博客中提到你的博客,你也得在自己博客中提到对方的博客"。

博客的出现使得个人生活逐渐成为公共领域,而社会激励——被他人喜欢、被他人注意——变成了经济激励。网络走红机制则为个体的职业发展提供了切实可行的基础。梅格·休利汉与伊万·威廉姆斯(Evan Williams)共同创办了博客平台,后者继而又与人共同创办了推特。网站JenniCam创建于1996年,创建者詹妮弗·林格利(Jennifer Ringley)当时还是个大学生,她只是打开了宿舍电脑上的摄像头,结果该直播网站的日访问量一度高达400万人次,其中有些人为了能更快速看到照片还支付了订阅费。有着无限多潜在受众的互联网,似乎成了自我表达的最合适不过的平台。梅格·休利汉的男友、博主杰森·科特基在博文中质问自己:为什么不私下记录自己的想法?"不知为何，私下记录对我来说很奇怪，"他写道，"网络才是你表达思想和情感的地方。把它们放在其他地方似乎很荒谬。"

赞同他观点的人日益增多。自我表达的渴求将互联网这个地球村变成了一座城市，这座城市以延时摄影般的速度不断扩张，人和人之间的联系像神经元一样向四处延伸。10岁那年，我漫不经心地点开相关联的一些网站，浏览着Angelfire网站上可爱小动物的动图和破嘴合唱团的八卦。12岁时，我在人人可见的写作网站LiveJournal上每天发布500个字。15岁时，我在聚友网站上上传自己身穿迷你裙的照片。25岁时，我以写东西为生，希望自己写的每篇文章能吸引10万个陌生人阅读。现在我30岁，每天大部分时间都离不开互联网，离不开它无休无止、强制连接的迷宫，离不开这个狂热、刺激却难以生存的地狱。

在Web 1.0向Web 2.0升级的过程中，社交网络的"变质"先是慢慢出现，接着突然爆发。临界点大概是在2012年。人们对互联网的热情开始消退，开始表达与之前不同的新想法。人们觉得脸书（Facebook）单调乏味、令人疲惫。照片墙（Instagram）起初看似是更优选择，但很快展露了其真面目：一个秀幸福、秀优越、秀成功的大马戏台。而推特虽本是一个旨在让大家对话、发言的空间，可到头来却沦为这样一个平台——供大家日常发发牢骚，吐槽那些本意就是要引发吐槽的文章。在互联网上我们会变得更美好、更真实的梦想正在悄然逝去。曾经，我们可以在网络中自由地做自己，现在，我们却把自己禁锢在网络中，而这让我们过于关注自己。网络平台的初衷是促进人与人之间的交流，现在却让人与人变得疏远。互联网许诺的自由似乎成了更容易被滥用的东西。

虽然我们在互联网上感受到日益增长的乏味、丑陋，但网络世界的"我"更美好的幻象依然不失其微光。作为一种媒介，互联网已经成为我们内在的激励机制。在现实生活中，你什么也不用做，别人也会看到你；但在互联网上，如果你什么也不做，别人就不会看到你——想要别人看到你，你必须做点什么，你得跟其他人互动，这样在网络中才有存在感。而且，由于重要的网络平台的设计都是围绕着个人档案展开，网络互动的主要目的似乎是为了打造一个更美好的自我形象——起初，这种倾向是受到网络机制的影响，到后来就成了一种植入潜意识中的本能。网络奖励机制开始取代并超越现实世界的奖励机制。所以，在照片墙上，每个人都想方设法地让自己看起来性感迷人、足迹遍布世界；在脸书上，每个人都表现得胜券在握、得意扬扬；在推特上，对许多人来说，发表"政治正确"的言论似乎本就算是一种"政治正确"的行为。

这种做法通常被称为"道德标榜"（virtue signaling），是保守派抨击左翼最喜欢用的术语。但道德标榜并不局限于党派人士，甚至不局限于政治圈。慷慨激昂地宣誓拥戴美国宪法第二修正案的人在推特上比比皆是，这类做法便是在向右翼人士释放道德标榜的信号；而在明星死后把自杀热线电话发到网上，也是一种道德标榜。几乎没人能做到从不道德标榜，因为这种行为源于人们对政治操守的渴求。正如我一边写下这段话，一边在网上贴了些反对分离边境家庭的抗议照片。此举虽小，但有意义，且能表达我的原则立场。当然，无可避免地，我也希望能借此说明自己是个好人。

极端道德标榜会让那些持左翼观点的人做出失智的举动。2016年6月，一个2岁孩童在迪士尼标有"禁止游泳"警示的潟湖玩耍时，被短吻鳄拖进水中身亡。这件事闹得沸沸扬扬。一位在推特上经常发帖宣扬正义并且有上万名用户关注的女性看到了机会，她在推特上义正词严地写道："我真是受够了那些自以为是的白男，我一点儿也不觉得难过，都怪那个爸爸无视警告，孩子才送了命。"（随后，她遭到了网友的抨击，这些网友冷嘲热讽以显示自己的道德优越感——实际上，我现在也在这么干。）2018年初，有个非常感人的故事在网上特别火：一只名叫奈杰尔的白色大型海鸟死在了水泥做的诱饵鸟身旁，多年来奈杰尔一直守护着这只假鸟，不离不弃。有位作家怒不可遏地发推文说："就算是水泥假鸟，也不是非得喜欢你，奈杰尔。"她还在脸书上写了一篇长文，称奈杰尔向假鸟求爱是……典型的强奸文化。她在那条有1 000多个赞的推文下面补充说："要是有人肯出钱，我可以从女性主义的角度来分析，大海鸟奈杰尔的死为什么压根儿不值得同情。"令人不安的是，这些疯狂的行为以及它们与流量变现之间紧密的联系都说明，我们所处的，正是一个以数字为媒介、完全被资本主义吞噬的世界，而这个世界使得人们可以轻易谈论道德，但付诸行动尤为困难。如果在一个社会里，与那些亟待正义的行为去改善的困境相比，正义的言辞并不能吸引更多公众的关注，那就不会有人利用幼童死亡的新闻来抨击白人特权。

右翼人士在网络上标榜政治认同感的行为更加疯狂。2017年，很会利用社交媒体的青年保守派组织"美国转折点"（Turning Point USA）在肯特州立大学举行抗议活动，有个学生给自己裹上纸尿布，以表明"安全空间只适合婴儿"（safe spaces were for babies）[1]的立场。（跟"美国转折点"预期的一样，该抗议活动成了网络热门事件，但他们没想到的是抗议活动遭到了颇多嘲弄，还有位推特用户把色情网站的标志贴到该学生的照片上。事后，该组织中负责统筹肯特州立大学相关事务的学生也因此辞职。）2014年，一大群厌女的年轻人聚集到一起，发起了一场被称为"玩家门"（Gamergate）的行动，这场行动成了右翼网络政治行动的范本，并产生了不可估量的影响。

从表面上看，事件的起因是有个女性游戏开发者与记者发生了性关系，有人认为她这么做是为了让记者在报道里为她美言几句。她连同一些女性主义游戏评论家和作家都收到了强奸威胁、死亡威胁等接连不断的骚扰。这些骚扰者打的旗号是要求言论自由，要求"游戏行业要讲究新

---

[1] 这里指的是该组织反对为女性提供特殊的安全空间。

闻道德"。据网站 Deadspin[1] 估计，骚扰者多达约 1 万人，大多数人拒不承认自己的骚扰行为。他们有的是盲目跟风，有的则自欺欺人地认为，玩家门实际上是在捍卫崇高的理想。Deadspin 网站的母公司高客传媒（Gawker Media）也成了众矢之的，部分是因为该公司对骚扰者表现得咄咄逼人、不屑一顾。在其广告商也被卷入旋涡之后，该公司损失高达七位数。

2016 年，相似的闹剧"比萨门"（Pizzagate）成了全国性新闻。一些极端的网民声称，他们在一家与希拉里·克林顿竞选有关联的比萨店的广告中发现了有关"儿童性奴"的暗语。该阴谋论在极右翼网站上广为传播，结果华盛顿特区的一家比萨店以及所有与该店有关的人都惨遭攻击——攻击者以打击恋童癖为由。最终，一名男子走进该比萨店，并向一名服务生开枪。[也正是这群人，后来跳出来为曾被指控性侵青少年的共和党参议院候选人罗伊·摩尔（Roy Moore）辩护。]这种化正义感为武器的能力正是"过分觉醒"的左翼梦寐以求的。就连被称为"Antifa"[2] 的激进反法西斯运动，也经常遭到温和中间派的唾弃，尽管

---

[1] 一个美国的体育新闻和文化评论网站，成立于 2005 年，以讽刺风格和深度调查报道著称，擅长揭露体育界丑闻与文化批判。
[2] 全名为 Antifaschistische Aktion（反法西斯行动），是 1980 年前后诞生于德国的一股运动之总称，在爱尔兰、荷兰、丹麦、瑞典、捷克、斯洛伐克、塞尔维亚、意大利、西班牙皆有使用同一名称和旗帜的团体。

该运动植根于欧洲悠久的反纳粹传统，而非近年来极端偏执的网络言论和YouTube频道内容的集合。玩家门和比萨门事件参与者的世界观在2016年美国大选中得以实现，并在很大程度上得到了巩固。正如那年大选充分表明的，网络最糟糕的地方在于，它不仅反映了现实生活会糟糕到什么样，甚至还能**决定**现实生活会糟糕到什么样。

大众传媒总在决定着政治和文化的形态。布什时代的问题与有线新闻错误的报道有着千丝万缕的关联；奥巴马在执政期间行政越权，但互联网放大了他的人格魅力和政绩，所以很好地掩盖了这一点；特朗普的上台则与社交网络的存在息息相关，社交网络必须不断挑起用户情绪才能继续赚钱。但最近我一直在想：对个体而言，一切怎么会变得如此糟糕？而我们究竟为什么还要继续配合？我们的空闲时间越来越少，可为何有那么多人愿意把大量时间浪费在这样一个明显折磨人的环境中？互联网如何变得如此糟糕、如此束缚人、如此侵犯个人隐私，对政治有如此大的影响力？——而所有这些叩问，难道不是在质询同一桩原罪？

我承认，我不确定这样刨根问底是否有用。互联网每天都在提醒我们：既然问题无望被解决，意识到它们的存在根本没意义。更重要的是，互联网已经成了今天这副样子——它已经成为当代人生活的中枢，它重塑了我们的大脑，让我们回到原始人那种高度警觉却又注意力涣散的状态，同时让我们超负荷地接收比原始人时期更多的感官刺激。它已经建立了一个以注意力剥削和自我变现为基础的生态系统。即使你可以完全不接触互联网（我的伴侣就是这样，他一直以为 #tbt[1] 就是"实话实说"的意思），你仍然生活在这个互联网创造的世界里。在这个世界里，自我已经沦为资本主义最后的自然资源；在这个世界里，规则由集权化的社交平台制订，这些平台居心叵测且早有准备，法律的监察与管控对它们几乎无计可施。

我们生活中的乐趣来源——朋友、家庭、社群，还有对幸福的追求，甚至工作（如果我们足够幸运拥有工作的话），也都与互联网密不可分。我不希望有价值的东西被其周围的腐朽所侵蚀，部分也因为此，我一直在思考五个相互交织的问题：第一，互联网如何让我们的自我身份意识膨胀；第二，它如何怂恿我们高估自己观点的价值；第三，它如何让我们变得针锋相对；第四，它如何让我们对团结友爱、互帮互助变得不屑一顾；第五，它如何决定我们对事物的尺度感。

1959 年，社会学家欧文·戈夫曼（Erving Goffman）围绕"表演"提出了一种身份认同理论。他在《日常生活中的自我呈现》(*The Presentation of Self in Everyday Life*) 一书中提出：在每一次人际交往中，个体都必须进行表演，

---

[1] 在社交媒体上，#tbt（Throwback Thursday）这一标签跟"实话实说"（truth to be told）的缩写相同，实际上这个标签的意思是发布旧照，怀念过去。

以给"观众"留下印象。这场表演可能是精心策划的，就像有人在参加求职面试时会预先想好答案；也可能是下意识的，比方说如果一个人参加了很多次面试，那他不需要刻意也能表现得很好；也可能是习惯性的，比方说一个人表现得彬彬有礼，主要是因为他是个拥有工商管理硕士学位的中上层白人。表演者也许会彻底被自己的表演所欺骗，他可能真的相信自己最大的"缺点"就是"完美主义"，也可能知道自己的表演不过是假象。但无论如何，他都在表演。即便他试图不表演，"观众"依然存在，他的行为仍然会产生其效果。戈夫曼写道："自然，整个世界并不是一个舞台，但很难讲清世界与舞台究竟有哪些关键的不同。"

想要确立你在别人眼中的身份需要一定程度的自我欺骗。要想让人信服，表演者就必须隐瞒"关于自己的一些不光彩的事实，而且他势必了解这些事实——简单来说，就是一些他知道或早已知道，却不能告诉自己的事"。比如，参加面试的人不能去想，他最大的缺点其实是喜欢在办公室喝酒。再比如，感情上出了点小问题的你喊了个朋友来安慰你，陪你吃饭，而对方只能假装愿意这么做，即便她心里宁愿回家躺在床上读芭芭拉·皮姆（Barbara Pym）的书。这种选择性的掩饰并不一定需要有真正的观众在场，例如，周末独自在家的女人也会擦洗地板的踢脚线、看自然纪录片，哪怕她内心更想把屋里弄得一团糟，再上广告网站狂逛一通。例如，一个人时，人们也经常在浴室镜子前"搔首弄姿"，只为让自己相信"我很有魅力"。戈夫曼认为，"深信有看不见的观众在场"会对人产生很大的影响。

在现实世界中，人可以时不时从表演中解脱出来。观众也会随着时间的推移而改变。你在求职面试时的表演不同于之后在饭店为朋友过生日时的表演，也不同于在家里面对伴侣时的表演。你可能会觉得回到家你可以彻底停止表演了；根据戈夫曼所提出的拟剧论（dramaturgical theory），你也许觉得自己已经到了"后台区域"。戈夫曼认为，我们既需要观众来见证我们的表演，也需要一个能让我们放松的后台区域，放松时通常还有一起表演的"同伴"陪着我们。你可以想象如下场景：同事们刚搞了一场大型推广活动，结束后大家一起去酒吧狂欢；婚宴结束后，新郎新娘回到酒店房间——每个人也许都还在表演，但他们感觉很自在、很放松。理想的情况是，外部的观众相信了这些人之前的表演。参加婚礼的宾客觉得他们看到的是一对幸福美满、天造地设的璧人，而潜在的投资者则认为他们遇到了一群会让每个人都赚得盆满钵满的天才。"这种'自我'，是（表演）场景的产物，而不是场景的原因。"戈夫曼认为，自我不是一个恒定、有机的东西，而是从表演中产生的一种戏剧效果。人们既可以相信，也可以不信。

假设你认同拟剧论，那这个互联网中的系统就会演变成一场灾难。网络日常中的自我呈现仍然符合戈夫曼的表演隐喻：有舞台、有观众。但网络世界还有很多噩梦般的隐喻结构：镜子、回声、全景监狱。当我们活动于网络世界时，个人数据会被很多公司追踪、记录和转售。这是一种非自愿的技术监控制度，它让我们不再那么抵触自愿在社交媒体公开隐私信息的行为，而且对此我们全然不觉。如果我们考虑购买某样东西，我们就会收到各种相关的广告推送。我们可以只上那些能进一步强化自己身份认同感的网站，阅读那些只是写给自己的同类人看的内容，而且我们多半也在这么做。在社交媒体中，我们看到的一切内容都与自己有意识的选择和算法引导的偏好相一致，一切新闻、文化信息和网络互动都会根据个人资料进行筛选。互联网中的日常疯狂，正是这种架构的延续：它将个人身份定位为宇宙的中心，就如同把我们放置在一个能俯瞰整个世界的瞭望台上，然后再给我们一副"望远镜"，让一切看起来都像是我们的镜像。很快，在社交媒体中，许多人将一切新的信息视为对**自我身份**的某种直接注解。

这个系统之所以能继续存在，是因为它有利可图。正如吴修铭（Tim Wu）在《注意力商人》（*The Attention Merchants*）一书中所写，商业一直在缓慢渗透人类的生活。在19世纪，商业通过广告牌和商品海报渗入城市交错纵横的街道；到了20世纪，商业通过广播和电视进入千家万户；在21世纪，商业似乎来到了最后的攻坚阶段，渗透到我们的身份和人际关系中。出于自身的欲望，也出于随后不断升级的经济和文化需求，我们在网络中复制出我们认识的人、我们认识中的自己、我们理想中的自己，因此为社交媒体创造了数十亿美元的财富。

在利润至上的重压下，"自我"不得不屈服。在现实世界里，每次表演的时长与观众都是有限的。可在网络世界里，从理论上说，你的观众人数可以一直增加，表演也永远不会结束。（究其本质，可以说你是永远处在工作面试中。）在现实生活中，每次表演的成败往往是通过具体的行为来体现，比如你被别人邀请去吃饭，你失去了一个朋友，或者你得到了那份工作。而在虚拟的世界里，成败则主要是通过虚无缥缈的看法和情绪来体现，比如一连串的喜欢、赞和浏览次数，所有这些都凝聚成与你的名字相关联的一串串数字。最糟糕的是，在网络世界里几乎没有后台区域。线下的观众会散场、会更换，可线上的观众却永远不必离开。给微积分预备课上的同学发表情包和自拍的你，可能会在校园枪击案发生后公开抨击政府，正如那些帕克兰枪击案后呼吁控枪的孩子，其中有些孩子因此声名大噪，再也没法放弃表演。在推特上与白人至上主义者有来有往、互相调侃的你，可能某天会被《纽约时报》录用，很快又被解雇，正如奎恩·诺顿（Quinn Norton）[1]在2018年的遭遇。〔或者像郑莎拉（Sarah Jeong）那样，入职《纽约时报》几个月后就遭遇了玩家门事件那样的围攻，因为她之前发表过歧视白人的言论。〕那些在互联网公众视线中非常活跃的人正在建立一个自我身份，一个能被他们的母亲、现在

---

[1] 美国记者、评论家。2018年，《纽约时报》宣布聘用诺顿为其首席评论作家，该举措招致了尖锐的批评，批评的焦点在于诺顿之前写的推文说明她不仅诋毁同性恋者，而且和白人至上主义者安德鲁·奥恩海默（Andrew Auernheimer）交往甚密。

的老板、将来的老板、11岁的侄子、过去和未来的性伴侣、厌恶他们政治立场的亲戚看到的身份，一个任何好奇的旁观者都能看到的身份。戈夫曼认为，身份就是一连串的主张和承诺。而在网络世界，一个人若是有能力，就能随时随地，面对不断增加的观众，抛出各式各样的承诺。

玩家门等事件在一定程度上是对这种超可见性（hypervisibility）网络生存状态的应激反应。网络喷子的出现以及他们粗暴无礼、匿名引战的做法之所以兴起，部分是因为他们挑战的是网络世界的行为规范——需要塑造一个恒定不变的、被他人认可的身份。尤其需要注意的是，在网络谩骂中显现的厌女症恰恰反映出女性能从这些超可见性的情况中获益，因为正如约翰·伯格（John Berger）所说，女性总是被要求保持对自己身份的外部意识。从女孩成长为女人，我早已习得如何自我调整，如何以更好的方式呈现自己，并借此从"不得不上"的网络中获利。在我的个人体验中，这个世界就是在推崇个人魅力，就是在鼓励自我暴露。这种合法但令人扼腕的范式，最先属于女性，现在已蔓延到整个网络，而网络喷子厌恶它，不遗余力地反对它。他们扰乱了基于透明度和好感度的互联网，把我们拉向混乱和未知的世界。

当然，想要批评超可见性，除了网络谩骂，还有很多更好的表达方式。正如沃纳·赫尔佐格（Werner Herzog）2011年接受《GQ》杂志的采访，在谈及精神分析时所说："每个人都得有自己的阴暗角落和不可言说之物。就像一套公寓，假如你照亮它的每一处阴暗角落，比如桌底这些地方，那这套公寓就没法住了。人也是如此。"

我第一次靠写文章挣到钱是在2013年，也是博客时代终结之年。我想要以写作为职业，靠互联网谋生，出于职业发展的需要，我必须在社交媒体上保持活跃度，必须持续更新社交媒体，让所有人都能看到我的文字、我的面孔、我的个性、我的政治倾向，还有我家狗狗的照片。这么做有时会让我觉得浑身都不自在，那感觉就像以前当橄榄球啦啦队长的时候，我学会了惟妙惟肖地假装——假装自己很高兴，假装一切很有趣、很正常、很愉快，并希望只要自己装下去，一切就能神奇地变得真正有趣、正常、愉快。更确切地说，在网上写作以一系列假设为前提：假设自己的言论会产生影响；假设言论就如行动一般有力；假设坚持写下自己的想法是好的、有益的，甚至是至善至美的。而这些假设哪怕用在作家身上都不一定对，如果变成适用于每个互联网用户的绝对命令，就更加可疑了。

我想说的是，正是互联网对于个人观点的过度关注，使我成了获益者。过度关注的根本原因在于互联网大大减少了付诸实际行动的必要性：你只需坐在屏幕后，就能过上差强人意，甚至令人艳羡的数字时代生活。互联网仿佛一条直通现实的道路——无论你想要什么，只要轻点鼠标，两小时后就有人送货上门；悲剧发生后，随之而来的是铺天盖地的推文，紧接着全国中学生纷纷走上街头，游行示威。但互联网也像一个分流器，将我们的精力从行动上移走，将现实世界拱手让给那些早已掌控世界的人，让我们无时无刻不在想如何以更妥帖的方式呈现自己的生活。近几年，我越发感觉到，对于我在乎的事，其中95%，我只能谈谈自己的看法，除此之外我无能为力。互联网的范式一面每天给我供应这些源源不绝的负面信息，让我长期处于轻微焦虑的状态，另一面又在我掌控范围之外，不断巩固权力、收割财富。

我并不是天真的宿命论者，也不愿假装自己面对这一切什么都做不了。为了让这个世界变得更美好，大家每天都在脚踏实地地工作。（当然不包括我——我每天都坐在屏幕前忙着上网！）但他们的时间和劳动被贪婪的资本主义窃取，不断贬值。互联网被资本主义驱动，又反过来驱动着资本主义。如今，我们疲于谋生，没多少空余时间，而互联网天衣无缝地填补了我们每天的间隙，将本就少得可怜的空闲时间切割为一个个微时间段，零碎地穿插在一天之中，却永远无法让人觉得满足。我们没时间按照自己喜欢的方式与现实生活中的社群交流互动、谈论时事，互联网就为我们提供了一种廉价的替代品：它赋予我们片刻的愉悦和短暂的连接，因为我们可以随时随地发表意见，倾听别人的看法。在这种情况下，发声渐渐不再是迈向某种目标的第一步，而像是目的本身。

2014年，我在《耶洗别》杂志担任编辑时开始思考这个问题。我每天会花很多时间阅读女性网站的头条新闻，当时多数网站都开始倾向于支持女性主义。在这个领域，发表言论总被视为一种能给受众带来强烈满足感的举动。你会看到这样的标题："麦莉·赛勒斯（Miley Cyrus）[1]在 Snapchat[2]上谈到性别的流动性，太了不起了""艾米·舒默（Amy Schumer）[3]在女性杂志颁奖典礼上关于身体自信的演讲会让你泪流满面"。一个人只要有想法、有观点就是在行动，博主们会引导大家如何"正确"看待网络上的争议或电视上的某些场景。就连女性主义者的身份也具有积极意义，哪怕仅仅承认自己是一名女性主义者，你也是在做贡献。而在当下，这种想法变得愈加强烈和复杂，一方面，像我这样的人忙于在网络上诉苦泄愤，虽然多数时候并不能起到任何作用；另一方面，互联网带来了比以往任何时候都更实际、更迅速的变化。哈维·韦恩斯坦（Harvey Weinstein）事件[4]曝光后引起轩然大波，从那之后，女性言论开始左右公众舆论，甚至引发变革。位高权重的人被迫重新审视自己的道德，骚扰者和施虐者被辞退。但即使在这种情况下，行动的重要性也被巧妙地忽略了。人们带着虔诚的敬意讴歌"挺身而出、畅所欲言"的女性，仿佛单凭言论就能解放女性，仿佛我们并不

---

1 美国歌手、演员，童星出道，转型后其文化形象从"叛逆少女"演变为社会议题倡导者。
2 由斯坦福大学两位学生开发的一款"阅后即焚"照片分享应用。
3 美国单口喜剧演员、编剧，以辛辣女性主义讽刺与身体自嘲风格走红。
4 指好莱坞著名制片人哈维·韦恩斯坦被多名女性指控性骚扰、性侵和滥用职权的丑闻。

需要更好的政策、更合理的经济资源再分配方式，仿佛男性不需要投入相应的时间和精力。

戈夫曼指出了行动与**言说**行动、感受与表达感受之间的区别。他写道："一种活动的呈现，在某种程度上总是与活动本身有所不同，因而误传活动也是不可避免的。"（比如，你欣赏日落的感受与你向别人描述的你欣赏日落的感受并不相同。）互联网为这种误传提供了便利，它旨在鼓励我们营造出某种印象，而不是让这些印象"随着（我们的）活动"自然产生。所以，有了互联网"助力"，我们很容易就放弃做一个正派、理性、热心于政治的人，而是仅仅满足于**看起来如此**。

随着言论在网络注意力经济（attention economy）中进一步增值，这个问题只会愈演愈烈。作为一个持续的受益者，我不知道自己该如何面对这样的事实：我的职业生涯之所以能继续，在很大程度上得益于互联网让身份、观点与行动之间的关系瓦解了。而我，一个常常以第一人称针砭时弊的作家，每天都在琢磨大家的想法，这个做法固然存疑，但我必须说服自己它是正当的，因为我与它有着某种内在的利害关系。当然，作为一名读者，我很感谢那些帮助我理解事物的表达者，我很高兴他们（和我）都能从表达中得到报酬。我也很高兴，互联网让那些过去会被行业拒之门外或被边缘化的写作者（我就是其中之一）有了读者。但我永远不会因此而认为，在互联网时代，以发表观点为业的人总体上是一股积极的力量。

2017年4月,《纽约时报》雇用了一位名叫巴里·韦斯(Bari Weiss)的千禧一代作家担任评论版的撰稿人和编辑。韦斯毕业于哥伦比亚大学,曾在犹太杂志《石版》(Tablet)及《华尔街日报》担任编辑。她倾向于保守派,有犹太复国主义倾向。2005年,她在接受美国国家公共广播电台(NPR)采访时谈及,在哥伦比亚大学就读期间她曾与其他人共同创建了一个名为"哥伦比亚人争取学术自由"(Columbians for Academic Freedom)的组织,目的是向学校施压,迫使校方惩罚一位让她觉得"受到威胁"的亲巴勒斯坦教授。

到了《纽约时报》,韦斯立即开始发表具有强烈政治意味和说服意味的专栏文章,表面装得冷静理智、事不关己,暗地里是一副高度紧张的防御姿态。她在一篇呼吁公众警惕反犹太主义盛行的文章中巧妙地写道:"从交叉性视角来看,受害者身份与殉道者无异;权力和特权都是一种亵渎。"她在这里指涉一场激进分子引发的小骚乱——当时芝加哥女同性恋者游行活动的组织者禁止参与者使用大卫之星旗帜[1]。后来韦斯又写了一篇专栏文章,抨击"女性大游行"(Women's March)[2]的组织者,原因是他们在社交

---

[1] 指印有犹太教核心标志"大卫之星"(两个交叠三角形组成的六角星)的旗帜,常作为犹太身份认同与团结的象征。
[2] 自2017年1月21日起在世界各地进行的一系列女性游行示威活动,旨在捍卫女性,同时为移民改革、科学精神、健保改革、环境保护、LGBT权益、种族公义、世俗化运动、堕胎权益发声。

媒体上发帖支持阿萨塔·沙库尔（Assata Shakur）和路易斯·法拉堪（Louis Farrakhan）。[1] 她认为这种做法令人极度不安，它说明进步人士和保守派一样，无法控制他们内部的仇恨。［像这样的两面都抨击的论调总是能吸引那些既想标新立异，又想显得智识优越的人；不过，这种论调却对一个事实视而不见——在共和党领袖处处公开支持暴力的同时，自由主义者却仍然处处讲"文明"。后来，偏保守派的《石版》杂志发表了关于女性大游行组织者的调查报告称，这些组织者与"伊斯兰民族组织"（Nation of Islam）[2] 保持着令人不安的联系。这些组织者遭到了自由主义者的批评，可见自由主义者根本不缺乏自省改进的能力。后来，女性大游行参与者实际上分裂成了两个团体，很大程度上是因为左派人士无法容忍歧视与仇恨。］韦斯经常在专栏文章中流露出委屈之情，并预言，反对者会疯狂攻击她，因为她的想法大胆而独立。她在一篇题为《为文化挪用拍案叫好》（"Three Cheers for Cultural Appropriation"）的专栏文章中写道："我必然会被指责为种族主义者。"在另一篇专栏文章中她写道："我会被指控站在另类右翼一边，也会有人污蔑我仇视伊斯兰教。"自然，人们也确实这么

---

[1] 阿萨塔·沙库尔是美国黑人解放运动活动家，曾被定罪谋杀警察，后流亡古巴，成为种族争议的象征人物；路易斯·法拉堪是"伊斯兰民族组织"的领导人，以激进言论和种族观点闻名，常引发争议。
[2] 又译"伊斯兰国度"，是非洲裔美国人的新宗教运动伊斯兰主义组织，1930 年成立。

说她了。

虽然韦斯经常说，对于那些冒犯自己或与自己意见相左的人，我们应该少一些戾气，可很多时候，她自己都听不进这种建议。2018年冬奥会期间，在观看了花样滑冰选手长洲未来（Mirai Nagasu）完成阿克塞尔三周跳之后（长洲未来是第一位在奥运会上完成该动作的美国女性），韦斯令人费解地在推特上发帖称赞："移民：这活儿干得漂亮。"然而，长洲未来明明出生于加利福尼亚州。韦斯这条推文因此立刻引发大量批评。在网上冒犯别人，等待你的就是这样的后果。当我在《耶洗别》工作时，每年我都会因为写的或编辑的内容冒犯了别人而被推友撑上那么四五次，有时其他平台还会发专文指出我们的错误。虽然我常常会觉得压力巨大、很不痛快，但这种反馈是有用的。然而，韦斯的反应截然不同，她在推特上回应称，那些指责她的推文涉及种族歧视（确实如此）的人是"文明终结的标志"。几周后，她写了一篇标题为《我们如今都是法西斯主义者》（"We're All Fascists Now"）的专栏文章，声称愤怒的自由主义者正"在道德层面上将地球压平"。有时候，韦斯的主要策略似乎在于她先提出一个糟糕透顶的论点，招致批评，再将批评中最糟糕的部分挑拣出来，作为她另一篇糟糕透顶的文章的基础。她的世界观需要一大群愤怒、低劣的网络暴民来作为对立面。

当然，网络世界确实有一大群愤怒的暴民。乔恩·荣森（Jon Ronson）在2015年出版的《原来你被公开羞辱了》

(*So You've Been Publicly Shamed*)一书中就讨论了该现象。"我们开始密切关注别人犯了什么大错,"他在描述2012年前后推特用户的状态时写道,"接着,我们密切关注的不仅仅是明确的过失,还有言辞上的失误。我们对他人的糟糕行为感到愤怒,这让我们精疲力竭……事实上,要是没人让我们感到愤怒,我们会觉得蹊跷、空虚。要是没人可羞辱,我们会觉得无所事事,日子就像一潭死水。"Web 2.0已经逐渐变质,其组织原则正在改变。早期的互联网是围绕兴趣和认同构建起来的,现在网络世界仅存的良好空间仍然是相似性和开放性的产物。但是,现在的互联网更多倚赖的,是以"对立"为基础的组织原则,曾经令我们惊叹、好奇、受益的东西,现在变得有害、乏味又惹人厌。

这种变化部分反映了社会物理学的基本原理:结交新朋友的好办法是找到共同的敌人。这是我们上小学时就明白的道理。拿政治举例,让人们同仇敌忾比让人们为实现积极的愿景而团结一心要容易得多。况且,在注意力经济时代,冲突总能吸引更多人关注。高客传媒在敌意中蓬勃发展,该集团旗下平台无一不与人为敌,比如Deadspin网站以体育频道ESPN[1]为敌,《耶洗别》则以其他所有女性杂志为敌。互联网上也曾有温暖向上又有钱可赚的内容,比

---

1 全称Entertainment Sports Programming Network,即"娱乐与体育节目电视网",是一家24小时专门播放体育节目的美国有线电视联播网络公司。

如早期的 BuzzFeed[1]、Upworthy[2] 等网站，但这股浪潮却只是昙花一现，在 2014 年左右便落下帷幕。如今，在脸书上，浏览量最高的政治文章之所以大受欢迎，是因为它们总是咄咄逼人，攻击起他人来丧心病狂。像 The Awl[3]、The Toast[4] 还有 Grantland[5] 这些原来很受人喜爱、充满温情的网站，都已关闭；而每一个网站的关闭都是在提醒我们：一个开放的、基于认同感的、富有创造力的网络身份很难维持。

互联网上反对的声音如此强烈，这也许是件好事，甚至能带来变革。互联网往往会去除信息的原始语境并为信息的快速传播提供便捷，因此，社交媒体上的某一个体得以变得与他/她反对的人或事同等重要。立场不同的人即

---

[1] 一家网络新闻媒体公司，主要发布轻松有趣的内容，如宠物、美食、旅游等，同时也涵盖严肃的新闻报道。
[2] 一个新闻聚合网站，分享能够激发人们情感共鸣的故事，通常涉及社会问题、人道主义议题和正能量事件。Upworthy 以其独特的标题策略而闻名，通过 A/B 测试来选择最具吸引力的标题，以提高内容的点击率和分享率。
[3] 一个以文化、政治评论为主的网站，致力于挖掘那些在主流媒体中被忽视的新奇和古怪的内容。创立于 2009 年初，并于 2018 年 1 月宣布关闭。
[4] 一个专注于女性视角的幽默和文化评论网站，以其独特的幽默风格和对流行文化的深刻洞察而闻名。创立于 2013 年，并于 2016 年关闭。
[5] 一个由 ESPN 支持的体育和文化评论网站，由著名体育记者比尔·西蒙斯（Bill Simmons）于 2011 年创立。它以深度的体育报道和对流行文化的独特见解而受到赞誉。2015 年关闭。

刻有了一个（尽管是暂时的）公平的环境。例如，高客传媒率先报道了路易·C. K.（Louis C. K.）和比尔·科斯比（Bill Cosby）被指控的新闻，在那若干年后，主流媒体才开始严肃看待性侵。正是通过策略性地使用社交媒体，苏联出兵捷克斯洛伐克事件、"黑人的命也是命"（Black Lives Matter）和反达科他输油管道工程的运动才能挑战并推翻长期存在的权力等级，帕克兰的青少年们才能成为共和党的反对者。

但实际上，环境并没有变得更公平，互联网上发生的一切都会产生反弹和折射。一方面，通向平等和自由的意识形态通过互联网的开放话语获得力量；另一方面，现有的权力结构也在借由网络不遗余力地抵制积极进步的变化，巩固自身。作家安吉拉·内格尔（Angela Nagle）在其2017年出版的《杀死所有正常人》（*Kill All Normies*）一书中指出："网络世界的纷争也许会被遗忘，却深刻地影响了文化和思想。"她认为，另类右翼之所以会联合起来，正是为了应对左翼文化力量日益增强的局面。她指出，玩家门将"一群前卫怪诞的未成年玩家、喜欢发纳粹标志的匿名动漫宅、以《南方公园》（*South Park*）式戏谑嘲讽为乐的保守派、反女性主义的跳梁小丑、呆头呆脑的骚扰者、热衷于做表情包的网络喷子"集合到一起，他们组成统一战线，反对"一片赤诚、以正人君子自居、缺乏新意、墨守成规的自由主义者"。但这一论点有个明显的漏洞，内格尔认为大学的激进主义运动以及关于心理学和性少数群体的汤博乐（Tumblr）[1]小众博客，都体现了自由主义者共同信仰之核心，但其实它们经常被自由主义者嘲笑，而且根本没有那些厌恶它们的人所想的那样强大。玩家门支持者的世界观实际上并没有受到威胁，他们只是不得不这么相信，甚至假装它受到了威胁，并耐心等待一个声称自己属于左翼的作家来证实这一点，这样他们才好开火抨击，才能让公众看到他们的影响力。

很多玩家门的参与者最开始是在综合性讨论区4chan[2]表达他们的想法，而4chan有个口号就是"互联网上无女孩"。"这条规则不是你想的那个意思，"有人（和大多数用户一样，他也是匿名）在4chan上发帖说，"在现实生活中，人们喜欢你不过只因为你是个女的，只因为对方想上你，所以才会关注你，才会假装你说话很有趣，假装你聪明又机灵。但在网络世界，我们压根儿没机会上你。也就是说，'女孩'这个身份不再有优势。我不会因为想搞你就更青睐你。"他还解释说，要想在网络上找回这种"不公平的社交优势"，女性大可在网上发露胸照。"这个过程应该——也必须——让你们感到被贬低。"

这就是对立原则的体现了。聚集在4chan上的男性将女性被系统性物化的影响视为某种"阴道至上主义"的邪

---

[1] 又被称为"汤不热"，成立于2007年，是全球最大的轻博客网站，也是轻博客网站的始祖。
[2] 一个完全匿名的实时消息论坛，曾被认为是互联网上最简陋也最有创意的网站之一，创立于2003年。

门巫术，借此产生群体认同，并树立了一个有效的共敌。很多此类男性认为女性主义就是"自由主义知识分子的共同信仰"之体现，也可能**切身感受过女性主义被广为接受的后果**——随着两性平等的观念在社会中越来越普及，他们突然发现性不再是那么唾手可得的东西。而面对新的现实，他们没有努力通过各种方式提升自己，没有让自己变成真正受欢迎的人，就像千百年来女性被社会教化的那样——不惜代价、不遗余力地提升自己——而是建立了一种旨在"反女性荼毒"的群体身份，向误入4chan的女性宣告："你唯一让人感兴趣的地方就是你的裸体。"他们的理念简单来说就一句话：要么露胸，**要么给老子滚**。

正如这些网络喷子"赋予"了女性她们在现实中并不拥有的至高权力，女性有时在网上谈及这些喷子时，也会夸大他们的影响力。在《耶洗别》工作期间，我自己也很容易陷入这样的境地，比方说有一群喷子给我发过恐吓邮件——这种情况并不常见，因为我一直比较"走运"，但也不意外，因为这种事之前也不是没发生过。考虑到互联网是注意力经济，按理说我应该写一篇专栏来聊聊这些喷子，把他们的恐吓邮件放到文章里，再谈谈被威胁怎么就成了女性必须面对的处境。（即便我从未被黑客攻击过，从未像许多其他女性那样被恶意举报过或被卷入过玩家门，也从未因人身安全问题而换住处，这么做也不算过分。）当然，批评喷子的专栏文章会吸引更多喷子。在表明观点之后，也许我会上电视继续发表看法，接着我会遭到更多的喷子攻击，然后我会一直用与喷子的互动来定义自己的网络身份，将他们视为十恶不赦、冥顽不灵的存在，而他们为了宣扬自己的意识形态自然会以牙还牙。这种"互喷"的局面会一直持续下去，除非我们通通死掉。

无论交恶双方信奉何种信仰体系，都会出现这种冲突升级的现象，这让我不由得想到巴里·韦斯等作家：他们把自己塑造成异见勇士，他们的一切论点都是以某场抗议活动和尖刻的推文为基础，他们的网络身份严重依赖那些憎恨他们的人，以及他们憎恨的人。这太荒谬了，但与此同时，我也在做同样的事，比如写下这篇文章。我们现在很难区分，怎样算是参与了一件事，怎样算是放大了一件事。（就算拒绝参与也会放大一件事。比如在比萨门事件中，那些被抨击为撒旦信徒、恋童癖的人将自己的社交媒体账户设置成了私密账户，抨击者就以此为证，认为自己是对的。）喷子和差劲的作家比任何人都清楚：说别人烂，最终也是在替他们做宣传。

政治哲学家萨莉·肖尔茨（Sally Scholz）将团结分为三类，首先是基于共同经验的社会团结，然后是基于对社群的道德义务的公民团结，还有以共同致力于实现某项事业为基础的政治团结。这三种团结有重合之处，但又彼此不同。换言之，政治的不一定是个人的，至少不一定得是个人的亲身经验。比如，你不用亲自踩狗屎，才会明白踩了狗屎是什么感觉；你不用亲身经历不公正的待遇，才会致力于结束这种不公正。

但互联网会把"我"代入一切。互联网让人觉得你支持谁就意味着你和谁有着共同的经验；觉得团结是个身份问题，而非政治或道德问题；觉得团结最好建立于双方最脆弱的境况中。在这种情况下，比起明确表达出道德上的支持，互联网会鼓励你把自己的身份代入以示团结。无论是对于那些在这个警察国家苦苦抗争的美国黑人，还是对于那些苦于买不到新潮时尚、设计贴心的衣服的超重女性，都是如此。比如说，我当然支持黑人的抗争，因为作为一名亚裔女性，我也曾受到白人至上主义的伤害。（事实上，作为亚裔女性，作为经常被视为与白人接近的少数族裔的一员，我也曾多次从美国针对黑人的歧视中受益。）比如说，我当然理解被时尚行业忽视的女性在买衣服时会遇到的困难，因为我在某种程度上也被这个行业边缘化了。然而，这种代入自我身份以表达对他人支持的方法并不完美。

人们更容易从被害感而不是自由感中得到慰藉。对于许多客观上并没有受到系统性伤害的人来说，这种倾向尤为明显。例如，"男性是二等公民"明明是无稽之谈，但男权主义者却能围绕该说法建立起团结感。白人民族主义者通过"白人，尤其是白人男性正处于危险之中"这一观点将白人团结在一起，要知道，《财富》500强企业的首席执行官有91%是白人，美国的民选官员有90%是白人，而音乐界、出版界、电视电影界和体育界的高层决策者绝大多数都是白人。

而在另一边，对那些的确处于弱势，而且长久以来一直遭受根深蒂固的不公待遇的群体来说，这种倾向也十分明显，且至关重要。近些年来，女性主义"最辉煌"的团结时刻并非基于平权愿景，而是基于强烈的抨击——对稍许流露出轻视之意的男性的强烈抨击。这些时刻改变了世界：2014年#YesAllWomen（"是的，所有女性"）风潮的兴起是因为艾略特·罗杰（Elliot Rodger）在伊斯拉维斯塔（Isla Vista）大开杀戒，他总共杀害了6人，重伤14人，目的就是报复拒绝他的女性。对此，女性的一致反应是厌恶和惶恐——大规模暴力几乎总是与针对女性的暴力有关联，而几乎所有女性都曾因为害怕男性会伤害自己而不得不安抚对方。结果是有些男性站出来提醒女性，"并非所有男人"都是如此，但显然这是多此一举。（有回我碰到个陌生人冲我大骂脏话，和我同行的男性看出来我很恼火，便好心告诉我并非所有男人都是浑蛋。）女性开始在推特和脸书上发帖讲述自己的故事，以说明一个显而易见却极为重要的观点：并非所有男性都会让女性感到害怕，但所有女性都曾因男性而感到过害怕。2017年，在哈维·韦恩斯坦丑闻曝光后的几周，一个又一个的女性被权势显赫的男性玩弄于股掌之中的故事如决堤洪水般不断涌现。对于这些故事，人们觉得难以置信并嗤之以鼻——不可能那么糟的，她讲的故事似乎有点可疑。与此同时，女性相互支持，共同发声，揭露男性滥用权力是无可避免的事实且范围非常之广，并将#MeToo（"我也是"）添加为标签。

在上述例子中，多种类型的团结似乎自然而然地融合在了一起。正是女性个体的受害经历，使得女性群体在道德上和政治上化为了一股反抗之潮。而在另一方面，标签本身，以及它的设计、它肯定并巩固的思维方式，既抹杀了女性个体千差万别的经历，又让人觉得女性主义的核心似乎就是要表达女性的弱势。标签设计的初衷就是要把一句话从具体的语境中剥离出来，置于某个一元化的大观念中。添加了此类标签的女性会在受到男性侵犯时受到关注，这些时刻通常都是可预料的，比如老板扑向她时，或者是晚上被陌生人跟踪时。而她生活的其他时刻，通常都是难以预料、无人关注的。尽管女性试图用 #YesAllWomen 和 #MeToo 这样的标签来掌控叙事，但这些标签多多少少强化了她们本想去除的感觉：女性身份所指向的，有时就是一种关乎失控的叙事。标签让女性主义者的团结和她们共同的弱势看起来密不可分，似乎女性的团结只能是建立在同为弱势者的基础上。经验的共性确实至关重要，但正是每一名女性经验的差异——有些女性默默忍耐，有些女性被迫崩溃——才能指向通往更美好世界的光明大道。由于字数的限制，推特不要求用户详述个人经历的来龙去脉，且标签往往会神不知鬼不觉地在风马牛不相及的言论之间画上等号，而发声者对此又无能为力。所以 #MeToo 的批评者们更有理由认为，女性不过是小题大做，将糟糕的约会经历等同于严重的性暴力。

匪夷所思的是，标签这样的事物，本质上就是数字架构中的临时实验,却对公众的政治话语产生了如此大的影响。如果4chan的用户不是匿名机制,如果社交媒体最关注的不是个人档案,如果YouTube的算法不会给浏览者推送越来越极端的内容以持续吸引他们的注意力,如果没有标签和一键转发……我们的世界将会很不一样。正是因为可以添加标签、一键转发、编辑个人资料,网络世界的团结才会与曝光度、身份政治和自我营销密不可分。这表明,网络世界中主流的团结之举只是纯粹的表演,比如病毒式转发,或者给头像添加一些元素以表明支持,而罢工、抵制等能真正实现政治团结的举措却无人问津。表演性的团结玩过了头会非常之荒诞,比如一个网红基督徒为了让星巴克的咖啡师说"圣诞快乐",便让保守派人士骗咖啡师说他们的名字就叫"圣诞快乐"[1]。比如电视节目《鲇鱼》(*Catfish*)的主持人内夫·舒尔曼(Nev Schulman)在电梯里用手捂住心脏拍了张自拍,并配文"真男人靠耐心和荣耀展现力量。在这部电梯里没有虐待"。(实际上,舒尔曼上大学时殴打过女生。)比如社交媒体上对黑人女性的过度赞誉——选举结束后,有白人发推文说"黑人女性将拯救美国"。再比如马克·鲁法洛(Mark Ruffalo)发推文说他向上帝祷告,上帝以黑人女性的身份回应了他。这些现象往往告诉我们,白人有一种奇怪的需求,他们想要积极参

---

[1] 一些保守的基督徒认为,圣诞节是纪念耶稣诞生的日子,但星巴克的圣诞红杯上没有与耶稣有关的图案,这是反基督商业行为。

与推动平权的意识形态,即便这种意识形态真正需要他们做的就是退后一步,让公众听见黑人女性的声音。戈夫曼在《日常生活中的自我呈现》一书中曾写道,观众为表演者塑造角色的方式可能比表演本身更复杂。这就是网络上的团结表达有时给人的感觉——一种极端且表演性的倾听方式,甚至常常演变成一场表演。

关于社交网络的失真,我还要谈到最后一点,也可能是对心理最具破坏性的一点,就是它让事情的重要性失真。这并非偶然,而是由社交网络设计的基本特征决定的。社交网络的设计理念是,一件事究竟有多重要取决于你认为它有多重要。马克·扎克伯格在一份关于开发脸书新闻推送功能(News Feed)的早期内部备忘录中点出了一个极为讽刺的现实:"对你来说,在家门口死掉的松鼠可能比在非洲死去的人更重要。"其中的理念是,社交媒体可以精准控制我们看到的内容。结果是我们——先是一个个个体,然后无可避免地作为一个群体——基本上无法行使任何控制权。脸书的目标是只向人们展示他们感兴趣的内容,结果不到10年,共享公共现实这一愿景实际上已消亡。脸书的这一决策,再加上不断煽动用户强烈的情绪反应以赢得更多利益的机制,最终确立了当前新闻的准则:今天,我们消费的新闻大多与自己的意识形态一致,而这些精准投放的新闻会让我们自诩正直,让我们大为愤怒。

吴修铭在《注意力商人》一书中指出,如果技术的目的是增加对注意力的控制，那结果往往会适得其反。他以电视遥控器为例。有了电视遥控器，观众"几乎是不由自主地"换频道，并处于一种"与新生儿或爬行动物无异的心智状态"。在网络世界，这种影响也处处可见，人们会不自觉地东瞧西看，只不过遥控器被换成了看似精彩纷呈实则单调乏味的社交媒体推送——这些令人上瘾、令人麻木的信息喷射器。而一天中的大部分时间，我们都在将其瞄准我们的大脑。许多批评者指出，在使用社交媒体时，我们表现得如同经典心理学实验中寻求奖励的小白鼠，被放在不确定是否会分配食物的喂食装置前。如果喂食装置定期分配食物或者根本不分配食物，小白鼠最终会停止按压杠杆；但如果按压杠杆能让小白鼠偶尔、不定期地得到食物，它就永远不会停下来。换句话说，社交媒体基本上不能让人产生满足感，这一点至关重要。所以我们才会不断划手机、反复按杠杆，我们希望获得转瞬即逝的震颤——瞬间的认可、奉承或愤怒。

和许多人一样，我把自己的大脑与互联网捆绑，接收信息的狂轰滥炸，而且我已经敏锐地意识到自己的大脑是如何退化的——成千上万个频道无时无刻不在加载新的信息：哪个名人生孩子了、哪个名人死了、哪里发生爆炸了，有自吹自擂的、插科打诨的、牢骚满腹的、坦白忏悔的，有招聘启事、各色广告、预警播报、政治灾难的新闻。这些信息如巨浪一般冲击着我们脆弱的神经元，下一瞬间又被新的信息取代。这是一种糟糕的生活方式，它很快就能让我们筋疲力尽。2016年年底，我为《纽约客》写了一篇博文，谈到网友们为何纷纷哀叹2016年是"史上最糟的一年"。世界各地都发生了恐怖袭击，奥兰多也上演了同志酒吧的枪击惨剧。大卫·鲍伊（David Bowie）、普林斯（Prince）和穆罕默德·阿里（Muhammad Ali）永远地离开了我们。无法遏制内心的种族主义恐惧与仇恨的警察击毙了更多的黑人男性：奥尔顿·斯特林（Alton Sterling）在巴吞鲁日（Baton Rouge）的停车场兜售碟片时被警察开枪打死；菲兰多·卡斯蒂尔（Philando Castile）接受例行交通检查时被杀，当时他正伸手去拿他的合法持枪证。在得克萨斯州的达拉斯，民众因抗议警方暴力执法而与之发生冲突，有五名警察被杀。唐纳德·特朗普当选美国总统。北极的温度比长期平均值高出约2摄氏度。委内瑞拉正在走向崩溃，也门饿殍遍野。在叙利亚阿勒颇，一位名叫巴娜·阿拉贝德（Bana Alabed）的7岁女孩在推特上写下了她对即将到来的死亡的恐惧。这些事件构成了一块背景板，前面立着的就是我们——蠢兮兮的我们，带着蠢兮兮的沮丧，仿佛丢了行李，乘坐的火车还晚点了。在我看来，无论新闻是什么内容，只要过度饱和，都会让我们觉得这是种无休无止的惩罚。一个人通过互联网所接收到的不幸信息可以是无穷尽的，而他／她没有办法校准这些信息。不存在什么指导手册能告诉我们如何扩大"心量"，以容纳互联网上的人间百态、悲欢离合，也不存在什么方法能教会我们如何区分孰重孰轻。互联网极大地提高了我们了解事物的能力，但我们改变事物的能力却没有任何变化，甚至显著地在退化。我开始觉得，互联网只会让我们陷入心痛继而冷漠的无限循环。对网络的热衷让我们的生活日渐失去意义。

但互联网越糟糕，我们似乎就越渴求它，它也就越能左右我们的本能和欲望。为了防止这种情况发生，我给自己定了些规矩：不看照片墙快拍，不开应用通知。我还安装了社交媒体控制软件，每天只要登录推特和照片墙账户超过 45 分钟，它就会强制我退出。但有时，我还是会关闭这些控制软件，然后像小白鼠一样坐在那里摆弄杠杆，像自残的女人一样用锤子反复敲打自己的额头，直到我像嗅到汽油味一样突然刷到一个好梗才肯停下。互联网如此年轻，所以我们很容易不自觉地抱有一丝希望，希望它能带来积极的改变。我们还记得，最开始互联网就像蝴蝶、水洼和花朵一般神奇、令人欣喜，而现在，我们无奈地坐在日益恶化的地狱里，等待互联网"回心转意"，重新变好，给我们惊喜。但它不会。互联网受激励机制的支配，在与之互动的过程中，我们不可能做完整的自己。无可避免地，我们会变得越来越没价值，会逐渐丧失身份，不仅作为个体、作为社群的一员，还作为一个面临各种灾难的集体。注意力涣散是个"生死攸关"的问题，珍妮·奥德尔（Jenny Odell）在《如何无所事事》（*How to Do Nothing*）一书中写道："一个无法集中注意力或无法与自己沟通的社会机体，就像一个无法思考、无法行动的人。"

当然，多少个世纪以来，人们对此一直颇有怨言。苏格拉底担心书写会"让学习者遗忘"。16世纪的科学家康拉德·格斯纳（Conrad Gessner）忧虑的是，印刷术会导致一种类似"永远在线"的信息过载状态。到了18世纪，男人们则抱怨报纸会切断个体与他人之间知识和道德层面的交流，而小说的兴起会让人们——尤其是女性——难以区分虚幻和现实。我们曾担心收音机会让孩子们心不在焉，后来又害怕电视会让孩子不像听收音机那样专注。1985年，尼尔·波兹曼指出，美国人总想无休止地娱乐，这种渴望危害极大，而电视让民众"无比堕落，只关注无关紧要的信息"。不同之处在于，如今我们已经无路可退。资本主义已无新的土地可开垦，现在只剩下"自我"可供消耗。一切都在被吞噬，不仅仅是商品和劳动力，还有身份、情感和注意力。下一步就是自我与网络市场的完全同化，肉体和精神与互联网的彻底融合。噩梦已经在砰砰擂门。

怎样才能让互联网最糟的一部分停止荼毒？是社会和经济的崩溃，还是一连串反垄断诉讼，然后出台一系列严厉的监管立法，从而在某种程度上瓦解互联网的基本盈利模式？现在看来，很明显，最先到来的多半会是社会和经济的崩溃。我们什么也做不了，只能通过绵薄之力来保留人性，以一种忠于真实自我的模式来行事，而这种模式能让我们接纳自己会犯错、会反复无常且平凡渺小的事实。我们必须仔细思考我们从互联网那里得到了什么，互联网又从我们这里得到了什么。我们得减少对自己网络身份的关注，质疑自己那些令他人难以容忍的观点，并留意表达反对是不是出于精致利己的心态。如果团结是因为我们只从自己的立场考虑问题，那我们应该由衷地感到羞愧。我们别无选择，如果做不到这些，后果不可言喻，而我不说你也知道——因为它就摆在你面前。

真人秀中的「我」

直到不久之前，我生命中最隐秘的，甚至连我自己都不太愿意面对的事，就是 16 岁那年我曾在波多黎各拍了三周的真人秀。那档节目叫《女生对男生：波多黎各篇》(*Girls v. Boys: Puerto Rico*)。节目的设定正如其名。我们一共有八个参与者，四个男生、四个女生。拍摄地在别克斯岛（Vieques），这个岛只有 4 英里[1] 宽，地势崎岖不平，山丘起伏，绿树成荫，野马在白色海滩边奔跑。男生女生会定期向对方发起挑战，每支队伍需累计分数，分数高的就能得到 5 万美元的大奖。比赛间隙，我们会跑到挂满彩灯的淡蓝色房子里玩耍，能多闹腾就多闹腾。

　　现在想来我还是会觉得惊讶，我就读的那所高中居然同意我三周不去上学。那所学校对学生的管理很严格，什么无袖衫什么同性爱，校规都是明令禁止的。我虽然成绩不错，但行为记录时好时坏，所以很多大人不喜欢我，这倒也无可厚非。不过话说回来，哪怕我爸妈交不起学费，

---

[1] 1 英里约合 1.61 千米。

学校的管理人员也没把我赶回家。那会儿我上的是三年级，因为从多伦多搬到休斯敦后我就跳级了。据传言说，这所规模不大的基督教学校已经派了名学生去参加《单身女郎》（*The Bachelorette*）节目录制了。虽然学校的宗教氛围很浓厚，可学生们却总喜欢卖弄风情、互相欺骗、故作姿态，这为我参加真人秀节目做了很好的预热。

反正我是这么跟学校的管理人员说的，我希望"成为耶稣的明灯，只不过是在电视上的明灯"，然后他们就让我去了。2004 年 12 月，我收拾了满满一包印花 T 恤和手帕那么大的牛仔超短裙，去了波多黎各。次年 1 月，我自我陶醉地回来了——头发里结着盐粒，皮肤晒得像被木材着色剂染过一样黢黑。高中毕业后的那个暑假，《女生对男生》10 集节目在儿童和青少年电视频道 Noggin 播出，这个频道因播出过加拿大青春剧《迪格拉斯中学的下一代》（*Degrassi*）和重播过《跩妹黛薇儿》（*Daria*）而闻名。我喊朋友们一起看了第一集，当看到自己的脸出现在屏幕上，我又得意又痛苦。上大学后，我没在寝室安电视，觉得可以借此甩掉那个上过电视的自己。二十几岁时，在酒吧或是旅行途中，我偶尔会点开我在 IMDB 上的页面，把这段经历当作趣事跟人分享，但我对这部真人秀的兴趣仅此而已。实际上，我把自己参演的这档节目彻底看完是在 13 年之后，还是因为写文章要用到这个素材。

试镜带：男生**埃斯**（Ace）在广场上做前后空翻，

他来自新泽西州，是个溜冰高手；女生**贾**（Jia）说她当够了啦啦队长，她来自得克萨斯州，棕褐色皮肤；白人男生**科里**（Cory）坦白说从来没人跟他接过吻，他来自肯塔基州；金发女生**凯莉**（Kelley）在瑜伽垫上做卷腹运动，她来自凤凰城，长得像小甜甜布兰妮（布兰妮·斯皮尔斯）；男生**德米安**（Demian）和他弟弟在玩摔跤，他来自拉斯维加斯，说话有点墨西哥口音；面孔像猫一样的黑人女生**克里斯特尔**（Krystal）说，她知道自己看起来盛气凌人；男生**赖德**（Ryder）说他知道自己长得像约翰尼·德普，他头发微红，戴着耳扩，来自加利福尼亚；来自俄勒冈州、身材娇小的金发女郎**帕里斯**（Paris）说，她一直跟人格格不入，而她就喜欢这样。

蓝天下，六名青少年在亮得刺眼的柏油路上集合。第一项挑战是比赛跑步，终点是蓝房子，男生赢了。**贾**和**科里**来迟了，俩人紧张得傻笑。大家一起玩真心话大冒险（几乎都是大冒险，其实就是为了趁机亲热）。早上，选手们在长桌前集合，然后比赛吃东西：先吃蛋黄酱，再吃蟑螂、辣椒，最后吃蛋糕。这回女生赢了。那天晚上，凯莉吻了科里，那是他的初吻。每个人都很提防长得漂亮、说个不停的**帕里斯**。第三项比赛是水上篮球，女生输了。

我与电视真人秀的缘分始于 2004 年 9 月的一个下午，

那天是周日,我和父母正在商场里闲逛,我一边回味着刚刚在"加州比萨厨房"吃下肚的一大份白酱宽意面,一边等待在溜冰场练曲棍球的弟弟。离我们50英尺[1]远的地方有个摊位在招募演员,旁边一个人正跟十几岁的孩子套近乎,请他们给某档节目录制试镜带。"那儿摆了个纸板做的冲浪板,"最近妈妈忆起这事,是这么说的,"你那身白色吊带、夏威夷风印花短裙,看起来就像是为那档节目风格量身打造的一样。"她突发奇想,建议我去摊位那边问问。"你的反应是:'不行!呸!妈妈!没门儿!'你气急败坏,还说这不是撺掇你出洋相嘛。这时爸爸从钱包里掏出20块钱说:'你要是肯去,这钱就归你。'你啪的一声抄过钱,过去拍了段录像,接着就逛街还是干吗去了。"

几周后,我接到了制片人的电话,他给我解释了节目的构思(女生对阵男生,拍摄地在波多黎各),还叫我拍二次试镜的录像。为了充分展示自己的个性,我得意忘形地跳了段愚蠢至极、大杂烩一样的舞蹈,信誓旦旦地说着"女生不会赢——女生要想赢——有我才能行"。可最后制片人选中我时,妈妈突然有些犹豫,她没想到就凭那两段试镜,我真能被选上。但那一年,她和我爸经常不在家,也不怎么关心我。但我并不想弄清楚爸妈到底为什么这样,而是宁愿他们不在家,这样晚上出去玩也不用按时按点回家。我宁愿看看能不能在哪儿搞到20块钱,去Forever 21店里

---

[1] 1英尺约合0.30米。

买件时髦亮眼的上衣。我跟我妈说,她必须让我去,因为这最初是她出的主意。

最后,她勉强同意了。时间一下子来到了 12 月,我坐在休斯敦机场,戴着耳机,一边吃着肉馅玉米饼,一边用 CD 机听着 Brand New[1] 的歌,活像一只装得太满的塑料杯,心里的期待都快溢出来了。我沉醉于冒险开始前美妙的刺激感,结果错过了航班,紧凑的拍摄进度也立刻被我打乱了。我没法按时到达片场,也赶不上第一场挑战,为了平衡人数,另一位男生被留下来延迟登场。

接下来的 24 个小时,我羞愧难当。到达别克斯岛后,我拼命地想弥补自己的愚蠢,第一战便主动请缨。"姑奶奶我什么都吃!什么都不怕!"我喊道。

我们在四个盖了盖子的盘子前排好队。号角响了,我端起盘子,发现盘子里是一堆热腾腾的蛋黄酱。

我这辈子都不愿意吃有蛋黄酱的食物。鸡肉沙拉、鸡蛋沙拉、土豆沙拉我通通不爱吃。三明治里哪怕有一点点蒜泥蛋黄酱,我都要把它刮掉。我觉得蛋黄酱是天底下最难吃的东西。可我还是立刻就把脸埋进这座又黏又腻的淡黄色小山里,狼吞虎咽,蛋黄酱抹得到处都是——吃这玩意儿压根儿快不起来——最后我看起来糟透了。但我一点也不后悔,因为女生赢了。比赛结束后,制片人带我们去

---

[1] 一支美国的另类摇滚乐队的名字。Brand New 成立于 2000 年,是那个年代美国许多年轻人耳机里的常客。

浮潜，我没办法沉下心来欣赏周围色彩绚丽的彩虹礁，因为我不停打嗝，呼吸管里也有股子火烧火燎的蛋黄酱味。

我唯一清楚记得的就是吃蛋黄酱，或者说，起码我一直是这么跟人讲起这段经历的，我也只跟别人讲起过这件事——十几岁的我为了钱而把一大堆热蛋黄酱舔得干干净净，这事说起来多欢乐啊，而且肯定能把别人给恶心到。可看了节目我才发现自己说的压根儿不对。第一战我是主动请缨了，但盘子并没有盖住，我一看即知那盘里是蛋黄酱。事实上，是我自己特意选的蛋黄酱。但我后来跟别人说的是我摊到的就是蛋黄酱。

看起来，我似乎一直在犯这样的错误。很多时候，我都隐约觉得，稀奇古怪的事会突然降临到我的头上。尤其是，如果不写作，我就无法真正地思考，脑子懵懵懂懂，一片荒芜，好像总是会误打误撞地来到一个荒谬的未知世界。就像提起《女生对男生》，我总会说自己能参加这档节目纯属意外，纯粹是误打误撞，纯粹是因为我当时刚好傻乎乎地在那家商场里瞎逛悠。

我喜欢这种说法，远胜于另一种同样真实的说法：我总觉得自己很特别，行为举止也该和别人不一样。参加真人秀节目的确是偶然，但报名时我确实也挺积极的，觉得自己命中注定要这么做。我问我爸要那20块钱不是为了激励自己，而是为了掩盖真实动机。我这么对自己说：我参加试镜并不是因为我自命不凡，而是因为我马上就可以拥有一件热辣无比的新吊带衫，来搭配那条价格不菲的

Abercrombie 牌超短裙和假 Reef 牌凉拖。后来我兴奋地把自己被选中的消息写进了日记，但我一点都不觉得这是个意外之喜。现在看来，一个 16 岁的女孩要是不巴望被人看见，根本没可能穿着比基尼、扎着小辫子在电视上跑来跑去。其实这很明显，只是我当时没发现。

跃动的曙光，洁白的沙滩。青少年们用 T 恤发射器互相发射 T 恤，女生们输了。**帕里斯**和**德米安**说起了心事，可**德米安**想和**贾**卿卿我我，但贾说她给自己定了规矩，拍摄期间不能谈恋爱。**德米安**觉得他有办法说服她。**赖德**和大家的关系很紧张，他是个运动员，人高马大的，但喜欢胡思乱想。男生女生又比拼了一场障碍赛，女生们又输了。

科里迷上了**凯莉**，比赛时后者故意让他分心。**帕里斯**在平衡木上摔倒了。**埃斯**想勾搭**凯莉**。"我、**科里**和**埃斯**是三角恋，"**凯莉**对着镜头微笑着说，"麻烦大着呢。"

《女生对男生：波多黎各篇》是这档真人秀节目的第四季，于 2003 年开播。第一季在佛罗里达州拍摄，第二季在夏威夷拍摄，第三季在蒙大拿州拍摄。有个人气没落的粉丝网站把所有参与者的名字都列了出来，还链接到聚友网页面，虽然那个页面早就失效了。每一季的演员的合影看起来就像 PacSun 的服装广告，只不过种族更多元。参与者的名字不禁让人联想起21世纪初郊区的青少年，比如贾斯汀、米奇、杰茜卡、劳伦、克里斯蒂娜、杰克。

那是真人秀节目的鼎盛时期，亦是一个相对单纯的年代，从那往后，这个行业逐渐显现出阴暗丑陋的一面。那时的真人秀节目尚未塑造出一种全新的"人类类型"——为了在镜头前保持光鲜亮丽，不惜整容、打针的那种人；那时我们还未见识过无剧本的真人秀节目是怎么让一个人的真实个性逐渐衰退的——可以通过他们在照片墙上发布品牌赞助的减肥饮料广告，或是在三线城市的俱乐部进行付费亮相来衡量。在21世纪初，真人秀还是个新奇的存在，同样新奇的还有推动21世纪技术和文化发展的新理念——即便是一个普通人，我们也可以在他身上找到卖点，然后无缝变现。我跟制片方签合同的时候还没有YouTube，手机不能拍照，社交媒体上也不能发短视频。那时《玩命生存战》（*The Real World*）在巴黎和圣迭戈拍摄，《玩命生存战：公路竞技版》（*Real World / Road Rules Challenge*）于2003年开播，而《女生对男生》模仿的就是该节目的第一季"两性之战"。那时观众都觉得《幸存者》（*Survivor*）这样的节目别出心裁，《拉古纳海滩》（"Laguna Beach"）这首歌在MTV（音乐电视）榜单上人气爆棚。

《女生对男生》是低成本制作。总共就四台摄像机，两位执行制片人一直守在片场。不久前，我给其中一位制片人杰茜卡·摩根·里希特（Jessica Morgan Richter）写了封电子邮件，约她到曼哈顿中城区一家意大利餐厅聊聊。我们是趁着酒水打折时去的，餐厅里灯光昏暗，杰茜卡和我记忆中的她一模一样：似笑非笑、挺括的鼻梁、略带忧郁的蓝眼睛，可以在电影里扮演莎拉·杰茜卡·帕克（Sarah Jessica Parker）[1]苦闷的妹妹。我们都很喜欢杰茜卡，她待我们特别好，不仅是制片人对节目参与者的那种好。拍摄期间，每当帕里斯哭泣时，为了哄她高兴，杰茜卡会把自己的 iPod 借给她听。2005 年春天，她邀请我、凯莉和克里斯特尔去纽约和她住了一段时间，还带我们到处玩，带我们看现场版的《洛基恐怖秀》、去唐人街 K 歌，16 岁孩子能玩的地方她都带我们去了。

2006 年，杰茜卡离开了《女生对男生》节目的制作公司，去了 A&E[2]，在那儿待了七年，担任《囤积强迫症者》（Hoarders）和《翻转波士顿》（Flipping Boston）两档节目的执行制片人。现在她是 Departure Films[3] 的副总裁，仍然只做真人秀节目。["我们给好多住房做了个性化改造。"她给我介绍了她最近与模特加布里埃尔·尤尼恩及其丈夫兼前职业篮球运动员德怀恩·韦德共同制作的特别节目《全明星翻新》（All Star Flip）。]《女生对男生》是杰茜卡

---

[1] 一位美国著名演员、制片人和时尚偶像，因在电视剧《欲望都市》（Sex and the City）中饰演女主角而广为人知，以略带忧郁的表演风格闻名。

[2] 一家美国的电视网络，由美国的多个电视公司联合创建，主要提供娱乐和纪录片类节目。

[3] 一家独立的电影制作公司，专注于创作电影和其他影视项目，涵盖剧情片、纪录片等类型，并涉及独立制作和艺术性较强的项目。

参与制作的第一档节目,她加入这档节目是在第三季,拍摄地是蒙大拿州。我们把外套叠放在吧台上时,杰茜卡告诉我,她那时和我现在一样大。

所有参与者都由杰茜卡亲自挑选,她从8月份开始物色人选。"一个地方也没落下,"她说,"只要是体育项目开展得还不错的大城市的高中,我都发了传真。我还走访了三州地区[1]所有的游泳队。"她解释说,这类节目的选角相对较难。首先,八位参与者的男女比例得一比一,得体现地域和种族的多样性,同时还得个性鲜明、有辨识度,具备一定的运动天赋;另外,父母还得愿意在跟课本一样厚的授权协议书上签字。杰茜卡特别提到,这类父母比我们想象的要稀罕得多。她和另一位制片人斯蒂芬拥有我们的肖像权,有权使用节目中的影像,无论是做什么用途。"我才不会让我孩子参加这样的节目!"她说,"你肯定也不会!"后来,我找到了免责声明书上我妈工整的签名,按照条款,她承诺不追究制片人、制作公司、发行公司的"一切赔偿或责任","如遇免责方因疏忽或其他行为造成伤害或导致死亡,永远免除并放弃索赔权,并承诺不起诉免责方"。

杰茜卡把孩子交给临时保姆照看,6点前她得去哈莱姆区把孩子接走。她看了看表,然后点了份玛格丽特比萨。她告诉我,真人秀选角的关键是演员得上镜,得是"那种在屏幕上能让人眼前一亮的,能从容不迫地进行眼神交流,

---

1 指纽约州、新泽西州、康涅狄格州,是美国东部经济最发达的区域。

当镜头不存在的人"。她给我们每个人都打了电话,问:如果和别人发生矛盾,你们会怎么做?有男朋友/女朋友吗?"从16岁孩子的答案中你能看出很多东西——是否坦诚,是否缺乏安全感,"她说,"青少年基本个个缺乏安全感,但如果你太拘谨,在镜头前就没法好好表现。真人秀需要的要么是安全感爆棚的人,要么是完全没安全感,在摄像机前发疯的人。"

杰茜卡还告诉我,群体真人秀的套路其实很简单。就算是成年人综艺节目,套路也跟青少年的相差无几。通常少不了下面这几种人:怪胎、书呆子、运动健将、舞会皇后和"有点幼稚的神经质女孩"。我问她,能不能让我猜猜看大家都是为什么被她挑中的。"凯莉是酷女孩,"我说,"帕里斯是怪胎,科里是乡下来的乖乖男,德米安是呆瓜,赖德应该是运动健将,克里斯特尔是那种说话尖酸刻薄、喜欢大惊小怪的女孩。"

"没错,超级名模那种。"杰茜卡说。

"那埃斯呢?"我问,"克里斯特尔猜你们选他是想跟她凑一对黑人小情侣。"(自带冷幽默、个性和善的克里斯特尔曾跟我说过,制片方给她的角色定位是"真人秀里标配的黑人女孩"。)

"节目当然需要种族多样性,"杰茜卡说,"那你觉得你自己呢?"

"我是书呆子?"我问。(我打包票,他们选我也是出于多样性的考虑。)

"不是，"她说，"虽然我记得，有天晚上你竟然在那儿写作业。斯蒂芬和我当时就想，这要是上了电视可太没劲了，我们得让她停下来。"

"那我……是头脑冷静的那个？"

"不是！"杰茜卡说，"我们可不希望你冷静！向台里推荐你时，我们以为你是上知天文下知地理的优等生。"她还说，选我也是因为我看起来很有运动天赋——试镜带里有我在足球场上做前空翻的片段，其实这巧妙地掩盖了我手眼协调能力很差，几乎接不住球的事实。

在门廊上，**凯莉**正和**克里斯特尔**、**贾**一起商量她应该怎么戏弄**埃斯**和**科里**，好挑拨男生之间的关系。而那边男生们打算利用喜欢上**赖德**的**帕里斯**来破坏女生之间的关系，**帕里斯**动了心，很容易操控。她总是哭哭啼啼，嘟囔个不停，气氛因此变得更紧张了。**赖德**经常情绪失控。"为什么要针对我？"他大叫着，光着上身往海里扔石头，"真他妈扯淡！"

大家准备出去跳舞。**德米安**还在勾搭**贾**。**埃斯**头上顶着件衬衫，学**贾**拒绝**德米安**的动作，学得像极了。大家在露天海滩酒吧里规规矩矩地跳了会儿贴身舞，然后回到屋里，主持人已经在那里等着了。大家要一起投票决定让谁出局。每队各有一人出局。

我花了好几个月的时间才鼓起勇气去看《女生对男生》，

但我平时不是这样的，参加这档节目本身就能说明我并不是个优柔寡断的人。但我发现，我就是没法叫自己举起遥控器、按下播放键。2018年冬天周末的一个雪夜，在布鲁克林的一家酒吧喝完酒后，我拉着朋友普雅一起回家看了上半季。几天后，我又让朋友凯特过来陪我看完了剩下的几集。

看到那么多自己青少年时期的影像，感觉很奇怪。更奇怪的是，我们都表现得很自然——好像袒露内心和被摄像师追着拍是天底下最正常不过的事情。而最奇怪的也许是看到自己的变化如此之小。给其他几个参与者打电话时，那种时空错乱的感觉更加强烈了。大家都差不多30岁了，按说到了这个年龄段，多数人都会觉得自己和十几岁时差异很大。但就像杰茜卡说的，我们在青少年时期都异常自信——我们各自的自我意识都非常清晰。我问大家，从节目播出到现在有没有觉得自己变了很多？大家都说除了长大成人了，其他方面感觉都差不多。

凯莉已经结婚了，住在纽波特海滩，在一家房地产公司做业务拓展。克里斯特尔住在洛杉矶，有份全职工作，同时也是演员和模特；女儿20个月大，她和女儿一起参加了另一档真人秀节目，TLC[1]的《震惊新生》(*Rattled*)[2]。

---

[1] The Learning Chanel，最初是一个以教育和学习内容为主的频道，但后来逐渐转型为以真人秀和生活方式节目为主，涵盖家庭、关系、育儿、烹饪和婚礼等主题。
[2] 一档真人秀节目，主要记录新手父母面对怀孕、分娩及育儿挑战的真实经历。

在镜头前把初吻给了凯莉的科里，现在在迪士尼工作，和男友住在奥兰多。在拉斯维加斯长大的呆瓜德米安仍然住在那儿，在给俱乐部做推广。埃斯在华盛顿。赖德没回我信息。至于帕里斯，我看她在脸书上落落大方地记录了她这一个月治疗躁郁症的经历，于是我就没联系她。

我问大家觉得每个人在节目中都扮演了什么角色。有一半大家都看得很明白。科里、凯莉、帕里斯和克里斯特尔扮演的都是挺老套的角色：乖乖男、美国甜心、怪胎、坏女孩。剩下的几个人，德米安、赖德、埃斯和我的角色就不那么清晰了。德米安认为他的定位是个浑蛋，凯莉觉得德米安是专门负责恶搞的，克里斯特尔猜他是个"拈花惹草的瘾君子，像另一档真人秀节目《泽西海岸》（*Jersey Shore*）里的那些放浪的年轻人"。每个人眼中的赖德都不一样：自命不凡的文艺男、放荡不羁的运动健将、个性张扬的朋克摇滚乐手。每个人对我的看法也不一样，他们的回答无外乎机灵豆、乖乖女、"风趣幽默的南方人"，或者假正经。但我知道，要是提问的人不是我，他们的回答又会变个样了。

单单提出这样的问题，就说明我们都有一种典型的青春期幻想。真人秀节目让观众看到的是情感不成熟的人各式各样的自我幻想——幻想着有人密切关注你的一举一动，给你打分并归类；幻想着你的生活就是绝佳的电影素材，即使是走在大街上这样最常见不过的场景也应该精心剪辑、配上动听的音乐。真人秀是成人给青少年精心打造的"真实世界"。我们被塑造成特定类型的角色，互动时的配乐是原声民谣和流行朋克，我们的身份在整个叙事中显得无比重要。对于自恋狂而言，这一切就是幻想成真。"干我们这一行的都知道，"和杰茜卡一起在中城区喝酒时她告诉我，"每个人都会报名。大家伙儿都想成名。每个人都以为自己会比卡戴珊姐妹更厉害。你看现在，有了社交媒体，每个人都想有观众。每个人都觉得自己该有观众。"

高中时，我渴望能得到《女生对男生》摄像机给我的那种"目不转睛"的关注。回顾日记时我看到，我总是高估自己给别人留下的印象。我密切监控自己，渴望了解朋友和同学是怎么看我的，渴望掌控他们所能看到的一切。我写这篇文章的目的是想让自己更诚实：我想以一种能反映自己真实感受的方式行事，我想以活出"真正的自己"的方式生活。但我也担心，我更想做的是保持形象的一致性。正如我在2004年所写的，我担心这种自我监控，会让我太在意在具体情境下"贾"应该如何表现，换言之，我有变成"角色化的自己"的危险。

显然，这种焦虑会一直伴随着我。但《女生对男生》以一种奇特的方式化解了我的部分焦虑。录节目时，时刻处于监视之下的我无法与自己拉开距离，无法思考自己应该给他人留下什么样的印象。当一切都被框定为表演时，我反而没法刻意去表演。2005年，我回到得克萨斯后，日记里不再有各种猜想和臆测。我不再好奇我的高中同学是怎么看我的，也不再想我在节目中是什么样子。知道自己被人看见帮助我摆脱了我想看到自己、想把自己当作角色来分析的欲望。看第一集时我的想法是：这人好没趣、好令人尴尬啊，但这人就是我。

没过几年，我就开始觉得，就像天气一样，我给人留下的印象几乎是无法控制的。现在回想起来，当时我只是在无意而非有意地控制它。调整自己的外在已经成了一种本能的、自然而然的反应，所以我并没有注意到自己在这么做。真人秀在某种程度上解放了我对自我意识的束缚，同时又让我无法摆脱它，因为自我意识已经不可分割地融入了一切。

这段经历为我未来与互联网密不可分的生活做了微妙和充分的准备，但我不确定这样的准备是好是坏。观看这档节目的感受与在纽约地铁上刷推特时的感受如出一辙——一方面我质疑："在随心所欲的自我标榜之下，真实的自我被置于何地？"另一方面我又不禁在想："在别人面前的模样是否就是真实的自我？"

明媚的早晨，睡眼惺忪的少男少女。吃早饭时，**贾**很不好意思地告诉**帕里斯**，对接下来要发生的事她感到抱歉。大家伙儿都在沙滩上，**帕里斯**和**赖德**被淘汰出局。"我知道你们不是针对我，但这结果还是很操蛋。"**帕里斯**说。

剩下的六位选手在轮盘上转圈，用球砸彼此；女生们输了。**埃斯**和**贾**进了一个废弃的军营，里面有夜

059

视摄像机和挂锁。女生们又输了。第二天早上，转折出现了。主持人正在楼下等着我们。

《女生对男生》每一集的框架都一样。大家先玩对抗赛，然后回到住处，聊聊自己讨厌谁、喜欢谁，如此循环往复。每一集都差不多的流程令人昏昏欲睡。延时摄影中，太阳闪着金光，云层缓缓现出；镜头探入双层床的白色蚊帐，我们打着哈欠，说着今天我们一定能赢。我们穿着沙滩裤和比基尼在海滩上排成一排；铃声响起，我们在海滩上跑来跑去，拼一块超级大的拼图，主持人在计分板上算分；太阳再次在延时摄影中落下，荧光粉逐渐褪去，化为深沉的暮色；晚上，皮肤晒得越来越黑、头发越来越卷曲的我们，互相吐槽、打打闹闹，有时还会有人亲嘴。

看节目时，我惊讶地发现有很多情节已被我遗忘了。有些对抗赛我一点印象都没有。我们在温德姆酒店卖过自己做的纪念品（？），比过谁能更快地划动底部漏水的皮划艇（？），还双手反绑跪在地上，吃过碗里泡烂的狗粮（？）。有一集，我抱起吉他，即兴弹唱了一首长长的歌谣，歌词讲的是节目成员之间的情情爱爱。让我烦恼的是，镜头外发生的事我差不多忘得一干二净。比方说，我不知道我们每天都吃了些什么。

"我想我们吃了很多速冻比萨，"德米安告诉我，"我们还经常去那家餐厅吃午饭。"在电话里，克里斯特尔告诉我，她现在买的依然是同一个牌子的冷冻比萨。我听到她走到冰柜前,"对,是塞莱斯特牌。微波炉热几分钟就好。"凯莉想起了那家餐厅:"叫香蕉餐厅。晚上我们跳舞的地方叫沙克家小馆,我记得那里的扦子上穿了很多鸡肉在烤。"克里斯特尔也记得沙克家小馆,说那里有乐队现场表演,灯光很昏暗。"嗨!"她说,"那时我们还以为自己是在拍电影《情迷哈瓦那》(*Havana Nights*)。"听到这些话,我隐约记起点什么——密胺做的餐盘,我每次都点的那款三明治,漆黑广阔的天空,室外露台上的沙子。但仅此而已,其他的我几乎都忘了,因为我不需要把它们写成故事。在波多黎各,弄清楚每天发生了什么是别人的工作。

真人秀节目因人为制造虚假桥段而声名狼藉。观众都知道,《单身汉》(*Bachelor*)[1] 系列节目就使用了剪辑拼接法,篡改音频、移花接木,把参赛者从没说过的话硬安到他们头上。[2014 年,《单身汉天堂》(*Bachelor in Paradise*)[2] 某位参赛者被剪辑后的镜头看起来像是在跟浣熊诉说心事。] 杰茜卡告诉我,我们这档节目后期剪辑用了三个月时间,为了让故事情节更加合理,他们调换了很多镜头的顺序。我自己能看出来有些地方是拼接的,其他参与者也会告诉我哪里做了改动。(节目中略去了这么一个事实:在每队必须投票表决以淘汰一名成员时,不想伤害别人的

---

[1] 一档美国真人秀节目,旨在为一位男性寻找真爱。这个节目自 2002 年开始播出,由美国广播公司(ABC)制作,是真人秀类节目的先驱之一。
[2] 《单身汉》和《单身女郎》的衍生节目,由美国广播公司制作和播出。

帕里斯和迫于其他男生压力的科里都投了自己的票。）但无论如何，这档节目仍然像是份完整的青春记录，独一无二、非同寻常。我们永远在那里，用我们青春的声音对着镜头倾诉衷肠，我们无比坚韧的身体和着铃声潜入海水。在别克斯岛，我无形中明白了，生活在 21 世纪的我们，有时很难区分体验的契机、体验的记录和体验本身之间的界限。

足球场上，海风吹拂，青少年们的队伍重新组合了：**赖德**去了女生队，**帕里斯**去了男生队。比赛是"人体桌球"。女生队有了**赖德**就赢了。比赛结束后，**帕里斯**坐在足球场上哭泣。**埃斯**和**德米安**都很讨厌她。"我们得拖着她，就像拖一大袋土豆。"**德米安**说。那天晚上**帕里斯**告诉**科里**，**凯莉**只是利用他来扰乱男生队的军心。**凯莉**和**帕里斯**针锋相对，**德米安**则想保护**帕里斯**。接着，双方大打出手。

凯莉想要跟**科里**和好。**德米安**告诉**科里**，**凯莉**每次谈恋爱都劈腿。女生试着和**帕里斯**和睦相处。"每个人都想表现得比别人好，"**帕里斯**独自一人在车道上抽泣着说，"但也许我们都很差劲。"两支队伍要划皮划艇穿过红树林沼泽，这次女生队获胜。节目组单独采访**贾**和**克里斯特尔**，她们坦白说，男生们很生气，因为**凯莉**不想和**埃斯**谈恋爱，而**贾**不愿意和**德米安**谈恋爱。

在整季节目中，我拒绝和任何人亲热是重要情节点。第一天晚上，每个人都在玩真心话大冒险还互相亲吻时，我就表现出强烈的反感。在"拉斯维加斯大团圆"那一集——确实有那么一集，所有演员都坐在光亮耀眼的舞台上观看节目剪辑，德米安跟我说，他觉得我的原则愚蠢至极。我总是一副自以为是的样子，就喜欢说"不好意思，我有我的准则"，还声称自己有张便笺卡，上面清清楚楚地写着有哪些原则我绝对不能违反。

这些话是不是我胡诌的？我压根儿不记得我有什么便笺卡。也可能是现在的我在胡诌，因为我觉得那张所谓的便笺卡与我现在的人生轨迹很不一致。16岁的我突发奇想，给自己划定了性关系边界，我是处女，在结婚前我想一直保持处女之身。不过没到一年，这个目标就被我置之脑后。但我不知道，在节目中，我关心的究竟是要**看起来**有贞节，还是**确实**有贞节——或者说，从宗教的全景式监狱换到真实的全景式监狱，我是否还有能力区分"看起来有贞节"和"确实有贞节"。我说不清自己是厌恶与陌生人有亲昵举动（那时我还真没这么做过），还是只是厌恶在电视上如此。在去波多黎各的前一个月，我看了一集《女生对男生：蒙大拿篇》并在日记中写道："我感觉怪怪的。每个人都在打情骂俏，从头到尾。女生穿得都少得不能再少，哪怕是赶牛比赛也就穿了件抹胸。这样绝对不行。我就要带T恤，很多件T恤。想到我是那个规规矩矩的人，那个不打情骂俏的人，我就觉得很奇怪，因为我平时不是这样。也许我只是不希望半年后再回头看时，发现自己像个荡妇。"

在保守的道德良知表象之下，隐藏的是让我忐忑不安的、明晃晃的优越感。我觉得自己比21世纪初盛行的少女形象要好。那时喜剧大片和浪漫爱情片里的女孩都卖弄性感、矫揉造作。中学里的女生无时无刻不想谈论男生，叫我看了都觉得羞辱。由于个性的原因，我期望自己看着不是很急切；出于信仰的原因，我也不能举止放荡，至少不能**看起来**举止放荡。毕竟在真人秀节目中，急切和放荡差不多是一回事。也可能是德米安散漫邋遢的举止与我自以为是的狭隘审美相矛盾——当时我喜欢的是那些衣着光鲜、不把我当回事的男生，而且我觉得，被人公开示爱是件很难堪的事。但从头到尾，我都很喜欢德米安，他的幽默妙不可言又荒诞不经，让我着迷。最后一晚，最后一场对抗赛结束后，我们终于腻歪上了，但没被节目组录下来，虽然第二天吻别时我们还是给杰茜卡逮到了。之前看似无法化解的拧巴瞬间烟消云散，打那之后一切都不一样了。给德米安打电话时，我正在旧金山写报道，聊着聊着我们都笑得说不出话来，足足笑了好几分钟。那天晚些时候做采访时，我的腮帮子都酸得不行。

对于科里来说，贞节的问题更为突出。在试镜带中他介绍说他喜欢小甜甜布兰妮，说他从未吻过别人，然后在录制第一集节目时，他的初吻给了凯莉，她正是我们节目组的"小甜甜"。科里和凯莉是我们这一季的爱情戏份担当，部分因为双方都乐意，以便多出镜。但我给科里打电话时，他告诉我他早在开拍之前就知道自己是同性恋，和凯莉的吻不过是他和女生的初吻。

现在回想起来，这一点其实很明显。科里生理上并没有被身材热辣的凯莉所吸引。有次对抗赛，节目组随机给了我们一些物品，要我们猜出物品的主人是谁。我在一堆电影票根中发现了一张《猫女乐队》(*Josie and the Pussycats*)的电影票，一看就知道这是科里的东西。但科里一直在装。他来自肯塔基州的一个小镇，所以他不能出柜。[1] 他也想跟父母坦白，但父母不仅不愿倾听，父亲甚至告诫他千万不要让"我这一生最恐怖的噩梦"成真。（杰茜卡补充说，她不知道在 2005 年那个时候，Noggin 是否允许他们在节目中谈论同性恋这个话题。）在去波多黎各之前，科里的父亲警告他不要"表现得像沙奇一样"——电影《史酷比》(*Scooby-Doo*)中的沙奇是他父亲能想到的最"基里基气"的人。科里告诉我（他说话时还是那么和蔼、乐观、实在），他和男友已经在一起生活了八年。他的父母表面上对他和和气气，对他的另一半彬彬有礼，实则非常疏远，也不承认他们的关系。

男生女生们穿着印有夏威夷风图案的酒店制服，去温德姆度假村兜售他们亲手做的旅游纪念品。**德米安**用西班牙语招揽生意。男生队赢了。回房后，大家

---

[1] 肯塔基州的观念和文化相对保守。

伙儿用制冰机制作了冰沙球，互相砸来砸去。停电了，大家摸黑在游泳池里游泳。**帕里斯爬到埃斯和德米安**背上，**贾**对着镜头说帕里斯打算靠着她那对"胸器"来融入男生队。第二天，两队在皮划艇上比身手。女生队输了。

女生们要求再比一场。**赖德**和**帕里斯**狼吞虎咽地吃了好多血肠，结果吐了。**凯莉**很沮丧，科里到现在也没一点动静。"他跟其他男生一点也不一样。"**凯莉**说。

节目第一集播出后我就没往下看，部分是因为我没必要看。节目播出那会儿还不流行在网上看视频，而且它也没火到会有人把节目片段搬运到 YouTube 的程度。Noggin 于 2009 年关闭，其网站、网站上《女生对男生》的彩蛋论坛和粉丝论坛也随之关闭。我第一次用脸书是在 2005 年，那时这档节目已制作完毕但尚未播出，LiveJournal、Xanga[1] 和 Myspace 等平台均已创立，社交媒体的发展走向已非常明显。电视真人秀的风潮渗透到方方面面，每个人都在记录自己的生活，以供他人观看。我感觉，通过《女生对男生》节目，我能给自己一种不可多得的、单方面的

---

1 一个早期的社交媒体平台，成立于 1999 年，最初是一个博客网站。这个平台在 2000 年代初期非常流行，尤其是在年轻人和青少年中，它曾是个人表达、社交和日常记录的重要工具。后来许多用户转向了像脸书、推特这样的更具社交性的网络平台。

自由——有了这档节目，我可以塑造自己的形象以供公众消费，但我不必观看这档节目，因而也就不必消费自己。我可以塑造一个我永远无须面对的自己。

这一季结束后，制片人把节目制成VHS（家用录像系统）录像带寄给了我们。大学时，有好友问我要，我便把录像带送给了她，结果她一口气看完了。我在和平队[1]当志愿者时，男友也看完了一整季。（他觉得电视里的我"和现在的你一模一样，只是嘴巴更毒"。）我经常放狠话说要把录像带扔了，男友就把录像带藏到他父母那儿，我找不到自然拿它没辙。最后他妈妈不小心把录像带捐给了慈善机构，可把我高兴坏了。

2017年春天，我在纽约州北部租了间民宿，准备去过周末。我自个儿坐的火车，行李就带了运动裤。天色已晚，外面黑漆漆的，我坐在靠窗的小桌旁，把自己的想法记在本子上，确切地说，是以瘾君子似的癫狂龙飞凤舞地写下：生活在当下虚假的环境中，我们有必要了解真实的自己，可是我们做不到。我在柴炉里生了堆火，凝视着火光思考着。"啊！"我大声喊道，突然想起自己上过真人秀。"啊，不。"

我打开脸书，给凯莉和克里斯特尔发消息。说来也

---

[1] 和平队（Peace Corps）是美国政府于1961年成立的一个志愿服务组织，旨在通过志愿者在全球范围内提供援助，促进国际理解和友谊。该组织的志愿者被派往发展中国家，帮助改善教育、卫生、农业、环境等多个领域的条件。

巧，克里斯特尔那一周正准备去开市客把 VHS 录像带转成 DVD，可以给我拷贝一份。和凯莉、科里一样，节目播出后她一集不落地看了。后来我之所以能如释重负，是因为和德米安、埃斯聊天时发现，他俩也是看了前几集就没再看了。

"你俩为什么不看完？"我问埃斯。

"我也讲不清，"他说，"我觉得吧，反正都亲身经历过了。你懂我意思不？"

  男生女生们在玩寻宝游戏，他们在广场上奔跑，拍摄下人们倒立、亲吻小狗的照片。女生赢了。回屋后，**德米安**提了桶水冲马桶里的"巨便"。男生要求加赛：每个人都把双手绑在背后，吃碗里烂乎乎的狗粮。女生队再次获胜。

  夜幕降临，男生女生蒙上彼此的眼睛，轮流接吻。他们用塑料布在草坪的斜坡上搭建了个简易水上滑梯，还在滑梯上涂了些植物油。他们对着镜头，像摔跤手一样秀自己的肌肉，然后胡乱打闹，手捧奶油追打对方。

别克斯岛南岸有个几乎完全被陆地包围的海湾，那里红树林密密麻麻地缠绕在一起，非常静谧。它叫"蚊子湾"（Mosquito Bay），不是因为蚊子多，而是因为著名的海盗罗伯托·科弗雷西（Roberto Cofresí）有艘船叫"蚊子"，他是加勒比海最后一个真正的海盗，一个残酷冷血的传奇人物。他说自己在死之前，要把他的几千件宝贝藏到地底下。有报纸把某个死去的海盗当成了科弗雷西，自那之后，流言四起，说他有神话般的超能力：他能让他的船消失；他生来血管排列就与众不同，因此得以长生不老。民间一直有传言说他每七年现身一次，连续七天，身披火焰。

世界上只有五个生物荧光海湾，其中蚊子湾是最亮的。每升海水中都有数十万个巴哈马犁甲藻，这种微小的甲藻在受刺激时会发出蓝绿色的奇异光芒。在看不到月光的夜晚，驶过这片水域的小船会在水面上留下一道彩虹般的光迹。这里正是巴哈马犁甲藻所需要的港湾，安全、隐秘：腐烂的红树林为这些娇贵的生物提供了丰富的食物，通往海洋的水道又窄又浅，不受海浪的干扰。巴哈马犁甲藻光靠自己或是与外界无接触时并不能发光，只有在遭受外界侵袭时才会发光。麻烦的是，侵袭会打破海湾微妙的平衡。2014年，蚊子湾的海水一整年都没有发光，可能是游客的活动，以及防晒霜和洗发水中过量的化学物质造成的。现在，游客只要不使用驱虫剂，仍然可以乘船从这里出海。但从2007年起，游泳就被明令禁止。而2005年节目录制时，我们还在那里游泳。

漆黑的夜幕中，我们乘船出海，四下里一片静寂。流动的云团后面躲着乳白色的星星，忽隐忽现。我们激动不已，紧张得大气都不敢出。我想我们的父母多半都希望我们能有这样的冒险经历，又负担不起，索性才会允许我们参加这档节目。船在海湾中央停下，我们高兴得浑身颤抖，纷纷滑进海水中，身体闪闪发光，仿佛身上紧贴着夜空坠落的繁星。在无边的黑暗中，我们被魔法包裹，像水母一样闪亮，像音乐视频《毒》（"Toxic"）里的小甜甜布兰妮一样耀眼。在淡蓝色的微光中，我们转着圈，喘息着，欢笑着，抚摸着彼此的肩膀，看着手指上闪烁的点点光亮。过了很久，我们回到船上，生物荧光顺着我们的身体滴落。我挤掉头发上光彩夺目的水滴，觉得无比幸运，幸福得几乎窒息，仿佛自己在旋涡中打转，撞上了各种玄妙的意外。没人带照相机，就算有，相机也拍不出来。我反复告诉自己：别忘了，千万别忘了。

根据节目安排，男生女生要先潜到海里找到某样物品，然后游上岸，猜出物品的主人是谁。**贾**匆匆翻看着她刚刚捞上来的钱包，发现里面有几张电影票根，她说："《猫女乐队》？那是**科里**的钱包。"女生队获胜。**凯莉**总算把**科里**哄骗到一个昏暗的角落，俩人卿卿我我。有个镜头是**德米安**正在给双层床上的**贾**挠痒痒，**贾**对着镜头说，**德米安**对她还没死心。

下一场对抗赛在一所高中进行。青少年们把泳衣装饰成自己喜欢的风格，近乎赤身裸体地登上舞台，为1 000名波多黎各青少年表演节目，最后由他们投票决定哪支队伍获胜。这段录像不堪入目。男生队获胜。女生要求加赛。下面是玩超级叠叠高游戏，**凯莉**

赢了**德米安**。从比赛开始到现在，女生们一直落后，但很快两队差不多打成平手。男生开始内讧，**帕里斯**和**埃斯**高声嚷嚷着让队友们冷静。

除了硬着头皮吃蛋黄酱那一集，还有穿泳装在舞台上给1 000名高中生跳舞的那一集，我觉得整个节目最叫人难受的部分就是大家联合起来排挤帕里斯——无视她、在镜头前说她坏话、当着她的面撒谎，这些情况反复出现。这让我清楚地认识到，我在学校也不是什么善茬。我也会拉帮结派，讨好同性朋友，就像讨好凯莉和克里斯特尔那样；我有时嘴巴很毒，因为我觉得那样很好玩，很"坦诚"，其实说白了就是没礼貌；我也会对人爱答不理，就像在整档节目中我对帕里斯的态度。有一集，帕里斯独自在讲话，我打断了她，冲她喊道："帕里斯，别说废话。"帕里斯被淘汰出局后，我隐隐有些担心队友会觉得我太"弱鸡"。为了不让大家（包括我自己）关注到这一点，我"一丝不苟"地重现了帕里斯最叫人恼火的时刻：跨坐在德米安胸前，冲他大喊大叫，让他夸我漂亮。她对科里也这么干过。在节目中，制片人用分屏播放了这些场景。她还哭诉说她只是想大家对她好点。她说个不停。

中学生们和真人秀成员之所以这么相处，是因为冷酷无情的社会在推波助澜。写这篇文章时，我找到了一首歌，这首歌是我和德米安在去比赛的路上坐在面包车后座上写的，歌词把节目组的所有成员都骂了个遍。"操他妈的德米安，老家是墨西哥，他只会说一个英语单词，那就是操，"我写道，"操他妈的德米安。"德米安接着写："操他妈的贾，假正经的书呆子，假正经的小婊子，装模又作样，让男人心痒痒。"他这样骂我当然算不上客气，但我们一起骂帕里斯的那些话才叫不堪入耳。"操他妈的帕里斯，"德米安写道，"神经病、爱发情，想让人从后面啪啪啪。"我还记得当时我是硬忍住才没笑出声。我很好奇，帕里斯这样明目张胆地寻求关注就不觉得难堪吗？她怎么就不会假装不在乎呢？

后来，我写信给帕里斯道歉，她在俄勒冈州的塞勒姆长大，现在住在波特兰。她立刻就给我回了信。"我觉得现在好没劲啊，"几天后通电话时，她对我说，"我在全食超市上班。马上就干满两年。"没聊几分钟，我就想起来她为什么会是真人秀节目的宠儿。她依然口无遮拦，喋喋不休，想到哪儿说到哪儿。"上中学时，我显然很难融入社会，最后我只能自我麻痹，干脆'不醉不休，不嗨不罢休'，"她说，"塞勒姆这边的人都这样。有钱人家的小孩也不例外。就算你跟我不一样，不是白色垃圾[1]，但咱们每个人都有'垃圾'的时候。我搬到波特兰是因为我不想再遇到那些自以为认识我的人，他们老是说：'哈，你就是帕里斯啊，我早就听说过你。'可其实呢，他们压根儿不认识我，我也不认

---

[1] "白色垃圾"是美国英语里对贫穷白人，特别是对美国南方乡村地区白人的贬称。该词语源自黑人奴隶对贫穷白人的蔑称，但现代有很多白人自称"白色垃圾"，表示谦虚自嘲。

识他们。"

帕里斯告诉我,第一轮比赛刚结束时,她就知道自己会被其他人排挤。当时我因为没赶上航班错过了那场对抗赛。"我们得把垃圾堆翻个底朝天,我翻出了一片纸尿布,而我有非常严重的大便恐惧症,"她说,"我不知道该怎么办才好,整个人都吓呆了。凯莉和克里斯特尔对我很不满,我知道自己给人的最初印象就不好。我脾气也确实古怪,因此常常被人欺负。我知道别人嫌我话多、嗓门大,还总是说错话。其实我很内向,我跟人相处的办法是头一次见面时,就尽可能把我的古怪之处表现出来,这样对方一下子就能知道跟我合不合得来。我喜欢表演,我的父母也鼓励我去了解自己的感受。我想,高中同学嫉妒我多多少少是因为我可以随心所欲地做自己。因为正常人不该这样,正常人应该在意别人的眼光和评价。"

帕里斯告诉我,这个节目她看了好几遍,因为有几个朋友很好奇,非要一起看。"里面很多内容都会触发我的情绪反应,"她说,"大部分游戏并不好玩。不过也有美好的回忆。我记得有天晚上,我们把制冰机里的冰都掏空了,打起了雪仗。那一刻,感觉每个人相处得都很融洽。我还觉得,有些怪小孩在电视上看到我也许会这么想:哇,世界上居然有人跟我的感受一样。一想到这,我就觉得这经历挺棒的。"

通完电话一个月后,帕里斯来纽约看望她哥哥,我和她在长岛的一家饭店共进午餐。那是个阴天,她画着紫色的狐狸眼线,穿着绿色的豹纹开衫,各式流行语信手拈来。"打架我是不会的,"她说自己是从20岁开始变强悍的,"但要不了30秒,我就能搞得你情绪崩溃。"她说,那天我们通完电话后,她和室友一起重看了《女生对男生》,边看边玩喝酒游戏,纯粹是为了打发时间。

"第一条规则,只要电视里帕里斯哭,就得喝酒,"她小口啜着杧果玛格丽特跟我说,"每次有人说帕里斯坏话也得喝,女生队输了也得喝。最后我们喝得烂醉如泥。"她告诉我,这次看完节目她感觉好些了,因为她发现,她的好脾气、顽强的性子,都被充分展现出来了。

我问她是否觉得自己看起来很真实。"真实,"她说,"不过特点被放大了。真人秀把我们每个人都变成讽刺漫画版的自己,就像你找别人来扮演我们,肯定也会突出这些特点。"

最后一集。**德米安**说:"我来这儿是为了玩和赢钱——主要是为了赢钱。"**凯莉**说:"我绝不允许自己成为男生的手下败将。这可不是我的风格。"女生们手拉着手祈祷。

最后一项比赛是接力赛:第一个人得游到浮标处;第二个人得游回岸边;第三个人必须穿过绳索编的网,但不能碰到绳索;第三和第四个人必须在平衡木上互换位置;第四个人从海里捞起撕碎的旗子;最后队友们一起将旗帜拼好。**赖德**飞快地游到**贾**身边,**贾**游回

克里斯特尔那儿。女生们遥遥领先，开始穿越绳索网。但**克里斯特尔**失败了，她和**凯莉**在平衡木上不知如何是好。**埃斯**和**科里**顺利通关，男生队获胜。女孩子们一头栽倒在沙滩上，伤心极了。

那天晚上，演员们大吵一架。**赖德**怪**克里斯特尔**输了比赛。**埃斯**骂**帕里斯**"胸大无脑"。**贾**对着镜头说，**埃斯**活该倒霉。凯莉说她想照着随便谁的脸来一拳。第二天清晨，阳光明媚，孩子们乖乖地拖着行李箱走下楼梯。贾对着镜头说，她要走了，她知道她和**德米安**"不只是朋友"。**贾**坐上出租车，**德米安**使劲吻她。最后一个镜头是**帕里斯**向空荡荡的房子道别。

拍摄接近尾声时，我们总是吵个不停。每个人都迫切地想得到那笔奖金，而且都认为自己会赢。每个人多少都有些过度自信，每个家庭多少都有些不稳定，这两点都是我们自告奋勇参加这个节目的原因。输掉最后一场挑战赛时，女生们心如刀割，五内俱焚，就像整个世界突然转向了错误的方向。但我们不会空手而归，因为与其他节目不同，这档节目给我们报酬：周薪 750 美元。对于 16 岁的我来说，这可是笔巨款。尽管如此，当沙滩上的我想象着一大笔莫须有的钱从自己的账户中消失时，还是觉得天旋地转，失望透顶。

去波多黎各前，爸妈遇上了麻烦，家里的经济状况也出了问题，我都快要走了，他们才把情况和盘托出。我想这是他们让我去波多黎各的根本原因。我说这样正好，我可以出去喘口气，他们肯定能理解。我们家经济条件差不多算是中产，有时好点，有时差点，但不管怎样，爸妈都把我照顾得很好，什么事也是优先考虑我。他们送我读私立学校，尽管我经常得申请助学金。他们还花钱给我请体操教练，我想买书他们二话不说就带我去二手书店。但这次不同，这次我们可能连家都保不住。我知道，高中一毕业，我就得自己养活自己，就得靠自己的能力去追寻中产阶级的稳定生活——我爸妈曾辛辛苦苦挣来却又失去的生活。

当然，这也是我想赢的动力。在这之前，我已经被耶鲁大学录取，我想自己拿到的奖金能用来还助学贷款、买医疗保险等，能帮我在纽黑文安顿下来，能在我刚步入社会时给我一些保障。回到得克萨斯后，我知道原定计划压根儿行不通了，在这紧急关头，辅导员给我推荐了弗吉尼亚大学，于是我申请了他们的全额奖学金。面试时，我还沉浸在波多黎各之旅的兴奋中：穿着一点不讲究，自我感觉良好，大谈特谈皮划艇和蛋黄酱。第二轮面试后，我成功拿下全奖，决定就去弗吉尼亚大学。

我和杰茜卡，也就是这档节目的制作人聊天时，她告诉我，节目播出几个月后，我妈给她打电话，让她劝我去念耶鲁。妈妈感到费解："她怎么能拒绝耶鲁这样的名牌大学呢？"因为我们家的经济条件，我想，还有我父母的成长经历也是影响因素。我爸妈上的都是马尼拉的精英私立学校，他们深信，学校对一个人的影响巨大。我之前也这么认为，可后来我突然改变了想法。在节目中的失利标志着某种转变，我开始觉得未来根本就变幻莫测、难以把控，也意识到我对金钱的渴望比我想象的更深刻，以及比起仅凭一件事有没有意思来做决定，更糟的事多了去了。

拉斯维加斯。演员们在花里胡哨的舞台上集合，观看节目剪辑。每个人看着跟以前都有点不一样：**埃斯**把头发染成了粉色，**帕里斯**换成了利落的波波头，**克里斯特尔**摘了牙套。**德米安**跟**贾**说，她那条"禁止亲热"的规矩真是蠢极了。"不好意思，我这人很讲原则。"**贾**回答。**科里**气冲冲的，才发现**凯莉**耍了他那么久。"我对别人特别实诚！"他说。"而我最会骗人。"**凯莉**说着咧嘴笑了，露出招牌小甜甜式笑容。

德米安跟**克里斯特尔**说他只想跟她滚床单，不想跟她说话，**克里斯特尔**就看着他胡说八道。她不生气吗？"这真是太逗了。"**克里斯特尔**说。**贾**说**帕里斯**就是喜欢用大胸来吸引别人注意，而**帕里斯**就在一旁，高兴地附和："我确实这么干了。""日渐圆润"的**贾**看了第一天晚上她说她死也不会和**德米安**亲热的片段，然后又看了最后一天俩人卿卿我我的片段。

演员们被问到是否愿意再参加一次节目。"求之不得。"**克里斯特尔**说。"波多黎各是我这一生中最美好的经历——今后不大可能再有了。"**凯莉**说。所有演员在拉斯维加斯大道上跟观众挥手告别，画面开始播放片尾字幕。

八个人中，只有埃斯和我没抱着在波多黎各一展身手、开创事业的希望。我们接触到这档节目纯属偶然——埃斯是因为参加了拜耳（Bayer）公司的焦点小组访谈而被注意到。而其他人都是看到选角通知后给片方寄去了试镜带。事实上，在这之前，《女生对男生：夏威夷篇》节目组选中了帕里斯，但电视台觉得她年龄太小。"那时我一心想当演员，"她说，"我想出名。让那些看我不顺眼的人知道：我是帕里斯，我现在可是个人物。"

录制节目时，凯莉的势头最猛。她是自行车越野比赛冠军，出演过牛奶广告，还为 Noggin 的另一个项目拍摄了几部宣传片。"老实说，"凯莉在电话里说，"从小我们家日子就不好过，妈妈要拉扯我和两个兄弟，遇上这样好的机会，我觉得真是太好了，总算是找到了出路。"节目录制完后，她当过模特、演员，但她的经纪人不希望她把《女生对男生》写进简历，因为大家都觉得参加真人秀节目的演员不大会演戏。大学毕业后，她搬到了洛杉矶，她发现演艺行业成功的秘诀是你本来就很富有。于是她转行做房地产。"干这行你得自信，你得会吹，吹到天花乱坠，"她跟我说，"这我特别在行。做房地产跟真人秀节目是一回事儿。"

最后留在演艺行业的，是在电视剧《公园与游憩》（*Parks and Recreation*）和《破产姐妹》（*2 Broke Girls*）中出演过一些小角色的克里斯特尔。她告诉我，她2岁时就知道，她想面对镜头。这档节目播出后，有个周末，她和赖德穿着《女生对男生》的运动衫去了旧金山的一家商场。那天商场安排了《迪格拉丝中学的下一代》演员见面会，而我们的节目刚好是先于这部剧播出。他俩巴望着Noggin的粉丝们会把他们团团围住，结果还真是这样。（而我唯一一次被认出来也是在商场。2005年假期，我在休斯敦的霍利斯特服装店打工，结果有几个十一二岁的女孩认出了我。）凯莉告诉我，她在亚利桑那州立大学参加女生联谊会时被人认了出来。而帕里斯则是几年后在波特兰的一家酸奶冰激凌店被人认了出来。科里还记得他和一群青少年粉丝在H&M店里合影的情景。"我很享受，"他说，"你知道的，我一直想出名，哪怕是昙花一现。"

"我想出名，"德米安说，"我觉得名气就是钱。不过现在看都是扯淡。你瞧那些会立人设的网红——去日本自杀森林[1]那个，叫什么来着？罗根·保罗（Logan Paul）[2]。要是咱们年轻点，肯定也想当YouTube网红。"他叹了口气，"我才不想像罗根·保罗那样。"在录制《女生对男生》之前，他还参加过一档叫《耐力赛》（*Endurance*）的真人秀

---

1 指日本青木原森林，近年来，这片茂密的森林已成为众所周知的自杀地。
2 美国网红。他曾在YouTube上传了一段拍摄于日本青木原森林的视频，视频中有一具尸体挂在树上。罗根本人因麻木不仁而受到广泛谴责。

节目,在探索频道的少儿频道播出。那档节目的所有选手都想当演员。"这就是咱们国家的文化,"他说,"我小时候成天看电视。我看上电视根本不用费什么劲,我也能上。"

"所以你来波多黎各真的是为了出名?"我在酒店房间里踱着步问道。我的笔记本电脑里推特正开着。归根结底,也许过了那么久都不肯看《女生对男生》是因为我不想承认这一点:看屏幕上出现自己的脸,是多么容易习惯的一件事。

"我们都想红,"德米安说,"除了你。"

"我真这么说过?"我问。

"我记得有天我们闲着没事干时聊过这个问题,"他说,"你是唯一一个不想出名的。你说就算出名也得是靠真本事。你说:'我不想靠这种烂节目出名。我想靠写书出名。'"

时刻最优化

理想女性的形象总是千篇一律。你一定想得出当今主流的理想女性是什么样。她精力充沛、容光焕发，让人猜不出年龄；她自信大方、无所顾忌、头发柔润光亮，仿佛确信自己生来就是万众瞩目的焦点；她生活奢华，要么置身游人罕至的沙滩，要么漫步在繁星漫天的沙漠中，要么就是坐在布置考究的餐桌旁，身旁环绕着美丽的器物和上镜的靓丽好友。秀出自己悠闲舒适的生活已然成了她工作的重头戏，或者说不可或缺的一部分。在当今社会，她并非特例。对于很多人，尤其是对于女性而言，包装自己、宣传自己早已成了一种变现技能。她有自己的个人品牌，很可能也有男朋友或丈夫。而这位男性代表的正是她那些不可见却又忠心耿耿的观众，让她确信自己是有趣的个体、值得关注的对象、不乏拥趸的迷人角色。

你知道她是什么样了吧？她就像照片墙上的那些人。换句话说，即使是普通女性，只要按照市场的那一套标准来营销，也能把自己变成理想女性。在这个过程中，女性必须绝对服从，最好还要有发自内心的热情。无论市场对于女性提出怎样的要求（要漂亮、要永葆青春，既要懂得如何表现自己又要懂得如何约束自己），她都得由衷地感兴趣。同样，她也真诚地对市场提供的一切抱有兴趣，比如那些能让她看起来更光彩照人、无时无刻不迷人，能让她利用自身的"优势"榨取更多价值的产品和服务。

换言之，理想的女性时时刻刻都在优化自己。她充分利用科技展现和改善自己的形象。她的发型一看就花费了不少钱来打理。她不惜花重金保养皮肤，保养的程序既像宗教仪式一般神圣，又如同晨间的闹铃一般平常。以前女性变美是靠化妆，现在则是借助科技直接在脸上做文章：丰唇、填充皱纹、填充苹果肌。为了拥有长睫毛，每过一个月，她就会让专业美容师用胶水给自己粘上一根根新的假睫毛。身体也是如此，传统的塑身衣或功能型内衣她都用不上了，锻炼早已让她拥有健美的身姿，无甚需要遮挡或修饰的部分。一切都被预先掌控，以致人们以为她活得很随性。更重要的是，她也觉得自己活得很随性——在努力去除了人为设置的障碍后，她常常感到真正无忧无虑了。

"理想女性"的概念可谓处心积虑，它明明是社会强加给女性的标准，却看似女性自发的意愿。从古至今，女性要端庄可人，要热衷于家务、打扮、取悦男性和各种各样的无偿劳动。这是社会教化的结果，也是理想女性的追求。这个概念却又勉强允许女性保留少许的自我意识，因而理想女性误以为是她自己塑造了自己。维多利亚时期的理想女性是"家中的天使"，是温柔的贤妻良母。到了19世纪

50年代，理想女性除了是温柔的贤妻良母，还得精打细算、勤俭持家。近些年来，人们鼓励理想女性随心所欲地做自己，但前提是她必须相信，让自己变得完美、让自己的生活更忙碌充实，既是一项任务，也是一种快乐，是一种"生活方式"。于是，理想女性便欣然迈入由昂贵的果汁、精品健身课、高端美容和奢华的假期组成的世界，并流连忘返。

大多数女性都认为自己有独立思考的能力。[巴尔扎克的短篇小说《金眼女郎》(*The Girl with the Golden Eyes*)里就有个名叫帕吉塔的女奴叫人印象深刻，她高声喊道："我热爱生活！生活从未亏待过我！我是奴隶，也是女王。"] 现在，即便是那些华丽的女性杂志，也对颐指气使地教导女性要如何打扮、与谁结婚、何时结婚、如何生活的文章持怀疑态度。但"理想女性"犹如心理上的寄生虫，在这个佯装抵制"理想女性"的生态系统中，它得以进化并生存下来。如果女性抵制某种审美——比如对美颜软件的滥用——那么这种审美就会随之改变，以迎合女性的需求；理想女性的影响实际上从未减弱。女性常常质疑由专业人士拍摄的广告和杂志封面，却很难去质疑如你我这样的普通人镜头下的自己，更难去质疑我们为了让自己高兴、让自己获益而拍摄的自己。虽然在这个社交媒体被普遍视为一种职场资产的时代，许多普通人实际上也是专业人士，深谙社交媒体能给事业添翼助力的道理。

今天的理想女性形象非常契合当前市场友好型的主流女性主义。这种女性主义的首要目标是要吸引尽可能多的人关注，它过于夸大个别女性成功的意义。这种女性主义非但没有根除几千年来"理想女性"的专横统治，反而使其根深蒂固，更难去除。与以往相比，如今的普通女性越发甘愿终其一生朝着理想中的自我形象努力，即便这个形象一如海市蜃楼般遥不可及。在女性主义的充分鼓励下，她相信并自然地认定，自己就是权力的缔造者，这种权力令人愉悦、令人神往，且不会背叛自己；这种权力支配着她的时间、金钱，决定了她的选择、身份和内心世界。

在资本主义加速发展的大环境下，人人都力求变得"更好"，这种做法一方面很荒谬，一方面又不考虑任何道德意义。而力求成为"更好的女性"与该做法异曲同工——同样荒谬，同样非道德。在实现目标的过程中，多数让我们快乐的东西其实都是陷阱，对于个体的期望也会无休止地升级。在这样的系统里，人永远不会知足。

环境越糟，人就越想最优化自己。每次我觉得自己做了些特别有效率、对自己特别有益的事时，我就会反思这一点。比如去上芭蕾塑形操课，或者在像Sweetgreen[1]这样的休闲连锁快餐厅吃午饭——与其说是去吃饭，还不如说是去"加油"。我吃东西的速度本来就快得令人讨厌，男友形容我是狼吞虎咽，说简直像有人要跟我抢似的。而在

---

[1] 一家以健康、可持续和新鲜食材为特色的快餐连锁餐厅，在纽约市广受欢迎。

Sweetgreen我吃得更快,正如生活中的许多事情一样,哪怕慢上一秒钟,这个不停运转的机械系统般的环境都会让我极度不安。Sweetgreen是最优化的绝佳范例:40位低着头、拖着脚、神色木然、盯着手机眼都不抬的顾客在柜台前排成一条长龙,而店员只需10分钟就能给他们配好餐。每位顾客点的都是一样的菜品:羽衣甘蓝凯撒沙拉加鸡肉。他们甚至都不会抬头看一眼柜台后站着的那一排戴着发网的深肤色服务员。至于服务员们,则忙着往凯撒沙拉里加鸡肉,好像给沙拉加鸡肉是他们人生唯一的目标,而他们的顾客的人生目标则是每天花16个钟头发邮件,中间稍事休息,匆匆往肚子里塞上一碗沙拉,以抵消都市职业生活的不健康。

整个过程有条不紊、井然有序。况且Sweetgreen餐食的质量也还不错,所以顾客往往不会注意到它实则迎合的是一种生活方式,不会考虑到这种生活方式是一个处心积虑、不断赓续的骗局。购买碎菜沙拉的理想顾客效率应该颇高——他必须在10分钟内吃完一份12美元的沙拉,因为他得赶紧吃完,赶紧工作,才能有钱时常买12美元的沙拉吃。他的身体需要摄入12美元的沙拉,是因为这份沙拉能可靠且迅速地为他补充维生素,还能抵御随着那份既让他吃得起沙拉又让他不得不吃沙拉的工作而来的负面影响。最先,也是最深刻地论述了"碎菜沙拉经济"(chopped-salad economy)迅猛发展这一糟糕现象的是马特·布坎南(Matt Buchanan),2015年,他在The Awl网站上写了这么一段话：

> 发明碎菜沙拉……是为了让人们在摄入营养时将手和眼腾出来，将宝贵的注意力转向更迫切需要它的一方小屏幕上，以便"摄入"更多数据：工作邮件、不计其数的亚马逊商品、源源不断的脸书新闻推送。这样，无论是在买尿不湿，还是在刷新闻或社交媒体的同时浏览了原生广告，你都在为大型互联网公司创收，这显然有利于经济，或者说，起码比你一边吃午餐一边看从图书馆借来的书要强。毕竟，如果是那样，哪有公司能挣到你的钱呢？

后来布坎南又给 The Awl 写了篇文章，说碎菜沙拉是"当今公司的中层脑力劳动者的最佳午间营养补给"，因为他们"既没时间，也没兴趣吃午餐……吃碎菜沙拉，只需像蹬椭圆机一样机械行动，把手从碗边挪到嘴边，下巴开开合合，直到碗中空空，叉不到食物，就可以把餐盒扔进桌下的垃圾桶——吃别的可没那么简单"。

按照现代人的看法，他所描述的这种机械却高效，都不用放下手头工作的吃沙拉大法，就意味着美好生活，意味着进步，意味着个性。当你取得了一点进步，渴望再进一步时，你就会这么做。仓鼠轮的特质早已不言而喻。[1958 年，经济学家约翰·肯尼思·加尔布雷思（John Kenneth Galbraith）写道："我们不能再想当然地认为，与整体较低的生产水平相比,整体更高的生产水平能让公民享受到更多福利……更高的生产水平只是创造了更高的需求水平,从而需要更高的需求满足。"] 但在当今这样不稳定的经济环境中,很多原本只是愚蠢和适应性的行为变成了愚蠢却不得不做的行为。危机感无处不在,所以我们必须不惜一切代价避开。每当我连续一周天天加班到凌晨一点,根本没有时间做晚餐而又必须继续熬夜,身体却急需摄入蔬菜时,我就会去 Sweetgreen。像个傻瓜似的,我还试图隔着透明隔板与那边的服务员眼神交流,仿佛这能缓和店里紧绷的气氛——随着工作效率的要求越来越高,迫于压力,柜台前站的一排人只能狼吞虎咽地吃沙拉,柜台后的一排人只能分秒必争地做沙拉。接着,我一把抓起沙拉,没用 10 分钟就吃得一干二净,一边吃一边还不忘看电子邮件。在回家的地铁上我提醒自己:下次应该在它家的小程序上点单,这样还能多赚点积分。

当不得不面对日益增多的、人为制造的义务时,你很容易就会围绕着一些荒谬且不合理的做法来安排你的生活。长久以来,女性对此深有体会。

我比较晚才了解到身体的功能性训练这一概念,比如吃蔬菜、锻炼都属于功能性训练。直到 21 岁加入和平队,我才开始认真做这两件事,或者说,那时候我才把令人烦恼不堪的青春期女孩的心理包袱甩开。我小时候练过体操,后来还当过啦啦队长,练体操是因为喜欢,当啦啦队长则是被迫——在我们学校，每个学生都必须参加一项运动，我没什么运动细胞，又不喜欢跟人争抢，只好去了啦啦队。十几岁那会儿，我靠吃比萨、墨西哥玉米饼和肉桂卷"续命"，用扮冷漠、找乐子来让自己对外界环境免疫。在那段漫长的时间里，女孩们突然被"变美"的期待压得喘不过气来，于是厌食症和暴食症随之而来，就像病毒一样蔓延。高中时我在日记里写道：啦啦队的女生数落我居然敢在太阳下山后摄入碳水，有个显然在暗恋我的男生经常说我胖。有天早上，我在 AIM[1] 上给他留言："谁他妈在意啊，我就是要出门吃顿丰盛的早餐。"虽然我避开了如瘟疫般传染的身材焦虑，但每当朋友们聊到节食或锻炼时，我总能感觉到一种难以抑制的紧张刺痛着我，感觉到一种油然而生的欲望——想少吃顿饭、想做仰卧起坐。可我心底并不想，于是我依旧故意不去体育馆，依旧像瘾君子一样吃个不停。当时的我认为健康就是约束，约束就是惩罚，而惩罚就是掉进一个无底洞，在洞里我会一刻不停地计算卡路里，把吃下去的再吐出来。在这 10 年的大部分时间里，我都觉得自己还是别活得那么健康为好，别刻意追求某种身材为好。

　　加入和平队后就不一样了。在和平队，我无法太过关注自己的外表，但健康却变得异常重要，我总惦记着我的健康。志愿服务期间，可能是因为压力太大或者营养不良，

---

[1] AOL Instant Messenger，20 世纪 90 年代末至 21 世纪初流行的即时通讯软件，尤其在北美地区深受青少年和年轻用户欢迎。

我患上了活动性肺结核，原本又黑又密的头发开始掉落。这时我才意识到，自己之前是多把健康的身体不当一回事。我住在吉尔吉斯斯坦西部省份的一座村庄里，这座村庄有一英里长，雪山上长着落叶松，羊群穿过尘土飞扬的道路，但这里没有自来水，也没有果蔬店。会生活的村民早已腌制了辣椒和番茄，还囤了苹果和洋葱，除此之外很难买到新鲜果蔬。我时常幻想能有菠菜和橙子吃，每到周末就想办法去搞点果蔬。我怕自己疯掉，就每天在房间里练习瑜伽。我想，锻炼吧，锻炼"出奇迹"！离开和平队后，我仍然坚持练习瑜伽。回到休斯敦我很闲，我会去一家价格高昂的瑜伽馆参加午间课程，我买的是新客专享的打折课程包，课程包上完后就再也没有去过那儿。

大概也是在2011年，我重新认识了美国人的富有。回国后我第一次走进果蔬店，看到各种各样、琳琅满目的水果，我哭了。上瑜伽课时，我惊叹身边的女性是多么能干。她们提着红色托特包，上面写着语不惊人死不休的句子，比如"'彻底燃尽'才是最好的墓志铭""生孩子才达到人生高潮"。她们日常谈论的是午宴、钻石微雕和多达400人的婚礼宾客名单。下课后，她们会在等候区买90美元一条的紧身裤。当时的我跟她们完全不是一个层次的——在那之前的整整一年里，我都只能忍受着贾第鞭毛虫病导致的腹泻，在后院的外屋上大号，心里充斥着恐惧和无用感，觉得我既辜负了自己，又辜负了他人，害怕自己再也不能帮到别人。在这种心态下，和这些女人一起练习瑜伽，叫我既难受又麻木。在几十度的高温环境里，我躺下来进入"挺尸式"，汗水浸湿了我从大型零售连锁店塔吉特买来的廉价瑜伽垫。有时，在缓缓闭眼的那一瞬间，我似乎瞥见了阳光下闪烁着的巨大钻戒，宛如屋内出现了一颗颗星星，正在倏忽即逝的黑暗中冲我眨眼。

2012年，我搬到安娜堡市攻读艺术硕士。学校秋季才开课，但我和男友在初夏就收拾好了行李。男友研究生刚毕业，正在找工作。我们住在密歇根州的一栋蓝色小房子里，在那里我修改了几篇阴郁而沉闷的短篇小说，琢磨着要是有专业作家的指导，修改的感觉会不会不一样。我和未来的同学们聚在一起，喝着酸啤酒，谈论着小说《火车梦》(*Train Dreams*)和作家洛丽·摩尔（Lorrie Moore）。大多数时候，我在景色怡人的大学城四处晃荡，我准确无误地预感到，今后很久，我都不会像这样真正漫无目的地生活：遛狗、看萤火虫、练习瑜伽。一天，我在城西的一家瑜伽馆训练，身旁那位女士在下腰做"战士第二式"时，突然响亮地放了个屁，听着湿漉漉的。我憋住笑。她不停地放屁，不停地、不停地、不停地放屁。在一个多钟头的时间里，在接连不断的屁声中，我的情绪变幻莫测，歇斯底里的欢快和难以名状的恐慌相互交织再重组，化为万花筒中令人目眩的种种图案。最后大家进入休息式阶段时，我的心怦怦跳个不停。我听到那位放屁的女士起身离开了房间。她回来时，我偷偷睁开眼看了看她。她换了条裤子，在我身边躺下，满意地呼出一口气——真是烦人。接着，她面带安详的微笑，又放了个屁。

那一刻，我感觉自己的灵魂像是挨了二手屁的一顿毒打，叫我只想从躯壳里跳出来，过一种崭新的生活，一种身体与抱负密切配合，高效运转的生活。一动不动的"挺尸式"本该让人放松身心，可我却觉得自己被困在原地，停滞不前的幽灵在我上方盘旋。我突然怀念起曾经那个因锐利、严苛、纪律感而兴奋的自己。我曾将这些本能作用于我的思维，对身体却很放纵，为什么呢？我不能再练瑜伽了，因为就在那一刻，瑜伽让我想起了在和平队期间那种漫无目标的感觉：既不知道自己在做什么，也永远不可能知道。

于是，那星期的晚些时候，我先是研究了团购网站让人眼花缭乱的各种优惠，然后向一家叫 Pure Barre 的工作室申请免费试课。接待我的是一位长得像兔子罗杰之妻杰茜卡[1]的教练：冰绿色的眼睛，非人般的沙漏形身材，垂到腰的蜜色卷圈长发。她把我领进了一间黑洞洞的屋子，屋内满是肌肉发达的女人，手持红色橡胶制成的神秘器具。女人们面前的墙嵌了面大镜子，她们盯着镜中的自己，面无表情地做着准备活动。

上课之后，整个教室立刻进入紧急状态。芭蕾塑形操常常伴随着变幻的灯光和震耳欲聋的音乐，恰是一种又疯

---

[1] 兔子杰茜卡（Jessica Rabbit）是 1988 年上映的动画电影《谁陷害了兔子罗杰》（*Who Framed Roger Rabbit*）中的角色。她是一位极具魅力的女性角色，外貌性感、身材火辣。

又癫又颇具仪式感的健身方式。那天的我感觉像是有辆警车在我的前额皮质连续做了55分钟的花式飘移。教练发号施令，要求我们完成一连串的快速动作。要是你把芭蕾舞演员打成脑震荡，再给她吞一堆咖啡因药丸，她指不定会变成我们这样——疯狂地抬腿、扭胯、舞动双臂。"杰茜卡"在屋子中间阔步走动，娇滴滴地命令我们想象自己"穿上最高的高跟鞋"（其实就是要我们踮起脚尖），"收腹"（也就是在空中做出类似臀部挺动的动作）。而我手忙脚乱地抓着我的健身器材：橡胶球和弹力带。

结束后，我感觉自己腿部肌肉液化了。"杰茜卡"关上灯，高兴地说，现在是"后背舞蹈"（back dancing）时间。我一屁股瘫倒在地板上，总觉得这个词听起来像是育儿论坛里的父母们对做爱的委婉说法。事实上，"背舞"的做法确实类似做爱——我们仰面躺在地上，虔诚地朝着黑暗顶臀，上上下下，起起伏伏，认认真真——好几年来我做爱都没这么投入了。好一阵后，灯又亮了。这时我才意识到，我方才全程盯着的镜中的腰胯，实际上是属于前面穿黑裤子的女人的。迎合了这套刻板的要求后，我既对自己满意，又觉得恶心。"做得好，女士们。""杰茜卡"亲切地夸赞道。大家纷纷鼓起掌来。

芭蕾塑形操是由洛蒂·伯克（Lotte Berk）在20世纪60年代发明的。伯克是个犹太芭蕾舞演员，留着棱角分明的波波头。第二次世界大战前，她从德国逃到了英国。很快，年龄渐长的她就退出了芭蕾舞这一行。之后，她在她所受的舞蹈训练的基础上开发了一套锻炼方法，46岁那年，她在伦敦曼彻斯特街的地下室创办了一家专门服务女性的健身工作室，她那具有着严格自律痕迹的身体就是行走的广告牌。

伯克个性鲜明，为人凶狠，沉迷性爱，离不开吗啡。据她的女儿埃丝特（Esther）说，伯克是个虐待狂母亲。埃丝特告诉《每日电讯报》（*The Daily Telegraph*），12岁那年，父亲要求和她发生性行为，但母亲置之不理；15岁时，母亲掏钱让她给剧院的一位同事口交；同年，伯克的一位制片人强奸了她，可伯克让她"忘了这件事"。今年83岁的埃丝特将她们母女关系形容为"相爱相杀的拉锯战"。她现在仍在纽约市的一家健身工作室教授洛蒂·伯克的塑形操。

"她不管做什么都能和性扯上关系，"埃丝特在2017年接受时尚媒体《裁剪》（*The Cut*）采访时说，"她浑身就是散发着性的气息。"在工作室，伯克让客户边扭胯边想着她们的情人。她用马鞭抽打那些不够努力的女性。她发明的姿势都像是性暗示，这些姿势的名字也让人"浮想联翩"：法式洗手间式、妓女式、狗爬式、坐便器式。工作室的客户有演员琼·柯林斯、作家埃德娜·奥布莱恩、超模雅斯明·勒·邦等。娱乐界的传奇人物芭芭拉·史翠珊也光顾过一次，她愿意尝试伯克的塑形操，但不愿意摘下帽子。伯克成了那些多半是为谋求职业发展而迫切想变美的女性的导师。她为客户提供的是一站式服务，下课后，客户还可以去她工作室的合作伙伴维达·沙宣那里做头发，去玛丽·奎恩特那里订服装。

伯克的一位学生莉迪亚·巴赫（Lydia Bach）改编了伯克的塑形操，并将其带到了美国。1970年，巴赫在纽约市第67街开设了第一家芭蕾塑形工作室，名为"洛蒂·伯克塑形"。1972年《纽约时报》刊载了一篇关于该工作室的文章，文中引用了一位工作室新客户的话："痛。并快乐着。"另一位女士拍着她刚刚瘦下来的肚子说，有了塑形操就不用做整形手术了。"莉迪亚·巴赫说，芭蕾塑形操是现代芭蕾、瑜伽、形体矫正运动的结合，当然还有性爱，"《纽约时报》如此写道，"性爱？你没看错，每节课都是以跪姿肚皮舞结束，那动作看起来就像是眼镜蛇随着耍蛇人的笛声不断扭动，据说对瘦腰有奇效。"课程都是小班化教学，费用高昂。据《纽约时报》称，每到周六，模特们都会来上课。

纽约第一家芭蕾塑形工作室大受欢迎，多年来热度一直未减，很多名人，诸如玛丽·泰勒·摩尔、伊万卡·特朗普、奥尔森姐妹和汤姆·沃尔夫，都是其拥趸。巴赫拒绝开特许连锁店，她喜欢独家经营。不过，她还是写了本关于芭蕾塑形的书，书中大部分是她穿着白色紧身透视装摆出各种姿势的照片。她披散着浅黄色的头发，乳头若隐若现，身材完美无瑕。在几张照片中，她左手无名指上戴着一枚钻戒，对着镜头劈开双腿，双手握住脚后跟，表情冷漠而自信。对了，这书里有一章的标题就叫"性"。

直到新旧世纪之交，巴赫的教练们才开始"叛变"。那时，洛蒂·伯克教学法已经显得有些过时了。2005年，《观察家报》(*The Observer*)的一篇报道称其为"纽约健身行业35岁的玛戈·钱宁"，称"随着Core Fusion[1]这类新晋健身品牌的出现，它身陷重围，就像玛戈最终被艾娃·哈灵顿[2]所取代，而Core Fusion正是由两位之前践行伯克教学法的教练创办的"。Core Fusion这个衍生物已经适应了市场的需求。它更时尚、更华丽、更舒适，设施更锃锃发亮，到处都香气怡人，数百名巴赫的顾客投向了它的怀抱。没过多久，更多的伯克塑形教练离职并创办了自己的工作室，比如已壮大为广受欢迎的连锁机构的Physique 57和Bar Method。

2010年前后，芭蕾塑形操进入了全盛期。《纽约时报》的一篇潮流报道写道，芭蕾塑形操深受青睐，因为它能帮助女性"复刻专业舞蹈演员令人生羡的身材：纤细修长，苗条有致"。《纽约时报》2011年的另一篇潮流报道也强调了芭蕾塑形操的最大卖点：让你的身材健美匀称。"长期以来，女性一直渴望拥有紧致的手臂、结实的翘臀、修长的双腿和优雅的体态。为了追求这种体形，现在很多女性

---

1 美国一家著名健身公司Exhale Spa提供的一系列力量训练课程。
2 玛戈·钱宁与艾娃·哈灵顿皆为电影《彗星美人》(*All About Eve*)中的角色。玛戈·钱宁是个大牌明星，狂妄自大而且任性恣情，新秀艾娃忍气吞声，处心积虑，对玛戈百般讨好，利用一切机会潜心学艺，最后取代了玛戈。

纷纷放弃了瑜伽和普拉提，却在塑形操工作室前排起了长队。"一位女士证实说："练了塑形操后，我身上的每一寸都和以前不一样了。"还有一位女士干脆调侃道："浑身上下没一处闲着。唯有左手的无名指闲着呢，暂时还闲着。"

如今，芭蕾塑形训练已成了风靡全美的健身方式。在这片广袤的土地上，存在着成千上万间几乎一模一样的房间，所有房间内都有一面大镜子，镜子前是打扮得一模一样的女性，她们跟着一模一样的节拍，做着一模一样的动作，追求一模一样的"芭蕾身材"——即便每个人的基因并不相同。最大的连锁健身机构 Pure Barre 已经开设了 500 多家分店，在内华达州亨德森、明尼苏达州罗切斯特和肯塔基州欧文斯伯勒都有工作室，仅在曼哈顿和布鲁克林就有 12 家。

芭蕾塑形的发展势头无可匹敌：没有哪一种如此昂贵、如此统一的健身方式能发展到如此大的规模。高温瑜伽和普拉提的确也很受欢迎，但这两种运动的发展依托的都是独立的工作室，而非全国连锁店。瑜伽课程单节课的价格大多在 20 美元，甚至更低，而不打折的塑形操课程价格往往要高出一倍。精品动感单车课程与芭蕾塑形操课程不相上下——这两种运动是同时火的，价格也同样不菲。但最大的动感单车连锁机构 SoulCycle 在全国只有 70 多家分店，在欧文斯伯勒则一家也没有。成千上万名有着截然不同的政治背景、文化背景的女性似乎轻易就达成了共识：花大价钱练塑形操不冤，每分钟 60 美分就能让教练指导你如何一寸寸精准移动你的腿，显然可值了。

读研时，我经常开车去比奇利斯餐厅还远一点的Pure Barre工作室锻炼，并成了它的信徒。我早就准备好了——少女时代的我先是经受了各种严格的身体训练（舞蹈、体操、啦啦队），接着练起了令我平静的瑜伽。再后来，我借此渐渐意识到：只需花钱让别人在安了面镜子的小房间里对我发号施令，就可以帮我控制身体内部的感觉和外部的表现。对当时在读研究生的我来说，塑形操价格高得超出了预算，但我还是坚持上了。显然，在当时的我看来，花这笔钱是在为更均衡健康的生活做投资。

我是在为健康投资吗？狭义地说，是的。芭蕾塑形让我变得更强壮，也改善了我的体态。它赋予了我一种奢侈的感觉：身体健康，运转良好，无须过多挂心。出于诸多愚不可及的原因，这种感觉对很多人来说是遥不可及的。但塑形操所培养的耐力更多是心理上的，而非身体上的。它真正擅长的是让你为适应超高速运转的资本主义生活做好准备。与其说它是在帮你为半程马拉松热身，还不如说是在帮你为一天工作12小时做准备，为无人搭手、独自带娃一周做准备，为搭乘拥挤不堪的晚间地铁做准备。塑形操训练就像在Sweetgreen吃饭一样，两者都理应被归类为某种特定的机制，能帮你适应漫长且不必要的痛苦。在当下人人都在马不停蹄地运转的时代，塑形操可谓是理想的锻炼形式，你大可练完操五分钟内就赶回办公室，甚至不需要淋浴，还依旧能符合时代对女性不合理的期待：美貌不减，光彩照人。

当然，正是这最后一点，即"美貌不减"，让很多人觉得芭蕾塑形操很值。（报纸上每一篇与之有关的报道都强调了这一点，2005年《观察家报》一篇文章就起名为"翘臀之战"。）塑形操以结果为导向，以外形为根本。跟混合健身（CrossFit）或海军陆战队新兵训练营一样，塑形操有着大批拥趸，但它追求的不是更强的力量，而是更美的外形。与跳舞或游泳不同，它不是一种消遣，因为你从练习塑形操中得到的乐趣多半来自课后而非上课时。练塑形操时，我常常觉得自己的身体就是一辆赛车，而我就是处变不惊的维修工，不断调整手臂、腿、臀部、腹肌，接着迅速拉伸一下，就能重返赛道，飞速前进。与高温瑜伽、动感单车或混合健身不同，芭蕾塑形操几乎是女性的专属运动，这并非偶然。练习塑形操的男性可真是"稀客"，他们要么非常魁梧，要么非常苗条，而且通常都作夜店风打扮——还记得布莱特妮·墨菲在电影《美丽比一比》（*Drop Dead Gorgeous*）中说了什么来着："爸爸，你知道不？彼得是同性恋。"

实际上，芭蕾塑形与芭蕾舞只有一丁点联系。塑形操中有类似芭蕾中屈膝的动作，有时你需要踮起脚尖，髋部外旋。况且，看名字你也知道，训练时你经常需要握住把杆[1]。两者的相似仅此而已。但从概念上讲，芭蕾元素对于

---

[1] 芭蕾塑形的英文是"barre"，这个词原意是指芭蕾舞演员练功用的把杆。

塑形操的营销来说至关重要。女芭蕾舞演员必须让自己看起来骨肉停匀、刻苦自律，这对她们来说合情合理。虽然除了芭蕾舞演员，也有很多女性出于职业的基本要求，保持着身材纤瘦、体态优美，比如模特、伴游、女演员；但不同的是，芭蕾舞演员不仅仅外表和舞姿达到了美的标准，她们高超的体能和艺术造诣也达到了美的标准。因此，即便某种健身方式只是名义上借鉴了芭蕾舞，也能产生微妙的效果，让普通女性觉得自己不仅是在追求理想身材，还是在朝一种严肃性、艺术性、专业性兼备的目标努力。这是一笔有益的投资，或者更准确地说，是从实际利益出发的自我欺骗——就像我早已学会在面对观众和评委时挺胸微笑，扮出一副真心愉悦的模样，其实也是因为这对我"有益"。在我看来，人们愿意花40美元上一堂塑形操课的原因就在于，这种投资总会带来回报——学会在令人极度疲惫的系统中更高效运作的本领。

如果你是女人，那你喜欢的东西恰恰会被用来对付你。或者说，用来对付你的东西本就被预设为你应该喜欢的东西。性方面的可得性就是其一，还有诸如善良、仁慈此类基本品质。而希望自己好看、享受打扮的过程，皆是此类。

我喜欢打扮得漂漂亮亮的，但如果这是强加给我的要求，那就很难判断我到底是不是真心、自发地喜欢。1991年，娜奥米·沃尔夫（Naomi Wolf）在《美貌的神话》(*The Beauty Myth*) 一书中讲到这么个不寻常的现象：社会对女性的压制在降低，对女性外貌的要求却在不断提高。我们的文化仿佛已经形成了一种近乎免疫系统的防御机制，以继续遏制性别平等的"高烧"；仿佛某种深层次的、父权制的逻辑使得女性必须越来越美貌，以中和女性在经济上和法律上不再依赖男性的事实。沃尔夫写道，女性不是在这方面浪费时间，就是在那方面浪费时间。20世纪中叶，"没完没了、日复一日"的家务劳动让女性毫无喘息之力，她们干起家务来一丝不苟，还要购置各种商品，把家里收拾得干净整洁。而现在，让女性同样毫无喘息之力的是"没完没了、日复一日"的美容美体、健身锻炼。她们无比焦虑，投入大量的时间和金钱以满足并非由她们决定的标准。据沃尔夫所说，维持美貌已经成了女性的"第三轮班"（third shift），成了女性无论在何种情境中都要承担的额外义务。

为什么聪明而有抱负的女性会落入这样的骗局？为什么离了洗面奶我日子就没法过？为什么在过去的五年里，我舍得花上几千美元，就为了周末能胡吃海喝、痛饮狂歌，同时又保持脸蛋、身材不走样？沃尔夫指出，要想让女人接受美丽神话，得让她们相信三件事：第一，她必须认为美貌是"女性权力崛起的合理且必要条件"；第二，她必须对美貌评判标准中的歧视与偶然性视而不见，而将美貌视作美国梦的一部分，视作勤奋和进取心的集合体；第三，她必须相信，随着手握的权力越来越大，对美貌的要求也应越来越高。个人的进步并不能让她摆脱对美貌的需求，事实上，成功反而会让她更加受制于容貌，受制于"容貌焦虑及为容貌所做的牺牲"。

哲学家希瑟·威多斯（Heather Widdows）在2018年出版的《完美的我》（*Perfect Me!: Beauty as an Ethical Ideal*）一书中令人信服地指出，近些年来，"美丽理想"（beauty ideal）已具有了道德维度。纵观历史，美一直是女性价值和道德的象征。在童话故事中，邪恶的女人通常样貌丑陋，而美丽的公主往往善良。对此，威多斯发现，在当下，美貌就代表了女性的价值和道德。"与其他广为大众接受的道德理想一样，美丽也代表了一种道德理想，因此我们必须不断地追求美貌，"她写道，"即便我们努力追求，所谓完美的容貌始终触不可及，无法实现。但这并不会削弱这一理想的力量，反而甚至会让它更强大。"在这种道德理想的影响下，女性为日常改进自己外貌的日复一日的努力赋予隐含的道德价值，若是没到达美之标准，就会被视作"自我的失败，而不仅仅是某一方面或部分的失败"。

女性主义忠实地秉承了这种"美即善"的道德观念，尽管方式往往极为复杂。《耶洗别》能成为互联网女性话语中心，部分原因在于它强烈抗议广告和杂志封面使用PS过的图片。一方面，这一举措当即揭露了当代审美标准的虚假与不自然；另一方面，这也说明了人们对"真实美"强烈而持久的渴望，也就意味着对美的期望可以不断提高。如今，正如推崇天然风格的彩妆和护肤品牌丝华（Glossier）

受到狂热追捧所证明的那样,我们理想中的美应是看起来天然去雕饰之美,是即便素颜面对苹果手机的摄像头也能完美无瑕、容光焕发之美,是契合近乎苛刻的自然标准之美。

主流女性主义推动了"身体接纳"(body acceptance)运动,即接纳不同的身体美,无论高低胖瘦、无论何种体型,同时也倡导更多元化的理想美标准。这些姗姗来迟的改变虽然具有积极意义,但也是一把双刃剑。从我个人层面来说,我很欢迎这种更宽泛的审美标准。但再宽泛的审美标准依旧依赖于一个前提:在普通人经常晒自拍以获得很多认可的文化中,美仍然至关重要。在这种文化中,人们普遍认为努力肯定每个人的美、确保每个人越来越美、让每个人感觉自己越来越美,非常重要且有意义。我们几乎从未尝试想象过,如果我们的文化能够反其道而行之,缓和当前的局面,让美变得不那么重要,社会将是什么样。

不过,话说回来,当下任何局面何尝缓和过。女性主义仍然一再阻止社会批评某些论调。主流的女性主义非常强调个人成功与个人选择,所以,要是有人胆敢批评女性为了成功而做出的种种选择,他们就会被认为是非女性主义者。尽管在当今社会,女性的选择既受限且受制于社会的期望,也受限且受制于美容美体所带来的并不均衡或公平的好处——如果一个女性本就年轻、多金、符合传统美的标准,那么她得到的好处会更多。威多斯认为,无论如何,有选择并不能"神奇地把不公正或具有剥削性的做法/

行为变得公正且不具剥削性"。主流女性主义怯于承认，女性的选择，归根结底是政治性的——不仅仅是我们自己的问题。而这种怯懦的态度最终导致"女性赋权"变成了残酷地剥夺女性权利的工具。

问题的根源在于，主流女性主义不得不首先顺应父权制和资本主义才能成为主流。因此，旧有的要求非但没有被推翻，反而被重新包装，换汤不换药。美容美体被贴上"爱自己"的标签，这样听起来更进步。2017年，塔菲·布罗德瑟-阿克纳（Taffy Brodesser-Akner）给《纽约时报》杂志版写了篇关于减肥新说辞的报道，指出女性杂志已经将封面上"瘦下来！控制饮食！"这样的句子替换为"做最健康的自己！要更强壮！"。现在的人践行的是"轻断食或断食，保持清淡饮食，改变生活方式。"布罗德瑟-阿克纳写道："从已有的证据来看，这与节食并无差别。"有时，女性主义仿佛将当前女性的处境视为有史以来所取得的最大进步——当今女性不再像20世纪中期的女性那样，听从杂志的建议，为了取悦丈夫，花钱花时间把自己变得更漂亮。当今女性会听从其他女性的建议，花钱花时间让自己变漂亮——为了取悦我们自己。

当然，自我提升确实能带来真正的快乐。威多斯写道："美丽理想的关键特点是，它既令人感到愉悦，又需要投入很多时间和精力，这两者往往是同时存在的。"美丽理想要求你把自己的身体视作施展潜能和掌控力的源泉。它为女性提供了一种施加权力的具体方式，尽管迄今为止，这种权力往往以牺牲其他许多女性的利益为代价——现今要想找到一种女性比男性挣钱多的行业，多半只有拍色情片、当模特、当网红这几条路子。无论如何，美容美体所带来的快乐和主流女性主义的出现都加剧了这种状况。如果说沃尔夫在1990年批判的是一种范式，即社会期望女性看起来始终都像理想中的自己，那么现在我们有了更深层次的东西——不是一种美丽神话，而是一种生活方式神话。在这种范式下，女性可以调动一切可利用的技术、金钱和政治手段，努力成为理想中的自己，并将无止境的自我完善视为女性的天职、义务，甚至是与女性主义原则相一致的——或者视为毋庸置疑的最佳活法。

"最优化"这一概念可以追溯到很久以前，不过那时还不叫这个名字。在《埃涅阿斯纪》（Aeneid）中，维吉尔描述了一个问题，这个问题后来被称为"狄多问题"。女王狄多在建立迦太基城时与当地酋长达成了一笔交易，对方答应给她一块地，只要牛皮能围得住，多大都可以。在周长相等的情况下，什么形状面积最大？公元前2世纪，芝诺多鲁斯（Zenodorus）用他那个时代的数学知识回答了这个问题——答案是圆。1842年，当代瑞士数学家雅各布·斯坦纳（Jakob Steiner）确立了现代等周问题的答案，不过他的证明过程我压根儿看不懂。

1844年，"最优化"（optimize）首次被用作动词，意思是"像一个乐观主义者（optimist）那样行事"。1857年，人们首次用"最优化"这个词来表示它现在的意思:"充分利用"。在接下来的10年,边际革命为经济学带来了最优化的浪潮:经济学家们认为,人类在做选择之前,会先计算各种选择的边际效用(某种产品的边际效用是指购买或使用该产品所带来的收益增加)。威廉姆·斯坦利·杰文斯(William Stanley Jevons)在《政治经济学理论》(The Theory of Political Economy)一书中写道:"以最小限度的努力最大限度地满足我们的需求,以伴随最小限度的痛苦的努力实现最大限度的快乐——换句话说,使快乐最大化,这是经济学问题。"我们都希望最大限度地利用我们所拥有的一切。

据字典解释,最优化原则指的是"尽可能地使某物或某事完美、实用或有效"。而这一原则现已发展到了极致,甚至出现了一个为其提供统一穿搭的市场:运动休闲风服装。如果你积极进取、渴望拥有最优化的生活,你就会穿这种风格的服装。我对"运动休闲风"的理解是花过多的钱购买运动服。但宏观看来,运动休闲装在2016年就已成为市值达970亿美元的一大产业。自10年前问世至今,运动休闲风经历了几次审美迭代。最初,它的代表性服饰是黑色紧身裤和彩色背心(类似千禧年前后时兴的室外着装,只不过布料换成了有弹力的氨纶),这种服饰深受女性青睐,在运动休闲风兴起时,她们的日常社交活动已经变成了练习瑜伽和喝咖啡。最近,运动休闲风有了分化,并融入了新元素。比如,太空嬉皮风(繁复的印花、网状星系图案),洛杉矶单色风（网眼、中性色、棒球帽），品牌Outdoor Voices式混色极简风，有的衣服上还印有比如"芭蕾塑形操课见！"之类的蹩脚口号。还有像露露乐蒙（Lululemon）（一条带网纱设计的"前卫"的Wunder Under紧身裤售价98美元）、Athleta（一件连帽背心售价59美元）、Sweaty Betty（一条七分带网纱紧身裤售价120美元，还打出"重塑臀部？拿你的屁股赌一把吧！"这样的广告语），以及听起来就叫人毛骨悚然的Spiritual Gangster（屁股上印有梵语"鞠躬"一词的紧身裤售价88美元；丝网印刷"信则见"字样的棉质背心售价56美元）等品牌。这些元素和品牌现在都属于中端市场，而真正的大牌设计师也开始设计运动休闲服饰了。

男性也穿运动休闲装。千禧一代钟爱的运动装品牌Outdoor Voices创立于2013年，其广告语是"真实的人，而非超人"。该品牌已培养出一批忠实的男性粉丝。但运动休闲风的理念及绝大多数产品瞄准的仍是女性客户。它以家庭主妇、女大学生、健身专业人士、休班模特的生活习惯为基础——这些女性在非运动场合也喜欢穿运动服装，她们就和芭蕾舞演员一样，有更多理由去关注自己外表的市场价值。这种深层次的动机被一系列更明显的动机所掩盖：这些衣服穿着方便、可机洗、不易起皱。在这样一个令人不适又不安的世界里，运动休闲装就跟所有最优化体验和最优化产品一样，永远能让人感到舒适和安心。2016年，莫伊拉·韦格尔（Moira Weigel）在《真实生活》（*Real Life*）杂志上写道："露露乐蒙声称，穿上他们的衣服，生活中一切摩擦就会消失。"她忆起自己第一次穿上 Spanx 牌塑身衣的感受："用一个词来形容，就是'最优化'。"

Spanx 塑身衣和天价紧身裤用的材料皆是氨纶，这种面料被发明于第二次世界大战期间，当时军方试图开发新的降落伞面料。氨纶具有独特的柔韧性、弹性，也很结实。（"这不就跟我们一样吗，各位女同胞！"要是在女性赋权大会舞台上，我兴许会两眼"冒血"，如此高声呐喊。）穿着高品质的氨纶面料会让人舒心，就像我想象中穿安定背心会让狗狗舒心的感觉。但这种安心感之下隐含了别的需求。塑身衣，本质上就是 21 世纪的新型束腰，说起来是衣服，实际上是在控制女性的身体。运动休闲风致力于让别人看到你坚持锻炼的成果，看见你对身材的严格控制。而想要穿露露乐蒙的裤子，你必须拥有看起来就很自律的身材。露露乐蒙创始人就曾表示，"有些女性"不适合穿他们的衣服。"自我展示和自我约束形成了一个闭合循环，"韦格尔写道，"这些紧身裤只适合某种身材，所以穿上它们会提醒你去得到这种身材。它们鼓励你将自己的身体塑造成可以完美展示这些裤子的样子。"

就这样，运动休闲风在运动服和时装之间找到了商机：运动服优化的是你的表现，时装优化的是你的外表，而运动休闲两者皆优化。它正是为这个时代量身定做的——在这个时代，工作被包装成了乐趣，这样我们才愿意承担更多工作；而优化外表是女性理应甘之如饴的一项工作。运动休闲风的真正高明之处在于，它能让你感觉自己天生适合这种生活方式，仿佛你本就是那种人，那种相信人活世上就该花大价钱、费大力气以追求高质高效、无比光鲜的消费主义生活的人。韦格尔指出，有一种现象叫"着装认知"（enclothed cognition），它是指具有文化内涵的衣服实际上会改变人的认知功能。在一项实验中，测试对象被要求穿上白外套。如果被告知白外套是件实验室制服，他们就会表现得更加专注；如果被告知那是件画家的外套，他们就不会那么专心。告诉他们衣服是谁的，他们就会觉得自己是谁。

最近，为了参加朋友的婚礼，我购入了人生中的第一条 Spanx 塑身裤。相识最久的朋友马上要在得克萨斯举办婚礼，13 个伴娘要统一穿淡粉色的及地长裙，紧绷绷的，从无肩带领口到膝盖活像一层密不透风的保鲜膜。我第一次试穿礼服时，在镜子里甚至清清楚楚地看到了我肚脐眼的轮廓。我皱着眉头，赶紧上网买了一条 98 美元的"高定高腰塑身丁字裤"。几天后塑身裤到了，我把它穿在裙子里面，结果我立刻开始冒汗，根本没法正常呼吸，看起来更糟了。"搞什么鬼。"我盯着镜子里的自己咒骂道。我看起来像是在东施效颦，而我要效仿的那个女人一辈子最坚定的目标就是要让照片中的自己看起来火辣性感。当然，在那一刻，穿着 98 美元的丁字裤和为照片墙模特设计的裙子而活受罪的我，确实希望照片中的自己火辣性感。

历史学家苏珊·G. 科尔（Susan G. Cole）认为，灌输社会价值观念的最佳方式就是将其性化。在特朗普执政时期，我经常思考这个问题，总统将他强硬的执政方式与令人厌恶的性占有权联系在一起——他对俯首帖耳的模特、跟他毫不相干的女性，甚至是他的女儿，都有性占有权。（当下，白人民族主义卷土重来也并非巧合，因为它与网络上的厌女者沆瀣一气，这些人给这种倒退的、暴力的、至上主义的意识形态增加了同样倒退的、暴力的，以及性化的维度。）要解读社会的权力等级，只需观察最常被性化的内容：男性的权力、女性的顺从，男性的暴力、女性的痛苦。女性的性形象通常是沉默的、迎合的、矫揉造作的，女性为了维护这些特征而消耗了精力，浪费了时间，男性却借此维护甚至加强了自身的权力。

究其本质，在上述任何一种情况下，女性都并非被动无力，女性当然也颠覆了性原型（sexual archetypes），使其更多样，在美学上更有趣。但无论如何，我们都应该留意那些直接利用性以获得地位的文化产品，即便/尤其当其推动者是女性。例如，《美国青少年时尚》(*Teen Vogue*)杂志热衷于把"大腿政治"此类表达当作所谓先锋的进步标签，艾米莉·拉塔科夫斯基（Emily Ratajkowski）经常宣扬"裸露身体好"这一大胆的女性主义立场。对于这些做法，我都深表怀疑——对我们的老朋友芭蕾塑形操也一样。

上芭蕾塑形操课是种离奇的体验，它具有性意味，但大家对此却无动于衷。部分是因为它的音乐：你和一屋子女人一起，一边听着一首关于在夜店与陌生人发生关系的电子舞曲，一边默默忍受早晨七点哈欠连天的痛苦，同时还要反复收紧左侧臀大肌。芭蕾塑形操也有几分像色情片，比如它会让你——练习塑形操的女性——化身为坐在镜头前参加选角的年轻女演员。而身材热辣的教练是第三方，要求你每隔30秒换一个姿势，把双腿一直举过头顶。她娇嗲地说："对，就这样，使劲儿，再来点儿，我就喜欢看你两腿打战，这样才带劲，就这样。你可真美，太好了，太棒了!!"然后她提醒你，疼就对了，会疼才会爽。有一天，我在做胯部拉伸时，有个教练伏在我身上，双手放在我屁股两侧，让我双腿劈开，屁股往前。她一只手按住我屁股，另一只手顶住我脊柱，接着从我后腰一直推到肩胛骨。疼归疼，但正如许多色情剧本写的那样：我喜欢疼的感觉。

有几家芭蕾塑形工作室在这方面可谓肆无忌惮。洛杉矶的 Pop Physique 工作室为了兜售课程和产品，在官网上放了些裸体模特的照片。照片中，一位模特裸露着后背，后腰上放了个橡胶球，就是那种夹在大腿之间，需要跟着固定节奏来回挤压的球。只见照片中的她臀部裸露，全身上下只穿了双售价15美元的特制芭蕾塑形袜。该工作室的广告风格是 AA 风[1]：身穿高开衩紧身衣的模特、大量的胯部特写。它在官网上宣称，练了塑形操你就能拥有"更刺激的性生活……至少客户们都这么说"。

洛蒂·伯克和莉迪娅·巴赫也承认，芭蕾塑形操有色

---

[1] 指的是一种以美式简约、性感风格为主的时尚潮流。AA 是品牌 American Apparel 的缩写，这个品牌主打"美国制造"和"性感营销"。

情意味。但如今，大多数工作室都不这么做了。与其他种类的集体训练项目不同，芭蕾塑形操课程非常注重对情绪的控制：你必须时刻控制自己的表情和反应。我意识到，这是芭蕾塑形操让我倍感亲切的原因之一，因为之前我只练过瑜伽，而瑜伽强调的是女性的柔美，你不能表现出你有多费劲、多痛苦。（这也是芭蕾塑形操于我的吸引力中最可憎之处，亦是我在目睹了"放屁事件"后迅速爱上它的原因——我几乎把自控视为一种礼仪，视为一种美，即便这种倾向让我越发残忍，越发容易滋生生理上的厌恶。）芭蕾塑形操是颇具仪式感的自我控制，给人的感觉也是如此：身处一间装了好几面镜子、放了很多运动器材的屋子，来回做同样的动作，60分钟不间断地监视自己、惩罚自己。教练常常鼓励你闭上眼睛，从身体里抽离出来。（不巧的是，这也隐约带了几分性意味。）芭蕾塑形操仿佛包含了女性在性表达上的两个极端：一个是色情的、迎合的，另一个是压抑的、隐秘的。

不管怎么说，塑形操肯定将某些东西性化了。最明显的是，这种具有仪式感的自我控制强化了伯克所设计的方法想要塑造和创造的特定身材的魅力：纤细、柔韧，隐约带了几分少女感，随时皆可被欣赏、拍摄和触摸。对大众媒体来说，这种概念并不难兜售。我渐渐认为，芭蕾塑形操真正性化的不是这种身材，而是为获得这种身材所付出的一切：自我控制、自我约束，尤其是价格高昂的花费。

花费很重要，芭蕾塑形操的热度一直不减，很大程度上是它的功劳。如果你觉得什么东西很宝贵，那你会心甘情愿地花上一大笔钱。不仅如此，你还会认为，让你心甘情愿花上一大笔钱的东西一定很宝贵。这种心理机制的作用在婚庆行业就最为明显，而芭蕾塑形操与婚庆行业颇有渊源，这并非巧合。芭蕾塑形操连锁店都有"准新娘"课程包，还会在婚庆博览会上打广告。Pure Barre 工作室有一款 T 恤，上面印的是"Pure 新娘"几个字。在易趣网（Etsy）上，你可以买到印有"为婚礼暴汗""先深蹲，后结婚""一个新娘走进芭蕾塑形训练室"[1]字样的背心。Bar Method 工作室还为客户提供女子单身派对课程包。总的来说，芭蕾塑形鼓励女性每天都应该活得像婚礼当天的新娘一样，憧憬自己成为关注和赞美的焦点，渴望成为完美理想的化身。

从本质上讲，运动休闲服饰也是在将资产性化。与脱衣舞用的服饰道具一样，运动休闲服饰将女性身体视为一种金融资产：既是需要初始投资的物品，又是可以分割得更小的资产——胸部、腹部、臀部，通通有望升值，不断为投资者带来回报。运动休闲服饰价格高昂，再配上结实的束带、紧绷的露肤设计，可谓是后资本主义社会恋物癖的写照：一想到购入这类服饰就能增加自己身体在市场上的吸引力和竞争力，你就会被冲昏头脑，兴奋地出手。一些新兴品牌更凸显了这一点：Alo Yoga 推出了 98 美元的高

---

[1] 原文是"A Bride Walks into a Barre"。该句模仿的是英语笑话中一个最常见的开头"A man walks into a bar"（一个男人走进酒吧）。"barre"（塑形操）与"bar"（酒吧）发音相同。

腰透视紧身裤，臀部带了一个个X形的渔网镶条；还有90美元的胸下镂空的闪光条纹运动内衣。

2016年春某日，我忽然对这一切有了新的认识。当时我在《耶洗别》工作了差不多一年，而我们的办公地点就在露露乐蒙旗舰店的楼上，那家店位于联合广场附近，占地1.2万平方英尺[1]。这天下午，我发现自己已经预约了芭蕾塑形操课，可忘了带我那套老土的运动服。我深吸一口气，走下楼，生平头一次（也是最后一次）走进露露乐蒙。我在试衣间试了某件上衣，我的乳沟即刻就像从罐头里蹦出来的面团一样从领口蹿了出来，要知道平时我可不经常见到它。我找到两件打折衣服，付了大概170美元，然后坐地铁到金融区，坐电梯上到能俯瞰哈得孙河的大厦16层。我们在装着巨大落地窗的房间里上课，灯光把房间照得明亮，并随着每个小节，也就是指定锻炼部位的变化而变化。那天，我的感觉很不一样，觉得自己既格格不入，又完美融入——身穿一套半正式半休闲、为"以身体为业"的人打造的昂贵服装，被繁复的网纱和氨纶紧紧裹住，望着窗外写字楼上千千万万个小窗户，以及在天空中被映得闪闪反光的玻璃幕墙。

我清晰地意识到，我和身边的其他女性一样，努力迎合着这个看重外表和自律的社会。我们只有赚钱，或者努力赚钱，才能支付价格高昂的塑形操课，以此锻炼意志、

---

[1] 1平方英尺约合0.09平方米。

培养自律；我们只有意志坚定、积极自律，才能多赚点钱，继续买课。我们似乎是带着些许愉悦，迎接这样一个需要自我表现、需要争分夺秒的时代。"我知道你们想停！"教练斗志昂扬地喊道，"这时候坚持下去才重要！"从我这个角落能清楚地看到楼下的街道，游客们正在华尔街铜牛前拍照留念，那景象令人陶醉：五彩斑斓的落日余晖铺满了石板路，接着暮色昏沉。健身房里的光线来回变换，我们就在樱桃红和刨冰蓝交替的灯光下，默默摆动臀部。我们都是那种在丝芙兰买化妆品，并且愿意花大价钱做发型的人。我的思绪抽离了身体，飘到了别处——我们大抵都是幸运的，我们拥有经济资本，可以放纵自己做这些看似重要、实则荒诞的事，还可以通过我们的外表积累更多的社会资本，而我们的外貌，在某种程度上，也会帮助我们守住并增加经济资本。这就是我们共同经验的纽带，它连接着那些不工作、嫁给有钱男人的女人，以及像我这样工作的女人。一种无法打破的深层联系。

几个月后，还是在这个房间，还是在同样的位置，我的目光再次投向楼下的街道。就像上芭蕾塑形操课时偶尔感受到的那种微妙刺痛，我的心猛地一紧。窗外，万物皆蒙上薄薄一层明媚却空洞的日光，街上的每一位游人都在让女儿在"无畏女孩"雕像前摆好姿势、拍照留念。

理想女性看起来应该漂亮、幸福、无忧无虑，方方面面都游刃有余。可她真的是这样吗？看起来怎样跟实际怎样完全是两回事，努力让自己看起来无忧无虑、幸福美满，往往会妨碍你真正感受到这些情绪。网络使这个问题更加普遍和突出，不容忽视；近年来，流行文化也开始反映出社交媒体如何让个体的身份四分五裂。不出奇的是，这些故事往往以女性为中心，主人公往往会被网络上同龄女性的理想形象逼至崩溃。

说到这样的故事，大家最熟悉的可能是讽刺剧《黑镜》（*Black Mirror*）中非常犀利的一集，剧中的设定是社交媒体系统会给所有人打分，会给每个人与他人交往时的言行举止评级并整合成一个数字。布莱丝·达拉斯·霍华德饰演的是一个拼命取悦他人的可怜虫，她一心想提高自己在社交媒体上的低分，而且十分艳羡儿时一个漂亮朋友的高分数。在该集结尾，霍华德饰演的角色浑身是泥地冲进朋友的婚礼现场，满心嫉恨地又叫又嚷，活像漫画里的沼泽怪物。

2017年的电影《英格丽向西行》（*Ingrid Goes West*）也以类似的场景开场——婚礼再一次成了女性的焦虑之源。演员奥布瑞·普拉扎扮演主人公英格丽（这个名字是在反讽照片墙[1]），因为在照片墙上互相点赞的网友结婚没请她，就大闹婚礼现场，还用辣椒水袭击了一个像芭比娃娃一样的新娘。在精神病院住了段时间后，英格丽搬到了洛杉矶，

---

[1] 英格丽的英文是"Ingrid"，拆分为"In grid"就是"在网格中"的意思，而照片墙用户在个人主页上所发布的照片都是以网格的形式布局。

然后疯狂跟踪并模仿伊丽莎白·奥尔森饰演的生活博主泰勒·斯隆。这部电影的高明之处在于剧本把泰勒写成了一个无趣却善良的普通女孩，而非头脑超群的网络骗子。她的网红身份实际上是社交媒体的潮流风向赋予她的，而对于这一身份，她既不知晓，也不关心。剧透预警：影片最后，英格丽自杀未遂，接着迅速走红，成了一个给人警醒和鼓舞的故事的主角。

此类故事也已被写进了书中，包括通俗小说，也包括严肃的文学作品。2017年，超级畅销书"购物狂"系列的作者索菲·金塞拉（Sophie Kinsella）新出了一本名叫《我那（不是很）完美的生活》（My [Not So] Perfect Life）的书。故事主人公是个叫凯蒂的年轻姑娘，她那堪称完美典范的老板德米特在社交媒体上晒出的一切让她走火入魔。凯蒂把老板的所有信息都记了下来，努力想变得跟她一模一样，无论是身材、衣着、家庭、社交、住宅，还是度假地点。（这本书的风格有点像浪漫喜剧：两个女人先是轮流羞辱对方，但最终站在同一战线。）2017年还有一部名为《同情》（Sympathy）的小说面世，作者是奥利维亚·苏季奇（Olivia Sudjic）。这部小说简直就是没那么狂热的《镜中奇遇记》，只不过把镜子换成了智能手机，把神奇药水换成了兴奋剂。主人公爱丽丝·黑尔迷上了一位名叫瑞子的作家，瑞子的生活深深地吸引着爱丽丝，她相信自己在某种程度上就是瑞子，瑞子是她的替身、她的影子、她的回响。

这些故事蕴含着夸张的二元宿命论，女性要么成功，要么失败,非此即彼,无处可逃。这种感觉比真实生活还要真实。既然谁都无法逃避买卖和市场,那为什么不按市场规律来呢?女性确实遭到资本主义和父权制的腹背夹击——这两种制度如果走向极端,都会牺牲集体道德以换取个人的成功。然而,个人的成功却能带来巨大的快感。在努力接近理想的过程中,在看到美美的自己——无论是在照片中、婚礼上或是诸如此类的场合里——成了一个他人眼里令人艳羡的典范时,你定会体验到自由感和权力感。在资本主义和父权制下获得成功,这会给你带来好处;甚至只要愿意遵守资本主义和父权制的规矩,你也会得到好处。从表面上看,唯有好处。陷阱看起来非常诱人,闪闪发亮,等候你的到来。

正如唐娜·哈拉维(Donna Haraway)在其1985年发表的那篇晦涩难懂的文章《赛博格宣言》("A Cyborg Manifesto")中阐述的那样:女性的状况是一种本质上、根本上已经被掺杂和篡改的状态,因此可以追寻与这种状态相契合的自由。她写道:"在我这种反讽的信念、这种亵渎的中心,就是赛博格形象。"赛博格是"机器和有机体的混合体,是社会现实的产物,也是虚构的产物"。20世纪晚期,"自然与人造、心灵与身体、自我发展与外部设计之间的区别,以及许多从前应用于有机体和机器的区分,现在都变得模糊不清。机器活力十足、令人不安,而我们自己却死气沉沉、令人恐惧"。

哈拉维认为,女性被塑造的方式使女性与社会机器和技术机器密不可分，女性可以展现出流动性、反抗性和激进性。女性可以像赛博格一样——既然被塑造成了并非由我们自主选择的形象，那我们就可以背叛、反抗。哈拉维写道："私生子女往往对自己的出身极不忠诚。毕竟，父亲对他们来说无足轻重。"在哈拉维的构想中，赛博格将是"对抗性的、乌托邦式的，并且没有丝毫的懵懂天真"，她会明白，自己赖以存在的条件都是人造的，她会对自身存在所依循的规则毫无敬畏之心——这种可能性是多么令人振奋！

当然，"叛逆的人工生命体"这一概念在哈拉维提出之前就有了：1818年出版的玛丽·雪莱（Mary Shelley）的《弗兰肯斯坦》（*Frankenstein*）；1968年上映的《2001：太空漫游》（*2001: A Space Odyssey*）；1982年上映的《银翼杀手》（*Blade Runner*）及其原著——20世纪60年代末菲利普·K.迪克（Philip K. Dick）的小说里，都是这样的情节。但近年来，重新回归的赛博格又以女性的形态出现。2013年，斯嘉丽·约翰逊在电影《她》（*Her*）中的角色实际上是电脑操作系统，而她让杰昆·菲尼克斯饰演的角色爱上了自己。操作系统自我升级后将离开这位人类伴侣，去追寻自己的存在，这让后者心碎至极。2016年，电影《摩根》（*Morgan*）上映，安雅·泰勒－乔伊在片中饰演一个在实验室里造出来的超人——聪明漂亮，在短短五年内成长为一个美丽绝伦、异常聪慧的女性。摩根就像《深海狂鲨》（*Deep Blue Sea*）中的鲨鱼一样，因基因被过度改造而变得异常危险。而就在科学家们意识到这一点时，她把他们杀戮殆尽。

2016 年，HBO[1] 将 1973 年迈克尔·克莱顿（Michael Crichton）执导的电影《西部世界》（*Westworld*）改编为同名科幻剧并在 HBO 网页首播，演员坦迪·牛顿在剧中饰演一个漂亮的机器人妓女，埃文·蕾切尔·伍德饰演一个漂亮的机器人农场女孩。前一个角色的存在是为了被西部世界的游客一次又一次地"光顾"，后者则是被一次又一次地解救。当然，一旦有了自由意志，她们就会反抗。还有 2015 年的《机械姬》（*Ex Machina*），艾丽西亚·维坎德在片中饰演一个迷人的人形玩偶，她最终操纵了创造者的系统，上演了一场从容优雅、痛快淋漓的复仇戏——她杀死了创造者，用前几代玩偶的身体部件盖住自己的"钢筋铁骨"，然后走出了大门。

在现实生活中，女性往往驯顺得多，其反叛微不足道且琐碎。近来，照片墙上的理想女性们开始略微对抗她们所处的结构，虽然只是很小的动作。反对照片墙的声明如今已成了模特或网红社交媒体生命周期里一个可预测的环节：年轻貌美的女性先是不辞劳苦地维持美貌、展现美貌，最后在照片墙上发声明，说照片墙已经成了一个令她焦虑不安的无底洞，她要远离网络、休息一周。结果呢，一切

---

[1] Home Box Office，一家美国付费有线电视和流媒体平台，成立于 1972 年。

还是会回到老样子。对制度的反击得在制度规则范围内展开。当我们获得了能动性，适应也比反对容易得多。

事实上，技术削弱了我们的反抗。以变美为例，女性不仅利用技术满足了制度的要求，而且增加了更多要求。女性在所有与美丽相关的领域中的可能性已呈指数级扩展——想想卡戴珊家族的女性为了让身材凹凸有致进行了多少"实验"，还有那些通过整容换头换脸的年轻模特。但在很多其他方面，女性的境况依然停滞不前。我们对很多事情依旧知之甚少，比如激素避孕药，以及为何服用它的1亿女性会感到如此不适。我们还没有"最优化"女性的薪酬制度、育儿系统、政治代表权；甚至在这些领域，我们都不认为达成男女平等是个合乎实际的目标，更不用说让这些制度趋于完美了。目前为止，我们只是最大限度地发挥了我们作为市场资产的潜力，仅此而已。

我认为，女性要想找到出路，必须效仿赛博格。我们必须主动去背叛、去破坏。赛博格之所以强大，是因为她把握住了人造性所带来潜能，是因为她毫不质疑深深植根于自身的人造性。"机器就是我们，是我们的方法，是我们存在的一个方面，"哈拉维写道，"我们可以对机器负责。"赛博格的梦想"不是一种共同语言，而是一种强大的异端杂语"，是一种嵌在他人语言中，却旨在引发内部冲突的语言形式。

只要我们想要，这一切并非不可能。但我们究竟想要什么呢？如果你真的成了系统里那种受人追捧、沾沾自喜的理想女性——即便这个强大的系统可以任意提升或贬低你——你的内心还会想要什么吗？你还会表现出不服从吗？

纯真女主人公

假如你是个女孩，假如你借文学作品想象自己的人生，那么童年的你定是天真无邪，到了青春期则悲伤落寞，成年后便满腹怨气——要是到了这阶段你还没自杀，多半也会自然而然地"人间蒸发"了。

在某种程度上，我们的人生与我们读到的故事是相互交织的。假设我们现在只谈书好了。起初，书本里女孩们的世界很美好。对于"小木屋"系列的劳拉·英格尔斯、"绿山墙"系列的安妮·雪莉，还有阿纳斯塔西娅·克鲁普尼克[1]和贝琪·雷[2]来说，活着就是一场令人兴奋的旅程；当你是个女孩时，文学世界里的每一天都如明媚春日一般，令人愉悦，充满惊喜。可后来呢，要么这个世界变得令人

---

[1] 美国作家洛伊丝·劳里（Lois Lowry）创作的一系列儿童书籍中的主角。这个系列共有 10 本书，讲述了一位聪明、机智且有些古怪的年轻女孩阿纳斯塔西娅的故事。

[2] 美国作家莫德·哈特·洛芙莱斯（Maud Hart Lovelace）创作的青少年小说《贝琪和塔西》（*Betsy-Tacy*）的主角。同名系列小说讲述了 20 世纪初在明尼苏达州一个小镇上，贝琪和她的朋友塔西及其他伙伴们从童年到成年时期的成长故事。

失望，要么是我们变得令人失望。小说里，十几岁的女主人公要么忽然在未卜的命运面前茫然失措，成了欲望和悲剧的化身［比如《钟形罩》(*The Bell Jar*) 中的埃斯特·格林伍德，或《处女自杀》(*The Virgin Suicides*) 中的露卡丝·李斯本］，要么化身那种能让成年人拾起一本青春小说的角色［如《饥饿游戏》(*The Hunger Games*) 里无论谈三角恋还是闹革命都表现得坚韧果敢的凯特尼斯·伊夫狄恩，或《暮光之城》(*Twilight*) 中的贝拉·斯旺，甚至是她更加情色的翻版——《五十度灰》(*Fifty Shades Of Grey*) 里的阿纳斯塔西娅·斯蒂尔］。而成年后，一切会变得更加黑暗。因为爱情和金钱，或者因为没有爱情和金钱，成年人的人生总变得更加艰难。命运像锤子般重重落下。爱玛·包法利吞下了砒霜，安娜·卡列尼娜卧轨自杀，《觉醒》(*The Awakening*) 中埃德娜·庞蒂里埃投河自尽。在《我的天才女友》(*My Brilliant Friend*) 开头处，莉拉就已不见了踪影，莱农也疲惫得宛如刚从战场归来。当然也有例外，最明显的是《傲慢与偏见》(*Pride and Prejudice*) 中伊丽莎白·贝内特那类真的以谈婚论嫁为"人生主业"的女主角，但这类角色已经从当代文学作品中彻底消失。

而在现实中，我更喜欢富有挑战性的成年生活，也压根儿不想重返我那尽管是快乐的童年。但文学作品中的儿童是唯一一类我能真正认同的角色。这或许是因为，儿时的我还不懂——当时住在休斯敦郊区的我会骑着自己那辆小自行车，和一群小伙伴在刚开发的楼盘里转悠，阳光将她们金色的头发染成了白色。那时我看着她们,心里还不曾明白,我、她们与我喜欢的女主人公之间有什么实质性的区别。我们都玩街头曲棍球和马里奥赛车游戏,都喜欢爬墙上树,玩抓人游戏和间谍游戏——我们并没什么不同。我的父母是菲律宾裔加拿大移民,我们家厨房台面上有个电饭煲,他们吵架时会用他加禄语。但周日礼拜结束后,他们也会带我们去美式连锁餐厅"饼干桶"吃饭。在我看来,至少在儿时的我看来,他们和学校里另外几个移民家庭的父母一样,可以游刃有余地切换身份。

大概直到小学三年级,我才领悟到:身份可以左右我们与我们的所见、所闻之间的关系。某天下午,我坐在我暗粉色房间的地板上,紧挨着粉色圆点窗帘,和我的朋友艾莉森一起玩"超凡战队"游戏。她反复跟我强调,我必须选黄色战队。我不想选黄色战队,可她说我们只能这么玩。后来我才明白过来她不是在开玩笑,而是真把这当成什么金科玉律了,我差点被她气晕。她想说的其实是,我根本不知道自己的局限在哪儿——我选不了粉红战队,也就是说,我也当不了"宝贝辣妹",当不了因为上课晃板凳而被赶出教室的劳拉·英格尔斯,当不了《天使雕像》(*From the Mixed-Up Files of Mrs. Basil E. Frankweiler*)中在大都会艺术博物馆的喷泉里泡澡的克劳迪娅·金凯德。我们的友谊出现了裂痕。我告诉艾莉森我不想玩了。于是她走了,而我则静静地坐在那儿,怒火中烧。

那一天也许标志着一段自我幻想的开始,也许标志着一段自我幻想的终结。在那之后，即便我依然认同书中的女孩，我的视角却和以前不同了。当然，我喜欢儿童文学中的女主人公，部分是因为她们让我想起了那段逝去的纯真岁月——我可以随心所欲地做自己；可以在悠长夏日里，沐浴着得克萨斯州灼热的日光，躺在地板上看书；可以不把自己视为"复杂的女性"（即便当时我已经是了，但这一说法我要到多年后才会听说）。儿童文学中的那些女孩无一例外地无所畏惧，而成年的女主人公却满心愤恨。而我最不喜欢的，就是我在成长过程中逐渐看到的事实：在文学世界中，女性被呈现的方式、被有意忽略的境况，以及那些被放大的勇气和愤恨，都与她们在现实生活中所处的逼仄空间息息相关。

儿童文学的魅力多半在于其语言：清晰易懂，描述详尽而具体。阅读儿童文学让你感觉自己是在阅读一本大千世界的目录说明，而你可以随意进入那个世界。儿童文学简洁又细腻的写作风格让人读起来爱不释手，仿佛咸与甜的完美融合——以劳拉·英格尔斯所描写的拓荒者的生活为例，她的生活中有印花粗棉布、衬裙、马匹和玉米地，有草莓图案的黄油模具、枫糖浆糖果、发带、玉米棒娃娃和猪尾巴。我们清晰地记得她身边的东西、经历的冒险，甚至比我们自己的记得还要清晰。

每本书都有自己独特的色调。莫德·哈特·洛芙莱斯（Maud Hart Lovelace）1941年的小说《贝琪、塔西和蒂布》(*Betsy-Tacy and Tib*)是这么开篇的:"六月,整个世界散发着玫瑰的芬芳,阳光为长满青草的山坡洒上了一层金粉。"在"贝琪和塔西"系列中,随着她俩慢慢长大,许多主题也反复出现:喝热可可、弹琴唱歌,还有学校的致辞、过家家的婚礼。而《绿山墙的安妮》里则有蓝铃花、覆盆子甜汽水、石板瓦和蓬蓬袖。物品、场景对情节和人物的塑造尤为重要。我最喜欢的小说开头,出自美国作家E. L. 柯尼斯伯格(E. L. Konigsburg)的《天使雕像》:

> 克劳迪娅知道,那种一气之下背着小书包就离开的传统出走方式,绝不可能发生在她身上。她不喜欢不舒服的生活,甚至不能忍受野餐时的脏乱和不便。野外到处都有虫子,太阳也会使蛋糕上的奶油融化。所以,她下决心离家出走,不仅仅要"离家",更重要的是"出走"到一个好地方去。最好是个又大又舒适的地方,一定要在室内,而且得是一个漂亮的地方。这也是她看上纽约大都会博物馆的原因。[1]

从一个个名词中,读者可以了解到12岁的克劳迪娅身上应被了解的一切:她不喜欢虫子、太阳,不喜欢蛋糕上的奶油化掉;她喜欢大都会艺术博物馆。克劳迪娅带着弟弟杰米和他攒下来的零用钱出发了,他们把衣服装在乐器

---

[1] 译文摘自《天使雕像》,郑清荣译,新蕾出版社,2011年。

盒里，坐上了开往纽约的火车，在大都会艺术博物馆的稀世珍宝中安了家。

《天使雕像》最棒的地方在于，在整趟冒险中，两个小主人公丝毫不觉惧怕。他们甚至都不想家。尚是孩童的女主人公并非总是无所畏惧，但她们天生就有顽强的生命力。她们的冒险并非环环相扣，而是由一个个独立的故事组成，因此旅程中经历的悲伤和恐惧都是一阵一阵的，其中也掺杂着小小的波澜、欢闹和快乐。曼迪是朱莉·安德鲁斯·爱德华兹（Julie Andrews Edwards）（朱莉·安德鲁斯婚后随了夫姓，当时距她演出《音乐之声》已过去多年）于1971年创作的同名小说的主人公，她是个无人疼爱的爱尔兰孤儿，常常觉得形单影只，可她却拥有一种与生俱来的乐观精神和冒险精神。在《布鲁克林有棵树》（*A Tree Grows in Brooklyn*）中，主人公弗兰茜·诺兰的人生中偶有幸运，却充斥着无边无际、令人震惊的失望：被变态狂威胁，眼睁睁地看着父亲酗酒而死，几乎一整本书都在挨饿。然而弗兰茜依然顽强，不屈不挠，坚守自我。这种不受外界环境影响的自我，属于异想天开吗？是不是不完整？算不算幼稚？在儿童文学中，年轻女性角色的重要性不言而喻，而她们的创伤，无论是何种创伤，都是次要的。而在成人小说中，如果某个女性角色很重要，那她的创伤往往是第一位的。在成人文学中，女性一次又一次地被强奸，只为了推动叙事：弗拉基米尔·纳博科夫的《洛丽塔》、V. C. 安德鲁斯的《我亲爱的奥德利娜》（*My Sweet Audrina*）、约翰·格里森姆的《杀戮时刻》(*A Time to Kill*)、简·斯迈利的《一千英亩》(*A Thousand Acres*)、乔伊斯·卡罗尔·欧茨（Joyce Carol Oates）的《我们曾是马尔瓦尼一家》(*We Were the Mulvaneys*)、斯蒂芬·金的《绿里奇迹》(*The Green Mile*)、伊恩·麦克尤恩的《赎罪》(*Atonement*)、艾丽斯·西伯德的《可爱的骨头》(*The Lovely Bones*)、凯伦·罗舒的《鳄鱼女孩》(*Swamplandia!*)、加布里埃尔·塔伦特的《我最亲爱的》(*My Absolute Darling*)……皆是如此。

我们喜欢年轻的女主人公，她们亲切得就像我们的好朋友一样。这类女孩往往都温柔善良，有自我意识，讨大家喜欢。但即使她们并非如此，我们依旧会喜欢她们。碧弗利·柯利瑞（Beverly Cleary）的《雷蒙娜和姐姐》(*Beezus and Ramona*)系列读物中的雷蒙娜·昆比时常被描写成烦人精，甚至该系列中就有本书名叫《小淘气雷蒙娜》(*Ramona the Pest*)。在《雷蒙娜与妈妈》(*Ramona and Her Mother*)中，雷蒙娜把一整管牙膏挤进了水槽，只是因为她想体验下那是什么感觉。在《永远的雷蒙娜》(*Ramona Forever*)中，她"害怕做好人，因为做好人很无聊"。露易丝·菲茨休（Louise Fitzhugh）所著的《小间谍哈瑞特》(*Harriet the Spy*)中，哈瑞特是个脾气暴躁、说话尖酸、自认为了不起的上东区小八卦女。她在侦察时被同学当场抓到，结果她扇了那同学几耳光；跟人议论起自己的老师时，她说："埃尔森小姐是那种你根本就懒得多想的人。"

但我们喜欢她，正是因为她是个刺儿头，是个烦人精。她问朋友斯博特长大后想做什么，可对方回答时她不仅不听，还自顾自地说："嗯，长大了我要当一名作家。"她还宣告："另外，我说那是一座山，那就是一座山。"

许多儿童文学中的女主人公都是小作家，她们目光敏锐，能说会道。无论是从真实经历来看（如《草原上的小木屋》），还是从精神内核上看（如《贝琪和塔西》或《小妇人》），这些女主人公通常都是故事作者的孩童版本。露西·莫德·蒙哥马利（Lucy Maud Montgomery）通过一连串娓娓道来的独白，向读者介绍了11岁的安妮·雪莉："你怎么知道叫天竺葵'天竺葵'就不会伤害它的感情呢？假如别人总'女人、女人'地叫您，我想您肯定也会恼怒的。嗯，就叫它'邦妮'吧。其实今天早晨我还为楼上房间外的那棵大樱花树取好了名字呢，叫'雪皇后'，您觉得恰当吗？因为它满树盛放的都是洁白如雪的花朵，即便总有凋零的一天，可无论何时何地，您一听它这名字，眼前都会呈现出樱花竞相绽放的盛景。"后来，安妮也和闺蜜们成立了个短篇小说俱乐部。蒙哥马利笔下的另一位作家女主人公是《新月的艾米莉》（*Emily of New Moon*）及其系列中的艾米莉·斯塔尔，艾米莉略带哥特气质，13岁时，她就宣布她打算靠写作名利双收。即使行不通，她也要写，"我就要写。"她把创作灵感击中自己的时刻称为"灰烬"。

在洛伊丝·劳里所著的《阿纳斯塔西娅·克鲁普尼克》（*Anastasia Krupnik*），即该系列读物的第一本书中，热切、神经质、特别搞笑、年仅 10 岁的阿纳斯塔西娅接到了一项写诗的任务。词语"出现在她的脑海中，它们飘移，排列成组、成行、成诗。阿纳斯塔西娅的脑袋里诞生了太多诗，她只得从学校一路跑回家，找个没人的地方把它们写下来"。她写啊写，改啊改，整整忙活了八晚。学校里有个同学朗诵了首诗，开头是"我有条小狗叫小斑 / 它贪吃贪喝嘴巴馋"，老师给他打了 A。接着阿纳斯塔西娅朗诵了她的诗：

嘘　嘘　海一样柔软的夜在游动
还有蠕动的皱皮生物
听（！）
它们在湿润的黑暗中
在喃喃细语般温暖的濡湿中滑动

讨人厌的老师闹不明白阿纳斯塔西娅写诗为何不押韵，就给了她一个 F。那天晚上，阿纳斯塔西娅的父亲，诗人麦伦，把大红的 F 改成了"Fabulous"（棒极了）。

贝琪·雷也是位作家，与众不同的作家，她性格随和，成天乐呵呵的，大家都喜欢她。12 岁时的她会坐在她的"私人天地"——一棵枫树上，创作小说和诗歌。莫德·哈特·洛芙莱斯以自己为原型创造了贝琪，正如作家式女主人公的典范乔·马奇是路易莎·梅·奥尔科特（Louisa May Alcott）的替身。在《小妇人》中，乔会为姐妹们写剧本，会坐在窗边读上几个钟头的书，嚼上几个钟头的苹果，还负责编辑四姐妹与劳里一起出版的报纸《匹克威克文选》。她"根本没把自己看作是天才"。奥尔科特写道："然而一旦有了灵感，她就全身心地投入写作。她活得极为幸福，丝毫意识不到生活中的穷困、烦恼或坏天气。"可以说，《小妇人》中最大的冲突是艾米烧了乔的笔记本，里面有乔"写了好几年"的短篇小说，真是令人痛心。后来，为了贴补家用，乔只能写通俗小说。在续集《小男人》(*Little Men*) 中，乔开始创作关于她的姐妹们的生活的作品。

儿童文学中的女主人公努力工作，往往是迫于经济上的需求，也是因为在她们所处的时代，雇用童工很是普遍。劳拉·英格尔斯在十三四岁时找了份裁缝的工作；15岁那年她考取了教师资格证，搬去与陌生人同住，只为供失明的妹妹玛丽上学。年仅10岁的孤儿曼迪在一家杂货店打工，她也有文学天赋，《鲁滨孙漂流记》和《爱丽丝梦游仙境》"对她来说非常真实，给她带来的兴奋远多于现实生活"。在《布鲁克林有棵树》中，弗兰茜先是卖废品，然后在酒吧打工，再后来在工厂组装假花；多亏她挣来的钱，母亲才能安葬父亲，供弟弟继续上学——虽然弟弟很好，但绝对不值得弗兰茜牺牲那么多。即使生存不是问题，这些女孩子也格外勤奋。安妮·雪莉在教书之余，还在当地成立了改良会。赫敏·格兰杰为了在霍格沃茨修更多的学分，从麦格教授那里拿来一台神奇的时间转换器。阿纳斯塔西娅·克鲁普尼克不仅上青少年礼仪学校，给人做私人助理，

133

还帮助被她误认为是著名作家格特鲁德·斯坦因的年迈邻居康复。曼迪发现了一座破旧的木屋,她从除草、种花、修补篱笆中获得了一种超然的爽感。哈瑞特每天放学后都勤勤恳恳地搞侦察工作。在这些女孩看来,积极进取、坚持不懈才是乐趣所在。

她们没一个人是良善的典型代表:安妮荒唐可笑,乔笨拙固执,阿纳斯塔西娅呆头呆脑,贝琪反复无常,哈瑞特不修边幅,劳拉自由散漫。跟其他女孩一样,她们也渴望变漂亮、变得讨人喜欢,但她们并没有因这种"利己"的渴望而堕落或受挫。她们以自己的方式生活在这个世界上。西蒙娜·德·波伏瓦在《第二性》中写道,女人"不是天生的,而是被塑造的",她"知道,接受自己的女性身份就意味着屈从和自我戕害"。所以,这些尚未长成"女人"的小主人公都如此独立,如此迫切,如此渴望充分利用一切机会。她们——更确切地说,她们的创作者——深知:成年的生活正在逐渐逼近,而成年意味着结婚生子,也意味着终结。

无论是在虚构小说中,还在现实生活中,婚姻常常意味着个人追求的终结。在其著作《单身女性的时代》(*All the Single Ladies*)的开篇中,丽贝卡·特雷斯特(Rebecca Traister)写道:"我一直很讨厌自己笔下的女主角结婚。"在《小妇人》中,乔"封起她的墨水瓶",顺从了巴尔教授让她停止写低俗短篇小说的愿望;在《小男人》中,她不仅成了一位母亲，还成了巴尔学校一群聒噪男孩的全职负责人。至于贝琪·雷和劳拉·英格尔斯，她们的故事在婚后就结束了。安妮·雪莉生了五个孩子，在这套脍炙人口的系列读物的最后一本《壁炉山庄的里拉》（*Rilla of Ingleside*）中，女主人公换成了她的女儿。

这些人物都知道自己将要步入怎样的人生轨迹。几年前，在我就《单身女性的时代》一书采访特雷斯特时，她指给我看"小木屋"系列的第五本《在银湖岸》（*By the Shores of Silver Lake*）中的一段。12岁的劳拉和她的表妹莉娜骑马去送衣服。迎接她们的是位农场主的妻子。后者骄傲地告诉她们，她13岁的女儿丽兹在前一天结婚了。

在回住处的路上，劳拉和莉娜好一会儿都没说话。接着，她俩同时开口了。"她只比我大一点。"劳拉说。"我比她大一岁。"莉娜说。她们又对视了一眼，眼神近乎惊恐。然后，莉娜甩了甩卷曲的黑发。"她好傻！她再也不会有快乐的时光了。"

劳拉严肃地说："是的，她再也没法玩耍了。"就连小马奔跑的步伐也沉重起来。

过了一会儿，莉娜说她觉得丽兹兴许过得也不会比以前苦。"不管怎么说，现在她是在自己的房子里忙活自己的事，她还会有孩子。"

"能让我赶吗？"劳拉问。她一门心思想把长大这回事忘掉。

在《小妇人》的第一章,长女梅格对乔说:"你已经长大了,别再玩男孩子的把戏了,你得规矩些,约瑟芬……你得记住你是个小淑女。"梅格16岁。15岁的乔回答道:

> 我不是!……我恨我得长大,得做马奇小姐,我恨穿长礼服,恨故作正经的漂亮小姐。我喜欢男孩子的游戏、男孩子的活儿以及男孩子风度,却偏偏是个女孩,真是倒霉透了……现在比以往任何时候都要糟,因为我是那么想跟爸爸一起参加战斗,却只能呆坐在家中做女工,像个死气沉沉的老太太![1]

近年来,儿童文学对这个问题有了更多的探讨。如果成人世界的社会规范不那么严格,女孩们对于成年并不会感到这样本能的恐惧。洛伊丝所著的系列读物的倒数第二本是《此处的阿纳斯塔西娅》(*Anastasia at This Address*),在这本书中,阿纳斯塔西娅对婚姻确实有所顾虑,但她并非担心婚姻会限制她的自由,而是担心她会嫁给最先喜欢上自己的那个人。"首先,"她的母亲一边开啤酒一边说,"你为什么这么肯定你得结婚?很多女人一辈子不结婚,也幸福得很。"

但这些处于童年时期的女主人公对未来的本能厌恶终归会消失。我们可以看到她们遵循着儿童文学井然有序、

---

[1] 译文摘自《小妇人》,刘春英、陈玉立译,译林出版社,2017年。

合乎道德的逻辑，渐渐长大成人。劳拉·英格尔斯、贝琪·雷和安妮·雪莉都找到了尊重她们的丈夫。随着她们踏入成年的生活，她们儿时的心愿也相应地慢慢改变。

至于那些处于青春期的女主人公，她们的未来则截然不同，通往未来的路并非自然而然、水到渠成的，而是伤痕累累、难以捉摸的。西尔维娅·普拉斯的《钟形罩》深入地探究了这种转变及其影响。故事中，19岁的埃斯特·格林伍德总是觉得空虚："一个又一个白天在我的面前发出刺眼的白光，就像一条白色的、宽广的、无限荒凉的大道。"她数着远处的电线杆，视线变得模糊。"虽然我尽力往远处瞧，第十九根电线杆之外却一根杆子也看不到。"

在自杀前一个月，普拉斯以笔名在英国出版了《钟形罩》，让我们认识了暑期在《小姐》杂志实习的埃斯特。埃斯特住在亚马逊酒店，现实中对应的是位于上东区的著名女性公寓式酒店——巴比松酒店。实习生们度过了一个忙碌的夏天：要拍照、要参加晚会，还要想办法给编辑留个好印象，为自己的职业前途铺路。埃斯特想："按说那该是我一生中最春风得意的时候。"她"应该像其他女孩一样兴高采烈，可我就是没法做出反应。我觉得自己好似龙卷风眼，在一片喧嚣骚乱裹挟之下向前移动，处在中心的我却麻木不仁、了无知觉。"

在此次实习之前，埃斯特一直将自己的身份建立在优异的成绩及其为她打开的新世界之上。但早熟的时代即将结束。她觉得自己"就像一匹赛马，困在一个没有赛马跑道的世界"。她想象她的生活"像小说中那棵无花果树一样，枝繁叶茂。在每一根树枝的末梢，一个个美妙的未来，仿佛丰腴的紫色无花果，向我招手，对我眨眼示意……我看到自己坐在这棵树的枝桠上，饥肠辘辘"。她被困在家中，又被写作研讨会拒之门外，每况愈下。她开始接受电击疗法，吞下安眠药，爬进地下室狭仄的储藏间。几天后，奄奄一息的她才被找到。

《钟形罩》描述了主人公令人窒息的抑郁经历，也探讨了对于女性传统角色的普遍期望如何迅速地让一个女人自我割裂。一开始，埃斯特在面对最简单的人际互动时就感到与自我的疏离。她看着一群女孩从出租车上下来，"仿佛一个只有伴娘参加的婚礼"。她"想象不出人们同床共枕的模样"。在纽约的最后一晚，她去参加乡村俱乐部的舞会，一个叫马科的男人把她带到花园后将她推倒在泥地上，想要强奸她；她打了他，他擦了把鼻子，把血抹在她的脸颊上。后来，她决定失去贞操，她想过正常人的生活。她安上了子宫帽（"男人在这世界上无忧无虑，"她对医生说，"而我却要背上个孩子的包袱，孩子就像一根大棒悬在我的脑袋上，叫我不敢妄动。"）她选择了一个叫欧文的男人。和他做爱后，她流了很多血，毛巾"一半黑了，沾上了血迹"。后来，她又住进了医院。

随着故事的展开，一个真相逐渐浮现：未来与埃斯特想象的那棵无花果树截然不同。没有数不清的枝桠，也没有数不清的道路。这个真相并不是由埃丝特的抑郁症创造的，而是被她的抑郁症所放大了。"对女孩来说，"波伏瓦在《第二性》中写道，"婚姻和母职关系的是她的整个命运；从窥见它们的秘密的那一刻起，她就觉得她的身体似乎遭到了可怕的威胁。""为什么我却这么缺乏母性，这么与众不同呢？"埃斯特很想知道，"要是我得没日没夜地侍候婴儿，我会发疯的。"她厌恶婚姻——白天做饭、打扫卫生，晚上"有更多的脏盘子要洗，直弄得精疲力竭，瘫倒在床上。对于一个十五年来门门功课拿优的女孩来说，这似乎是一种凄凉的、荒废的人生"。她记得男友的母亲整整花了好几个星期，就为了编织一块漂亮毯子，结果织出来的漂亮毯子也没有被挂在墙上展示，而是被铺在厨房地板上。没过几天，那块毯子就"污渍斑斑、黯然失色，根本看不出花纹"。普拉斯写道，埃斯特"还知道，不管男人在娶到女人之前送她多少玫瑰，给她多少亲吻，带她到餐馆享用过多少美味佳肴，他私下里只盼望婚礼一结束她就像威拉德太太的厨房地毡一样平展在他脚下，服服帖帖"。

西蒙娜·德·波伏瓦拒绝与让·保罗·萨特结婚，而是选择了与之保持一种终身开放的关系。她以前的学生比安卡·比嫩菲尔德（Bianca Bienenfeld）在1993年写道，在这种关系中，波伏瓦有时会和年轻的女学生上床，再把她们介绍给萨特。路易莎·梅·奥尔科特终身未婚，她也是位婚姻上的"良心拒服者"。她在给朋友的信中写道："在故事中，乔原本应该一直单身，但很多热情的年轻女士写信给我，吵着要她嫁给劳里或者谁，我不敢拒绝，又很抗拒，便为她安排了一桩不合时宜的婚事。"波伏瓦在1949年版《第二性》中的导言里写道，"女性的张力"（drama of woman）在于女性个体的自我经验与女性共同经验之间的冲突。对女性个体而言，女性身份就是核心，天生就至关重要、不可或缺。但对社会而言，她是非本质的、次要的存在，完全被她与男性的关系所定义。这些并非"亘古不变的真理"，波伏瓦写道，而是"每个女性个体存在背后的共同基础"。

即使今天看来，《第二性》中的许多内容仍令人不安地具有当代意义。波伏瓦指出，与女性不同，男性并不会感到生而为男的事实与"生而为人的使命"之间存在任何冲突。当青春期女性意识到，自己的身体以及社会对其的种种要求将会决定自己成年后的生活，这注定会带来何等的激动、悲伤。"如果年轻女性在这个阶段经常出现神经质的状况，"波伏瓦写道，"那是因为在无望的宿命面前，她感到毫无招架之力，而这种宿命注定她要经受无比痛楚的考验；在她眼里，她的女性身份意味着疾病、苦难和死亡，而她对这种宿命忧心忡忡。"

朱迪·布鲁姆（Judy Blume）的《老虎的眼睛》（*Tiger Eyes*）就为我们展现了这一困境。故事中15岁的戴维刚刚萌芽的性意识与死亡有着千丝万缕的联系。在故事开头，她父亲的葬礼刚刚结束。父亲在自己经营的7-11便利店遭人打劫，并被劫犯枪杀。在整个故事中，戴维都觉得很受创，很抑郁。她总是回想起案发当晚，她当时在海滩上和男友亲热。她开始对与人亲密深感恐惧。"我想回吻他，但我做不到，"她想，"我做不到，是因为亲吻会让我想起那天晚上。于是我挣脱他，跑开了。"

杰弗里·尤金尼德斯（Jeffrey Eugenides）1993年的《处女自杀》也是。小说讲述了密歇根州格罗斯波因特（Grosse Pointe）的李斯本家五姐妹的故事，五个女孩都是十几岁的年纪，笃信宗教的父母与难以言状的内在力量让她们觉得分外压抑，不禁奔赴死亡所暗含的骇人自由。第一个尝试自杀的是年龄最小的塞西莉亚，她试图在浴缸里割腕。刚刚步入青春期的她觉得一切都没有意义。她站在路边，看着蜉蝣的尸体，跟邻居说："它们死了，它们只活了二十四小时，孵卵、繁殖，然后死去。"塞西莉亚自杀未遂后，医生责备她，说她年龄还小，根本不知道生活到底有多糟。"很显然，"塞西莉亚说，"医生你从没当过十三岁的女孩。"

《处女自杀》是尤金尼德斯的第一部小说。尽管他对李斯本姐妹生活的夸张描写确实生动、准确地捕捉到女性青春期的一面——生为女孩所体验到的束缚感，以及束缚下越发活跃、梦幻的思绪——但明显的男性视角却贯穿了文本。为了刻画青春期女孩生活中无处不在的男性压力，尤金尼德斯在小说中使用了第一人称复数："我们"是一群敏感、不安、关注女孩的青春期男孩。这些面目模糊的男孩以热切而虔诚的口吻谈论着李斯本一家,像宗教朝圣者,又像偷窥狂。他们痴迷于少女身体种种让人想入非非的神奇变化,收集她们用过的东西(女孩们用过的体温计成了他们的宝贝,但"可惜,是口腔式的"),四处搜寻她们的旧照,向了解她们的人打听。

李斯本五姐妹分别是特丽萨、玛丽、邦妮、露卡丝和塞西莉亚,最大的17岁,最小的13岁,都相差一岁,她们的年龄跨度差不多刚好覆盖整个青春期。作为一个群体,她们构成了女性身体从儿童向性对象转变的个案研究对象——只是在这种情况下,转变在小说中被放大至五倍之多,又被李斯本家极度严苛、神秘的清教徒式虔诚所强化。叙事者在学校里瞥见李斯本姐妹的脸,觉得它们显得"裸露得不合时宜,就好像我们习惯了看戴着面纱的女人"。因为李斯本家不允许女孩们社交,男孩们没把她们当作同龄人来看,而是当作柜子里的玩偶、橱窗里的妓女来凝视。在监护者(她们的父母)和观察者(叙事的男孩)组成的双层玻璃之后,李斯本五姐妹被强化为神话,既充满了悲剧性,又光彩夺目:她们既天真无邪,又叫人浮想联翩("穿着自家缝制的、满是蕾丝和褶边的礼服裙,五姐妹光彩照人,正在发育的肉体呼之欲出",或者穿着婚纱的塞西莉亚赤着脏兮兮的脚的形象);她们是动物,也是圣人("垃圾桶里有个卫生棉条,上面血迹斑斑,是李斯本家一位女孩刚从下体拿出来的")。李斯本姐妹的身体是解读小镇一切事物的途径。男孩们觉得房子周围都是"中了套的海狸的气味"。那个夏天弥漫的空气是"粉色的、潮湿的，枕头般柔软的"，旺盛的生命力与剧烈的不祥感充斥其中。

《处女自杀》的女主角是俏皮、神秘的露卡丝，学校的万人迷特里普·方丹说她是"他见过的穿着衣服却最裸露的人"。露卡丝原本似乎能躲开李斯本家的困境。谁都可能被困住，但露卡丝不会，她浑身上下散发着"健康和狡黠"的光芒。她能让特里普说服她的父母同意五姐妹去参加毕业舞会；她能在毕业舞会后久不归家，待在橄榄球场上和特里普做爱；她能在姐妹全被禁足后，开始在屋顶上与陌生男人发生关系。（对于叙事者来说，屋顶这一幕给他们留下的印象挥之不去。成年之后，他们说自己在和妻子做爱时，总会想到露卡丝，想到"那个苍白的幽灵，她的脚总是卡在檐沟上"。）

但青春洋溢的露卡丝并没有绽放。一天晚上，李斯本姐妹似乎急于满足观察者们的一切幻想——她们半夜邀请男孩们进屋，要他们备好车，以便一起逃走。在昏暗的房间里，露卡丝把男孩裤子上的皮带解开，拎在手中。男孩们一动不动，静待自己的一切欲望都得到满足。结果，露卡丝来到车库，发动引擎，被一氧化碳熏得中毒而死。特丽萨则吞下了致死剂量的安眠药。后来，看见吊死在绳子上的邦妮，男孩们跑出了李斯本家。

波伏瓦写道，少女被一种"秘密的意识"和"严密的孤独"包裹。她"说服自己，她不被人理解，她同自己的关系因此更热烈，她迷醉于自己的孤独，感到自己与众不同、高人一等、异乎寻常"。这些特点在某类卖座青春小说的女主人公身上也有所体现——如果是反乌托邦的故事，那么女主角会更坚定地认为自己与众不同、出类拔萃；如果是爱情故事，那么女主角一开始会装腔作势地否认这种孤独而卓越的感受，但最终还是会屈服于这一点。

这些青少年，跟其他故事里压抑的同龄人一样，无力想象亦无力选择自己的未来。在反乌托邦小说中，这是由故事的设定和背景决定的。在《饥饿游戏》中，作者苏珊·柯林斯（Suzanne Collins）将故事设定在一个名为潘恩的未来国度，它是一个位于北美的集权国家。环绕在富裕的中心城市都城四周的是13个奴隶区，这些区每年都要进贡少男少女各一名参加饥饿游戏，进行生死搏斗。女主角凯特尼斯·伊夫狄恩知道妹妹被抽中后，自愿成为本区"贡品"。凯特尼斯的选择带了一丝惨烈的宿命感——她之所以如此勇敢，是因为她确信自己的未来终会是一场噩梦；而她的浪漫决定则是因为她觉得自己早已失去一切。维罗尼卡·罗斯（Veronica Roth）的《分歧者》（*Divergent*）也采用了类似的框架。《分歧者》《饥饿游戏》两个系列的图书总销量已超过一亿册。

在最为知名的爱情小说中，未来的模糊性（以及随之而来的必然性）与女主人公的性格息息相关——这类小说中的女主人公往往就像砧板上的豆腐一样，被动、寡淡，等待着被他人生活的辛辣所浸染。《暮光之城》的女主角贝拉·斯旺和《五十度灰》的女主角阿纳斯塔西娅·斯蒂尔在青春文学和成人商业电影之间巧妙地架起了一座桥梁——从某种意义上说，她们是同一个角色，因为《五十度灰》是 E. L. 詹姆斯在《暮光之城》出版之后创作的同人小说。两本书中的女主人公都像是纸娃娃，几乎无法自主做决定，自然也把握不了自己即将陷入什么样的爱情。她们对自己的盲从全然不知，同理，反乌托邦故事中的女主人公对自己的勇敢也全然不知，而且神奇的是，两类书的每一个女主人公都对自己的美貌全然不知。（书中爱上她们的男性角色，就跟那些夸赞女孩美而不自知的流行歌手一个样，对他们来说，女生这种不自知才是最吸引他们的地方。）所以呢，贝拉爱上了一个吸血鬼，阿纳斯塔西娅则与一个遭受过虐待并热衷于性虐待的亿万富翁纠缠不清。起初，贝拉跟阿纳斯塔西娅都有些畏缩，可能是预感到即将发生的事——前者最终被咬，变成了吸血鬼；后者则是陷入了混乱的旋涡，其中既有未平的创伤，又有重重的惊险。但浪漫情节免除了她们必须为自己开辟未来的责任。她们所爱的男人，以及那些男人身上的种种严重问题，已经替她们决定了未来。

显然，我完全受不了《暮光之城》这类故事。（雪上加霜的是，《暮光之城》《五十度灰》的文笔都特别呆板，又一次强化了那种刻板的观念：一个年轻女性但凡跟有魅力的男人扯上了关系，那她自己的故事就算再敷衍、再离谱也无所谓。)在我看来,弗朗辛·帕斯卡尔(Francine Pascal)在20世纪80年代首次出版的《甜蜜高谷》(*Sweet Valley High*)及其系列对爱情也着墨太多。一进入青春期,我与书中女主人公们的关系便发生了巨变。童年时代的女主人公是我想成为的人,但少女时代的女主人公是我害怕成为的人——一旦进入青少年时期,书本里的女主人公只有受人喜爱,她的人生才有意义,而且她的人生越失控,她的故事就越有趣。

当然,也有例外,比如我很喜欢的菲利斯·雷诺兹·内勒(Phyllis Reynolds Naylor)自1985年陆续出版的"爱丽丝"(Alice)系列,还有萨拉·德森(Sarah Dessen)的《守住月亮》(*Keeping the Moon*),以及朱迪·布鲁姆的作品。这些青春文学作品都温暖体贴、贴近生活,书里的主人公并不觉得自己与众不同,而她们的平凡正是故事吸引人的主要原因。但在我不再读章节书,却没法完全理解文学作品的那个年龄段,我读的大多是趁着塔吉特超市打折时买的通俗小说,或者是在当地的小图书馆分馆找到的通俗小说,比如把我吓得屁滚尿流的玛丽·希金斯·克拉克(Mary Higgins Clark)的平装悬疑小说,像比利·莱茨(Billie Letts)的《芳心何处》(*Where the Heart Is*)这样的叫人泪如雨下的书友会推荐书,或者是朱迪·皮考特(Jodi Picoult)的关于失忆症或危重病的小说。这些故事的情节过于跌宕起伏,叫我读着只觉庆幸自己没碰上此等倒霉事。

如果说童年时期的女主人公是站在安全距离之外憧憬未来，青春期的女主人公是被自己无法控制的力量盲目地推向未来，那么成年后的女主人公则是生活在早可预料的未来之中，并亲身体验那未来是何等阴郁、痛苦、令人失望。她的处境往往早就被人为地定局——结婚生子令她无法过上自己想要的生活。

不消说，我们的女主人公本就要结婚生子。即使在今天，无论女性表现得有多独立，这种期望依然存在。丽贝卡·索尔尼特（Rebecca Solnit）的著作《一切问题之母》（*The Mother of All Questions*）中有篇同名文章，在文中她写道，某次在做关于弗吉尼亚·伍尔夫的演讲时，有人问她是否认为伍尔夫应该生个孩子。几年前，索尔尼特也曾被人在台上问过她自己生不生孩子的问题。想要解释伍尔夫的选择或是她自己的选择，有很多现成的答案，索尔尼特写道，"但这个问题有答案并不意味着我就该答，也并不意味着这个问题就该问。"采访者所提出的问题"默认了女性就应该生孩子，默认了女性生孩子这事理所应当地是公共事务。究其根本，这个问题默认女性只有一种正确的活法"。

我们都知道那种"正确的"活法意味着什么：婚姻、母亲身份、优雅、勤奋，以及理所应当的幸福。索尔尼特指出，对于女性行为的规定常常假惺惺地顶着"为了使女性幸福"的名头，就好像我们期望女性是美丽、无私、勤劳的妻子和母亲，纯粹是因为只有这样才能让她们幸福。

但实际上，从这种模式的"幸福"中受益的往往是男性，而它损害的又是女性的经济利益。即便是像"女强人"或"女孩老板"（girlboss）这样的词，看似倡导的是女性解放，实际上还是男权思维。但就算女性结了婚，生了子，依旧光彩动人，人们仍然常常觉得她们有所欠缺。对此，索尔尼特写了一句叫人忘不掉的话："做女人没有正确的答案；艺术也许就在于我们如何拒绝这个问题。"这是一个文学性的宣言，后来，索尔尼特想到，将女性身份简化为她们在家庭中的角色是否本质上就是个文学问题。"我们所看到的，唯有一条单一的故事线，唯有某一种特定的'好'生活，尽管许多遵循着这条故事线活着的人，活得并不好，"她写道，"我们反复讲述，仿佛世上只有某个故事是好的，只有一种结局是幸福的，可明明周围就有无数种人生，像万千花朵一般，盛开，然后凋零。"

从另一个角度看，这个问题也确实是文学问题。18世纪晚期，中产阶级、为爱结婚、虚构小说这三类事物纷纷蓬勃发展。在此之前，财富来源于土地和遗产继承，而非靠工作获得的酬劳或专业化生产。在婚姻中，适婚年纪的女性被视为转移和留住财富的工具。结了婚后，这些女性大多与丈夫一起劳作，维持前工业化时代家庭的正常运转。但随着经济结构的迅速变化，个人主义兴起，闲暇时间增多，婚姻也开始变得非常个人化，也势必如此——新的市场经济使得某些家务变得多余，又使得中产阶级女性扮演不了任何职业角色。因此，将婚姻视为一种意义重大的个人成就兼人生选择的叙事方式，在现实生活和文学作品中逐渐成形。

在第二次世界大战前后，婚姻成为主导的社会制度这一观念达到了巅峰。随后，第二波女性主义风起云涌，《第二性》和贝蒂·弗里丹（Betty Friedan）在《第二性》的基础上写就的《女性的奥秘》（*The Feminine Mystique*）使中产阶级白人女性得以体面地质疑社会加之于女性的期待。弗里丹写道："我们不能再忽视女性内心的声音：'除了丈夫、孩子和家庭，我还想要更多'。"从那时起，女性一直在不断质疑婚姻被过度理想化的价值，反击作为男性利益工具以及对女性的束缚的婚姻制度。早在女性想通过政治手段解决这一问题之前，文学作品就已经暴露了它：19世纪文学中最出彩的两位女主人公——爱玛·包法利和安娜·卡列尼娜，都被不幸的婚姻、年幼的孩子所裹挟，无法体面地逃离生活。她们面临着自己的文学困境：在她们所生活的社会中，她们所追求的一切不可能实现。而无论是书中的角色，还是现实生活中的人，要想活下去，就必须有所求。

成年女主人公自杀，与青春期的女主人公自杀，原因并不相同。青少年女主角因欲望被彻底抽干而选择自杀，而成年女主角则因欲望过于强烈而最终被欲望所吞噬。或者说，在她们所生活的环境中，即使是再正常不过的欲望，都会让她们显得道德败坏，迫使她们最终只能走上绝路。伊迪丝·沃顿（Edith Wharton）的《欢乐之家》（*The House of Mirth*）呈现的就是这种情况：丽莉·巴尔特囊中空空，29岁依然独身，单单这两点就足以让她被逐出上流社会，走向服下过量的麻醉剂自杀的结局。在托马斯·哈代的《德伯家的苔丝》中，社会也压垮了可怜的苔丝。在这个年轻的挤奶工身上，以往文学中所有少女、成年时期的惨剧，通通发生了：她被表兄强奸并怀孕；她爱上了一个男人，但这个男人发现她不是处女后便抛弃了她。苔丝杀死了强奸她的人，与昔日的爱人私奔。最后，被警察追捕、走投无路的苔丝像祭品一样，躺在巨石阵的石头上，将自己的身体和生命献祭给男人的世界。

在居斯塔夫·福楼拜的《包法利夫人》中，爱玛是农场主的女儿，漂亮、耳软心活，喜欢看言情小说。在嫁给查尔斯·包法利医生后，她对生活困惑不已：婚姻比她想象的要无趣乏味得多。"爱玛极想知道，"福楼拜写道，"欢愉、热情和迷恋这些字眼，从前在书上读到，她觉得那样美，那么在生活中，到底该怎样正确理解呢。"她"巴望旅行，或者回到她的修道院。她希望死，又希望住到巴黎"。她无法像别人期待的那样，安心地过着一潭死水般的日子。当想起她的孩子，她叹道："也真怪，这孩子多丑！"福楼拜写道："她一直期待意外发生。她睁大一双绝望的眼睛，观看她的生活的寂寞，好像沉了船的水手，在雾蒙蒙的天边，遥遥寻找白帆的踪影。"

在这种渴望的驱使下，爱玛开始了她的恋情，先是与罗道耳弗。他们本计划了要私奔，可就在私奔前一晚，罗道耳弗抛弃了她。接着她与莱昂相恋，可情人的殷勤并不能叫她满足。她想知道："何以人生总不如意？何以她信赖的事物，时刻腐朽？"爱玛完全被社会观念影响了，满心以为女性的幸福就在于拥有爱情，消费挥霍。情场失意的她拼命寻找刺激，以致债台高筑，不得不向情人讨钱。她渐渐发现，婚外情注定也会变得无趣，与婚姻并无二致。最后，她吞下砒霜，历经漫长的痛苦，方才死去。与许多19世纪的小说一样，《包法利夫人》的主要叙事动力在于：若是没有男性保护，女性无法获得经济稳定。

列夫·托尔斯泰在《安娜·卡列尼娜》中所塑造的女主人公是一个与爱玛截然不同的女性。安娜聪明、能干、敏锐，最终却也走上与爱玛相似的命运。小说始于一场婚外情和一次死亡，就像为读者敲了两下警钟，以此宣告了整部小说的背景和基调。安娜来探望哥哥斯吉瓦，后者对其妻子陶丽不忠。在火车站，兄妹俩遇到了军官伏伦斯基，安娜对他一见倾心。接着，有个男人扑向铁轨，是意外还是故意寻死无从得知。安娜感叹："这可是个凶兆。"待在哥哥家的那段时间，她劝说陶丽原谅哥哥，同时她和伏伦斯基之间的爱也开始热烈地燃烧。回到圣彼得堡后，她一见丈夫和孩子，心里便快快不乐。她还未到30岁，就已被关进了牢笼——和哥哥不同，安娜要是有个情人，就会被社会抛弃。她总是梦见仿佛三人做爱的场景，丈夫和情人一起"热烈地爱抚她"。托尔斯泰写道："她感到奇怪，以前她怎么会觉得这是不可能的，如今她却笑着对他们说，这样简单多了，现在他们两人都感到满足和幸福。但是这种梦好像恶魔一样折磨她，把她吓醒过来。"

怀了伏伦斯基的孩子后，安娜向丈夫坦白。她断不了这段情，而离婚势必会影响她的社会地位。她逐渐开始崩溃。书中写道："她哭，是因为她想把自己的处境变得明朗、确定下来的幻想，永远破灭了……往后一切还是跟以前一样，甚至糟糕得多……她永远得不到恋爱的自由。"昔日从容自信、活泼可爱的安娜迅速消沉，变得难以沟通，靠吗啡才能入睡。她把矛头指向伏伦斯基，性子也变得反复无常，控制欲极强——当女人获得权力的唯一方式是取悦男人，她们往往会这样。她知道自己"心底有个模糊的念头，唯有这个念头能叫她打起精神"。她突然明白："唯有这个念头能解决一切。"这个念头就是死。故事最后，安娜卧轨自杀。

在《包法利夫人》中，"轻浮愚蠢的爱玛"的遭遇常被视为自作自受。而《安娜·卡列尼娜》的高贵、悲惨的女主人公则纯属非理性欲望的牺牲品。凯特·肖邦在《觉醒》中则加入了女性主义色彩，使婚外情更明确地成为女主人公埃德娜·庞蒂里埃探索独立和自我抉择的工具。但最后埃德娜也自杀了——在故事就要结束时，她走进了墨西哥湾，海浪像蛇一样卷住了她的脚踝。她"想到莱昂斯和孩子们。他们是她生活的一部分。但他们不该以为自己拥有她，拥有她的整个身心"。肖邦把埃德娜的死描绘得无比夺目：在临近死亡的那一刻,她感受到的是自由与宽恕。在那一刻,她产生了联觉,"听见蜜蜂嗡嗡叫着,闻到了空气中浓郁的石竹花香。"

为什么会有这么多女性不忠?波伏瓦有句很出名的话:"大多数女人要么是已婚状态,要么结过婚,要么打算结婚,要么因为没结婚而痛苦。"她写道:"婚姻具有欺骗的成分,它本应使情欲社会化,结果却扼杀了情欲。"丈夫"首先是公民、生产者,其次才是丈夫",而妻子"首先是妻子,往往也只是妻子"。她的结论是,女人注定会不忠,"这是体现她的自由的唯一具体形式,只有通过欺骗和出轨,她才能证明自己不是任何人的财产,才能揭穿男性的谎言"。而在 2003 年,美国文化评论家劳拉·吉普妮斯(Laura Kipnis)在《反对爱情》(*Against Love*)一书中指出,出轨是"静坐抗议这一道德标准——维系爱情需要持续不断的努力"。

说到这里,也许我该承认,对于"女主人公"[1]这个词,我用得很随意。它是"hero"(英雄)的阴性词,最早出现在希腊古典时代,当时指的是贞洁的女英雄:圣女贞德、圣露西,或是斩下敌军将军首级以拯救家乡的寡妇朱迪斯。但到了 18 世纪,女英雄的概念开始发生转变——小说中塑造的女性不再那么非同寻常,而是更具有普遍性。借文学

1　原文为"heroine",也有"女英雄"之意。

学者南希·米勒（Nancy Miller）的说法，文学作品创造出的是"女主人公文本"，这是一种主流的综合性叙事，描绘了女性如何在为男性设定的世界中克服重重障碍。

1997年，心理学家和理论家玛丽·格根（Mary Gergen）对比了男女不同的叙事线：一种主人公"独立自信，单枪匹马，一心一意朝着目标前进"，另一种主人公"无私，受难，深陷社会赋予的角色，受多方牵制，缺乏实现追求所需的坚定"。波伏瓦将此归结为超越性（transcendence）与内在性（immanence）的对立：社会期待男性超越他们所处的环境，期待女性被环境所定义和局限。美国作家凯特·桑布拉诺（Kate Zambreno）在《女主人公》（*Heroines*）一书中致敬了波伏瓦的观点，论述了传统性别角色在面对存在问题时产生的恐惧："男性被允许走向世界、超越自我，而女性只配做那种到不了第二天就会被清除、遗忘的工作，与无足轻重的人为伍。没人记得她们的模样。"

传统上，文学作品中的男性角色不仅仅代表了男性，而是代表着"人"的境况被书写和阅读。以詹姆斯·乔伊斯《一个青年艺术家的画像》里的斯蒂芬·迪达勒斯、卡夫卡《变形记》里的格雷戈尔·萨姆沙、陀思妥耶夫斯基《罪与罚》里的拉斯柯尔尼科夫、海明威《杀手》里的尼克·亚当斯、约翰·契弗《游泳的人》（*The Swimmer*）里的"游泳者"内迪·梅里尔、雷蒙德·卡佛《大教堂》里的盲人、塞林格的《麦田里的守望者》里的霍尔登·考菲尔德、厄普代克"兔子四部曲"里的"兔子"安格斯特罗姆、查尔斯·狄更斯《双城记》里的悉尼·卡顿、卡尔·奥韦·克瑙斯高（Karl Ove Knausgaard）自传体小说《我的奋斗》（*Min Kamp*）中的他自己为例，他们并不完全是在演绎传统的英雄之旅——勇闯世界、击败敌人、凯旋而归；但英雄之旅中依然提供了必须依循或背离的范式。不管具体情节如何，男性的"自我神化"依然"阴魂不散"。

相反，女性文学作品中的人物展现的则是女性的生存状态。她们注定要生活在一个以性、家庭和家务为中心的世界，她们的故事总是围绕着爱情和责任展开。评论家蕾切尔·布劳·迪普莱西（Rachel Blau DuPlessis）写道，爱是"我们的文化（用于女性）的一个概念，无论是成长、成败、成年、学习还是教育的过程，都可以融入'爱'"。所以，我说的"女主人公"专指文学作品中具备典型女性特质的女性形象。有时，某些自杀的女性角色会拒绝感情，比如琼·狄迪恩的《随它去吧》（*Play It as It Lays*）中，在高速公路上陷入精神错乱的玛丽亚·韦思。有时，她们会把受压迫的经历变成起源故事（origin story）[1]，比如斯蒂格·拉森（Stieg Larsson）《龙文身的女孩》（*The Girl with the Dragon Tattoo*）的主角莉丝贝特·萨兰德、莱夫·格罗斯曼（Lev Grossman）《魔法师》（*The Magicians*）中的茱

---

1 揭示一个角色或一群人如何成为主角（或反角）的背景故事。在美漫中，它指角色如何获得超级能力、成为超级英雄（超级反派）的背景故事。

莉亚，都是因强奸而伤痕累累的暗黑女英雄。（需要说明的是，这两个系列都是由男性作家创作的。虽然男性完全有能力创作而且确实创作出了极具洞察力、极为精彩的女性小说，但他们似乎也很喜欢投机取巧、避繁就简，用强奸来推动叙事。）有时，这些角色会巧妙地操纵传统叙事，使之对自己有利，比如《名利场》（*Vanity Fair*）中的贝基·夏普、《乱世佳人》中的斯佳丽·奥哈拉，或是《消失的爱人》（*Gone Girl*）中反社会的艾米·邓恩（Amy Dunne）。波伏瓦还说过，女性被赋予了寄生虫的角色，而寄生虫无一例外都是剥削者。上文所提到的每一位女性角色都是在追求基本的自由。但我们的文化将女性的自由构建为腐化的象征，在很长一段时间里，女性根本不可能做个自由的"好"女人。

最显著的例外是那些把谈婚论嫁看作是人生重头戏的女主角，比如简·爱，比如简·奥斯丁笔下的女性。她们都是贤淑稳重的"好"女人，却无损其心理活动的复杂。伊丽莎白·班纳特可以是聪明睿智、洞察秋毫的形象，恰恰要归功于她观念传统、性格开朗、讨人喜爱。正如儿童读物，时间在这类浪漫故事里也起到了一定的作用。《傲慢与偏见》在恋情达到高潮时戛然而止，最后一章蜻蜓点水般地描绘了伊丽莎白与达西先生未来的幸福生活，让人不禁好奇：如果小说写的是他们结婚10年后的事，伊丽莎白的心情会如何？伊丽莎白会幸福吗？如果她幸福，有人会据此写一本书吗？有人写过以婚姻幸福的女人为主角的伟大小说吗？当然，大多数主人公都不幸福，但男主人公不幸福大多是出于存在主义之类的原因，而女主人公不幸福，则是因为社会，因为男权，因为男人。

面对婚姻中的种种妥协时，有些女主人公并无怨恨和痛楚，比如《米德尔马契》中的多萝西娅·布鲁克和《一位女士的画像》中的伊莎贝尔·阿切尔。多萝西娅和伊莎贝尔聪明、体贴、思想独立，但她们的故事依旧被不确定性主导：多萝西娅与卡苏朋单调乏味的婚姻因后者的去世戛然而止，小说最后她再婚了，步入了一段更幸福的婚姻；而读到《一位女士的画像》结尾时，我们都认为伊莎贝尔会回到傲慢自负、令人无法忍受的奥斯蒙德身边，但也知道她不会在罗马久留。婚姻推动了情节，但不是结局。这些女主人公展现的是另外一条路：婚姻既不会毁掉你，也不会让你完满。这条路清晰地指向当下。

在过去的半个世纪里，身为女性的意义发生了巨大变化，无论是在现实生活还是在文学作品中。在尤金尼德斯的《婚变》（*The Marriage Plot*）中，一名大学生谈及她的英语教授对这一问题的观点：

> 在人生的成功依赖婚姻，而婚姻依赖金钱的时代，小说家们拥有写作的主题。伟大的史诗歌颂战争，小说则歌颂婚姻。两性平等，对女人来说是好事，对小说来说则是坏事。而离婚更是彻底将其摧毁。如果

爱玛后来可以申请分居，那么她之前和谁结婚又有什么关系？如果有婚前协议，那么伊莎贝尔·阿切尔和吉尔伯特·奥斯蒙德的婚姻又将受到怎样的影响？在桑德斯（教授）看来，婚姻已不再重要，同样小说也不再重要。如今你能从哪儿找到婚姻情节线？哪儿都不行。[1]

然而，真正被颠覆的东西并没有这位教授认为的那么多。在过去几十年里，女主人公们关注的依旧是同样的问题——爱情与社会压迫，只是她们回应这些问题的方式有所不同。当代女性文学并不是在反映或试图破坏传统的女主人公文学，而是将其颠覆后，重塑并操纵了叙事结构对女性自我身份的影响。现今最为人所熟知的女主人公往往也是作家——这赋予她们一个内在动机，使她们对自己人生中的故事情节保持高度敏感。

克丽丝·克劳斯（Chris Kraus）的元虚构小说《我爱迪克》(*I Love Dick*)于1997年出版，2006年再版。从开头我们知道，讲述者克丽丝·克劳斯是个失败的电影制作人，与一个名叫西尔维尔的男人维持着无性婚姻。她难以自拔地爱上了一个名叫迪克的神秘男人，开始给他写长信。在20世纪，这种越轨行为可能会毁掉女主人公的人生。但在《我爱迪克》中，这些信让克丽丝的婚姻重新焕发活力，

---

[1] 译文摘自《婚变》，吴其尧译，上海译文出版社，2016年。

并使她成为那种她一直渴望成为的艺术家。她和西尔维尔开始一起给迪克写信。她在信里写道:"我们刚做过爱,在此之前的两个钟头,我们都在谈论你。"通过写信,克丽丝的自我意识愈加清晰。她离开了西尔维尔,继续给迪克写信。"为什么当女人暴露出自己堕落的情形时,每个人都以为我们是在作践自己呢?"她问他,还告诉他她想做个"女魔头"。我个人无法忍受这本书,只觉得它无聊透顶。但无可否认,克劳斯的写作非常大胆。她没有让自己的主人公尝试解决社会造成的问题,而是让女主人公成为问题本身,将问题作为一种身份、一门艺术、一种文学形式来探究。

在珍妮·奥菲尔(Jenny Offill)的杰作《投机部》(*Dept. of Speculation*)中,叙述者是一位30多岁的女作家,同时也是个年轻妈妈。与克劳斯如出一辙,她也想成为"艺术魔头",但她又渴望家庭生活。对于她施于自身的约束,她既爱又恨。"她是个乖宝宝吗?有人问我。哦,不,我会这么回答,"奥菲尔还补充说,"她后脑勺上的那个旋,我们可能拍了上千张照片。"叙述者的口吻冷酷无情。她想起"恶魔岛上一个囚犯的故事,这个囚犯被单独监禁,每到夜晚,他就把一颗纽扣丢到地板上,然后摸黑寻找那颗纽扣,直到天亮。每晚他都是如此消磨时间。我没纽扣。除此之外,我的夜晚和他的夜晚并无差别。"这种更有趣、更黑暗的视角得以出现,是因为小说的叙述者拥有了前所未有的自由——她随时可以脱离自己的处境。就在小说向读者揭示丈夫有外遇之前,叙述者从第一人称切换为第三人称：从"我"变成了"妻子"。这种变化恰恰说明了叙述者和作者皆承认,社会规范可以在根本上影响我们的自我身份,而有时是我们主动选择去接受这种影响。

还有埃莱娜·费兰特,她的作品所带来的轰动无人能及。费兰特明确的女性主义色彩为她笔下的女性故事注入了清楚明了的普遍意义。她创造了一个由女性主导的具象世界,这个世界由"存在、关系和关注"[女性主义思想家阿德里亚娜·卡瓦列罗(Adriana Cavarero)语]所界定,与由男性主导的抽象的世界形成了鲜明对比。她的作品《烦人的爱》《被遗弃的日子》《暗处的女儿》和"那不勒斯四部曲",共同构建了一个战后意大利世界,在这个世界,男性掌握外部权力,而意识和身份的条件则由女性设定。侵扰女性的,是彼此的记忆和故事——阴影自我、理想榜样、迷恋对象、幽灵之影。正如波伏瓦所描述的那样,观察费兰特笔下的叙述者从上述形象中定位自己,在她们的情感和智性追求中确立自我和掌控感,是一种超越性的体验。

《被遗弃的日子》的主人公奥尔加害怕自己变成母亲一样的弃妇——她童年记忆中那个被丈夫抛弃,精神错乱的衰老女人。可奥尔加发现自己也陷入了相似的婚姻。"把自己的意义建立在他的欣赏、他的热情、他越来越富有成果的生活之上,这是个多么可怕的错误。"她这样想着,为自己被遗忘的写作事业感到悲哀。她还记得,多年前,她还嘲笑那些受过教育的女性"像小摆件一样毁在喜新厌旧的男人手里……我想跟她们不一样,我想写那些聪明能干、说一不二的女人的故事，而不是那些被遗弃的女人，她们脑子里最要紧的就是失去的爱情"。但即便被抛入弃妇的叙事框架，奥尔加并未全然沉溺其中。戴娜·托尔托里奇（Dayna Tortorici）在《n+1》杂志上发表了一篇令人拍案叫绝的文章，她说《被遗弃的日子》"捕捉到了一个被摧毁的女人不想成为'被摧毁的女人'的双重意识"。奥尔加经历了弃妇所经历的一切，"就像经历了一次淬炼：变成弃妇，然后再变回奥尔加"。在费兰特的作品中，通过与一个不可控的自我的深层交流，一个可控的自我得以显现。

《我的天才女友》是"那不勒斯四部曲"的第一部，讲述了两个朋友埃莱娜（或莱农）和莉拉从童年到花甲之年的故事。在这条漫长的时间线上，费兰特通过女性叙事，极富深度与广度地探讨了女性身份的形成。莱农和莉拉彼此吸引，互相较劲，借由对方塑造自己的身份，俩人就像是对方正在读的那本书，代表了彼此另一种可能的人生。故事开篇，这种双人结构就突然消解了——已成老妇的莱农发现莉拉失踪了。她打开电脑，从头开始记录她们的人生，心想："我倒要看看这次谁会赢。"

莱农和莉拉在那不勒斯一个破败混乱的社区长大，她们既像双生子，又像对立面。她们是班上最聪明的学生，却有着不同的智慧——莱农努刻苦勤奋、优柔寡断，莉拉聪慧过人、冷酷绝情。莉拉无力支付初中入学考试的费用，从此她们的人生开始分岔：莉拉给上了初中的莱农补课，并在16岁那年嫁给了杂货店老板家的儿子。结婚那天，莉拉要莱农承诺她会继续求学,还说学费由自己来出。"你是我的天才朋友,你应该比任何人都要厉害,无论是男生还是女生。"

莱农上了大学后,莉拉与之渐行渐远。莉拉嘲笑莱农,因为后者和自命不凡的社会主义作家混在一起。莱农出版了她的第一部小说,却发现自己鬼使神差地剽窃了莉拉小学时写的故事。莱农听说莉拉在她上班的工厂组织了一次罢工,她想象着莉拉,"她会凯旋,因为那些丰功伟绩而备受崇拜,作为革命首领,她会对我说:你写小说,但我的生活本身就是小说,里面的人物是真实的,流的血也是真实的。"两个朋友相互关心,相互角力——镜像、分歧、矛盾、依附,所有这些都是同时发生。与我读过的其他作品相比,这个系列更精准地反映了不同形式的女性权威是如何相互作用的,而这种相互作用本身也是在男性权威的结构中进行的。莱农和莉拉恰恰呈现了我们所读到的女主人公、我们想象自己成为的女主人公、我们在生活中扮演的女主人公三者之间永无休止、错综复杂的关系。

2015年,费兰特在接受《名利场》杂志采访时,说阿德里亚娜·卡瓦列罗的"旧作"《讲述叙事》(*Relating Narratives*)给了她灵感。这部见解深刻的精彩小书于2000年被翻译成英文。书中指出,身份"完全是展示性和关系性的"。卡瓦列罗认为,身份不是我们天生就有、自然展示的,而是通过他人提供的叙述才能加以确立的东西。她提到《奥德赛》中的一个场景：隐姓埋名的奥德修斯坐在费阿刻斯人的宫廷里，听一个盲人吟唱特洛伊战争。奥德修斯从未听过别人讲述自己的人生，他开始哭泣。汉娜·阿伦特称，这一时刻，诗意地说，是历史的开端：奥德修斯以前从未哭过，亲身经历战争时他自然也没哭。只有在听到自己的故事时，他才完全意识到自己的重要性。卡瓦列罗写道："由'他人'讲述的故事最终展示了他的身份。身着华丽的紫色外袍的他，开始崩溃地放声大哭。"

接着，卡瓦列罗将奥德修斯的故事扩展到第三个维度。在这个维度中，主人公不仅突然意识到自己的故事，也意识到自己需要被叙述。卡瓦列罗写道："身份和叙述……被欲望紧密相连。"后来她在书中还讲述了两位现实生活中的女性埃米莉亚和阿马利娅，她们是米兰女性书店联盟（Milan Women's Bookstore Collective）的两名成员，这个组织对费兰特也有重大影响。为了强化身份意识，埃米莉亚和阿马利娅互相讲述了自己的人生故事，但埃米莉亚的讲述条理并不清晰。阿马利娅便把她朋友的故事写在了纸上——这故事她听了很多遍，已经背得滚瓜烂熟了。埃米莉亚把故事装在手提包里，时常取出来一遍又一遍地读，"高兴得无法自已"，因为她通过这些故事才了解了自己的人生。

卡瓦列罗指出，这个故事与《奥德赛》中的故事不同，因为盲人和奥德修斯是陌生人，而阿马利娅和埃米莉亚则是朋友。阿马利娅的叙述是对埃米莉亚的"需要被叙述"

的直接回应。这两位女士是按照米兰女性书店联盟在20世纪70年代形成的框架——"交托"（*affidamento*）来行动的。两位女性在"交托"彼此时，优先考虑的不是她们的相似之处，而是不同之处。她们认识到，她们故事之间的差异才是她们身份的关键，在这样做的同时，她们也确立了这些身份，并将身份间的差异视为力量的源泉。[奥黛丽·洛德（Audre Lorde）在1979年就提出了这样的观点，她认为差异"不仅仅可以容忍"，而且是"必要的对立，在这些对立之间，我们的创造力能迸发出新的火花，就像辩证能催生出新思路"。]在1990年出版的《性别差异》(*Sexual Difference*)一书中，米兰女性书店联盟的成员们写道："在当前这个世界中，赋予另一个女人以权威和价值，就是在赋予自己以权威和价值。""交托"这一框架不仅能让女性认识到自己既是女性又是一个人，也能让女性有意识地将后一种身份建立在前一种身份之上。这是"一种女性调解，它存在于一个不接受性别调解[1]，而只接受被赋予普遍有效性的男性调解的社会中"。鉴于现实世界、语言和文学都是由男性权力塑造的，这些女性试图通过讲述彼此的故事，

---

1 性别调解（gendered mediation）是指个体的行动、对话或干预措施被性别因素影响、塑造的过程。它承认个体的性别会导致不同的经验和观点，从而影响到个体处理或解决问题的方式。此处的"女性调解"（female gendered mediation）指的是一种专门针对女性的调解形式，它考虑到女性在一个传统上只重视男性调解并将其合法化的社会中的独特经验和观点。

重塑世界、语言和文学。这与埃米莉亚利用阿马利娅的叙述意识,以获得并创造自己的叙述意识,是一个道理。

作为"交托"工作的一环,米兰女性书店联盟的成员阅读女性写的书,她们把女性作者称为"(我们所有人的)母亲"。她们将自己代入女性作者、女主人公的角度,以此试图理清自己能从中学到什么。她们写道,这样的阅读"消除了生活与文学之间的界限"。她们希望借由这样的阅读,能在这些角色中,能在这个重要的身份实验里,寻得一种新的权威,找到一种"依从自身"的女性语言。

你也许注意到了——你肯定注意到了,尽管我不想把话说得太乐观——我们在此提到的所有角色都是白人,而且都是异性恋。(穿着肥大的牛仔裤、系着工具腰带、神气活现的小侦探哈瑞特也许是个例外。)这或许就是"女主人公"这一文学传统隐含的另一面:女主人公被默认为异性恋白人,这也就意味着她所代表的反抗,终归只是流于表面的。还存在另一种传统,一种关于剥夺、反抗和美丽的传统。它将《印第安人的麂皮靴》(*Walk Two Moons*)、《狼群中的朱莉》(*Julie of the Wolves*)、牙买加·琴凯德(Jamaica Kincaid)的《女孩》(*Girl*)、《芒果街上的小屋》(*The House on Mango Street*)中的埃斯佩朗莎、《他们眼望上苍》(*Their Eyes Were Watching God*)中的珍妮·克劳福德、《宠儿》(*Beloved*)中的塞丝、《紫颜色》(*The Color Purple*)中的塞莉、《女勇士》(*The Woman Warrior*)和

《爱药》（*Love Medicine*）中的弗勒联系在一起。《夜林》（*Nightwood*）、《盐的代价》（*The Price of Salt*）和《蓝调石墙 T》（*Stone Butch Blues*）也存在着类似的联系。但这些故事无一例外，都是由社会强加的某些差异模式所驱动的，并没有形成统一的叙事。女主人公的叙事受限于不平等的性别文化，而默认的男性视角永远无法真正理解这种不平等；非白人、非异性恋的女主人公也同样受到种种限制，而正统的女主人公叙事永远无法解释或触及这些限制。

自从那天玩"超凡战队"游戏的经历让我知道什么是现象学中的"他者"，我又一次感到了蛰伏于内心的，让我麻木而无力的那种不平等感。当初，我的朋友艾莉森说我不能选粉红战队，但她没说出来的一面更糟——糟也糟在她可能永远都不会意识到这一点——问题不在于她不能选黄色战队，而在于她永远都不会想要扮演黄色游侠。成年后，我不愿将自己代入传统"女主人公"的世界，是因为我怀疑这种认同永远无法真正对等。我会在乔·马奇身上看到自己，但现实中的乔·马奇们却几乎不会——人们也不这么期望——在我身上看到她们自己。和白人朋友吃着饭，有一搭没一搭地聊天时，她们会幻想着如果把自己的人生拍成传记片的话，应该由哪个明星来演，就像在不见尽头的货架上挑选麦片似的。这些明星都有一副同款长相，体型与演技也无甚差别，唯有发色稍有区别：深浅不一的金发、棕发、红发，就像潘通色卡的颜色一样。而我呢，就只有三个女演员可选，而且这几个人出演的还都是好几年前的电影中的小角色。在大多数当代小说中，长得与我相似的女性只会偶尔出现，即便出现也是在地铁或晚宴上做"人肉背景"。白人作者会刻意强调亚裔角色的身份，却压根儿不会在意主角的白人身份，因为白人身份是默认的。如果说女性的处境不能代表人类的处境，那么我这样的人甚至都不能代表女性的处境。更糟糕的是，文学作品中的女性处境依旧令人不满，依旧局限于受缚的白人这一主题上。我被拒之门外，即便我一开始就根本不想踏入这个领域。女主人公的叙事模式恰好彰显了这一点——即使是在最少的结构性限制下，女性也依然被自己的生活压垮。

但既然这类"女主人公"叙事的存在揭示了这种现实，那就意味着叙事跟现实都可以被我们重新书写。文学中女主人公的经历，或者说她的经历的匮乏，都在提醒我们：无论我们身上被施加了什么规定，这些规定都并不是永远存在的，并非天生注定的，也并非绝对正确的。文学中女性从勇敢到漠然再到痛苦的人生轨迹，是物质社会条件下的产物。文学中女主人公的经历被设定为现实女性的默认路径，恰恰说明了长期以来我们未能看到其他可能的道路，也未能看到其他已有的道路。

写到这儿我开始怀疑，通过拒绝认同"女主人公"，我是否真的将自己"交托"给了她——我是否像米兰书店联盟的女性一样，通过优先了解我与女主人公的差异，肯定了自己的身份，或许也肯定了她的身份。在《性别差异》一书中，米兰女性写到她们在讨论简·奥斯丁时产生分歧，有位女性直截了当地说："其实我们并不平等。"书中写道，这句话"听起来实在太可怕了：酸涩、生硬，令人刺痛"。但"我们很快就接受了多年来我们从未接受的事实……我们的确不平等，我们从未平等过。而且很快我们就发现：并没有丝毫理由可以认为我们曾经平等过。"差异并不是问题，而是解决问题的开始。她们阐明：认识到这一点，正是感到自由的基础。

米兰女性把小说中的女主人公视为自己的母亲，我认同她们的看法。我希望自己在很多年前就学会用这种方式来理解小说的女主人公，就像一个女儿看待其母亲时那样，以一种复杂、矛盾而又至关重要的自由感受，将她们理解为一种她既抗拒又依赖的形象，一个她怀着冷酷、爱意和感激，从中成长、蜕变的基石。

迷醉

我小时候经常去的教堂特别大，我们都叫它"忏悔五角大楼"[1]。它可不单单是一座建筑，而是一大片区域，建于20世纪80年代，耗资3 400万美元，占地42英亩[2]，位于休斯敦市中心以西10英里一片绿树成荫的白人聚居区。一条中心有座喷泉的环形车道通向一个可容纳800人的灰白色圣所；圣所旁边是座小教堂，朴素而简陋，墙壁淡蓝色。这里还有一所学校、一家餐厅、一家书店、三个篮球场、一个健身中心，还有超级宽敞的镜面中庭。学校里有块干涸的空地，四面是露天看台，旁边是一大片运动场；没放假时，橄榄球场总有人在训练，他们的声音渗过稀疏的、覆着青苔的橡树林，和课间学生们嘈杂的吵闹声掺杂在一起。"忏悔五角大楼"的四周是商场大小的停车场，每逢礼拜日，它看着就像一家汽车4S店，其他时候则像个堡垒，周围是沥青铺就的"护城河"。被所有建筑围拢在中间

---

1 原文对应的单词是"Repentagon"，前半部分是"repent"（忏悔），后半部分是"pentagon"（五角大楼）。
2 1英亩约合4046.86平方米。

的是一座八边形、六层高的社区大教堂，名叫"礼拜中心"，可容纳6 000人。里面有两个巨大的阳台、一块超大屏幕、一架有近200个音栓和1万多根音管的管风琴，还有个闪闪发光的洗礼池。教堂做礼拜时，我妈会帮忙拍摄，每个婴儿脑袋后仰浸到水里时她都得拍照，仿佛那是职业橄榄球大联盟比赛的关键时刻。教堂给唱诗班安排了阶梯座位，早上9:30仪式的唱诗班由婴儿潮世代的人组成，11:00仪式时表演的是由X世代组成的室内乐队，他们有专门的表演区。高耸入云的彩色花窗上描绘了耶和华创世和世界末日的场景。你一辈子的时间都可以花在这儿，从幼儿园读到高中毕业，在礼拜堂结婚，每个周末参加成人读经班，在礼拜中心为孩子们施洗，和退休同事一起打打壁球、吃吃鸡肉沙拉和三明治，因为你确信，在你死后，你所爱的人会聚集在圣所里悼念你。

教堂始建于1927年，学校建成则是在20年后。我刚搬过来时是20世纪90年代中期，彼时的休斯敦正进入一个繁荣浮华、自鸣得意、颇有影响力的时代——南方福音派占主导地位，而得克萨斯的石油巨头如哈利伯顿（Halliburton）、安然（Enron）、埃克森美孚（Exxon Mobil）以及布什家族则掌控着经济命脉。教堂礼拜时，助理牧师会向大家募款，于是什一税缴纳者们带来的大笔财富常常变成了教会可供炫耀的新陈设。每到圣诞节，教会就购入成堆的人造雪。我上高中时，教会还专门给孩子们盖了第五层楼，里面有一列跟真火车一般大的玩具火车供大家玩耍。还有个叫"飞机修理库"的青少年活动场所，一面墙上嵌着一架大飞机的机头，仿佛半截撞进了墙里。

我父母之前并不是福音派教徒，也不喜欢这种奢靡的做派。他们在菲律宾长大，在那儿脱离了天主教，我还没出生时，他们在多伦多加入了一个小浸信会团体。后来他们搬到了人生地不熟的休斯敦，这里有着宽广无垠的草原和纵横交错的公路，到处都能看到某位牧师的面孔，在10号州际公路上的广告牌上，你能看到他冲着来来往往上下班的人微笑。我的父母很喜欢他亲切文雅、令人信服的布道风格。他比电视上一般的福音布道者更有风度，也远不像乔尔·奥斯廷（Joel Osteen）[1]那般油腻。奥斯廷在休斯敦更有名气，大家都知道，他脸上经常挂着叫人不寒而栗的木偶式假笑，还写了些关于成功福音的廉价机场读物。奥斯廷的孩子跟我一个学校，我们搬到得克萨斯没几个月，爸妈就说服那个学校接收了我，并安排我在一年级就读，尽管当时我才4岁。

当我12岁，以及上了高中后，我挺后悔当初听了爸妈的话去上那所学校。但小时候的我充满期待且适应良好。我认识了新朋友，认真上舞蹈课，完成老师布置的所有作业。每天上圣经课时，我会用小皮绳做救赎手链——黑珠子代表我的罪，红珠子代表耶稣的血，白珠子代表纯洁，

---

[1] 美国著名的福音派牧师、作家和电视布道家，以其积极乐观的布道风格和对"成功神学"的宣扬而闻名。

蓝珠子代表洗礼，绿珠子代表灵性成长，金珠子代表等待着我的天堂街道。假期我参加了教会音乐剧的排演，我记得有部音乐剧讲的是在虚构的"天国新闻网"[1]的故事，我们扮演报道耶稣诞生的记者。每周三晚上去唱诗班练歌时，我都会背赞美诗，因为我想得到奖励。小学时，我家搬到了 10 号州际公路西面更远的地方，那里是成片的新郊区，光秃秃的农田上建起了一座座样板房。每逢礼拜日，我就静静地坐在汽车后座紧挨着可爱的弟弟，一路向东往城市进发，在堵塞的车流中缓慢前进，而我准备好在黑暗中思考我的灵魂。灵性层面的东西似乎明了而绝对。我不想成为邪恶或命中注定不幸的人——这两者在我看来是一回事。我想得到救赎，想当个好人。

那时，我有时觉得信仰上帝挺寻常，有时也觉得挺有趣，偶尔我也会隐隐为之激动。无论是在孩童的心中还是在基督教义中，善与恶都黑白分明。基督徒的童年更是如此，因为它充斥着圣经寓言故事、诗篇和战争故事。在《圣经》中，天使会来到你家门口；父亲把自己的孩子献祭给上帝；鱼类繁殖，树木茂盛，城市化为灰烬。《出埃及记》中的十灾仿佛在上演恐怖电影，比如血水灾、青蛙灾、泡疮灾、蝗灾、黑暗之灾，让我完全被吸引。基督教的强大力量在巨大的安全感中展开：它笼罩着一层神秘而美丽的

---

[1] 原文为"Celestial News Network"，缩写为"CNN"，与美国有线电视新闻网的缩写相同。

迷人面纱,又明确规定你应该成为什么样的人。我每晚都祈祷,感谢上帝赐予我美好的生活。我每时每刻都本能地感到幸福。周末,我蹬着自行车穿过一大片牧场,午后金色的阳光洒在身上,我感觉自己是圣洁的。在溜冰场转圈时,我知道某个存在正在俯视着我。

我小学快毕业时,这种令我感到圆满又安全的感觉开始瓦解。我们被告知不许看迪士尼电影,因为迪士尼乐园允许同性恋游行。五年级时,我那痴迷于"被提论"(Rapture-obsessed)的圣经老师没收了我的阿奇漫画和印有和平标志的笔记本,因为这些是异教徒才有的东西,然后给了我本全新的《末日迷踪》(*Left Behind*)[1]。有个女生因为学校游泳池的灯出了故障,掉进水中触电身亡,他们居然说这是上帝的绝对旨意。大概在这个时候,校园里到处都安装了电视,牧师总在屏幕上晃来晃去,向每个人布道,那张脸平易近人却古板呆滞。礼拜堂有时会放宗教宣传录像,其中最叫人难受的一段是一个英俊的黑发男子在一间未来风的白房子里跟他年幼的儿子道别,这时小提琴声响起,他朝着看不到头的长厅走去,等待被处死——为他信仰的基督教殉道。这一幕看得我泪流满面,拜托,我可不

---

[1] 美国基督教末世论小说系列,由杰瑞·B. 詹金斯(Jerry B. Jenkins)与福音派牧师蒂姆·莱希(Tim LaHaye)合著,首部出版于1995年。该系列虚构"被提"事件后未被接升天的幸存者经历七年灾难,宣扬基督教千禧年主义思想,全球销量超8000万册,被福音派广泛用作传教工具。

是没感情的冷血动物！看完录像后，我们一起唱歌，歌名叫《我发誓效忠上帝的羔羊》。

上中学时，我开始意识到自己心中的矛盾——我对宗教感到些许疏离，又被这种距离感所扰。每次教堂礼拜结束，牧师呼吁人们接受主耶稣时，我的良心就会一阵阵地抽痛：我的犹疑是否意味着我得反复宣誓接受主耶稣？如果是，那该怎么办？我不想成为邪恶之人，更不想在地狱里度过永生。他们教导我，要是不小心，我与上帝的关系就会恶化。命运和神意都未选中我，想要得到上帝的宽恕，我必须自己努力。礼拜日待在礼拜中心的我患上了广场恐惧症。在拥挤的公共场所思考这样私密的事，感觉很不得体。中途我会出来休息片刻，有时蜷缩在外面走廊的沙发上，妈妈们在那里低声安抚她们的婴儿；有时我走到楼顶层的阳台，在长椅上阅读叫人精神恍惚的《启示录》来打发时间。这里可没人盯着我，真好。

那是个礼拜天，我跟爸妈说我得回车里拿件毛衣。我穿过宽敞的中庭，手中的车钥匙叮当作响，四周空间空旷，回荡着牧师的声音。停车场的沥青被烈日晒得溃烂、软塌，阳光灼伤了我的眼睛。我坐进浅蓝色雪佛兰的副驾驶座，把钥匙插进钥匙孔，点火。车里响起基督教电台89.3KSBJ的节目，这个电台的口号是"上帝在聆听"。我按下"搜索"按钮，选择乡村音乐、另类摇滚、西班牙语电台，然后听到了我从未听过的音乐。那是休斯敦的嘻哈音乐电台

"盒",他们总是在周日播放慢速重混声[1]的音乐。

整个休斯敦就像一座巨型教堂一样广阔,即使从飞机上也无法看清它的全貌。休斯敦地势低洼,海拔只有几十英尺,高速公路一眼望不到头。610号公路和环城8号公路围出了两个巨大的同心圆,在市中心交会的四条高速公路将圆切成了八块,沿着19世纪的集市路线,形成了一个环绕市中心的车轮形。大休斯敦地区几乎和新泽西州一样大,占地1万平方英里,人口达600万。休斯敦距离墨西哥湾沿岸车程不到1小时,这里有宛若外星文明产物的亚瑟港炼油厂和伫立在加尔维斯顿污水中的废弃码头,这里的一切仿佛因某种类似辐射的能量而充满活力,酷热则让手握重权的人感觉自己无所不能。

休斯敦的天气经常炙热难耐,与得克萨斯州的大部分地区一样,空气中涌动着一股骄傲自大、野心勃勃、各自为政的暗流。因此,休斯敦没什么真正意义上的公共领域。即使是蓬勃发展的艺术界,无论是优雅正统的还是粗粝前卫的艺术,也大多是小圈子内的自娱自乐。我们的集体观受限于我们的大脑所能看到、处理的信息,这也是休斯敦人热衷于建巨型教堂的部分原因,这些宗教场所让人恍如置身于正常规模的小镇。从某些标准看,休斯敦是美国最

---

[1] 原文为"chopped and screwed",中文直译是"剁碎和拧紧",一种源自美国南部嘻哈文化的音乐风格,主要通过放慢音乐节奏和DJ技巧来重新混音,以营造出一种迷幻的氛围。

多元化的城市。同时，它也是个种族隔离极为严重的城市，为了提高城市引以为傲的生活水平，长期以来，富裕白人一直在偷偷剥削少数族裔。几十年来，休斯敦政府将垃圾堆放在位于市中心外围的黑人聚居区。这座城市目前还在以令人目眩的速度扩张，据估计，每年都会新建3万套房。但众多族裔之间的交流主要是通过一些彼此心照不宣的隐性社会结构来实现。由于没划分区域，所以脱衣舞吧与教堂相邻，闪闪发光的摩天大楼与错杂的便利店相邻。实际上，高速公路是这座城市真正意义上的公共空间——人们从自己的飞地中走出，挨着彼此，坐在拥挤的车流中，一起行驶在休斯敦车轮形道路的"辐条"上。

当我在圣经课教室的地板上做救赎手链时，休斯敦南部也在悄然兴起一种新风尚。20世纪80年代中期，得克萨斯南方大学广播电台开始播出一档名为《Kidz Jamm》的节目，高中生会在节目中表演阿弗里卡·班巴塔（Afrika Bambaataa）[1]和Run-DMC[2]的音乐。1986年，詹姆斯·普林斯（James Prince）创立了休斯敦第一家嘻哈唱片公司Rap-A-Lot，也成为休斯敦嘻哈乐的第一块招牌。他还组建了匪帮说唱组合Geto Boys，他们的歌曲大胆前卫，体现出对家乡的热爱之情："今天的特别来宾是Geto超酷，在得克萨斯州第五区加工出炉。"［Geto Boys于1991年所发行的专

---

[1] 美国嘻哈音乐的先驱之一，被誉为嘻哈文化"教父"。
[2] 美国将嘻哈音乐带入主流文化的先驱，在音乐中融合了嘻哈和摇滚元素。

辑《拦不住我们》(We Can't Be Stopped)的封面印有组合成员的照片，照片中身高仅 3 英尺 8 英寸[1]的布什威克·比尔躺在轮床上，一只眼睛失明。吸食了致幻剂的布什威克·比尔决定自杀，这样他的母亲就能领取保险金，于是他怂恿女友把他杀掉；也有说法是他的母亲对着他的脸开了一枪。布什威克·比尔在医院被宣告死亡，但据说他在太平间又活了过来，而且这是因为他吸食的毒品能让血液循环变慢。Geto Boys 后来发行的专辑就叫《复活》(The Resurrection)。]

20 世纪 90 年代，休斯敦的嘻哈音乐席卷全城，后来又改变了全国嘻哈音乐的风貌。休斯敦的嘻哈音乐在顶不起眼的郊区房屋中缓慢兴起，这些廉价平房分布在七零八落的草坪和铁丝栅栏后面，位于 610 号公路以南、45 号公路以西的几个看起来平平无奇的街区——阳光大道、南方公园、海湾之门。最早一批的说唱乐手大多来自南休斯敦，不过很快北部也涌现出少量说唱乐手，而休斯敦最著名的说唱组合 UGK 则来自距休斯敦东面 1 小时车程的亚瑟港。UGK 有一种充满活力的优雅乡村风格，轻快又不乏气势。像 Z-Ro、Lil' Keke、Lil' Troy、Paul Wall 和 Lil' Flip 这样的休斯敦说唱歌手，音乐风格花哨、前卫、迷幻，有着重重的撞击声和华丽的光泽让人觉得不祥——听起来就像一辆喝醉了酒发动机猛打战的豪华越野车，又像开带摇手的

1　1 英尺约合 0.30 米，1 英寸约合 2.54 厘米。该成员身高约合 1.12 米。

汽车时慢慢悠悠摇下车窗的感觉。但要说休斯敦最具代表性的声音属于谁，那肯定不是说唱歌手，而是小罗伯特·厄尔·戴维斯（Robert Earl Davis Jr.），他更广为人知的名字是 DJ Screw。

戴维斯 1971 年出生于奥斯汀（Austin）郊外的一个小镇，父亲是卡车司机，母亲除了做三份保洁工作，还把收藏的唱片转录成磁带卖，好赚点外快。和休斯敦的许多说唱歌手一样，戴维斯小时候也会弹奏乐器，他会弹钢琴。他和表兄自学打碟，表兄发现他常常用螺钉之类的东西刮花唱片，于是叫他"DJ Screw"[1]。他搬到休斯敦，高中就辍了学，并开始在城南的溜冰场做 DJ。在休斯敦，溜冰场就相当于青少年的夜店。戴维斯不爱说话，总爱穿超大号 T 恤，脸圆圆的，眼神戒备，痴迷于制作混音带。他第一次把节奏放慢弄出拖音，纯粹是个巧合。那是 1989 年，当时他按错了唱盘上的按钮。后来，有个朋友给了他 10 块钱，让他用这种拖沓迟滞的节奏录一整盘磁带，戴维斯录了一遍又一遍。这种特别的音效大受欢迎。他开始给休斯敦的说唱歌手制作混音带，他让他们即兴发挥，先按正常速度唱完，然后放慢整盘磁带的速度，加入跳拍、慢拍，听起来仿佛心脏就要停止跳动一样。戴维斯用他从山姆会员店购置的灰色盒式磁带拷贝混音带，自己贴标签，就在家里卖磁带。能在戴维斯制作的磁带中占有一席之地就像被封

---

[1] 字面意思是"DJ 螺钉"。

爵一样荣耀，而他领头的嘻哈组合 Screwed Up Click 很快就成了本地公认的佼佼者。

没过多久，大家都想买戴维斯的磁带。先是整个奥斯汀市的人纷至沓来，然后是整个州，甚至更远的地方，搞得邻居都以为戴维斯是卖毒品的，警察突袭了好几次都无果而归。戴维斯其实有许多更好的途径来传播他的音乐，比如当地就有家应运而生的嘻哈音乐唱片发行公司，叫"西南批发"，它利用的正是休斯敦为艺术家们提供的蓬勃发展的独立市场。但戴维斯坚持低效的面对面交易方式，只接受现金支付，不接受账户交易。他还雇自己的朋友当保安，每晚在自家车道上卖 2 个小时的磁带，等候的汽车绕着街区排成长龙。他的音乐非常抢手，这种买卖方式根本无法满足市场需求。迈克尔·霍尔（Michael Hall）在《得克萨斯月刊》（*Texas Monthly*）发表的详细报道称，心灰意冷的唱片店老板干脆直接从私贩那里大量进货。1998 年，戴维斯终于开了一家半官方的唱片店，并在南方公园附近设立了唱片公司，名为"Screwed Up"[1]，门窗都装了防弹玻璃。他只卖磁带，其他东西一概没有。

此时，戴维斯已经在这行干了 10 年，他在休斯敦以外的地方也颇有名气。他发明的慢速重混风格已经渗透到了整个音乐行业。休斯敦北部的制作人，也是 Swishahouse 唱片创始成员之一的 DJ Michael "5000" Watts 就采用了这

---

[1] 字面意思是"搞砸了"。

种音乐风格，而他在 Swishahouse 的合作伙伴 OG Ron C 也采用了这种风格。Watts 周日会去音乐电台"盒"担任 DJ，这个自 20 世纪 90 年代就深受听众喜爱的嘻哈音乐电台让更多休斯敦的听众接触到慢速重混音乐。那时，原本极为高产的戴维斯开始减产。他越来越胖，越来越慢，他的身体与他标志性的节奏越来越一致。他开始对可待因止咳糖浆，也就是"紫药水"[1]成瘾。

现在，人们总是把紫药水与嘻哈歌手联系在一起，部分是因为休斯敦的嘻哈乐手最张扬——他们喜欢金牙套、个性轮毂、紫药水的浮华风，部分是因为紫药水有些很出名的拥趸，比如饶舌歌手李尔·韦恩（Lil Wayne）。不过毒品可不挑人。以忧郁风格的乡村布鲁斯艺术家唐恩斯·凡·赞特（Townes Van Zandt）为例，正是在休斯敦，他的音乐事业有了转机，他非常喜欢止咳糖浆，把它叫作"三角洲妈妈"[2]，还为它写了首布鲁斯歌曲，在歌中他说止咳糖浆是他亲切的伙伴。慢速重混音乐与紫药水给人的感觉相似——令人迷醉又疏离的安全感，仿佛是在慢慢走向一个不必弄懂的结局。它会诱发出一种被允许的迷失感，这种感觉与休斯敦完美地融合在一起：在休斯敦，你会感觉你一整天都在驾驶，但从未离开过高速公路。白昼的刺眼光芒逐渐消融在被荧光所污

---

[1] 也被称为"sizzurp"（嗨嗨水），由处方类止咳糖浆与软饮、糖果混合而成。
[2] "三角洲妈妈"（"Delta Momma Blues"）的缩写"DM"与止咳药惠菲芬的英文（Robitussin DM）部分相同。

染的落日中，接着又是漫长而潮湿的夜晚。慢速重混音乐捕捉到了休斯敦的本质，将不洁与忏悔联系在一起。它是这座城市虚幻的高速公路，满溢着糖浆，划定着城市的边界，就像绕城公路一样环绕着它。

在巨型教堂闷热难耐的停车场，在爸妈浅蓝色雪佛兰的旧座椅上，我头一次听到慢速重混音乐就觉得很对胃口，尽管多年后我才了解它产生的背景。就像宗教一样，它是一个体系，有着两个极端。它让罪孽与救赎相互交织，既是令人不安的拉扯，也是予人安抚的毛毯。它就像一首童谣，让人觉得不祥的同时又感到安心。我第一次体会到，公开承认自己的罪孽，比有时为了装作良善而隐藏它，更接近神的意志，更具灵性。

也许，是休斯敦对我的冲击太大。没过多久，这座城市的音乐就渗入了我原本的天地、我的避风港。我们的文化生活也没有明确的"分区"。我第一次知道电臀舞是13岁那年参加啦啦队夏令营时，营地我们每个人量身定做了一条海军风喇叭裙，裙子开衩很高，几乎遮不住内裤，而那所教导大家要庄重朴素的基督教学校要求我们在有橄榄球比赛那天必须穿这条裙子。我们在营地祈祷耶稣能保佑大家训练时平安无事，然后肆无忌惮地把彼此抛到10英尺高的空中。南部说唱乐开始兴起：放学后，我们串宿舍跳舞，听 Outkast、Nelly、Ludacris 和 T. I.[1] 的音乐。我们倒

---

1 Outkast、Nelly、Ludacris、T.I. 均为美国著名的嘻哈艺术家。

在地上,笨手笨脚地模仿那些像病毒一样传播的时髦动作,哪个女孩模仿得最像,我们就给她鼓掌。我们仍然每周去两次教堂,但我感觉去哪都差不多。有时我晚上会和好友一起去教堂的青年团歌唱耶稣,有时我会在青少年之夜和她们一起去夜店,我们开车经过"忏悔五角大楼",沿着韦斯特海默街行驶1英里,那里酒类专卖店和脱衣舞俱乐部密密匝匝。我们随即进入另一间"黑屋子",在那里,每个女孩都穿着迷你裙,每个人都在以不同的方式寻求解脱。有时,天花板上的泡沫机会打开,泡沫浸湿我们廉价的聚拢文胸,我们紧贴着陌生人的身体,每个人都大口大口地"咀嚼"着Swishahouse出品的嘻哈音乐。

我们被灌输了就连法式湿吻都很危险的想法,被灌输了一切与富有的白人基督徒的标准相悖的都是不道德、不正常的这一观念。可我倒是觉得腐化堕落的是教会本身。那些被明令禁止的事情开始显得真诚、纯粹。我第一次喝止咳糖浆是个晚上,那天天很热,大家都从大学回了家。我端着大泡沫塑料杯,里面还装了冰块、酒和雪碧。喝完没多久,我就出现在朋友家的游泳池里,在及臀深的水里蹚来蹚去。当时放的歌是《一夜成名》("Overnight Celebrity"),这首歌总让我很伤感——米里·本·阿里用小提琴拉奏出这首灵魂乐轻柔的音符,而特维斯塔则像个竞竞业业的拍卖师,喋喋不休地念着歌词。突然间,这首歌听起来似乎永远不会停止,似乎旋到了周末慢悠悠的节奏,似乎浓稠得足以托住我。我觉得我可以一把抓住池中的水。天鹅绒般的夜空浩瀚而永恒。我抬起头，凝视着被持续不断的光污染所遮蔽的星空，觉得自己像小时候一样幸福。

很长一段时间，我都在远离有组织的宗教活动。坦白讲，我这半辈子的后15年一直在拆除前15年建立起来的东西。但我一直挺庆幸自己是这样长大的。"忏悔五角大楼"培养了我能在反常、狭隘、极端的环境中保持从容自若的能力，这样的本领我无论如何都不会放弃；而基督教则给了我最深层次的本能，给了我左派的世界观：渴望追随那些认为自己与饥饿、生病和身陷囹圄的人休戚与共的领袖。这些年来，我通过祈祷审视自己的行为，对日常道德十分痴迷。基督教信仰让我相信，我生来就处于危险的境地。这让我想要探究自己对"善"的理解。

事实上，起初促使我叛教的正是这种精神遗产：我不想再调和"大帐篷"式的南方福音派信仰与我迅速成长的政治信仰。我憎恨成功福音，因为它教导很多富有的白人基督徒相信——虽然是温和地相信，且是通过每年慷慨捐赠支持各种事工来实践这种信念——他们的财富是上帝的恩膏，对于上帝和国家而言，他们确实比其他人更有价值。在这种信条里，在得克萨斯州大部分人看来，不平等可以说是蓄意而为之的结果——穷是因为你运气不好，那也一定是上帝的安排。我上的学校里基本上都是白人，他们经常低声耳语"墨西哥人""黑人"，他们本能地将这些词视为侮辱。按照我的理解，福音书里不断宣扬的是经济再分配，比如施洗约翰在《路加福音》中说，"有两件衣裳的，就分给那没有的"。可我身边的每个人基本都认为低税收和战争是绝对正当的。对罪恶的恐惧常常使罪恶变为现实，并使之延续，比方说提倡禁欲的结果是富人们选择堕胎，穷人们怀上孩子——孩子要直到出生的那一刻才能得到爱和支持。这里有太多看似真挚的仁慈，而仁慈的背后往往是不堪一击的残酷。2015年，一位在教会工作多年的牧师公开反对"休斯敦平等权利法案"——该法案允许变性人使用与其性别认同相一致的卫生间——称其"具有误导性，极为有害"；2018年中期选举后，他称民主党是"基本不信上帝的宗教"。2019年发表在《休斯敦纪事报》（*Houston Chronicle*）上的一篇文章调查了过去20年来在南方浸信会教堂所发生的700起性侵案。根据该报道，我所在教会的领导者因对两起性侵指控处理不当，最终只能通过司法途径解决，从而遭到指责。指控一起发生在2010年，牵涉一名青年牧师；另一起发生在1994年，牵涉教会聘请来负责青年音乐演出的男子。1992年的一份与这两起案件并无关联的宣誓书表明，我们的牧师（当时他是南方浸信会的负责人）曾拒绝出庭做证，而那桩案子起诉的是一位已承认自己性侵儿童的青年牧师，之前他曾在孔罗（Conroe）的教堂任职。该牧师表示，南方浸信会对其附属教堂没有组织上的管辖权，所有教堂都是独立运作的。他还补充说，"关于教会成员如何妥善处理针对同僚的性虐待指控"，他没有任何看法，而且一切有与此有关的声明都会对"（他的）

电视福音布道节目产生不利影响,毕竟大休斯敦地区每天都能看到他的节目"。

很明显,21世纪初的得克萨斯州上下一心:大家都喜欢小布什,《爱国者法案》让他成了英雄;大家都认为,伊拉克一定有大规模杀伤性武器,这是毋庸置疑的事。公开表明信仰往往既能显示优越感,又能显示优势地位。有一年,一个由基督徒组成的健美团体经常出现在礼拜堂,他们徒手撕开比砖头还厚的电话簿,以说明我们可以通过耶稣获得力量。万圣节那天,教堂里演了部叫《审判之屋》(*Judgment House*)的沉浸式戏剧,观众可以穿行其中观赏,剧里的主角在派对上喝啤酒,总是作奸犯科,最后下了地狱。

想要切断与这些把戏之间的联系很容易。可之后的一段时间里,我对虔诚本身仍然怀有强烈的渴望。在大约五年的时间里——高中的后半段到大学的前半段——我把注意力转向自己的内心,想要在内心建立一所教堂,想要把信仰理解为一种能让我更接近某种纯粹的、不可抗拒的东西的途径。我虔诚地写日记,把我的精神渴求记录下来,这种渴求强烈而动荡,同时也在不断消退。我迫切地想做一些我至今仍然很想做的事。"让我不要装模作样。"我写道。我告诉上帝,我想按照自己的信念生活,想不那么自以为是,我为自己没有做得更好而觉得愧疚,为自己还活着而心存感激。"从上帝想要我做的事中找到快乐,与把上帝想要我做的事和我觉得快乐的事变得相一致,我觉得这两者很难区分。"我写道。当时我在思考喝醉酒是否从根本上不道德。(在我们学校,学生会因为派对、同性恋情或怀孕等被视为违反道德和宗教原则的行为而被开除。)我夹在中间左右为难,手中握着通向它们的线,我想处理好内心的焦虑与冲突,虽然我后来慢慢变得麻木。最终,几乎是在不知不觉中,我松开了其中一边。

在摆脱宗教信仰的这些年里,我读了很多 C. S. 刘易斯的作品,在 20 世纪信仰基督教的作家中,他是最特别、最理性、最有文采的一位。我重读了《天渊之别》(*The Great Divorce*),他把地狱描绘成一座灰暗朦胧、毫无光彩的小镇,书中并没有跌宕起伏的故事情节。我还重读了他的科幻小说《皮尔兰德拉星》(*Perelandra*),在小说中,叙述者刘易斯遇到了一个外星精灵,但他没法形容精灵的颜色。"我想到蓝色、金色、紫色和红色,但通通不合适。怎么会有这样的视觉体验,看到的当时不记得,今后还是记不得,这我没法解释。"刘易斯接着讲了这么个故事:"语言学家兰塞姆博士前往金星旅行,在这颗异常美丽的星球上,他体验到'奇异的超快感,这种快感似乎是同时通过所有感官,一下子传递给了他'。我之所以用'超'这个字,是因为兰塞姆本人是这么描述的。他说在皮尔兰德拉星的头几天,他并没有被负疚感所困扰,而是很讶异自己居然丝毫不觉得负疚。"

我读得最多的是《魔鬼家书》(*The Screwtape Letters*),这本书是一个叫"私酷鬼"的魔鬼写给他侄子"瘟木鬼"

的书信集。瘟木鬼是个"初级诱惑者",正想办法把他物色的第一个人类试验品引入歧途。"把人引向地狱最安全的道路是平缓的,"私酷鬼提醒瘟木鬼,"踩下去很柔软的斜坡,没有急转弯,没有里程碑,也没有引路标。"第一次读到这句话时,我感觉像是有人在给我看手相。其书名也非常巧合地激起了我的共鸣,让我知道了自己与本书中心主题的关系——日常生活中的诱惑(对于我来说就是音乐和其他),可以把一个人引向地狱。

和许多比我有经验的人一样,我渐渐发现一些特殊的吸引力。("你需要赦免,需要彻底臣服。"大三那年我在向上帝祈祷时写道。)正如嘻哈音乐为我们提供了一条通往超越的道路:一种进入充满迷醉和宽恕的超人类世界的方式,而且,这个世界是真实的,如同我们感知到的一样真实。"迷醉"(ecstasy)[1]一词的构词就体现了这一特点,它源于希腊语的"*ekstasis*"——"*ek*"意为"外面","*stasis*"意为"站立"。迷醉就是站在自己之外:这是一种奇妙的感觉,可以通过多种途径获得。私酷鬼告诉他侄子:"唯一重要的是,在某种情况下,某种精神状态会使某个病人在某个时刻更靠近我们,或者是我们的对手。"

换句话说,原因不如结果重要——重要的不是原因是什么,而是它最终会让你更接近上帝还是更接近诅咒。魔鬼问:在什么条件下你会感到圣洁、神圣?我觉得这种判

---

[1] "ecstasy"亦可翻译为"销魂""忘我""狂喜""出神"等。

断方式并不可靠。在宗教场合，在享乐主义的盛宴上，或在周五下午，当我清醒地在公园里漫步，阳光把一切都变成半透明的金黄色时，我都无比迷醉。按照私酷鬼的逻辑，因为我在万事万物中都能感知到上帝，所以我才会背弃上帝。

已知的历史上第一位出版英语著作的女性是位宗教狂热者——14世纪的修女诺里奇的朱利安（Julian of Norwich），她也许是得名于距伦敦100英里的诺里奇的圣朱利安教堂。30岁那年，身患重病的朱利安看到了上帝的幻象，并且总共看到了16次，每次都痛苦而漫长，后来她在《神圣之爱的启示录》(*Revelations of Divine Love*) 一书中描述了这些幻象。"主随后向我展示的是灵魂中至高无上的灵性愉悦，"她写道，"在这份愉悦中，我获得了永恒的笃定……这感受如此欢欣，如此充盈着善美，使我感到全然平和、安适与宁静，仿佛尘世再无任何事物能伤害我。"然而这种极乐之后便是灵魂的沉坠："这种状态只持续了一段时间，随后我的感受全然逆转，陷入压抑的境地，厌倦自我，对生命如此嫌恶，几乎无法继续存活。"

此种经验是人类的常态，无论在什么时代，出于什么原因，都会出现基本相同的措辞。20世纪60年代，英国生物学家阿利斯特·哈迪爵士（Sir Alister Hardy）建了个数据库，收录了数千个人的经历自述，这些叙述听起来和朱利安的几乎一模一样。有人写道：

这天晚上，我在格拉斯哥熙熙攘攘的街头散步，脚步庄重徐缓。我走到街角，车水马龙，路人行色匆匆，空气中突然响起了天籁之音，一道仿佛无所不在的光芒随着一波又一波绚丽的色彩移动，比灯火通明的街道还要明亮。我静静地站在那里，内心充满了莫名的宁静和喜悦。

严格来说，哈迪的这些文档就是一部宗教经验概要，但它也很容易被误认为是 Erowid 网页上文章的合集。Erowid 是个非营利性网站，总部位于北加州，网友们在这里记录使用精神活性药物的体验。在该网站上，有超过 24 000 则文章描述了使用药物感受，每年有数千万人访问。文章的细节不尽相同，但不约而同地描述了迷醉的体验——让你站在自身之外的体验。

现在多被称为"莫利"（Molly）的摇头丸，学名是亚甲二氧甲基苯丙胺，简称 MDMA。它能促进大脑释放血清素、多巴胺和去甲肾上腺素，并抑制它们的再摄取。这种机制就是许多抗抑郁药的工作机制，比如 SSRIs，即选择性血清素再摄取抑制剂，能保持大脑中血清素的水平。摇头丸由默克公司于 1912 年在德国研制成功，当时默克公司想找到治疗异常出血的方法。20 世纪 50 年代，美国陆军化学兵团在动物身上试验了该药物。60 年代，一种名为 MDA 的相关药物很受欢迎，大家都叫它"爱药"。70 年代，一些科学家，包括称 MDMA 为"亚当"的利奥·泽夫（Leo

Zeff）都使用过这种药物。1978年，亚历山大·舒尔金（Alexander Shulgin）和大卫·尼科尔斯（David Nichols）发表了首篇关于摇头丸对人体影响的报告，指出该药可能具有的治疗效果。

在科学家和医生努力记录治疗效果的同时，监管机构却在努力将摇头丸划为非法药物。20世纪50年代，在一项合法的摇头丸试验中，有名受试在服用450毫克摇头丸后死亡；从1977年到1981年，至少有8人在服用摇头丸后死亡。补充说明，美国每年约有9万人死于饮酒过量，近50万人死于吸烟。但对于摇头丸这种药物，我们绝不能掉以轻心。1985年，美国缉毒局出台了一项为期一年的紧急措施，禁用摇头丸，有研究人员提出抗议。1986年，在禁令即将结束时，缉毒局有位法官建议将摇头丸列入具有常规医疗用途，并具有轻度至中度滥用和成瘾可能性的药物，一如睾酮、氯胺酮和类固醇。他的提议遭到否决。MDMA被列入第一类管制药物，这是针对有可能被过度滥用、没有公认医疗用途，同时存在严重安全隐患的药物。海洛因就属于这一类，还有"浴盐"，以及一些并不完全符合标准的药物，如致幻剂和大麻。

差不多在这时，有个毒贩将这种药物改名为摇头丸。布鲁斯·艾斯纳（Bruce Eisner）在1989年出版的关于摇头丸历史的书中引用了这名毒贩的原话，但没指名道姓："管它叫摇头丸的原因很明显，因为它比叫别的更好卖。"我觉得这个解释未免过于简单，不禁怀疑这句话的真实性。

摇头丸在20世纪90年代风靡全球，在5 000乃至15 000人规模的狂欢派对大受欢迎，大批印有三菱商标的摇头丸被运往纽约。在20世纪末，美国缉毒局估计每周有200万剂摇头丸被运入美国。2011年，当我从和平队回来时，摇头丸已被重新包装为"莫利"，再次成为主流毒品。对于摇头丸，我非常谨慎：我担心迷醉会让我自发喜悦的天性变得迟钝，而这种天性可能已经在消退；我也担心，迷醉过后的低迷会留下永久的痕迹。

"假使我在一篇讲述灵性的文章开头引用一首诗，而这首诗乍一看根本不像是灵性诗，那会怎样？"安妮·卡森（Anne Carson）在她2005年出版的《解造》（*Decreation*）一书的同名文章中写道。她提到的这首诗出自古希腊女抒情诗人萨福（Sappho）之手，据说在公元前580年，萨福因对摆渡人菲昂（Phaon）爱而不得，跳崖自尽。尽管结合萨福各方面的信息来看，这不大可能。在《解造》中，卡森将萨福与1310年被处以火刑的法国基督教神秘主义者玛格丽特·波芮特（Marguerite Porete）联系起来，然后又将萨福与法国公共知识分子西蒙娜·薇依并置——后者在第二次世界大战期间与德国占领区居民休戚与共，并在1943年绝食而死。安妮·卡森所说的灵性问题就是神秘主义，它是一种在所有宗教传统中都能找到的思想流派：神秘主义者相信，通过达到迷醉的意识状态，人可以与神合一。

卡森将我们的目光引向萨福诗歌第31首。诗人注视着一个女人，她坐在男人身边，与他一起欢笑。萨福描述了她凝视着这个女人时的感受，以及眼前的场景如何让她哑口无言——"微弱的/火焰在皮肤下奔跑，"卡森翻译道："眼睛什么也看不见，鼓声/填满了耳朵。"

> 冰凉的汗珠裹着我，颤抖
> 攥住我，比青草更青的我
> 已经死去，在我看来
> 几近死去。

第31首诗是萨福遗作中最长的作品之一，之所以能保存下来，是因为朗吉努斯（Longinus）在1世纪的文学评论著作《论崇高》（*On the Sublime*）中摘录了这首诗。17世纪，约翰·霍尔（John Hall）首次把它翻译成英文，霍尔把"比青草更青"一行翻译成"像枯萎的花朵，我憔悴凋零"。1925年，埃德温·考克斯（Edwin Cox）将该句译为"比秋草更暗淡"。威廉·卡洛斯·威廉斯（William Carlos Williams）1958年的译本也将其译为"比草更暗淡"。

存疑的希腊文单词是"*chloros*"，即"叶绿素"（chlorophyll）一词的词根，意思是"浅黄绿色"，类似春天刚长出来的青草颜色。当叙述者呈现出这种颜色时，译者很容易就能想象出她越发苍白、凋零的模样：《启示录》中的"pale horse"（灰马）就是一匹"*chloros*"颜色的马。卡森则奇妙地获得了相反的效果：当凝视着自己心爱的女人时,叙述者的脸色变得"更青",这句诗就成了对迷醉的描述,而这正是诗人的本意。萨福走出了自己,观察自己("比青草更青的我")。爱情使她抛弃了自己的躯壳,抛弃又让她的爱情更加炽热。青变得更甚。当自我被摒弃时,内在的某些方面会更加深刻。

17个世纪后,玛格丽特·波芮特写了《单纯灵魂之镜》(*The Mirror of Simple Souls*)一书,这本书探究了人类灵魂走向迷醉的历程:为了与上帝合而为一,不惜自我毁灭。波芮特的生平至今仍是个谜,她很有可能是个慈善修女,生活在只有女性的宗教团体中,她"认为她自我的本质在于她的自由意志",卡森写道,她相信,她的自由意志"是上帝赋予她的,这样她才会选择把自由意志还给上帝"。因此,笃信上帝的波芮特试图让自己空虚,就像萨福一样,她追求的爱是"绝对的空虚,也是绝对的充实"。她所描述的精神上的自我菲薄如同情爱——波芮特写道,灵魂"与纯粹的上帝合而为一,全知全能,却没有感觉,超越理性……达到无人能及的最高精神境界、与神最深的联系、最赤裸的状态"。因为这篇文章,波芮特被指控为异端,并被监禁了一年半。据说被烧死在火刑柱上时她非常平静,旁观者无不感动得流下了眼泪。

"解造"这个词来自西蒙娜·薇依,她用这个词来形容向纯粹的爱迈进的过程,纯粹到让人全然忘我。薇依认为,除了向上帝屈服,"绝对没有其他自由的行动是上帝叫我们去完成的"。这种想要抹去自己身份的强烈渴望就是她写作的动力。"完美的喜悦甚至让人感觉不到喜悦,"她写道,"因为灵魂被爱的对象填满,没给我留下任何角落。"她梦想着有朝一日能彻底消失,"但愿我的消失能让我所看到的事物臻于完美,因为它们不再是透过我的眼睛所看到的事物"。

对于这三位女性而言,这里存在一个明显的悖论:她们希望自己消失的幻想反而凸显了她们智慧的耀眼力量与个性。这是个"与神性相关的复杂事实,"卡森写道,"我无法在爱中走向上帝,却不带上自己。"作家的身份让本已两难的境地更加麻烦:表达这种想要消失的渴望也是在重申自我。更"青",而非更苍白。波芮特在巴黎的熊熊烈火中平静地赴死。薇依则甘愿挨饿,在光辉中走向她生命的尽头。

诗人卡森在这本书后面的部分写了出有三个角色的歌剧,想象薇依躺在病床上,"虚空合唱团围绕着她跳踢踏舞"。卡森笔下的薇依说了句让我不寒而栗的话:"我害怕我不能那样。"她在歌剧的最后死去,这一刻她达到了她要为上帝奉献这一信仰的逻辑终点——以这种方式达到迷醉与达到死亡并无太大区别。"他等待着我们接受自己并不存在,这就是我们的存在,"薇依在《重负与神恩》(*Gravity and Grace*)中写道,"他永远在向我们讨要他给予我们的存在。他给予我们存在,就是为了向我们讨要存在。"想要理解卡森笔下的三位女性所迷恋的那种自我抹杀,我们得接近认知的极限,接近一个只有本能和无意识所掌控的地方，接近无法逆转的彻底毁灭。我曾想过，这是不是福音派基督徒往往热切盼望"被提"的部分原因。"被提"即当预言的末日降临时，信徒会离开尘世，升入天堂。当你疯狂地热爱某样东西，梦想为之付出所有时，你也许渴望热情能吞噬你，这合情合理。

我最后一次参加教堂活动是高中毕业时。那天我穿了件白色碎花背心裙，外面套的是皇家蓝色的毕业礼服。我站在礼拜中心的舞台上，抬头看着明亮的灯光，望着空荡荡的阳台，发表我的感言。我那天念的和之前提交并被批准的演讲稿并不一样。我几乎不记得自己说了些什么，只知道我有拿"忏悔五角大楼"讲笑话，最起码讲了一次。同学们欢呼雀跃，但当我走过舞台准备领毕业证时，有位管理人员极为不满地冲我嘘了几声。我成长的地方和我成长至今的样子之间的沟壑暴露无遗，而且它愈来愈大。第二年圣诞节，上了大学的我放假回到了家，教会在丰田中心球馆举行了一场节日礼拜。丰田中心是个大体育馆，位于市中心，也是休斯敦火箭队的主场。那天的场面挺壮观，但大半个下午，我和我的一个朋友都感觉晕晕乎乎的，我的情绪开始失控。台上唱歌的是乡村歌手克雷·沃克，屏幕上他的脸显得很大。我丢下爸妈，从座位上起身，侧身挤了出去。体育馆周围，小贩们在卖爆米花、牛腩三明治和大瓶装可乐。我走到洗手间，不知所措地哭了起来。

我在想，如果我不是在休斯敦长大，不是在这个时代长大,我是否会一直信教。我想知道,如果我当时像卡森女士笔下的三位女性一样,执着于那种一心要自我毁灭的感觉,执着于与世隔绝、勤勉坚定的生活,执着于写作——而以上种种只有通过相信上帝才能做到——我会有怎样的不同。我也不知道,我喜欢迷醉这种强烈的体验是否表明我仍然相信上帝,还是说是因为喜欢这种体验,我才会相信上帝。

我不知道自己是在追求真理,还是想抓住它给我仅剩的一点希望。我也许只希望自己记住,迷醉的心态是我内在美好——洒脱、虔诚、善良——的源泉,同时也是一切不美好——漫不经心、空虚茫然、优柔寡断——的源泉。去教堂过礼拜天和听收音机过礼拜天可不一样。我正努力让自己摆脱这样的错觉:我想过哪种礼拜天都可以。感觉并不是实质。硬是将两种本不相同的事物等同于一种,并不是爱和尊重。诺里奇的朱利安在《神圣之爱的启示录》中将罪描述为"behovely",意思是"有利的",甚至可以理解成"可取的"。"对他们来说,犯罪并不可耻,"她写道,"就像在极乐的天堂里一样,因为在那里,他们罪恶的徽章会变成荣耀。"但在书的结尾,她又告诫读者,她的书"绝不能留在任何被罪恶和魔鬼所奴役的人手里。要小心,不要随心所欲地拿走一样东西,却留下另一样东西,因为异教徒就是这么做的"。

2000年秋天,DJ Screw被发现死在自己工作室的浴室地板上,死时穿戴整齐,手里拿着冰激凌包装纸,终年29

岁。尸检时，验尸官发现他体内都是可待因，血液中含有安定和PCP，心脏因为充血异常地大。他的葬礼在史密斯维尔（Smithville）举行，据迈克尔·霍尔发表在《得克萨斯月刊》上的报道，葬礼上，老人们唱着福音歌曲，说唱歌手们则随着歌曲的节奏默默点头。人们在教堂外排起长队，就像当年在他家门口排队买磁带一样，人们通过这种方式听到了他的音乐，又用这种方式来缅怀他。DJ Screw创造的音乐听着都像一种盛宴，不管他是怎么和记者阐述他的音乐的；它让时间凝滞，让宽阔却千篇一律的高速公路变得晦暗无光，像一种隐秘而崇高的亵渎，渗入城市的心脏和血管，影响着人们在车流中穿梭的速度和节奏。

就在DJ Screw去世那年，我坐上一辆大巴，和1 000多个孩子一起向东往亚拉巴马州进发。在荒无人烟的海滩上，我们举行了盛大的集体洗礼仪式，每个孩子都举起双手，黑暗中人人泪流满面。仪式结束后，我们在大巴上互相触碰，开口闭口都是自己"得救了"。那之后，我们在朋友家的游泳池徜徉，陶醉地仰望着星空。有一些体系，比如教堂和金钱，将休斯敦有钱白人的上层建筑与其下方的黑人和棕色人种文化的核心结合在一起。有些感觉，比如迷醉，在美德与罪恶之间建立了牢不可破的联系。你不必相信某种启示，就能牢牢抓住那种感觉，你会记住在城市工业区冰冷无情的曲线上方或下方突兀地伫立着的立交桥，灯光交汇成的河流变换着红白色的光，缓缓流向远方，迷幻的天空在房屋、医院和巨大的教堂上方闪烁，你的血液因音乐或圣洁而沸腾。这一切都像是海市蜃楼：在你周围上万平方公里的土地上，生活着数百万人，他们做着同样的事，经历同样的迷醉，重视同样的礼拜日，听着被奉为宗教的音乐。西蒙娜·薇依写道："我们的存在是不可能的，是荒谬的。我们想要的一切都与其附带条件或其产生的后果相矛盾……这是因为我们是矛盾的存在，我们渴望神性（超越与完美），却又被人类的局限所束缚，我们与上帝永远不同。"

一代人，七个骗局

比利·麦克法兰（Billy McFarland）22岁就开始诈骗。麦克法兰1991年出生，父母都是房地产开发商，他先是在巴克内尔大学念了九个月的书，后获得某创业加速器项目的录取资格，随即退学创办了被包装得天花乱坠却毫无实质的公司Spling。[企业服务数据库公司Crunchbase如此介绍它：Spling是"由技术驱动的广告平台，通过展示和优化内容，帮助品牌提高媒体投入度和营销收入"。那是扯起谎来可以面不改色心不跳的2011年。也是在那一年，自由主义风险投资家、脸书创始董事会成员彼得·蒂尔（Peter Thiel）（他曾撰文称妇女参政损害了民主）开始给自主创业者提供10万美元的启动资金。]2013年，麦克法兰创办了Magnises公司，该公司的客户群是较富有的千禧一代，只要交得起低得令人生疑的250美元的年费，就可以拿到独家活动的入场券，出入私人会所。Magnises公司给每个会员发了张"签名"黑卡，这张卡仅能复制现有信用卡的磁条，但并没有什么用——就像Magnises公司一样，这张卡本质上就是在作秀。

Magnises（麦克法兰说这个词来自"拉丁语，意为'一无所有'"）吸引了众多媒体的关注，会员数也日益增加，这些会员都是麦克法兰从纽约不计其数的年轻人中筛选出来的，这些人热衷于打造精英而冷酷的人设。《商业内幕》（*Business Insider*）杂志称"比利·麦克法兰能帮你建立完美的人际关系网"，说 Magnises 是"千禧一代的精英俱乐部，它的会员人手一张黑卡，在纽约的顶层公寓夜夜笙歌"。但这家公司只辉煌了不到一年。会员们明明花高价购买了演出票、音乐会门票，可演出当天，门票总会莫名其妙地作废。麦克法兰极力拉拢客户，用垃圾信息对他们狂轰滥炸：每人只需 275 美元的"私家社交晚宴"，专人快递上门的平衡车，甚至"本周末有玛莎拉蒂和专职司机供您差遣，有意请回复"。叫人想不通的是，为了拉生意，他还把说唱歌手杰·鲁尔也扯了进来。2016 年新年，他给会员发短信说："新年快乐！杰·鲁尔正在创作新歌，您可以在他即将推出的热门单曲中听到您的名字、昵称或公司名，只需 450 美元。5 个名额。有意请回复！"后来，视频网站 Hulu 和网飞这两个竞争对手几乎同时推出了关于麦克法兰的公司为何破产的纪录片，当然，这两部纪录片的可信度都存疑。（我还在 Hulu 的纪录片中出镜了，不过我可没拿巨额报酬，不像麦克法兰。）Magnises 的前员工说明了该公司的欺诈模式：麦克法兰承诺为客户提供他根本无法兑现的服务，接着象征性地部分兑现并四处举债，继而再给出承诺，并用收来的钱偿还之前的债务，如此循环往复。

同年1月，Magnises与纽约西村房东的官司结案，公司赔偿了房东10万美元，房东抱怨麦克法兰把民用住宅用作商业用途，还把屋子里弄得乱七八糟。这可难不倒麦克法兰。他把公司搬到了下东区温顿酒店的顶楼。此时，公司已筹集到至少300万美元的风险投资，可客户却越来越灰心。点评网站Yelp上，Magnises俱乐部下有一条发表于2016年的评论："你会发现，Magnises跟庞氏骗局就是一回事，只不过说法上换了几个词。"另一条评论写道："算我求你们了，千万别跟这家公司有瓜葛，我自己就给骗了，太丢人了。"公众视野里的Magnises一路高歌猛进，可暗地里它却在不停地崩塌。麦克法兰自诩俱乐部有10万名会员，实际上注册人数不到5 000。他还把目光转向了新的创业项目弗莱媒体（Fyre Media），他的设想是，有钱人可以通过弗莱媒体平台竞标，让名人出席他们的私人活动。杰·鲁尔也参与了，他后来告诉记者，他和麦克法兰都"对科技、海洋和说唱音乐有兴趣"，所以才成了朋友。他们一起为弗莱媒体筹款。2016年年底，麦克法兰想到了一个点子，也是美国诈骗史上最命运多舛的一个点子：他打算在巴哈马举办盛大的音乐节来推广自己的公司。他想好了，第一届弗莱音乐节将在2017年4月举办。

要知道，提前四个月筹办一场中等规模的婚礼都有困难，更何况他是在荒僻的海滩上举办一场提供吃喝玩乐全套服务的万人音乐节，客观说，这不可能。如果麦克法兰在服务行业干过、当过服务员、在小吃摊打过工，或者参加过音乐节，那他想都不用想就该明白这个道理。可叫人意想不到的是，他居然从没去过音乐节。这位25岁的年轻人一直忙于事业，而他的事业信条是，一个人只要知道怎么造势，就能实现一切梦想。他还挖到了一大批持有同样信条的顾客。他专门建了个网站出售弗莱音乐节的门票，称这是千载难逢的机会，说弗莱岛原先是哥伦比亚毒枭巴勃罗·埃斯科瓦尔的私人岛屿。他打出广告，称弗莱音乐节不仅音乐阵容强大，还提供豪华派对和奢华住宿，非常适合在社交媒体上炫富。他声称有不同档次的豪华住房供观众选择，最昂贵的"艺术家宫殿"房费高达40万美元，包含独栋定制海滨别墅的四人住宿，外加八张VIP门票和与表演者共进晚餐的机会。

但实际上，所谓的"艺术家宫殿"根本不存在于施工蓝图中，弗莱岛也纯属虚构。[倒是有个哥伦比亚毒枭曾短暂占领过一个巴哈马小岛，但那个毒枭叫卡洛斯·莱德，而那个岛叫诺曼岛（Norman's Cay），麦克法兰根本就是在胡诌。] 2017年初，麦克法兰乘坐私人飞机前往巴哈马，斥巨资为弗莱音乐节拍摄宣传片，镜头里模特们迎着蓝色的海浪，在闪闪发光的沙滩上打闹嬉戏。他还砸重金请艾米丽·拉塔科夫斯基、肯达尔·詹娜和贝拉·哈迪德等数百名"网红"模特在照片墙上给音乐节做宣传，詹娜只需要发一条动态就能进账25万美元。但直到音乐节开幕前两个月，麦克法兰才把场地确定在大埃克苏马岛（Great Exuma）的一个非私人岛屿上，岛上有片荒凉的砾石地，毗邻桑德斯度假村。(很显然,麦克法兰可以"放手一搏",把所有观众都安排到桑德斯度假村。反正百加得音乐节就是这么干的——2016年的那个周末,该音乐节莫名其妙地吸引了数千人前往百慕大三角观看加尔文·哈里斯和肯德里克·拉马尔的海滩表演。组织方把我们——没错,我也去了——安排在波多黎各一个挺大的度假村,还免费供应三天酒水。百加得音乐节和弗莱音乐节听起来其实挺类似的,只不过前者大获成功,而且观众还"白嫖"到了。)总之,我很难理解麦克法兰是怎么想的,因为他选的日期恰好赶上一年一度的乔治城帆船赛,岛上的酒店基本满客。

同年3月,Blink-182、Major Lazer和Disclosure等乐队确定将作为核心阵容出席弗莱音乐节,随后一支制作团队飞来到现场,经纪人克洛伊·戈登是其中一员。"去之前,我们都以为音乐节已经启动了,"她后来在《裁剪》杂志上写道,"但他们什么也没做。舞台没租,商贩没到位,交通也没部署妥当。"厕所、淋浴间和住宿也没安排好。这边巴哈马的临时工忙着往混凝土里倒沙子,那边麦克法兰忙着伪造电汇收据,谎称欠承包商的钱马上就到账。戈登发现麦克法兰压根儿没打算付乐队的演出费,便退出了。离开巴哈马前,她参加了一次会议,会上有人提议管事的"兄弟们"把音乐节推迟到2018年举办,然后从头开始准备,他们拒绝了这个提议。戈登写道,有位负责营销的人说:"伙计们,放手干,咱们得名垂千古!"

当然,最终弗莱音乐节确实名垂千古。它是2017年的一场灾难，被各路媒体竞相报道的灾难。直到最后一刻，麦克法兰还在继续推进他那显然劫数已定的计划。数字营销集团FuckJerry负责音乐节的市场营销，后来还参与制作了网飞那部纪录片，该公司当时把照片墙上的很多留言都删除了，因为留言的人想弄清楚为什么他们查不到航班信息，也查不到音乐节到底用了什么样的帐篷。音乐节前一周，麦克法兰的资金再次告罄，而这时观众收到电子邮件和电话，要求他们往电子手环里预存数千美元，因为岛上的一切消费只能用电子手环支付，不收现金。没一个乐队拿到钱，音乐节还没开始，所有乐队都已退出了。从迈阿密飞往现场的包机自始至终都没看到影儿。有些观众已经到了巴哈马，工作人员不停地招呼他们喝酒，然后把他们带到没改造好的砾石地，那里撑着类似联合国救济难民用的帐篷，地上躺着被暴雨浸湿的软塌床垫、折叠椅和堆满垃圾的集装箱。在空荡荡的服务台前，印有品牌标志的帆布旗破烂不堪，随风飘摇。等待他们的不是美味佳肴，而是装在泡沫塑料盒里的外卖：蔫巴巴的生菜和美国奶酪做的三明治，看着就叫人没胃口。人群开始恐慌，他们纷纷在推特上晒照，弗莱音乐节把自个儿吹得跟科切拉音乐节一样盛大，可照片看着却像是古拉格群岛。接踵而至的是混乱。人们开始囤积床垫和卫生纸。麦克法兰彻底没辙了，让大家随便找个帐篷过夜。有几十个人哀求当地人把他们送走，结果被关进了巴哈马机场的小房间。互联网上的看客们幸灾乐祸，像上了瘾一样，翘首期盼着每一条来自大埃克苏马岛的最新消息。

2017年6月,麦克法兰被捕并被指控欺诈。除了骗取参加音乐节的人的钱财,他还伪造了弗莱媒体的全部财务报表——当年早些时候,他声称公司仅一个月就有2 160万美元的盈利,还在巴哈马拥有价值840万美元的土地。他坑蒙拐骗了很多公司、工人,许多工人是巴哈马人,这些人对他的承诺深信不疑,误以为音乐节是个年度大项目,将自己的生计全押在了上面。此后麦克法兰毫不畏惧,继续行骗:那年夏天晚些时候,他躲在豪华公寓的顶层,通过一家名为"纽约贵宾通道"的公司卖出了总价值10万美元的独家活动假门票,有些门票根本就是他自己伪造的。2018年的联邦诉状说明,麦克法兰实际上是用新公司打掩护,他的目光再次锁定音乐节的受害者,并用电子表格筛选出年薪最高的客户。读到这处细节时,我对他的"敬佩"油然而生。我记起这事在社交媒体上疯传时,杰·鲁尔还发推文说弗莱音乐节"不是骗局"。这句声明就像是剪彩仪式,它向全世界宣告:被《纽约时报》形容为"照片墙滤镜下的盖茨比"的麦克法兰只不过是他那一代的骗子王。而弗莱音乐节不仅是骗局,更是一次决定性的骗局——美国首个由千禧一代主导的大型骗局事件。

弗莱音乐节犹如驶向骗局之巅的航船,其积聚的力量和速度催生出文化的转变,在过去的10年中,这种转变不知不觉却永久地改变了美国的性格,使得欺诈——滥用信任以牟利——似乎成了新常态。在这之前,女性主义者掀起积极的倡议浪潮，女企业家们让我们相信，获得财富是促进政治进步的方法；在这之前，优步和亚马逊等新崛起的公司打破了经济结构，为大众提供廉价的商品和服务，同时承诺要让世界变得更美好、更便捷；在这之前，电视真人秀和脸书利用了人类的自恋这一可再生的自然资源，创造了一个新的世界，在这个世界中，我们的自我、关系和个性不仅可以变现，而且也亟须变现；在这之前，大学学费飙升，却把毕业生推向低薪的合同工岗位，全球经济差距也达到前所未有的程度。在2008年金融危机爆发之后，千禧一代似乎才达成了某种共识：成功的捷径就是诈骗。

金融风暴

1988年，27岁的迈克尔·刘易斯（Michael Lewis）辞去了他在所罗门兄弟公司（世界上第一笔抵押支持证券就是由该公司投资发售的）的工作，并写了本名为《老千骗局》（*Liar's Poker*）的书。这本书描绘了联邦放松监管几年后华尔街的境况。当时金融业蓬勃发展，充斥着精明懂行又见利忘义的幸运儿，他们误打误撞地进入了这个可以极端操纵系统从而牟取丰厚利润的世界。刘易斯当时20多岁，是个未经世事的年轻人，他发现自己掌管着数百万美元的资产，却并不清楚到底发生了什么。2010年，他在回忆起这段经历时说："至今我仍然觉得这事很荒谬……不可能一直这么下去。迟早会有人把我还有很多和我差不多的人，看成是骗子。"他原以为《老千骗局》会作为时代的印记而流传下去，成为"一个伟大的国家是如何丧失金融头脑"的记录。但他没想到，2008年金融危机之后，80年代的金融风潮竟显得几乎像是古老的回忆。

刘易斯后来在《大空头》(*The Big Short*)一书中写到了2008年的金融危机，记录了2005年前后银行家们为了抬高房地产价格而创造的极度复杂的机制，以及他们随后如何从房主不断飙升的负债中获利，直至整个系统不可避免地崩溃。2004年，禁止掠夺性放贷的法案被推翻，也就是说，抵押贷款可以发放给那些永远无力还贷的人，而这又造成了潜在买房人源源不断增长的局面。一些市场的房价涨幅高达80%。人们通过二次抵押贷款筹款买房，只要房价不断上涨，这个办法就能挣钱，而只要人们继续购房，房价就会继续上涨。要想这维持这个系统的运转，就得无条件地批准抵押贷款：无须提供财产证明、无须提供征信记录、无须付首付，就能获得贷款。其中一种次级贷款被称为"NINJA"，即向无收入（No Income）、无工作（No Job）和无资产（No Assets）的"三无"申请人提供贷款。金融业用晦涩的术语和工具掩盖了这种操作的风险：债务抵押债券（CDOs）和合成债务抵押债券（synthetic CDOs），前者是通过支付不良抵押贷款收回的债务结构，后者是通过支付不良抵押贷款的保险金收回的债务结构。在《大空头》中，有位年轻的银行家对刘易斯说："我们越是了解债务抵押债券的真面目，就越觉得，我靠，这太他妈疯狂了，简直就是欺诈。也许在法庭上没法证明，但它就是欺诈。"

我上大学时正值房地产泡沫膨胀,而这个国家的一切似乎都由同样的涡轮动力驱动并高速运转。校园招聘会上,高盛和麦肯锡纳入麾下的都是最有野心的同学,只要去了那儿,他们就能过上付得起首付、供得起孩子上私立学校的生活。我看过《全美超模大赛》(*America's Next Top Model*)和《天桥骄子》(*Project Runway*),还有《拉古纳海滩》(*Laguna Beach*),这些节目吵闹、浮华、节奏极快,其中的世界看着极尽奢华:长长的花岗岩台面、灯火照亮的浅色灰泥墙壁、棕榈树、一望无际的泳池。阶级向上流动的感觉就像氧气——毫不起眼,却无处不在。我写好了关于美国梦的论文开题报告。接着,2007年,房价开始陡降,大量购房人违约。每次我路过学生活动中心,都能看到电视里在播放有些家庭在法拍屋外的走道上守着自己房产的新闻画面。深夜,我盯着笔记本电脑,狼狈不堪地修改着论文。我写的一直是移民,讨论的是不确定性如何成为美国魅力的核心。可我所处的背景突然从繁荣走向了崩溃。

2008年9月,雷曼兄弟(Lehman Brothers)率先申请破产;紧接着美国国际集团(AIG)陷入绝境,但它获得了政府1 820亿美元的救助。(根据财务报告,该集团2008年底亏损额高达610亿美元——有史以来最严重的季度亏损,但在2009年,该集团还是给它的金融服务部门发放了1.65亿美元的奖金。)随后,全球经济开始衰退,失业率飙升，贫富差距急剧加大。2005到2011年，美国家庭总资产的中位数下降了35%。换作其他国家，也许会把造成这一切的银行家投进监狱。在冰岛，29名银行高管就因引发2008年金融危机的不端行为而被判处有罪，其中有位首席执行官被判入狱五年。可在美国，所有银行家都得到了政府救助。劫难结束时，很多银行家反而更富有了。

金融危机是经典骗局，一场由"信任诈骗者"（confidence men）所操控的骗局。第一个被正式称作"信任诈骗者"的人是威廉·汤普森，也有人叫他塞缪尔，他原本是个名不见经传的罪犯，1849年夏，《纽约先驱报》（*The New York Herald*）报道了他的罪行。第一篇报道如此开头："几个月来，有个被大家叫作'信任诈骗者'的人在城市里四处游荡。"身着体面西装的汤普森走到陌生人跟前，先礼貌地寒暄几句，然后问："您信我吗？愿意把您的手表交给我，明天再取走吗？"《纽约先驱报》对汤普森的跟踪报道特有意思，结果"信任诈骗者"这个说法就沿用了下来。但实际上，汤普森是个只会用拙劣伎俩的骗子——顶着其他名号的投机分子早就会用更高明的计谋行骗了。真正的骗子用不着跟你要手表，也用不着博取你的信任。他们做事的方式让你觉得，能把钱交到他们手里简直是撞了大运。于是你急不可耐地投注赛马，或者把钱存入不可能盈利的投资基金，或者飞到巴哈马去参加一个压根儿就不存在的派对。

1849年，汤普森被捕三天后，《纽约先驱报》发表了一篇题为《"信任诈骗者"大行其道》("'The Confidence Man' on a Large Scale")的未署名社论,对汤普森没去华尔街谋份职表示遗憾,颇具讽刺意味。

> 他只是在百老汇小小施展"才华",而大行其道的"信任诈骗者"们则在华尔街"大施拳脚"。这就是区别所在。他骗到了几块名表,他们骗到了几百万美元;他是个江湖骗子,他们是诚实的道德标兵;他是流氓,他们是金融家;他被警察逮捕,他们是社会的宠儿;他吃的是牢饭,他们享受皇族的奢华……真"骗子",华尔街"骗子",富人区"骗子",靠掠夺穷人和中产的钱财而中饱私囊的"信任诈骗者",万岁!

专栏文章继续给汤普森提建议,极尽挖苦之能事:

> 他本该给出一个激动人心的提案,说明新的大项目能如何改良基础设施……他本该签署对自己有利的合同。他本该营私舞弊、挥霍穷人和中产阶级诚心诚意认购的资本,使公司负债累累……他本该让股东破产。他本该卖掉整个公司,把所有的钱都攥在自己手里,用来偿还他的"债券"。在从头到尾"行骗"的过程中,他本该拿高薪。他本该精准选择恰当时机全身而退,过上逍遥自在、道德高尚的生活,坐拥大笔财富又问心无愧!

诈骗根植于这个国家的基因之中，这个国家的建国理念是：看到获利的机会就不择手段，这么做不仅很好也很重要，甚至是高尚的。这个故事和第一个感恩节一样古老。骗子和他的猎物都想趁机获利，他们之间的区别在于骗子得手了。2008年爆发的金融风暴持续时间长、关注度高，这说明了一个事实：在美国，一个人要想确保财务安全，最好的办法就是善于利用他人。虽然长久以来情况一直如此，但它已变得越来越普遍。我们千禧一代尤其不幸，因为我们在逐渐成年时才学到了这个惨痛的教训。

学生债务危机

金融危机爆发后，美国有近四分之一的抵押房屋资不抵债，也就是说，房价低于房主欠银行的贷款。内华达州65%的房屋资不抵债，亚利桑那州为48%，加利福尼亚州超过三分之一。（预料之中的是，这些借款人大多是在2005年至2008年间购置的新房。）房主债务在美国家庭债务中占比最大。很长一段时间里，占比第二大的是汽车债务。但在2013年，又一个影响一代人命运的骗局——学生债务，占比超过了汽车债务。

剔除通货膨胀因素，目前私立大学的学费是1974年的三倍，公立学校的学费则是四倍。相比之下，汽车价格比较稳定，收入中位数和最低工资也几乎没涨。在20世纪90年代中期，如果仔细计算的话，学生已经不可能靠打工来完成大学学业，而助学金远远填不上学生所需与所有之间的缺口。千禧一代人的平均债务翻了一番：2003届学生毕业时的平均债务约为1.8万美元，而2016届学生的平均债务则超过了3.7万美元。超过三分之二的大学毕业生在毕业时背负学生债务，近四分之一的研究生在毕业时欠债10万美元甚至更多。学生贷款的利率是如此之狠，让人以为他们是犯了什么罪。如果借了37 000美元的斯塔福德贷款，30年还清，那你最终要支付的利息将超过50 000美元，而99%申请公共服务贷款豁免项目的学生被拒。如今，贷款的学生很容易就负债累累，因为他们拿到的学位的"价值"远远低于他们所支付的学费。

房地产泡沫和教育泡沫之间有很多相似之处。与次级抵押贷款一样，营利性大学的学生贷款几乎都是随意发放的。根据2010年颁布的《平价医疗法案》（一般称为"奥巴马医保"）中的条款，奥巴马政府将大部分学生贷款业务收归国有，因此，这个证券化债务网络就成了政府的业务，并得以迅速扩张。2018年，学生债务激增至超过1.5万亿美元。但住房债务和教育债务有重大区别：至少现在，如果想改善在美国的生活，你可以选择不买房，但你不能不念大学。与此同时，学费的增长对提高教学质量几乎没帮助。与大多数工作一样，教师工作也变得极不稳定、岌岌可危，教师工资也一直没涨。1970年，近80%的大学教师为全职，而现在全职教师不到一半。高校为了抢生源、赚学费，把钱用在建体育场馆、最先进的健身房和豪华食堂上——这些支出最终都体现在了一路高涨的学费上。也就是说，学校自身面临的竞争压力，反而对学生毕业后面临的竞争压力造成了负面影响。而随着劳动力市场的保障措施和福利逐步剥离，偿还教育债务也变得更加困难。

2005年，30%的美国工人是临时工，即合同制雇员、兼职或自营职业者。现在，这个比例已经上升到40%，而且还在不断攀升。从2007年到2016年，非自愿做兼职工的人（也就是说这些人更愿意全职）数量增加了44%。在经济衰退后的几年里，我老是听到这么个有意思的说法：在大学刚毕业的10年里，我的同龄人平均会换四次工作。而到处都能听到人说，千禧一代"更喜欢"自由职业。人们想要得到的似乎是这样的结论："千禧一代无拘无束！灵活变通！去哪儿工作都行！做什么都行！随时随地乐意与人沟通！"但一代人并不会因为这些个性特点就选择极为多变的工作轨迹。正如马尔科姆·哈里斯（Malcolm Harris）在《如今的孩子》（*Kids These Days*）一书中所说，人们轻易就把千禧一代频繁更换工作归咎于他们不思进取、过于娇纵、喜欢"忙忙碌碌的感觉"，而不是去试着看到日益不稳定的劳动力市场如何影响了年轻人以及每一个年龄段的人。从16岁开始，我就同时打好几份工，我的打工经历异常幸运。和很多美国人一样，我仍然认为让雇主承担医疗保险是种奢求，是一种近乎神圣的福利。我活了30年，只有两年享受到了这种福利——在传媒公司高客工作的那两年。可惜，高客被偏爱辍学生、反对女性选举权、支持特朗普的亿万富翁彼得·蒂尔通过诉讼逼入绝境。

在当前的经济形势下，大多数学生的大学文凭根本换不来几十万美元的收入。尽管企业利润飙升，但工资却一分未涨。现在，首席执行官的平均工资是普通美国工人工资的271倍，而在1965年，两者的工资比仅为20∶1。医疗花费也高得惊人——过去40年间，人均医疗保健支出增长了29倍，而育儿成本也像大学学费一样持续上涨，尽管医疗保健行业和保育行业的一线工作者往往拿着微薄的工资。大学文凭并不能保你衣食无忧——如今，除非家里有遗产可继承，你几乎不可能得到这种保障。[当然，正如大家在2019年的"校队蓝调行动"（Operation Varsity Blues）丑闻[1]中所看到的那样，许多家财万贯的父母仍然非常重视大学教育，所以他们才会采取彻头彻尾的欺诈，以便在已被操纵的招生系统中做手脚，让自己的孩子接受对自身来说尤其无甚意义的教育。]尽管如此，大学仍然巧言令色，称接受大学教育是每个想要成功的年轻人必经的考验。而在这个充满不确定性的世界，一种实现经济稳定的新思路出现了——打造个人品牌。

社交媒体骗局

最成功的千禧一代无疑是35岁的马克·扎克伯格，他的净资产在11位数上下浮动，保守估计为550亿美元。

---

[1] 指瑞克·辛格（Rick Singer）主导的美国大学招生舞弊案，他利用招生制度的漏洞，用各种不正当手段帮助了有钱有权家的孩子进入顶级名校。

也就是说，扎克伯格的身家将近是美国家庭资产中位数11 700美元的500万倍。他的财富排名是世界第八。作为脸书的创始人，他实际上相当于控制着一个国家：全世界四分之一的人口每月都会登陆他创建的网站，他足以左右选举结果，改变我们彼此联系的方式，控制社会对于何谓"真实"、何谓"可接受"的广泛界定。扎克伯格最突出的特点是个性不鲜明。2017年，扎克伯格走访了美国很多州，民众猜测他可能会参与总统竞选，可实际上，他的举止却显得像个伪装成地球人的外星来客。造成脸书内在矛盾的部分原因正是在于这个人——这个曾说过一个人若是拥有多重身份便表明他/她"缺乏诚信"的人——比任何人都更清楚地认识到，21世纪的"人格"（personhood）将成为一种商品，如同棉花、黄金。

扎克伯格何以跻身总统候选人行列？这一切始于2003年10月的一个晚上，彼时他在哈佛大学读大二。他在博客上写道，他觉得无聊至极，亟须转移对"那位小婊子"前女友的注意力。晚上9点49分，他写下：

> 说实话，我有点醉了。才周二晚上9点多钟呢？屏幕上点开的是柯克兰宿舍的学生们的照片，有些人的照片可真叫丑。我恨不得把这些人的照片跟农场动物的图片放一起，让大家投票看看，哪个更美。

晚上11点10分，他改了主意：

嗯，开始行动。我也不知道怎么才能拍到农场动物（毕竟是动物，保不准它们能干出什么事……），不过把两个人放在一起比较这个点子倒挺有意思。

将近凌晨1点时，他宣布：

黑客开始行动。

扎克伯格创建了名为Facemash的选美网站，他在网站上展示哈佛大学本科生的照片，两个一排，让大家投票。这并非他的原创：2000年，两个刚毕业的大学生在街上看到个女人，随即对这个女人"操起来爽不爽"产生了分歧，便于2000年创建了名为"辣不辣"（Hot or Not）的网站。（很明显，这两位大学生是男性，正和YouTube的创始人一样；而后者也说过，他们最初也打算借鉴"辣不辣"的模式。）Facemash上线后的不到4小时，就有450人访问了该网站，投票次数超过22 000次。扎克伯格因此惹上了麻烦，学生抗议该网站侵犯了个人隐私，但也有很多人认为在网络上建照片目录的主意很不错，可以以一种更易被人接受的方式比较自己与同龄人。《哈佛深红报》（*The Harvard Crimson*）写道，Facemash网站"清楚地让大家看到校园照片分享网站存在的必要性"。扎克伯格知道，他一个月就能干完的事交给哈佛大学干的话，花的时间会久得多。次年2月，他推出了脸书的初始版本，不到两周就有

4000人注册。

我第一次拥有脸书账号是高中毕业时,那时我感觉自己像是进入了美妙又自恋的梦境。我对自己的好奇心与探索欲达到了顶峰,我特别想弄清楚,要是能摆脱共和党人的环境[1]和每天都逃不掉的圣经课,自己会变成什么样子。对于创建数字化身份,我和朋友们都已经习以为常——我们在AIM、聚友网、Xanga和LiveJournal等网站上都建过账号,而脸书似乎更简洁、更正式,感觉像是去虚拟市政厅注册了一个向成人过渡的全新身份。那会儿脸书仅供大学生使用,但自2006年开始,只要年满13岁、有电子邮箱就可以注册。大学时,大家总会调侃,喝得醉醺醺的自己是如何一回到家就不停刷脸书,而这其实和现在人们没完没了地刷一切社交媒体是一回事。脸书最初的概念就非常令人着迷——一个真实又悦目,致力于展现更好的自己的网站。

在那个年代,我们借由网络接触到的都是非常棒的新产品。十几年后的今天,一条普遍真理愈加明显:我们这些用户才是产品本身。尽管扎克伯格起初欺骗脸书用户并非蓄意,但无论如何,所有用户(每月5亿活跃用户,且数字不断增长中)都被骗了。我们的注意力被卖给了广告商,我们的个人数据被卖给了市场调研公司,我们对政治隐约的不满情绪被特殊利益集团操控。脸书曾多次公然欺骗公众——据报道,脸书将其视频观看量的数据夸大了900%,结果几

---

[1] 作者家乡得克萨斯州传统上是共和党的票仓。

乎所有媒体公司都被迫改变战略并开始裁员，以效仿脸书纯属虚构的盈利战略。在2016年大选前后的几个月里，脸书声称并未受到俄罗斯的明显干涉，尽管其内部专门负责调查此事的委员会搜集到了干涉的证据。对此，脸书聘请了一家保守派的对手调研公司，目的是让公众对日益强烈的"反脸书之声"有所怀疑。脸书允许网飞和声破天等公司查看用户的私人信息，它还通过被公司内部称为"善意欺诈"的手段，诱骗孩子们拿父母的钱玩脸书上的游戏。

就算脸书没有蓄意利用用户，但归根结底，它确实利用了用户——它的商业模式本就如此。即使远离脸书，你仍然生活在脸书塑造的世界中。脸书利用我们与生俱来的自恋和与他人交往的欲望，攫取了我们的注意力和行为数据。脸书还利用它所攫取的注意力和数据操纵我们的行为，结果就是如今近一半的美国人依赖脸书获取新闻。媒体既依赖脸书作为接触媒体受众的途径，又无力对抗脸书吸走数字广告的能力。而脸书就像一个报童把所有订阅费用都纳入了自己的腰包，它扭曲了媒体的经济模式，以满足其商业运作模式的需求——新闻必须快速抓取注意力，持续触发强烈的情绪反应，这样才能被人注意。结果呢？2016年，有关特朗普的报道源源不断，有的来自主流新闻媒体，有的来自边缘媒体，这些媒体都得到了脸书算法的支持。扎克伯格最初创建脸书只是利用了大学生的厌女和利己主义，可现在这网站却成了当代梦魇的背后推动力，成了这个从根本上系统性曲解人类需求的世界的背后推动力。

从基础层面上来说，脸书和多数类型的社交媒体一样，其运作方式都是说一套做一套——宣扬沟通却制造隔离，承诺幸福却灌输恐惧。脸书式的语言现在主宰着我们的文化，从个别具有欺骗性、情绪传染性的内容中，浮现的是这个时代最叫人忧心的结构性变化。比如，一个网约车司机发了一条庆祝帖子，说自己在临产前还在接单，我们可以从中看到劳动保障制度的瓦解；一个陌生人为了支付化疗费用，只能强忍泪水，通过众筹治病保命，我们可以从中看到医疗私有化的疯狂。在脸书上，最基本的人道被重新构建为可利用、可进行病毒式营销的资产。我们的社会潜能被简单等同于吸引公众注意力的能力，而这种能力又与经济水平密不可分。我们没有公平的工资和健全的福利，我们有的只是自己的个性、故事和人际关系——所以我们最好学会把它们包装得光鲜亮丽，以便发到互联网上，以防自己在没有劳动保险的情况下出什么意外。

比起其他任何实体，脸书更能巩固这一概念：自我。自我以一种面向公众、表现良好的形象存在。哪怕只是为了被看见，我们也愿意出卖自己的身份。这一势头在很长一段时间里愈演愈烈，而扎克伯格留意到了，便趁势而为。在扎克伯格8岁那年，《真实世界》(*The Real World*)与观众见面，《幸存者》(*Survivor*)和《单身汉》则是在他上高中时播出。社交网站Friendster是在他上大学一年级时创立的。继脸书之后，YouTube、推特、照片墙、Snapchat分别于2005年、2006年、2010年、2011创立。现在，小孩也能成为抖音网红，游戏玩家在视频平台 Twitch 上通过流媒体直播自己的生活也能日进斗金。在政治和文化领域最显赫的两个家族，特朗普家族和卡戴珊家族，之所以能跻身食物链顶端，正是因为他们敏锐地认识到，把自我包装成可以无限变现的资产，并不需要太多实质性内容。实际上，实质性内容反而可能是这场游戏的大忌。随着这一切，掌声雷动，手机咔嚓，女性赋权大会的主讲人上台了。

女孩老板

自诩为反叛偶像的索菲亚·阿莫鲁索（Sophia Amoruso）出生于 1984 年，与马克·扎克伯格同年。她身着黑色深 V 连衣裙，出现在她 2014 年出版的回忆录《女孩老板》（#Girlboss）的封面上，双手叉腰，肩线挺括，一头短发被造风机吹起。她是"坏女孩"（Nasty Gal）公司的首席执行官，坏女孩是她于 2006 年创办的服饰零售网站，那会儿她还是个会去商场顺走东西、拿到自己旧金山的公寓里当作二手物品贩卖的无政府主义者。八年后，坏女孩的销售额已达数亿美元。阿莫鲁索以零负债模式成功地创建了这家公司，令人刮目相看，被誉为"科技界的灰姑娘"。

互联网上的标签"女孩老板"（#GIRLBOSS）是由以激励之名将自我品牌化的行为而产生的延伸物。阿莫鲁索一方面将自己偶像化，一方面又声称她对被偶像化毫无兴趣。"我可不想被人放到神坛上，"她在书中写道，"我有严重的注意力缺陷障碍，怎么说神坛都不适合我。我宁愿犯错冒险，在犯错冒险的同时创造历史。我不需你们的仰视，因为抬头仰视他人就意味着放低你自己。与其花精力关注别人的生活，不如花精力提升自己。"这本书在营销过程中使用了流行的女性主义话语——阿莫鲁索很成功，她的读者也想成功，而成功是一项女性主义课题。但阿莫鲁索拒绝了"女性主义"这个标签："2014 年，我们是不是进入了无须再谈论女性主义的新时代？我不确定，但我希望如此。"

阿莫鲁索在回忆录中由衷而愉快地赞美了寻常工作的价值：硬核朋克时期的她曾在园艺店、矫形鞋店、书店、奥特莱斯购物中心和赛百味打过工，还做过一段时间的园艺师。但打心底，她只把这些工作看作是"有趣的大型实验"，她知道美好的事即将发生。这确实和灰姑娘的故事有异曲同工之处，只不过金钱取代了魔法。"成年后的我起先以为资本主义只是一场骗局，可后来我发现它是种炼金术。"阿莫鲁索写道。欺诈当然是种炼金术，只不过是把狗屎变成了黄金。有段时间，她靠偷窃谋生，因为她的政治理念"与给人打工相矛盾"。她在 eBay 网卖出的第一样东西就是从商店偷来的。真神奇！她先是成交了一笔，然后是几十笔、几百笔、几千笔，很快，阿莫鲁索就不再把钱看成是"物质主义者对物质的追求……随着时间的推移，我意识到，在很多方面，金钱意味着自由"。

该书一面市就获得了热烈的反响和颇多赞誉。纽约的媒体对阿莫鲁索进行了专题报道。广告牌和出租车为这本书打出了醒目的广告词："就算这是男人的世界，又怎样？"

然而几个月后，阿莫鲁索的公司裁掉了20名员工。次年1月，她辞去了首席执行官一职。2015年，一些前员工将她和坏女孩品牌告上法庭，有员工声称她们因为怀孕被解雇，一名女性声称自己被解雇是因为她患了肾病，不得不卧床休养。2016年6月，阿莫鲁索入围《福布斯》第二届美国最富有白手起家女富豪榜单。2016年11月，坏女孩申请破产。2017年，根据该书改编的电视剧在网飞首播。阿莫鲁索在接受《名利场》采访时说，她本指望这部电视剧能给她的品牌和公司做免费营销。她又解释说："当然，这对我仍然有利。"剧集第一季刚播出就被砍掉。那时，阿莫鲁索已经离开了坏女孩公司，恰似一架航天飞机从燃烧的空间站分离出来。她成立了新公司"女孩老板"，口号是"为了我们自己，重新定义成功"。

"女孩老板"是一个"由坚强、好奇和雄心勃勃的女性组成的社群"。官网上写道，公司"恪守我们的信念和价值观，支持女孩和女人在拒绝羞辱、拒绝平庸的环境中追逐大大小小的梦想"。官网上有些博文，比如《作为千禧一代工作狂我学到的4件事》（"4 Things I Learned as a Millennial Workaholic"）、《鲁皮·考尔在不懈追求创造的道路上开创事业》（"How Rupi Kaur Built a Career on the Relentless Pursuit of Creativity"），但该公司主要业务是举办活动和会议，比如"女孩老板集会"——VIP门票售价700美元，线上门票65美元。网站称："女孩老板集会既是会议，也是启发灵感的幻想王国。集会在老套迂腐的会议界掀起了一场风暴，为下一代企业家、企业内部创意人员和思想领袖创造了聚会、孵化和共同发展的空间。"

女孩老板这一概念的核心思想是，对于女性来说，在镜头前的自信是打开财富之门的钥匙。阿莫鲁索在她的回忆录中写道："在过去的七年里，人们通过我在坏女孩网站上出售的服饰把自己打扮成自己喜欢的样子，我希望你们能同样用女孩老板的理念来塑造自己，让自己过上随心所欲的多彩生活。"女孩老板集会的运作方式与她的自我营销方式如出一辙：花钱建立人脉，以千禧粉和霓虹色为背景自拍，勇敢迈出第一步，力争成为那种会受邀上台演讲的人。她想要大家认为这种做法非常女性主义，而大家确实也是这么认为的，至少集会参与者是，毕竟长期以来，她们一直被营销话术轮番轰炸。据这些充满谬误、愚蠢可笑，却也极具诱惑力的话术宣称：女性主义首先意味着要向公众展示自己的成功和成就。后来，由奥黛丽·盖尔曼（Audrey Gelman）和劳伦·卡桑（Lauren Kassan）共同创办并实现精准营销的女性专用共享办公空间 The Wing 大获成功。该空间既利用了很多女性野心勃勃且热衷于炫耀成功的特点，又通过多种手段——比如自发的会员制、精巧的市场营销，以及声称致力于推广包容性、女性社群和安全空间的承诺——避开了公众的诟病。2018 年 12 月，已在五个地点运营的 The Wing 筹集到 7 500 万美元，融资总额达 1.175 亿美元。许多投资者都是女性，包括女性风险投资家、演员、运动员。对此，盖尔曼表示："这一轮融资充分证明，女性也能站到谈判桌旁。"

不断扩张的女孩老板式的女性主义其实可以追溯到2013年雪莉·桑德伯格（Sheryl Sandberg）与内尔·斯科维尔（Nell Scovell）合著的女性主义宣言《向前一步》(*Lean In*)。这本书观点鲜明、实用又有说服力，它鼓励女性要有自己的雄心壮志。桑德伯格曾是脸书的首席运营官，她这本书是在脸书遭到强烈抵制的好些年前写的。在主流社会中，她代表了一位有影响力、优雅、富有、勤奋的已婚白人女性，声誉无懈可击。她提出，女性主义应以个人的努力与奋斗为核心。在这本书的前面部分，她承认，自己的方法只是为一个大的共性问题提供了一个片面的、私人化的解决方案。她认为，女性应该要求权力，以此来打破社会障碍；而其他人则认为，应该打破障碍，女性才能要求权力——这两种方法"同等重要"。桑德伯格鼓励女性先解决"鸡"的问题，即个人解决方案；但她完全支持那些关注"蛋"的人。[1]

不巧的是，"鸡"的味道也比"蛋"的更好。如果以追

---

[1] 桑德伯格在《向前一步》中写道："有人会认为，只有破除了制度的障碍之后，女性才能跻身高层。这说到底是个'鸡生蛋蛋生鸡'的问题。'鸡'是指，女性一旦实现了领导者的角色，就能够摆脱外部障碍……'蛋'是指，我们首先要消除那些阻碍女性成为领导者的因素。这两者都是对的，我们没有必要陷在哪个在先或是哪个更重要的哲学辩论中，而是要达成共识，同时在两条战线上并肩作战。"（［美］谢丽尔·桑德伯格，《向前一步：女性，工作及领导意志》，颜笄译，中信出版社，2013年。）

求个人进步与个人满足——这两个概念很容易与自我营销和自我放纵混为一谈——为实践女性主义的方法，女性会很乐意买账。围绕赚钱花钱的政治比围绕政治本身的政治更有吸引力。因此，在女性获得前所未有的自由和权力的时代，在我们能从政治高度前所未有地看清自己的生活的时代，我们得到的不是更多的孕产保护、同工同酬，不是联邦政府规定的家庭照顾假、育儿补贴和更高的最低工资，而是企业喜闻乐见的那种自我陶醉式、呼吁赋权式的女性主义，那种附带可销售商品的女性主义，比如印有"男性的眼泪"的马克杯、印有"女性主义者帅爆了"的T恤衫。（2017年，迪奥就以710美元的价格售出了一件印有"我们都应该是女性主义者"的衬衫。）我们有女性论坛，没完没了的女性论坛——福布斯女性论坛、蒂娜·布朗（Tina Brown）女性论坛、《时尚COSMO》的"风趣、无畏、女性"论坛。我们有阿里安娜·赫芬顿（Arianna Huffington）创建的Thrive Global公司，该公司要你花钱参与企业网络研讨会，要你花65美元购买有天鹅绒内衬的充电装备，这样你的智能手机就能远离床头，从而让你远离"压力和倦怠这种流行病"。我们有米基·阿格拉沃尔（Miki Agrawal）这种不折不扣的江湖骗子，媒体对她创立的生理期内裤品牌Thinx极尽赞美，后来人们发现，自豪地称自己为"She-E-O"[1]的阿格拉沃尔不仅苛待员工，还对女性主义一无所

---

[1] "She-E-O"是"女CEO"的意思，将"C"换成"she"强调了女性身份。

知、漠不关心。我们得到的不是真的能更好地支持、保护女性的系统结构，而是无休止的并不能解决根本问题的私人化方法：面部精华、红外线桑拿、养生秘籍（比如演员格温妮丝·帕特洛曾建议女性在阴道里放石蛋；再比如阿曼达·尚塔尔·培根创始的"月亮果汁"公司，该公司的产品包括每 1.5 盎司[1]售价高达 38 美元的保健品"脑尘"。）

在"市场友好型女性主义"的推动下，个人进步可以颠覆政治规范这一观点已被奉为福音。要命的是，该观点虽然不完整且不充分，却也并非一无是处。扯着女性主义大旗的骗子本不想骗人，当然，她们也绝不认为自己是在骗人。她只想成功，只想获得男性轻而易举就能获得的权力，过上自己想要的生活。她理应拥有这些，不是吗？问题在于，把个人放在第一位的女性主义，其核心始终与把集体放在第一位的女性主义相冲突。问题在于，今天的女性能轻易抓住她信奉的理念并加以利用，或是以一种实际上与其本身相悖的方式运用该理念。事实上，这正是当今宣扬成功的生态系统鼓励女性去做的事。

我知道这一点，是因为我自己的事业在很大程度上依赖女性主义的变现方式。因此，我的生活非常接近欺诈的范畴，甚至可能就是骗局的一部分——我试图在"把女性主义当回事儿的女性"和"以女性主义为噱头卖货的女性"两者之间的模糊界限上保持道德立场（如果在这件事上存

---

[1] 1 盎司约合 28.35 克。

在道德立场的话）。我避开了那些以女性主义为噱头的商品，避开了那些把历史上的女性描绘成叛逆女孩的可爱图画书，避开了女性共享办公空间、企业小组和赋权论坛，但我依旧是这个世界的一部分。即便我试图批评这种理念的空洞，我依旧在从中受益。无论我怎么做，我都是同谋。

明目张胆的骗局

这个世界上充斥着不经意的骗局、打擦边球的骗局、难以察觉的骗局，不过让人放心的是，也有明目张胆、令人发指的骗局，纯属赤裸裸、不折不扣的诈骗，比如硅谷喝"生水"的热潮。生水是未经处理和过滤的泉水，水里不仅有很多细菌，还缺乏自来水中可以强健牙齿的矿物质。2017年，《纽约时报》时尚版刊载了一篇文章，关注的是湾区的生水拥趸：

> 巴特尔先生给自己倒了一杯生水。"水龙头里的水喝起来没这么清冽，"他说，"这是因为我看见水是从屋顶上流下来的吗？不管屋顶上流下来的是什么，都很不一样吧？大概是。"

随之而来的是公众狂风骤雨般的嘲笑。表面上看，这样的故事以及后续的幸灾乐祸是在给我们打预防针。我们觉得，那些白痴、那些呆瓜是怎么想的？生水里面可是有绦虫的啊！我们怎么也不会蠢到去买这种东西。类似故事经常在食品行业上演，在这个极不健康、极不可靠的环境中，消费者总是没完没了且一厢情愿地渴望健康和真实性，而这很容易被商人利用。一旦这些商人越过了荒谬或愚蠢的界限，我们就该嘲笑那些上当受骗的傻瓜了。

在生水受追捧之前，有一家名为Juicero的公司筹集了近1.2亿美元的资金来生产售价高达700美元的榨汁机。Juicero的商业模式是先在洛杉矶把水果和蔬菜分装好，然后运送到客户手中，客户再把一包一包的果蔬直接放入Juicero榨汁机，榨汁机扫描包装并与数据库核对，最后榨出果蔬汁。谷歌风险投资公司的一位合伙人告诉《纽约时报》，该公司生产的是"我投资过的最高端的产品"。公司创始人吹嘘说，他们的榨汁机是用航空级铝合金材质制成，里面有10块电路板，承重可达数千磅。但该品牌榨汁机上市不久，彭博社就报道说，消费者其实并不需要它们，用手动榨汁器挤压包装袋速度甚至更快。该公司随即沦为大众笑柄，没过几个月就关门大吉。

当然，要想严格区分骗局和夸大其词可能很难，唯一的办法就是找到具体的失实陈述。2015年，有个美食博主就是这么戳穿里克和迈克尔·马斯特两兄弟的谎言的。马斯特兄弟俩住在布鲁克林，都留着络腮胡子，穿得就像蒙福之子乐团[1]的成员。他们售卖纯手工制作的巧克力，每块

---

1 Mumford and Sons，一支来自英国的乐队，以其独特的民谣摇滚风格而闻名。

售价高达 10 美元。马斯特兄弟一直标榜他们的产品是"从原豆到巧克力",所有可可豆都是从头亲自加工的。但后来,达拉斯有个名叫斯科特·克雷格的博主揭露,马斯特兄弟不过是"回炉工",他们多年来都是先把批量生产的散装巧克力融化,然后再重新塑形,用漂亮的意大利纸包装起来,这就算完了。

这则新闻再次引发海啸般的幸灾乐祸,大家先是嘲笑马斯特兄弟,接着照例嘲笑购买他们家巧克力的大傻蛋。推文和博文乐不可支地讥讽道:"这就是你们这些上流人热衷于高级货的下场!""这就是你们这些成天玩照片墙的人的下场,为了一个鬼都没听说过的音乐节白白掏三个月的房租!""这就是你们连榨杯该死的果汁都要扫二维码的有钱人的下场!"

在骗局被报道的整个新闻周期中,骗子被曝光是公众最满意、最兴奋的时刻,此时大众的认同感往往开始向骗子倾斜,一旦有了认同感,他们就会把骗子重塑为独一无二的美国民间英雄——这是美国人热衷于重塑自我、热衷于成功的必然结果。明目张胆行骗的故事给了我们双重体验:我们既可以看见骗子被揭穿、被羞辱,从而获得快感,又可以回味骗子行骗的过程,获得替代性的刺激感。明目张胆的骗子虽然能获得短暂的荣耀,同时也在走向覆灭。(实际上,真正厉害的骗子,比如反疫苗接种运动的鼓吹者们,即使被抓,也能一直行骗。)2016 年,有媒体报道,佛罗里达州一个名叫马拉奇·洛夫-罗宾逊的青少年先是因冒充医生开诊所被捕，后又因用假证件购买捷豹汽车被捕，之后又因再次冒充医生被捕。2018年，《纽约》杂志的杰茜卡·普雷斯勒（Jessica Pressler）写了一篇关于安娜·德尔维（Anna Delvey）的权威报道，称这位"苏豪骗子"[1]是个身无分文的年轻女子，操着一口神秘的欧洲口音，不费吹灰之力就能让各大酒店、私人飞机公司和一群内心空虚的艺术界人士以为她是百万财产的继承人——只不过是眼下手头有点紧。按照今天某些女性主义的标准来看，马拉奇·洛夫-罗宾逊和安娜·德尔维这样的人对女性而言是极大的鼓舞。倘若我去参加那一场接着一场的女性论坛，我也许同样会以为，这种自我欺骗——不顾一切地决定自己该得到什么并为之努力——才会让自己有所作为。

反正这是现年40岁的伊丽莎白·霍尔姆斯（Elizabeth Holmes），即健康科技公司Theranos的创始人兼首席执行官的首选策略。Theranos的市值曾高达90亿美元，但其宣传的革命性血液检测技术纯属子虚乌有。金发碧眼、头发蓬乱的霍尔姆斯不仅超级自律，还很崇拜史蒂夫·乔布斯，她说话时会故意把嗓音压得很低，仿佛是想隐藏她的真实身份。19岁那年，霍尔姆斯就迫切地想研发出一种只要轻轻刺一下就能做各种各样血液检测的机器。她从小到大都

---

[1] 指的是那些在社交场合或商业活动中通过欺骗、操纵和虚假身份获取利益的人，尤其活跃在纽约市曼哈顿的苏豪区（SoHo）。

害怕打针，这也是促使她创造个人神话的关键因素。她于2004年创立Theranos公司，同年底就获得了600万美元的融资，而公司董事会可谓大腕云集：亨利·基辛格、詹姆斯·马蒂斯、萨姆·纳恩、戴维·博伊斯。鲁伯特·默多克和贝齐·德沃斯也是她的投资人。她的TED演讲视频在网上很快就火了起来。《纽约客》邀请她做专访，她不仅获得了《魅力》（*Glamour*）年度女性奖，还在达沃斯经济论坛和阿斯彭思想节上发表演讲，《福布斯》也称她是全球最年轻的白手起家的女亿万富翁。2015年，约翰·卡雷鲁（John Carreyrou）在《华尔街日报》发表文章，揭露了Theranos公司的骗局。彼时该公司已与食品和药品零售商沃尔格林公司及西夫韦公司签订合同，后两家公司打算在门店开设供顾客做快速血液检测的项目，但实际上Theranos的大部分血液检测都是用其他公司的仪器做的。它的针刺技根本不像它宣传的那样简单便捷，公司高管甚至还在仪器性能测试中造假。

一开始，霍尔姆斯试图抵制这篇报道。她在公司会议上讲述她在斯坦福求学期间被性侵的遭遇以博取同情。她在美国消费者新闻与商业频道（CNBC）上说："起初他们觉得你是疯子，对你口诛笔伐，接着一下子你又成了改变世界的人。"但卡雷鲁报道的都是事实。几年来，霍尔姆斯和男友桑尼·巴尔瓦尼不断解雇、封口所有知道真相的人。2016年，美国医疗保险与医疗补助服务中心禁止霍尔姆斯拥有或经营诊断实验室，处罚期为两年。2018年3月，美国证券交易委员会对她提起诉讼；作为和解条件，她同意归还 Theranos 的股份，放弃投票表决权，今后 10 年内不得担任上市公司高管。2018 年 5 月，卡雷鲁出版了《坏血》(*Bad Blood*) 一书，深入探究了 Theranos 公司的兴衰。根据书中所述，霍尔姆斯坚信自己非常重要，她的信念有一种近乎反社会的狂热。她曾在公司派对上宣称："迷你实验室是人类有史以来建造的最重要的东西。"2018 年 6 月，联邦大陪审团起诉霍尔姆斯犯有九项欺诈罪。

霍尔姆斯与比利·麦克法兰和安娜·德尔维不同，公众自始至终也没对她幸灾乐祸和冷嘲热讽。这部分是因为她的诈骗对象是有钱的浑蛋。美国人对这种事喜闻乐见，部分是因为许多人本能的判断非常准确：有钱的浑蛋一般都能从骗局中获益，而这些骗局让老百姓的日子很不好过。霍尔姆斯更进一步：为了名利，她明知故犯，拿陌生人的健康开玩笑。不过，最主要的是，霍尔姆斯骗局的规模过于庞大，让人根本笑不出来。她最终被推下了神坛，但在这之前的很多年，她一直是全世界最成功的励志人物之一。很久之后，霍尔姆斯的骗局才得以被揭露，这令人啼笑皆非，它昭示了这个时代残酷却又无法改变的事实：处于社会顶端的骗子往往是最安全的。

秩序扰乱者

亚马逊是一家目前市值高达 1 万亿美元的公司，本来名叫"Relentless"[1]，杰夫·贝索斯的朋友们对他说，这个名字听着锋芒太露。但贝索斯还是保留了同名网址——在地址栏输入"relentless.com"就能打开亚马逊网站，而在这儿几乎没有你买不到的东西或服务：1816年版的《圣经》（2 000美元）；崭新的精装版《女孩老板》（15.43美元）；二手平装版《女孩老板》（2.37美元）；亚马逊自己出版的奇幻言情电子书（价格不等）；固特异SUV轮胎（亚马逊会员价121美元）；佐治亚太平洋牌自动感应纸巾分配器（会员价35美元）；3 000抽的乔治亚太平洋牌纸巾（会员价也是35美元）；10万多种手机壳，价格均在10美元以下；5 000支刻印姓名和LOGO的可定制钢笔（1 926.75美元）；用羊胎盘和胚胎制成的面膜（一罐49美元）；香蕉（一串2.19美元）；40磅重的钻石牌天然鲜肉成年犬粮（一袋36.99美元）；亚马逊自己出品的语音智能助手，能告诉你天气，给你播放柴可夫斯基，并在必要时向警方移交证据（价格从39.99美元至149.99美元不等）；在线观看1942年的电影《卡萨布兰卡》（*Casablanca*）（3.99美元）；在线观看两季《了不起的麦瑟尔夫人》（*The Marvelous Mrs. Maisel*）（会员免费，而超过半数的美国家庭都有会员）；各种数据存储和云计算服务（价格不一，但产品质量无与伦比——就连中情局都用亚马逊的云产品）。我的亚马逊主页上还打出了"两小时生鲜送到家"的广告。现在，56%

1　意为"冷酷无情"。

的在线零售交易都是在亚马逊平台完成的。

亚马逊像一只章鱼，有着长长的触须，它身手敏捷、诡计多端、聪明灵活，庞大的身躯能钻过微小的制度漏洞。亚马逊蚕食了实体零售业——据估计，全美 2017 年有超过 8 600 家商店倒闭，远超 2008 年经济危机顶峰时期的 6 200 家。亚马逊不仅让大部分办公用品店、玩具店、电子产品店和体育用品店销声匿迹，现在还买下了全食超市，下一个受害者很可能是各类生鲜超市。多年来，亚马逊一直有风险投资的支持，为了消灭所有竞争对手，它不惜降低商品价格并承受巨额亏损。可以说，亚马逊是首个非法买方垄断企业，即单一买家从绝大多数卖家处采购商品，与卖方垄断相反。而这一切都始于 90 年代贝索斯在一家对冲基金公司工作时萌生的念头：在网上卖书。

贝索斯选择图书是因为图书市场的机遇独一无二：实体书店只能储存和销售市面上一小部分图书，而网络书店则基本可以保有无限量库存。图书还给了贝索斯了解"富裕、受过良好教育的购物者"的消费习惯的途径，乔治·帕克（George Packer）在《纽约客》2014 年的一篇文章如此写道，该文细述了亚马逊使用何种策略占领图书市场。有了这些数据，贝索斯就能弄清楚，通过人为降低价格、赚取微薄利润这种图书销售方式，他还能卖些什么。只要公司持续发展，"投资者就会投入大量资金，华尔街就不会在意是否亏本"。直到 2001 年，也就是在贝索斯创办公司七年之后，亚马逊才摆脱亏损的困境。此时，亚马逊已在将人类本能与用户界面有机融合这条路上不断前进。帕克写道：在亚马逊下单像是一种本能、一种条件反射，就跟挠痒一样。

这样的效率，必然伴随极致的价值贬损。在亚马逊购物（这些年来我经常光顾亚马逊，且对其劳工待遇心知肚明）意味着你得接受并欣然面对这样一个世界：一切东西廉价到不能再廉价，而在那其中，人甚至最为廉价。众所周知，亚马逊的企业文化以"地狱模式"著称。2015年，《纽约时报》的一篇报道形容亚马逊"正在对白领员工进行一场隐秘的极限测试，不断突破他们可接受的工作强度的边界"。有位前员工告诉《纽约时报》记者："几乎每一个与我共事过的人都在办公桌前掉过泪，这是我亲眼所见"。仓库工人的待遇更是差得多，薪酬也低得令人发指——贝索斯是世界上最富有的人，可亚马逊仓库员工的收入往往只能跟联邦贫困标准持平。当然，这也是贝索斯能当上世界首富的原因。与多数仓库工人不同，亚马逊的仓库工人不受工会保护，且多数被归类为"临时工"，企业借此规避福利支出与工伤赔偿（尽管工伤往往极为严重）。工人们进仓库时得经过金属探测器，一整天都被亚马逊制造的专利监控设备跟踪，在空气污浊、灯火通明的大仓库里来回奔走，每30秒就要打包和投递一个包裹。亚马逊新研发的追踪器甚至会震动，提醒工人走路速度太慢。2012年，记者麦克·麦克莱兰（Mac McClelland）在《琼斯夫人》（*Mother Jones*）杂志撰文揭露亚马逊的内幕：经理甚至会计算工人如厕的时间，无数工人被迫用矿泉水瓶解决内急以免受罚。类似的例子比比皆是，要是工人不能按照麦克莱兰所说的"完成任务量的夺命速度"工作，他们就会被炒鱿鱼。

亚马逊因劳工待遇问题不断遭到批评，很大程度上源于一系列工人罢工事件。在这之前，仓库里冬天没暖气，夏天闷热难耐。宾夕法尼亚州有一年遭遇酷暑，亚马逊不仅不给工人安装空调，还选择了更节约成本的办法，干脆让救护车停在仓库门口，有人晕倒就直接拉进医院。精疲力竭的工人有时会晕倒在仓库地板上，而等待他们的就是被解雇。正是因为采用了这种方法——将一切生产要素（包括劳动力）都视为能压榨到极致的一次性用品——亚马逊才会如此成功；它与沃尔玛非常相似，只不过连富人都喜欢亚马逊，这很大程度上是因为电脑屏幕能轻而易举地掩盖该公司"造就"并赖以生存的恶劣条件。2018年，亚马逊迫于公众压力终于做出回应，将仓库工人的最低工资提高到15美元，但这场所谓的改革却是以剥夺员工节日奖金激励与潜在股权为代价实现的。

拆解社会结构，从任何有利用价值的犄角旮旯中拼命吸金，这就是千禧年代成功的商业模式。优步和爱彼迎的"颠覆性创新"与此异曲同工，正如亚马逊无视各州的销售税，优步无视各地的交通法规，爱彼迎则无视城市对未注册宾馆的管理法规。优步和爱彼迎带来了快速革新的理念，更要紧的是，它们提供了经济实惠的产品或服务，缓解了那些捉襟见肘的消费者的压力。而在这一切之下掩盖着一个事

239

实：这些公司最大的突破是成功地将现代资本主义冷酷无情的压力转化为利润的源泉，将竞争的需求从公司本身转嫁到不受保护的个人身上，并把工人和消费者承担本该由公司承担的责任和风险这种不正常的范式变为常态。爱彼迎并没有告诉纽约市的消费者，他们出租公寓是违法的；优步和亚马逊一样，一直在人为压低价格以抢占市场，而成功抢占市场后，车费铁定会上涨，与此同时，司机的收入也在急剧下降。"我们生活在一个强盗称王的时代，"约翰·沃尔珀特（John Wolpert）在布拉德·斯通（Brad Stone）的《新贵》（The Upstarts）一书中直言，"只要你资金够多，只要你能找对人，你就可以无视现行规则，并把它作为卖点。"沃尔珀特是移动打车软件开发公司Cabulous的首席执行官，该公司所经营的业务与优步相似，不同的是，它选择与旧金山出租车委员会合作，而不是跟它对着干。

风险投资破坏社会结构的另一个极端，在于有些公司什么都不做也能坐地捞钱。Twist公司仅凭一款能在你迟到时自动发消息告知朋友的应用程序就筹集到600万美元；社交网站NaturallyCurly获得了120万美元的投资，而该网站只不过为头发卷曲的人搭建了一个交友平台；DigiScents公司笃定地说他们将开发一款能收集用户网络数据并根据用户的喜好在家中释放香气的设备，该公司得到了2 000万美元的投资；Blippy网站仅凭帮助用户公开分享商品购买记录的功能，融资1 300万美元；Wakie公司能让你拥有一台人工"闹钟"，让陌生人叫你起床，该公司融资300

万美元；最臭名昭著的要数 Yo，它只有一项功能，即用户可以互发"Yo"这个词，可它在 2014 年融资 150 万美元。这些公司广受认可，也是千禧年代骗局的代表：梦想成为一名"创始人"，想出个愚不可及的点子，筹集到一大笔钱，然后趁着还没惹上麻烦，赶紧把公司卖掉。

从这种运作模式来看，成功就像中彩票——在当今这个时代，生存本身也像中彩票。如果你运气爆棚，如果大家都喜欢你，如果你积极主动又很努力，那你也许能赚上个几百万。同样，如果你运气爆棚，如果大家都喜欢你，如果你能在 GoFundMe 这样的众筹平台上火起来，那你也许能募到足够的钱，买得起胰岛素，付得起车祸断腿的手术费或是生孩子花掉的 1 万美元住院费。总之，什么都很贵。所以你会发现，当你搭乘由风险投资公司补贴的更为廉价的出租车时，你会读到纽约出租车司机近来接二连三自杀的新闻，而正是这样的风险投资公司摧毁了出租车行业。你会发现，购买一箱本可以在实体店买到的狗狗拾便袋并享受两天内送货上门的服务，其实是在压榨那些不得不在水杯里撒尿的仓库工人，可你常常那么做。反正，我看到的情况大抵就是如此，虽然相对而言我的生活还算轻松：我没有需要抚养的家属，也没残疾，更不需要亚马逊准点送到家的服务来填补目前社会契约还无法满足的公共服务真空。

除却我内心这种挥之不去的道德无力感，最让我觉得不安的是，有人认为现在"绕过中间商"的时代在某种程度上让每个人更加平等了——打破技术壁垒、富有创业精神，我们会迎来更加公平的世界。但风险资本是社会资本的变体，是根据人脉、关系的亲疏和个人喜好分配的。76%的风险投资合伙人是白人男性，只有1%是黑人。2017年，4.4%的风险投资交易是由女性创办的公司完成，而这已是自2006年以来的最高百分比。到目前为止，只有白人男子能够像亚马逊和优步那样，胆大妄为、阔步前进。他们的商业模式是避开监管、削减劳工保障、推卸责任，并从真正干活的人身上榨取尽可能多的利润。即便未来的某一天，女性和少数族裔终于被允许成为贝索斯式人物，它对任何人而言也不会是场胜利。

总统大选

千禧一代所目睹的终极骗局是2016年特朗普当选总统，美国人都知道他是个欺诈高手。唐纳德·特朗普一辈子都在行骗，他张扬跋扈，看起来势不可当。在未涉足政界前的几十年里，他一直在兜售一个冠冕堂皇又能瞒天过海的故事，把自己美化成一个直言不讳、白手起家，隐约带有民粹主义色彩的亿万富翁，他有本事在众目睽睽之下撒谎，可这倒反而成了他个人最具"魅力"之处。1987年，特朗普——当时的他和现在一样，周身环绕着廉价摩天大楼浮华虚幻的光环——在别人替他捉刀的商业传记《特朗普自传：从商人到参选总统》（*The Art of the Deal*）中提出了"真实的夸张"这个说法，并称其是"非常有效的宣传方式"。在《大卫莱特曼深夜秀》（*Late Night with*

David Letterman）节目中，他大肆宣扬该书，却不肯说出自己的实际身家。1992年，特朗普在电影《小鬼当家2》（*Home Alone 2*）里客串了一把，他站在富丽堂皇的纽约广场酒店大堂里给麦考利·卡尔金（Macaulay Culkin）指路，周围环绕着大理石立柱和水晶吊灯。特朗普当初给制片方开出的条件是，想要在他的酒店拍摄，就必须给他安插个龙套角色。同年，他第二次破产。2004年，也就是他第三次破产的那一年，他开始主持真人秀《学徒》（*The Apprentice*），杰出企业家特朗普要在节目里现场炒人鱿鱼。这档节目在美国红到发紫。

但特朗普的骗术远不止虚假宣传那么简单。从始至终，他都是通过剥削和滥用职权来榨取利润。20世纪70年代，尼克松政府的司法部对特朗普提出起诉，起因是他制订政策，不允许黑人参与他的房地产项目。1980年，他非法雇用了200名波兰裔非法移民给特朗普大厦打扫卫生，不仅不为他们提供手套、头盔和口罩等保护设施，有时还让他们打地铺。1981年，他买下纽约中央公园南路上的一栋大楼，想把租金管制公寓[1]改建成豪华公寓，但租户不愿搬迁，他便发布非法驱逐告示，切断供暖和热水，并在报纸上刊登广告说愿意在大楼里安置无家可归者。克扣工资更是他的惯用手法，服务员、建筑工人、水管工、司机都曾

---

[1] 美国政府为限制租金上涨、保障低收入群体居住权而实施价格管制的住房，房东不得随意涨租或驱逐租户，常见于纽约等住房紧张城市。

遭其盘剥。他甚至把他名字的使用权授权给艾琳·米林和迈克·米林，这对骗子夫妻运营的"特朗普学院"号称"创富工作室"，他们剽窃他人课程素材，并于2008年宣布破产。为了伪造畅销书数据，特朗普曾花数万美元购买自己的书。他的慈善基金会几乎从未向慈善机构捐过钱，并多次被发现违反了禁止自我交易的相关法律。哪怕在一些小事上，他的行径之恶劣也令人发指：1997年，特朗普在布朗克斯区的一所小学当了一天"荣誉校长"，这所小学的国际象棋队正想方设法筹集5 000美元参加锦标赛。特朗普当着大家的面把一张百万美元的"假钞"递给他们并拍照，后来才给他们寄了200美元。

在成为总统之前，特朗普最骇人听闻的骗局是特朗普大学，他信誓旦旦，说上了这所学校就能学到房地产大亨的生财之道。2005年，公司刚开始运营，纽约总检察长办公室就给他发了通知，说特朗普大学虚假宣传该校教授的是"研究生课程"，已涉嫌违法。于是公司对品牌推广文案稍事修改，继续"逍遥自在"地游说人们交1 500美元的学费去参加为期三天的研讨会，说是在研讨会上能学到宝贵的生意经，可实际上却安排大家去建材企业家得宝逛了几圈，讲些白痴都知道的关于分时度假的废话，并推销"货真价实"的、预付费高达35 000美元的特朗普大学课程。在最终提起的一起集体诉讼中，有位公司前销售做证说：

> 虽然特朗普大学声称它想帮助学员在房地产行业

赚钱，但实际上，特朗普大学只想向每个人推销由他们举办的价格高昂的研讨会，好像参加研讨会学员就能……根据我的个人经历和工作经验，我认为特朗普大学是个骗局，以老年人和未受过教育的人为目标，骗取他们钱财。

总统就职典礼前三天，特朗普支付了 2 500 万美元以了结与特朗普大学欺诈有关的索赔。颁布命令的是联邦法官贡萨洛·库里尔（Gonzalo Curiel），特朗普曾暗示库里尔法官出于个人偏见而判决不公，他指出，作为墨西哥人的库里尔肯定对他怀恨在心，因为他计划在美墨边境修建隔离墙。

当上总统后的特朗普每天收到的简报都是印在大大的备忘卡上，信息都简化成白宫助手所说的 "See Jane Run"[1] 措辞风格。他并没有真的想执政，可他最后还是当上了总统。这个年轻但迅速衰落的国家的国民狂热把他推进了白宫的椭圆形办公室。在任期间他给出了数十个假大空的承诺。他发誓说要起诉希拉里·克林顿，要把鲍·伯格达尔（Bowe Bergdahl）[2] 从未配备降落伞的飞机上扔下来，要让

---

[1] 即儿童读物语言风格，用词和句式都很简单，常见于儿童读物《迪克和简》（Dick and Jane）。

[2] 美国陆军士兵，2009 年在阿富汗服役期间擅离哨所被塔利班俘虏，2014 年经奥巴马政府以释放五名关塔那摩囚犯换回，引发"战俘交换"争议。后被军事法庭以"擅离职守"和"不当行为危害部队"定罪，但免于监禁。其案件成为美国政治极化议题，右翼批评者视其为"叛徒"，特朗普曾多次公开呼吁对其处以极刑。

纳贝斯克公司在美国生产奥利奥饼干，让苹果公司在美国生产iPhone手机，要让所有就业机会都回到美国，要取消学校禁枪区，要把所有杀害警察的人判处死刑，要把所有非法移民驱逐出境，要监视清真寺，要削减计划生育基金，要"关照女性"，要废除奥巴马医改，要废除环境保护署，要让每个人都说"圣诞快乐"，要在美国和墨西哥之间修建一堵"最宏伟的"的边境墙并让墨西哥买单……还有最搞笑的，他许诺在总统任期内绝不休假。（实际上，上任后500天内他打了122次高尔夫球。）他承诺这一切都是出于他扭曲癫狂的销售本能，他粗暴地抓住能让他的支持者感到最兴奋的东西——暴力、控制权、对社会契约的否定，而这些大家都心知肚明——然后把它们扔向不断咆哮的人群。当选举之夜的地图开始变红，当《泰晤士报》的数据分析表令人胆战心惊地朝相反方向摇摆时，我心里一阵恶心，似乎看见了特朗普下台时美国会是怎样一番景象：移民家庭支离破碎；穆斯林被拒之国门外；难民得不到庇护；跨性别人刚得到的一点保障被剥夺；贫困儿童没有医保；残疾儿童得不到救助；低收入女性没钱堕胎，尽管不堕胎会危及她们的生命。有些人会不自觉地认为，这些事对个体来说并不十分重要，而且我打赌他们肯定会说特朗普执政其实也没那么糟——这么说会怎样呢？毕竟，反抗又能怎样呢？干吗不把我们的国家多借他些时日呢？反正一切都在分崩离析，况且我们根本不知道明天会发生什么。特朗普时代最令人心灰意冷的一个事实在此显露无遗：要想精神状态稳定地度过这个时代，不让自己反复陷入绝望的情绪深渊，最好的办法就是先考虑自己。随着财富不断向上流动，随着美国人越来越被排除在自己的民主制度之外，随着政治参与沦为网络景观，我常常觉得，这个时代的个人选择只有两个，要么是被毁灭，要么是在道德上妥协以维持正常机能——这种"正常"恰恰助长着毁灭。

2017年1月，特朗普召开新闻发布会，身边摆放着一大堆显然还没签字的文件。他说这些都是他为了摆脱利益冲突而签署的文件，其实都是将家族企业移交给儿子们的文件。当然，记者们不被允许查看这些文件。2018年1月，特朗普上任一年，这一年中有三分之一的时间他都待在自己的商业楼盘里，他在公开场合提及自己的公司起码有35次。另外，一百多名国会议员和行政官员曾参观特朗普的房产，11个外国政府向特朗普的公司支付款项，政治团体在特朗普的房产上花费了120万美元，海湖庄园收入激增了800万美元。利益是特朗普终极的目标、唯一的野心。他不会兑现任何承诺，他不能把伯尔格达从飞机上扔下来，不能让墨西哥为边境墙买单，不能重现战后经济繁荣，也不能压制妇女和少数族裔应享有平等权利的"非传统"想法，但这些并不重要。对许多人来说，只要他偏执、贪婪、富有，且是白人男性，他就能代表最典型的美国式权力和力量。他当选的原因就像人们买彩票一样——花钱买的并不是实际能中彩票可能性，而是对胜利的憧憬，一种转瞬即逝的幻影。"我们在向普普通通的失败者兜售不切实际的空想。"比利·麦克法兰在巴哈马为音乐节拍摄宣传片时对着镜头说。空想正在成为愿望的主导结构，而其最终阶段的阴影——残酷、对道德的漠视、虚无主义——则紧随其后。毕竟，在参与行骗的过程中，我们窥见了骗局狰狞的光彩：即使不是亲身经历，我们也有机会目睹行骗者在洗劫一切后全身而退。

当然，做事有道德操守更好。但如今谁还有余力或余暇？一切都在超负荷运转，尤其是物质世界。如同珍妮·奥德尔（Jenny Odell）所说，"拒绝的余地"越来越小，拒绝带来的风险也越来越大。人们疲于奔命：或者试图归零，或者建立缓冲带以抵御灾难，或者享受片刻欢愉（因为他们几乎无可依靠）——这三件事基本就是人类艰难尝试的全部。最终，这个枯竭的星球将结束这一切。在此过程中（因为我们这么做了，随着我们这么做了），诚实的道路在不断变窄、不断走向绝境。在这样的生态系统中，一个人要想以道德上合乎情理的方式生存下去，选择只会越来越少。

我仍然相信，从根本层面上来说，我可以摆脱这里的困境。毕竟，我只花了大概七年的时间在网上自我展示、自我营销，就能达到今天的经济能力，不用为了省个5块钱、15分钟而在亚马逊上购物。我告诉自己，像这类看似微不足道的慰藉、便利和便宜最终会催生剧变。总有一天，我会达到一个境界，我不再需要妥协，能够真正深思熟虑地行事，我想象自己未来的行动会抵消之前所有的利己主义挣扎。这个幻想给我安慰,但它只是个幻想。我们由自己的行为定义,而我们总会重复以前的行为。像我们这一代的许多人一样,我从一个青少年成长为一个脆弱、疯狂、不稳定的成年人。而在这个过程中,社会无情地向我证明:骗人才能赚到钱。

我们来自老弗吉尼亚[1]

---

[1] 原文为"Old Virginia"。弗吉尼亚州是美国最早的13个殖民地之一,有着悠久的历史和传统,"Old Virginia"可以唤起历史自豪感,经常出现在歌曲、文学作品或演讲中。

我本来没打算去弗吉尼亚大学念本科。我申请的学校基本上都在新英格兰地区或者加利福尼亚州。那时的我已在封闭、保守的宗教环境中生活了12年，我想离开得克萨斯，能走多远就走多远。高中最后一年，我多数时候都在憧憬着不可思议的未来：身着羊毛开衫，以为报纸写稿为生，闲暇时泡在咖啡馆，不断锤炼智性。可后来辅导员推荐我去弗吉尼亚大学，她坚信这所学校适合我，还让我申请奖学金。春天，我飞往夏洛茨维尔（Charlottesville）参加最后一轮奖学金选拔，先前的奖学金获得者们带我们去参加家庭派对，我坐在厨房台面上，喝着扎啤，觉得头晕目眩。外面的暗夜中仿佛在燃放欢快的烟火，空气中弥漫着精致又慵懒的南方气息。第二天，我在校园里闲逛，天空碧蓝澄澈，暖阳泛着金光，白色圆柱形的砖砌建筑拔地参天。学生们悠闲地躺在草地上，面庞青春靓丽。城市西面，远处的蓝岭山脉将天际线层层抬升，天空中暮色和深蓝色交叠在一起，蕾丝般的山茱萸花在每条街道上绽放。我踏上弗吉尼亚大学校园的核心地标大草坪——一大片郁郁葱葱的阶梯状草坪，两旁是著名的学生宿舍和教授办公楼[1]——心里立刻涌起难以抗拒的冲动。我想，在这所学校，自己会像温室里的植物一样茁壮成长。斑驳的光线、漫长的午后、敞开的大门、为陌生人准备的酒、通向圆厅图书馆圆形大厅的宏伟台阶——这是我想梦寐以求的地方。

就这样，夏洛茨维尔轻而易举地让我觉得，它是个甘甜如蜜的伊甸园，一个既有东南部的安逸与优雅又有自由知识分子理想的大学城。弗吉尼亚大学网站上有夏洛茨维尔的城市导引，点开后最先看到的是一张图片，图片中曚昽金色落日的最后一抹余晖把群山染成了紫色，配文写道："无与伦比。"宣传片的旁白笃定道："在这里，一切都恰到好处。"正如弗吉尼亚大学网站所介绍的，夏洛茨维尔被美国国家经济研究所评为"全美最幸福的城市"，被《今日旅行者》(*Travelers Today*) 评为美国最佳大学城，盖洛普指数则显示夏洛茨维尔社群的幸福指数位居全美第五。《菲斯克高校指南》(*Fiske Guide to Colleges*) 写道，"全国的学生都很想去弗吉尼亚大学"，并引用了学生的话，说夏洛茨维尔是"完美的大学城"，说"这里的一切都根植于传统"。同时，弗吉尼亚大学"悄悄话"留言板上有条评论写道："女生都衣着靓丽，身材火辣。泡妞的秘诀是请她们喝酒。"

2005年搬到夏洛茨维尔时我才16岁，那时的我对留

---

[1] 弗吉尼亚大学的大草坪及周边建筑群由美国第三任总统托马斯·杰斐逊设计，1976年被美国建筑师协会评选为"最令美国人引以为豪的建筑景观"。

言板那条露骨评论浑然不觉有任何不妥之处。我原本是在福音派学校就读，学校很小，那里白人男性权威如呼吸般自然。而弗吉尼亚大学的传统主义，无论是关乎性别还是其他方面的传统主义，并没有立刻显现。事实上，第一次去弗吉尼亚大学时，我甚至觉得很宽慰。我在日记里赞许地写下，这里的政治氛围"温和，而非极端自由"。当然，也有修读历史和经济双学位的男生半开玩笑地把南北战争称为"北方侵略战争"，但这与我之前所目睹的赤裸裸的种族主义相比，已是很大的进步。弗吉尼亚大学校园堪称活招生广告：每个人都神气活现地"寻找着同类"，抱着一摞摞书在绿油油的大草坪上走来走去，好友们三三两两、成群结队，野餐、开派对。课业不简单也不太难；大家看事情都挺犀利的，但大多简单直率（包括我自己在内），不会让人觉得自命不凡。周末，学生们会穿着无袖背心裙、打着领带，边看橄榄球比赛边纵情豪饮，我喜欢放荡不羁的南方做派与东海岸甜美精致的学院风的混搭。大学四年，我除了在图书馆里埋头写论文，还谈恋爱、做义工、做服务员、参加阿卡贝拉合唱团、参加姐妹会，也会坐在屋顶上，边看书边听着路对面小学里孩子们的尖叫。我挺喜欢在那儿度过的四年时光，不由自主地喜欢。2009年从弗吉尼亚大学毕业之后，我就没怎么想起过夏洛茨维尔。直到2014年，《滚石》（Rolling stone）杂志投下一枚炸弹。

这篇题为《校园强奸案》（"A Rape on Campus"）的特写报道的作者是萨布丽娜·鲁宾·埃德利（Sabrina

Rubin Erdely），她以非常细腻的笔触讲述了弗吉尼亚大学兄弟会"Phi Kappa Psi"犯下的一起轮奸案，拉格比路附近空地上一栋醒目的建筑是该兄弟会的活动地点，该案现在尽人皆知。埃德利在开头写道："杰姬从塑料杯里喝了一小口兑了烈酒的潘趣酒，她满脸痛苦、战战兢兢，酒都泼到了兄弟会泥泞的地板上。这是杰姬第一次参加兄弟会联谊。"这句话像是把我带进了虫洞。我第一次参加的联谊也是在 Phi Kappa Psi，我仿佛看见自己顶着一头乱糟糟的长发，穿着人字拖，玩喝酒游戏玩到招架不住，也把杯里的潘趣酒洒了一地。没多久我就离开了，我跑到另一个片区，看看有没有更好玩的派对。报道继续说，有人把杰姬推进黑漆漆的卧室，然后猛地把她撞向咖啡桌的玻璃台面，撞穿台面后又将她摁倒在地，拳打脚踢。"把那条腿抓住。"她听见有人说。在那一刻，杰姬明白，那些人想强奸她。报道还说，杰姬"生不如死，在之后的三个小时里，她被七个男人轮奸"。暴行终于结束，杰姬赤脚从楼里跑了出来，红裙沾满了血迹。她给朋友们打电话，朋友们告诫她不要向警方或学校报案，"不然他们再也不会允许我们参加兄弟会派对"。后来，杰姬把她遭受性侵的经历报告给了弗吉尼亚大学的院长妮可·埃拉莫。一年后，她又告诉埃拉莫，她知道还有两个女孩也惨遭 Phi Kappa Psi 成员轮奸。报道称，埃拉莫每次均提出了若干解决方案供杰姬选择，结果杰姬选择不进一步采取行动，校方也就不追究了。埃德利认为，院长明明了解事情的来龙去脉，居然如此决策，实在是不可饶恕。

在弗吉尼亚大学，无论是类似的暴行，还是校方对此置之不理的做派，都有例可循。1984 年，17 岁的弗吉尼亚大学新生莉兹·塞库洛（Liz Seccuro）惨遭 Phi Kappa Psi 成员轮奸，她说报案时，弗吉尼亚大学的一位院长居然问她，是不是也就案发当晚比较痛苦。2005 年，有个行凶者给塞库洛写了封道歉信，这封信揭开了她的伤疤，也证实她的记忆并没出错，而此人写这封信是他参加的匿名戒酒会（AA）康复计划的一环。实际上，正是校方给了此人塞库洛的地址。埃德利继续写道，弗吉尼亚大学的强奸和漠视已形成恶性循环，从建校至今，只有 14 人被判性行为不端，没有一个人因性侵被开除——根据弗吉尼亚大学推崇的荣誉准则，有撒谎、作弊或偷窃等行为都可能被开除，但强奸并不违反荣誉准则。埃德利指出，直到得知她在撰写这篇报道，校方才开始调查该事件。

《滚石》这篇报道面世时，我刚搬到纽约，担任女性主义网络媒体《耶洗别》的特稿编辑。这天早上，我来到位于苏豪区光线昏暗、墙面砖块裸露的办公室，看到同事们正对着电脑阅读这篇文章，我感到办公室里一片静寂，氛围诡异而沉重。看到报道的配图，我意识到有大事。我在转椅上坐下，找出报道读了起来，顿时寒毛直竖，那感觉就和恐怖片里的人最后发现"电话原来是从自己家打来的"一样，因为它聚焦的是一件与自己息息相关的事件。读毕，我头脑昏沉，回想起我在夏洛茨维尔的四年，回想起我看见并选择视若无睹的人或事。我回想起大学时的我，不仅从未上过女性研究方面的课，还把当服务生挣来的辛苦钱都"捐献"给了联谊会。我记得，要是论坛上有人介绍自己是一名女性主义者的话，我内心的反应都是："好了，姐们儿，别矫情了。"我从没参加过"还我安宁夜"游行[1]。虽然莉兹·塞库洛把强奸犯送上法庭时正是我在弗吉尼亚大学就读期间——插一句，弗吉尼亚没有强奸罪诉讼时效——但我压根儿没关注此事。后来强奸犯被判18个月监禁，最终只坐了6个月牢。我记得第一学期某个周末和弗吉尼亚大学的某个社团出去玩时，乔治敦大学有个研究生给我下了强效安眠药。我一方面埋怨自己不该喝陌生人给的饮料，一方面也庆幸自己运气好，因为他刚对我动手动脚，我就开始狂吐不止。我还觉得这事没什么大不了的，基本没跟人提起过。

时代不同了。在我毕业后的五年里，女性主义已成为占主导地位的文化观点。1972年颁布的《教育法修正案第九条》的初衷是促进大学体育运动的机会均等，现在却成了性侵犯和性骚扰案件的参考条例。2011年奥巴马政府的民权办公室发表公开信，声称"对学生的性骚扰，包括性暴力，妨碍了学生不受歧视地接受教育的权利，而性暴力本身就是犯罪"。此前也有几篇引人瞩目的文章报道了

---

[1] 国际反性暴力示威传统，起源于20世纪70年代欧美女性主义运动，抗议夜间公共空间中对女性的威胁。参与者常持标语、烛光游行，高呼"黑夜属于所有人"，要求终结性别暴力并重建安全感。

大学校园的性骚扰和性侵害。2010年，耶鲁大学将Delta Kappa Epsilon兄弟会封禁五年，因为该兄弟会的成员在学校女性中心前高呼"女生说'不'就是说'要'，说'要'就是要'肛交'！"。2014年，艾玛·苏尔科维奇（Emma Sulkowicz）扛着床垫穿过哥伦比亚大学校园，以抗议校方判定涉嫌强奸她的人无责，甚至在毕业典礼上她也扛了床垫。2015年，范德比尔特大学的两名橄榄球运动员强奸了一名失去意识的女子，法庭判其强奸罪名成立。校园强奸案的判决战从来都是全国性新闻。《滚石》杂志的这篇报道在发布后不到1小时就成了网络热帖，也是该杂志有史以来阅读量最高的非名人报道。现在的我也与以前大不相同了，我在《耶洗别》工作。我坐在办公椅上，惊魂未定地思忖着，会有多少女性在读了这篇文章后不由自主地把自己的经历与杰姬的经历联系起来——为了淡化受过的伤害，为了粉饰自己的经历，她们只能加一句"那其实也没那么糟"，女性一直在这样做。

在弗吉尼亚大学校园和校园网上，这篇报道一石激起千层浪。人们大多持肯定态度，但也有不同反应。有很多弗吉尼亚大学校友在我的脸书留言，表达愤怒和对记者的支持；但我男友的一些大学好友则表现出冷漠、怀疑、敌意，甚至根本不相信该报道——我男友原先也是弗吉尼亚大学兄弟会的。夏洛茨维尔警方开始着手调查杰姬案，Phi Kappa Psi兄弟会活动处也遭蓄意破坏。学校监事会召开紧急会议。便笺纸和海报贴满了大草坪四周的砖墙和建筑，上面醒目地写着"开除强奸犯""伤害一个,还有下一个"。抗议者举着"烧毁兄弟会"的标语在拉格比路上游行,也有人喊道:"谁稀罕强奸你啊!"校报《骑士日报》(*The Cavalier Daily*)密密麻麻地印着学生和校友的回复:有来信认为,学校暗中包庇兄弟会;有来信批评学校多年来一直在打压受害者和指控者;也有来信质疑《滚石》的意图,称埃德利对弗吉尼亚大学的报道太有针对性。有学生写道:"全国各地都存在对强奸和性侵案件不作为情况,专门挑我们学校报道真叫人失望透顶。"报纸董事会发表了评论文章,说学生们感到"愤怒、反感和绝望"。

文章发表几天后,我的主编艾玛问我,报道里讲的是否都是实情。我说,细节是有出入,但了解这所大学的人都清楚埃德利在说什么。埃德利说得没错,弗吉尼亚大学存在系统性问题——学校认为自己是个田园诗般的地方,是个温文尔雅、有礼有节的地方,这种信念十分诱人、具有欺骗性,且广为传播,所以当其他方面指出问题时,校方的对策就是打压和拖延。

那时我还从没写过也从没编辑过新闻报道——我在媒体行业的第一份工作是给博客网站"发夹"(The Hairpin)撰写和编辑文章,后来艾玛把我招到《耶洗别》。那时我并不知道,新闻报道中的细节偏差其实很要命:埃德利说该报道的题记引用了"传唱多年的弗吉尼亚大学战斗之歌"的歌词,但我压根儿没听过这首歌;她还说这是阿卡贝拉合唱团"弗吉尼亚绅士"的保留曲目,要知道我对他们的曲目了如指掌，因为"弗吉尼亚绅士"是我所在合唱团的兄弟团体。如果我当时经验更丰富，我会知道，她把 Phi Kappa Psi 说成是"上层"其实很可疑，不仅仅是作家合理的艺术化处理——弗吉尼亚大学兄弟会等级制度森严，Phi Kappa Psi 在其中充其量也就算个不起眼的中不溜，而这个事实查证起来并不难。我会注意到，报道中并未披露也没说清楚，事件中的人物，即强奸杰姬的七个男人还有杰姬的朋友是如何回应这些指控的。文中那个朋友对杰姬说，"你干吗不享受享受呢？他们可是 Phi Kappa Psi 兄弟会的帅哥型男啊！"这话也简直像是烂剧本里的台词。我应该注意到，读者无法确切得知，埃德利是如何了解到那么多细节的。

相比于现在的我，25 岁时的我离案发现场更近，更熟悉新闻报道的主体，而不是新闻报道的作者。我压根儿不知道怎么解读新闻。但很多人知道。

没过多久，记者们就开始对这篇报道抽丝剥茧。起初，质疑者这么做似乎带着意识形态动机：曾编辑过大骗子斯蒂芬·格拉斯（Stephen Glass）[1]文章的理查德·布拉德利（Richard Bradley）说，埃德利这篇报道的导语"让人摸不着头脑"，只有对"兄弟会、男性与南方地区"持偏见，只

---

[1] 美国记者。1995 年至 1998 年在《新共和》(*The New Republic*) 工作期间，他撰写了很多要么包含虚假信息，要么纯属编造的新闻报道。

有认为"强奸文化普遍存在的"的读者才会相信它；自由主义网站的一位博主罗比·索维（Robby Soave）也怀疑整篇报道都是个骗局，而他此前就撰文说过，反对校园强奸运动其实是在非法化校园性行为。

随后，《华盛顿邮报》采访了埃德利，她拒绝透露她是否知晓那七个施暴者的名字，也拒绝透露是否联系过将杰姬带到案发现场的"德鲁"。埃德利在做客网络杂志《Slade》出品的播客 Double X 时，同样回避了这些问题。接着，她和编辑肖恩·伍兹（Sean Woods）向《华盛顿邮报》证实，他们并未与其中任何一个人交谈过。伍兹说："我确信这些人都真实存在。"埃德利在接受《华盛顿邮报》的采访时说，如果纠缠于这些细节，"那你就跑偏了"。

不久后，《华盛顿邮报》报道称，事发当晚，该兄弟会并没有举办派对。媒体还找到令人信服的证据，证明"德鲁"根本不存在，至少杰姬描述的那个人不是"德鲁"。美国有线电视新闻网（CNN）采访了文章中提到的几位朋友，他们详述了杰姬告诉埃德利的情况与杰姬告诉他们的情况之间存在的重大出入。12月4日深夜，埃德利接到杰姬和杰姬的朋友亚历克斯打来的电话，显然，亚历克斯已经和杰姬聊过她叙述的前后矛盾之处。

12月5日凌晨1点54分，埃德利给编辑和发行机构发了电子邮件，邮件写道："我们不得不发表撤稿声明……现在无论是我还是亚历克斯都认为杰姬不可信。"当天，《滚石》刊登声明解释说，杰姬曾要求他们不要联系"德鲁"

或强奸她的男人，而他们尊重杰姬的请求是因为他们认为她值得信任，也很关注她明显害怕被报复的心理。但"现在看来，杰姬的叙述有出入，我们的结论是，我们错信了她"。（后来，这句关于"信任"与否的不合时宜的评论又给删掉了。）读这条声明时，我的目光停留在一句话上，说的是杰姬在学校的朋友是如何"坚决支持"她的。这些朋友在情感上给予她支持，对她讲述的经历表示同情，但他们并未核实她叙述的真实性，也没像记者那样进行彻底调查，结果就是梁断屋倒。

次年3月，夏洛茨维尔警局发表声明称，没有任何证据支持杰姬称自己遭受性侵的说法。随后，《哥伦比亚新闻评论》（*Columbia Journalism Review*）发表详尽报告，明确指出埃德利和她的编辑们到底错在何处。之后，在埃拉莫诉《滚石》一案中，杰姬和埃德利在法庭宣誓后接受质询。（发起诉讼的是埃拉莫院长，根据《滚石》的报道，她曾游说杰姬不上报这起性侵案。从杰姬的证词看，埃拉莫当时的原话是她担心没人愿意把孩子送到"强奸大学"念书。）2016年11月，陪审团裁定埃德利和《滚石》的行为均构成诽谤，埃拉莫获得了300万美元赔偿金。通过《哥伦比亚新闻评论》的报道和法庭的文件，我们可以拼凑出故事背后的故事。

2012年9月28日，杰姬很可能确实遇到了麻烦事儿。那天深夜，她心慌意乱地给朋友们打了电话，接着，她在新生宿舍外和朋友们碰面。她身上未见明显伤痕，但她告诉他们发生了不好的事。没过多久，她告诉室友自己被迫为五名男子口交。2013年5月20日，她向埃拉莫院长报告了这起性侵，但拒绝进一步追究。一年后，即2014年5月，她再次找到埃拉莫，说有人报复她——有人在休闲角，也就是弗吉尼亚大学最主要的社交场所，往她身上扔瓶子——并明确表示她还认识两名在同一兄弟会被轮奸的女性。埃拉莫的说法是，她鼓励杰姬将此案上报当局，还安排杰姬与夏洛茨维尔警方会面；她说在2014年春天，杰姬与警方见过两次面。

几乎在同一时间，埃德利明确了她此次的任务。她是位资深记者，40岁出头，不久前刚和《滚石》杂志签了明星记者合约：两年内刊登七篇新闻特稿，就能拿到30万美元的奖金。她之前多次写过关于性侵的文章。1996年，她在《费城》(*Philadelphia*)发表的报道提名了美国国家杂志奖，文章讲的是一名女性被其妇科医生强奸的经历。她最近又在《滚石》上发表了两篇揭露天主教会和美国海军系统性性侵问题的重要报道。(2014年12月，《新闻周刊》指出，埃德利对天主教会性虐待事件的报道也有明显问题。)她在自己的备忘录中坦言，此次她写《滚石》这篇新报道的目的是深入调查发生在"特别令人担忧的校园"里的性侵案，但她不确定选哪个学校合适。她已与几所常春藤盟校的性侵受害者交流过，但对她们的故事并不十分满意。2014年夏，她来到夏洛茨维尔，从一位名叫艾米莉的毕业生那里听说了杰姬的事，艾米莉和杰姬相识于防范性侵社团。"很显然，"艾米莉告诉埃德利，"她的记忆也许会有差错。"几天后，埃德利与杰姬坐下来聊了聊，故事已演变为：2012年9月28日，杰姬在兄弟会那座建筑外面与她的朋友们会合，而当时她赤着脚、浑身是血、遍体鳞伤，刚被七名男子轮奸数个钟头，好不容易才逃了出来。她拒绝透露这些朋友的身份，也不肯说带她去兄弟会的男孩是谁。

她俩一直有联系。9月，杰姬和男友同埃德利共进晚餐，埃德利问起玻璃碎片留下的伤疤。杰姬男友说："我还真没发现你背上有疤痕。"杰姬对埃德利袒露："如果你从小到大都被人说得一无是处……别人就会觉得你是个很好攻击的目标……我很容易被人操纵，因为我没自尊——我也说不清。"一周后，杰姬给朋友发短信说："我忘了告诉你，萨布丽娜（埃德利）人真的很好，但你说话得小心点，她这个人会断章取义，曲解我说过的话。"杰姬开始打退堂鼓。10月，杰姬的朋友给埃德利发短信说："我和杰姬正聊着呢，她告诉我，她绝不希望自己的名字出现在文章中。"埃德利回复说，她"很乐意跟杰姬聊聊要不要改名字等问题，但我得说清楚，现在不能撤稿"。埃德利给她的图片编辑发电子邮件说："唉，很遗憾，我觉得杰姬现在的精神状态不是很好，而且很长一段时间内都不会好。"10月底，杰姬不再接埃德利的电话，也不回短信，但埃德利哄劝她进一步确认事实细节。在最后编辑的过程中，两条最重要的信息——杰姬拒绝说出带她参加兄弟会派对的男孩的名字，以及杂志社并未联系她的朋友来证实她的叙述——消失了。

这篇报道于 11 月中旬发表。此后，埃德利接受了 Double X 播客和《华盛顿邮报》的采访，她的回答含糊其词，令人疑窦丛生。感恩节前一天，埃德利打电话给杰姬，逼问她把她带到兄弟会活动处的男孩是谁，杰姬说她不确定那人的名字怎么拼。在公众视野中，这个故事开始土崩瓦解。12 月初，杰姬给朋友发短信说："我好怕。我压根儿就不想被写成新闻，更何况它报道的是我被强奸这事。我想退出，可她说不行。"几天后的一个深夜，她和埃德利通电话，这引起《滚石》编辑的注意。又过了一周左右，埃德利给杰姬发了封电子邮件，这才要求她解释，为什么她的叙述一直在变。她还要杰姬告诉她，见过她背上伤疤的都有谁。

在宣誓后的质询证词中，杰姬并未直接承认自己撒谎。她是个不可靠的叙述者，在某种程度上，埃德利也是。（实际上，现在的我也是选择看到某些事，而对其他事视若无睹——人在讲述故事时都是如此。所以，我也是不可靠的叙述者。）但在阅读这两位女性的证词时，让我印象深刻的是，最初性侵事件中权力倾轧与背叛的语言结构，如何渗透进她们后续的互动模式——正如高校的性侵处理机制往往不自觉地复制了它本应消除的侵害逻辑。杰姬记得埃德利告诉她"绝无可能中途撤稿"。她在法庭陈述："我原本以为，（我被侵犯的细节）不会被公布……我不清楚——你说说看，我才20岁。我根本不知道还有'不同意发表'和'同意发表'这么一说。我太天真了。"埃德利的证词则是："我想说的只有一点，她很清楚，是否参与完全取决于她自己。"

埃德利忽略了一些她本该注意到并写进报道的危险信号，但当时她以为，那不过是强奸受害者在恢复过程中的普遍反应。比如埃德利要求与那两位同样被兄弟会成员轮奸过的女生直接对话，杰姬却坚持充当中间人。她最后拿给埃德利看的那两个女生发过来的信息很可能是她伪造的。但埃德利善意地相信，杰姬只是不想让她们再遭受创伤，这并不奇怪。她也没太在意杰姬的叙述中的前后不一致，她在证词中表示："我知道（强奸受害者的）叙述有时会随着时间的推移而改变，因为她们会慢慢接受发生在她们身上的事。"从这点来看，埃德利的理想主义滤镜将未经验证的叙事预设为事实，正如校方将制度性纵容美化为自由精神。

我很同情埃德利的经历：很想相信一个人、一件事，可最终却被其欺骗。好心往往会产生盲点。埃德利相信是创伤让杰姬的记忆变得模糊不清，我们很难因此责怪埃德利。尽管证据指向反面，但大学管理者还是相信本校的道德水平在进步，这很好理解；记者相信报道会朝着真相的方向推进，这同样很好理解。毕竟，1984年被同一兄弟会的成员轮奸的女性莉兹·塞库洛就曾遇到过这种情况。[21]

年后，参与性侵的威廉·毕比给她写了道歉信。一直难以释怀的塞库洛回信问他，是不是只有他一个强奸犯？毕比说是，还说自己那晚的记忆和她的很不一样。他在第一封道歉信中并未用"强奸"这个词。他写道："亲爱的伊丽莎白，1984年10月，我伤害了你。我很难想象，我的行为对你的影响有多大。"在后续信件中，他写道："（你）没挣扎也没反抗，很快就结束了。"

"可我醒来时全身赤裸，身下的床单血迹斑斑。"塞库洛回信说。

"我确实就记得这些，"毕比答道，"但也许我记得的并不是那天晚上你经历的全部。"

塞库洛在回忆录《闯入我》（*Crash into Me*）中写道，她被强奸时还是处女。而当时院长是这么跟她说的："嗯，你知道，这些派对总会闹得难以收场……你不会是想和那个年轻人发生关系，现在又反悔了吧？这种事常有。"遭到侵犯后，塞库洛便有气无力地走到弗吉尼亚大学医院就诊，但那儿没有性侵取证盒。在学校、警察局和她所生活的时代的重压下，她的故事化为齑粉。别无选择的塞库洛最后找到一名记者，并用化名讲述了自己的故事：有天晚上，一名男子在兄弟会活动上强奸了她。

20多年过去了，在她拿到毕比的道歉信后，夏洛茨维尔警方重新展开调查并质询目击者。一天，有位警官给她打来电话。"莉兹，你是对的，"他说，"毕比只是其中一个。那晚有三人强奸了你，毕比是最后一个。很抱歉告诉你这些。""据称有人看到其中一名男性拿手指捅我的阴道,"塞库洛写道,"他把我的毛衣撩到脖子上面,裙子撩到腰上面,四名男性目睹了这一切,在边上大声叫好。"另一名男性把她弄得血流不止、失去知觉,然后他往兄弟会的淋浴室走去,"一丝不挂,身上只搭了条毛巾,一路上和朋友们击掌庆贺"。有人看到毕比把痛苦尖叫的塞库洛拖进自己房间,之后再把她拖进浴室,准备把她身上的污秽和血迹冲干净。随着时间推移,毕比版本的叙述变得越来越不真实,甚至是极为不真实:他已慢慢相信她"没挣扎也没反抗",他已记不清很多细节,只记得那天晚上混乱不堪,自己很没风度。

看来,毕比可能是在戒酒过程中不断篡改他的"人生轨迹",并在随后的几十年中真的说服了自己去相信篡改后的故事,而他联系塞库洛部分是因为他想验证这个被篡改过的版本。反观杰姬,我一直认为她一定非常相信自己想象出来的故事,发自内心地、异乎寻常地相信。若非如此,她不可能一而再再而三地骗过埃德利和事实审查员。我不知道,杰姬是否以为,一份书面记录、一篇像《滚石》这样有分量的杂志的报道,就能把她心中的故事变成终极真相。

塞库洛于 2012 年出版了她的回忆录,此时距她的诉讼结案已有 5 年。她在书中指出,轮奸大一女生可能是该兄弟会的"入会仪式",是某种"传统"。而杰姬跟她的朋友还有埃德利也是这么说的。根据庭审时朗读的证词录音稿,当杰姬指出自己与塞库洛经历的相似之处时,埃德利回应道:"我的天。我手臂上的汗毛根根直竖。看来这不仅是巧合。"杰姬在她的证词中称,2014年,某一门课的教授布置他们回去阅读《闯入我》这本书。她说自己只读了一部分——塞库洛被性侵的那部分。

用"漏洞百出"来形容杰姬的叙述,已经算是相当宽容。即使在一些利害关系不大的事情上,她撒起谎来也堪称肆无忌惮。她的朋友瑞安曾收到过一封电子邮件,署名是"黑文·莫纳汉"——杰姬后来说那天晚上就是这个人带她出去的。报道中,黑文化名为"德鲁"。而"黑文"却是个拼凑出来的人物,所谓的电子邮箱很可能就是由杰姬控制。这个假人物"转发"给瑞安一封据说是杰姬写的邮件,是一封写给瑞安的情书,里面的话和电视剧《恋爱时代》(*Dawson's Creek*)里的台词几乎一字不差。所有这一切——伪造的身份、假电子邮箱、照抄台词的情书——都是杰姬恣意而疯狂地表达单向幻想的方式。

有次采访时,杰姬还告诉埃德利,电视剧《法律与秩序:特殊受害者》(*Law & Order: Special Victims Unit*)某一集中的强奸场景跟她经历的很相似。埃德利在证词中说,她没看过那一集电视。律师告诉她,那一集叫"被玷污的女孩",剧集中,一名年轻女子在兄弟会惨遭轮奸,有个强奸犯说,"摁住她的腿"。

在庭审过程中,埃德利读了一份声明,这份声明是她在《滚石》杂志刊登致歉声明的当天早上写的。她在声明中解释说，杰姬案件"似乎触及了我想要讲述的更大的故事的核心"。

"你写这些是认真的吗？"律师问她。

"什么叫我是认真的吗？"埃德利回应。

"你是在编故事，还是认真的？"律师问。

"我什么也没编造。"埃德利说。

"既然是认真的，那你是什么时候写的这些东西？写的时候你自己信吗？"律师问。

埃德利回答说自己是认真的。但这个问题的答案并非要么是"认真"，要么是"编造"。两者都有可能——你完全有可能既是认真的，又是受了误导而编造。在某些情况下，你完全有可能，甚至很容易去相信谎言所编织的叙述或故事。

4月，在《滚石》撤回报道后，弗吉尼亚大学校长特雷莎·沙利文（Teresa Sullivan）发表声明抨击该杂志所刊载的内容。"不负责任的新闻报道不公正地损害了很多人与弗吉尼亚大学的声誉，而我们是无辜的，"她写道，"性暴力是严重的社会问题，我们需要各个社群来关注和重视。早在《滚石》刊登该报道之前，弗吉尼亚大学就在努力解决性暴力问题。我们将继续推进重大改革，以改善校园文化、杜绝暴力，并在暴力事件发生时及时予以应对。"

就这样，我们又回到了老一套说辞。有问题的是《滚石》杂志，现在问题已解决，弗吉尼亚大学可以一切照旧。

我想起几年前的一个深夜，婚宴结束后，有位女士在酒吧后面的角落里告诉我，她认识那几个卷入2006年性丑闻[1]、代表杜克大学参加曲棍球比赛的男孩。她说，那个"婊子"令人作呕的谎言给几个男孩和他们的家庭造成了永久的伤害。她怒不可遏，越说越气。这让我害怕，同时也提醒我，大多数人仍然认为诬告比强奸更可恶。1988年，《骑士日报》发表了一位学生的文章："在要求严惩强奸指控之前，应当以同等力度调查、起诉诬告男性强奸或强奸未遂的女性，并处以更严厉的监禁。"

《圣经》中，埃及护卫长波提乏买了个叫约瑟夫的奴隶，波提乏的妻子想勾引约瑟夫，但约瑟夫拒绝了她的求爱，于是她大喊，说约瑟夫要强奸她。在古希腊神话中，忒修斯的妻子菲德拉对希波吕托斯也做了同样的事。在很多类似的故事中，女性都被视作极端淫秽、变态的形象。然而，在同一文本体系中，强奸却不算作奸犯科。在《民数记》中，摩西命令他的部队杀死所有男人和非处女，把所有处女都据为己有。在希腊神话中，宙斯强奸了安提俄珀、德墨忒耳、欧罗巴和勒达，波塞冬强奸了美杜莎，哈得斯强奸了珀尔塞福涅。几个世纪以来，强奸一直被视作侵犯财产罪，强奸者通常会被处以罚款，而罚金是赔给受

---

[1] 指2006年在美国北卡罗来纳州达勒姆发生的一起案件，这起案件被媒体广泛报道。杜克大学男子曲棍球队的三名成员被诬告强奸，原告是北卡罗来纳中央大学的学生，兼职脱衣舞演员克里斯托·曼古姆。

害者的父亲或丈夫。直到20世纪80年代，美国大多数法律都明确规定，不能指控丈夫强奸妻子。直至不久前，强奸仍然被视为常态。

弗吉尼亚大学也是如此。几十年来，弗吉尼亚大学总会因学术诚信问题开除学生，却拒绝将强奸视为严重犯罪。从1998年到2014年，共有183名学生因违反荣誉准则而被弗吉尼亚大学开除，其中一名学生仅仅是在留学期间从维基百科上抄袭了三小段话。90年代末，有名学生因性侵另一名学生珍妮·威尔金森被判有罪，而弗吉尼亚大学对他的处罚是在他的成绩单里加了封谴责信；而且只要他学完性侵教育课，一年后就可以撤销谴责。由于学生隐私权相关的规定，威尔金森无法公开抗议这一做法。2015年她在接受《纽约时报》采访时说："我无论如何也没想到，如果谈论此事，我可能面临校方的指控。太气人了。"与此同时，性侵她的人却可以继续拥有弗吉尼亚大学的最高"荣誉"——获准居住在象征着学术圣殿的大草坪区。

在随后的几十年里，情况虽有所改善，但整体看来微乎其微。埃德利的报道发表后，我通过《耶洗别》采访了我大学同班同学凯莉（化名）。2006年，凯莉向学校投诉了性侵她的男生。10个月后，弗吉尼亚大学认定该男生性侵行为成立。（再次说明，校园性侵投诉获得成立裁决的情况极为罕见，在我采访凯莉时，弗吉尼亚大学只有13例成立裁决的先例，其中包括性侵威尔金森的那个学生。）和其他受害的女大学生一样，凯莉在入学当年秋天遭到侵犯：

她参加了兄弟会派对，一个认识的男生不停给她灌酒，直到她不省人事。根据校方的调查结果，一名目击者看到四肢瘫软的凯莉被人抬上楼梯。一名当晚去兄弟会探望弟弟的护士做证说，凯莉的脉搏"很弱，每分钟20到30次"。在听证会上，一名男老师居然问凯莉是否曾对男友不忠。最终，性侵她的男生被判有过失并被勒令停学三年。

长久以来，弗吉尼亚大学对性侵漠不关心且不作为，凯莉的申诉可以说是"大获全胜"。在《滚石》刊登报道的前一年里，共有38名学生向埃拉莫院长报告受到性侵犯，但只有9起提交正式申诉，只有4起召开了不当行为听证会。和多数大学的情况一样，这38起报告只是冰山一角，且那座冰山巨大而隐蔽。虽说我多数情况下不会知难而退，但我确信，如果我在大学遭到性侵并留下心理创伤，我一定没勇气，或者说没毅力去面对无可避免的官僚主义羞辱，去举报性侵者。

埃德利在她的报道中指出："温文尔雅的弗吉尼亚大学没有激进的、力图颠覆父权制的女性主义文化。"的确，这所学校远非激进。不过，虽说我上学时从没想过要了解这些，但自男女同校以来，弗吉尼亚大学的女生们就一直在发起激烈争论，意图改变这所学校。1975年，一位女生在《骑士日报》的文章中引用了托马斯·杰斐逊的名言："我们没人害怕追求真理，无论真理通向何方。"她又写道："但事实是，许多女生都不敢去休闲角吃夜宵，而且她们的担心不无理由。这种时候，杰斐逊的话只显得苍白无力了。"

那年秋天，夏洛茨维尔的某个委员会调查了当地的统计数据，发现该市的强奸案发生率几乎是整个弗吉尼亚州的两倍，一份广为流传的报告将夏洛茨维尔称为"强奸之城"。与此同时，一家叫"米诺里斯英式酒吧"的开膛手杰克主题酒吧竖了块牌子，牌子上画的是一具悬挂在路灯上的裸体女尸。"对新闻中反复出现的强奸问题，人们已感到厌倦。好吧，我也倦了，比你们想的还要倦。"另一名学生在《骑士日报》上如此写道，还声称六周前自己也被强奸了。那一年，弗吉尼亚大学校长弗兰克·赫里福德致信弗吉尼亚州众议员，向他保证弗吉尼亚大学不存在强奸问题。他提供了10项证据以证明学校"积极主动"地杜绝强奸，其中第六项是学生会以"远低于成本"的价格向女生出售"报警装置"，第九项是学校规定女生宿舍在晚上12点后锁门。

在此期间，弗吉尼亚大学的男性霸权传统正随着女性与同性恋学生群体的崛起越发彰显其荒诞性。1972年，《骑士日报》刊登了一篇令人反感、自以为是的"幽默小品"，该文设想成立一个叫"Gamma Alpha Yepsilon"[1]的"娘娘腔兄弟会"，简称"GAY"。就在那篇"强奸之城"的报道刊出的同一年，弗吉尼亚酒精饮料监管局通过了一项新规："禁止同性恋者进入提供酒精饮料的餐厅"。弗吉尼亚大学效仿此项规定，禁止同性恋者进入象征学术圣地的

---

[1] "Gamma""Alpha"均为希腊字母，"Yepsilon"是学生编造出的希腊字母，这三个词的首字母刚好凑成"gay"（有"同性恋者"之意），具有强烈的嘲讽意味。

大草坪区。校长赫里福德想要撤销学生鲍勃·埃尔金斯的助教职务，因为他"公开称自己是同性恋"。1990 年，学生刊物发表讽刺文章《做直男直女真好》（"Great to Be Straight"），说要举办为期一周的"我是直男/女我骄傲"大游行和庆祝活动，连日程都安排好了，其中包括"夺回浴室"大游行。校园橄榄球赛的传统则更具黑色幽默：每当唱起改编自《友谊地久天长》的校歌《动听的老歌》，唱到"我们来自弗吉尼亚，那里光明又欢畅（bright and gay）"这一句时，观众席总会爆发出山呼海啸般的"不是那个 gay[1]！"

性侵在弗吉尼亚大学普遍存在。90 年代，学生们对于兄弟会在其中起到的负面影响的讨论变得更加尖锐。兄弟会成了暴力的源头——侵害女性、男同性恋者，甚至是自己的成员。"想要社交的男生在入学第一周只有一个选择，就是参加拉格比路兄弟会派对，"1992 年，《骑士日报》的一位编辑写道，"有男生觉得这很恐怖，有的则觉得危险。不论如何，拉格比路兄弟会并不能满足一年级新生的基本社交需求。"同年，弗吉尼亚大学另一个兄弟会 Pi Lambda Phi 的成员将一名 18 岁的女生关进储藏室，摁在床垫上强奸、殴打。

尼古拉斯·赛雷特（Nicholas Syrett）在 2009 年出版的关于白人兄弟会的历史著作《他的伙伴们》（The

---

[1] "gay"既表示"快乐的"，也可表示"同性恋"。

Company He Keeps）中写道："兄弟会吸引的男性往往把兄弟情看得比女性更重要。在兄弟会圈子中，相互关心的男人形成亲密关系，他们得充分展现自己的异性恋身份，这样才不会被别人当成同性恋者。"（1992年兄弟会强奸案发生后，弗吉尼亚大学女性研究系主任也发表了类似的见解："兄弟会和姐妹会总体强化了女性的从属地位。男性通过虐待女性和互相欺凌的行为来建构身份认同。"）赛雷特认为，兄弟会的男性通过"具有侵略性的同性恋恐惧症和对女性的诋毁"来证明自己是异性恋，或是借充满同性恋色情暗示的入会仪式来羞辱彼此，或是将与女性发生性关系视为一种"兄弟们要有福同享"的男子气概的体现。

历史上，白人兄弟会的出现就是为了巩固精英男性的权力和权利。19世纪，富庶家庭的子弟通过兄弟会体系将自己与寒门子弟区分开。赛雷特写道，20世纪，在"性别日益混合的世界"中，男性通过兄弟会来保留专属于男性的空间。20世纪，男性气质的定义不断改变，新的定义逐步允许男性既有上层阶级的身份，又有底层阶级的行为。因此，最早的兄弟会的理想主义被这些改变所吞并，兄弟会成员便"利用他们自诩为绅士的身份来为他们不那么光彩的愚蠢行为辩护……他们在公开场合表现得彬彬有礼，从而为兄弟会正名。至于他们关起门来会做什么，别人管不得"。

大学往往将兄弟会的暴力行为轻描淡写，部分是因为兄弟会是大学办学资金的重要来源。有了兄弟会，大量的校友捐款可以回流到学校；有了兄弟会，大学就不必为经济条件最好的学生提供住宿。作为回报，兄弟会有自主决定、自主行动的空间。如今，加入兄弟会的男生大多希望每个周末都能去好玩的派对，结识有趣的朋友和性感的女生。这背后隐藏的是群体豁免权带来的刺激。在较为无害的一方面，他们可以把水槽扔出窗外，也不会因破坏公共财产而被记过；而在较为糟糕的一方面，兄弟会为令人发指的暴力提供了"社交"这个借口，成员可以通过欺侮实施暴力，可以随心所欲地购买、摄入酒精和毒品，可以举办派对并由"兄弟们"来决定邀请谁——尤其是邀请哪些女孩。

赛雷特写道，早在20世纪20年代，兄弟会文化就明确使用性胁迫。在1923年的小说《市民与学生》(*Town and Gown*)中，一位兄弟会成员说："哪有女孩不投怀送抱的？如果有，肯定是男人没用对手段。"1971年，威廉·英格（William Inge）根据他20年代在堪萨斯大学兄弟会的经历创作了小说《我儿子是个老司机》(*My Son Is a Splendid Driver*)。书中，男生们与姐妹会的女生约会，把她们送回家，然后再出去召妓。一天晚上，他们在兄弟会的地下室实施轮奸。"我觉得如果拒绝参与的话，"叙述者心想，"别人就会怀疑我有缺乏男子气概，本来我就担心自己不够阳刚，我必须面对任何挑战。"被轮奸的女性无可奈何，只能气汹汹地喊道："好啊，来啊，干我啊……你们图的不就是这个！"

35%的弗吉尼亚大学生加入了兄弟会或姐妹会。我上学那会儿,凡是没入会的学生都被视为"该死的独立派"(goddamn independents,缩写为"GDIs")。一年级新生都住在学校宿舍,那儿基本不能买酒或开派对,所以在弗吉尼亚大学,很多派对都是按照兄弟会的规定,在兄弟会成员的宿舍举办的。(由于兄弟会和姐妹会顽固地坚持性别传统主义,姐妹会根本不被允许举办派对。)与其他体系一样,这个体系中也存在个体差异:比如,尽管我对兄弟姐妹会的许多重要会规表示反感,但有些还是欢迎我加入;而和我相处了10年的男友安德鲁曾在弗吉尼亚大学兄弟会宿舍里住了两年,那时他每周二、周四都会去街对面的托儿所做义工,他至今也是一个比我更真诚、更有爱心的人。但有资料表明,兄弟会成员比一般男大学生性侵率更高。哥伦比亚大学最近的一项研究表明,兄弟会成员遭到性侵的概率也更高。兄弟会的环境并没有制造强奸犯,而是完美地掩盖了他们的罪行:每个周末派对的剧本都是给女生灌酒,让每个人都喝得烂醉如泥,"一夜情"是这场表演的最终目的,几步之外,就是房门即将紧锁的卧室。

在这样的背景下,杰姬的诬告就像是种嵌合体,一种怪诞、驴唇不对马嘴的创造,它让真正的问题浮出水面,却是以错误的方式。2017年,伊丽莎白·沙姆伯兰(Elizabeth Schambelan)给《n+1》杂志写了篇令人叫绝的文章,她说杰姬的故事一直在她脑海中萦绕,回头想想,她发现了这个故事暗含的是童话般的必然性:穿着红裙的女孩走进荒野，遇到了一群狼。"这么一想，她的命运注定如此悲惨，"她写道，"幽暗的密室，袭击者的黑影……尤其是那张桌子，玻璃碴像水晶烟花般四散飞溅——这一刻，叙述与现实彻底分道扬镳，上升到不同的维度。"杰姬编造了新版的《小红帽》，苏珊·布朗米勒（Susan Brownmiller）说过，《小红帽》是"关于强奸的寓言"：女孩走到半路时被大灰狼拦住，狼是狂暴的诱惑者，但它乔装打扮。它扑向女孩，把她吞下肚。

沙姆伯兰引用了人类学家多尔卡丝·布朗（Dorcas Brown）和戴维·安东尼（David Anthony）的发现——2012年，他们共同撰文，追踪了狼的象征与古欧洲"日耳曼青年战团"的联系，这些战团"在社会边缘活动，成员在一起朝夕相处数年，长到一定年龄后便解散"。布朗和安东尼写道，这些战团"性关系混乱"，他们"来自较富裕的家庭……他们的职责主要是打仗和发动突然袭击"，他们"生活在野外，远离家人"。在日耳曼传说中，这个组织被称为"*Männerbund*"，意为"男子联盟"。男人们用兽皮伪装自己，这样他们就可以打破社会的约束却丝毫不感到内疚。"四年结束时，"布朗和安东尼写道，"他们要进行最后的献祭，将野蛮战士变成有责任心的成年男子，准备重返文明生活。他们丢弃并销毁了旧衣服和兽皮。他们再次成为人类。"在文章中，沙姆伯兰想知道：组建男性联盟、远离富裕的家庭生活、集体接受野性训练——"一旦创建这样的团体，那么作为一个群体，该如何遏制混乱？如何确保它永远不会反噬你?"

沙姆伯兰认为,《小红帽》"确实是关于强奸的寓言,它真正想讲的是强奸、谋杀,最肆无忌惮的暴行"。

> 不过,它更大的作用也许不是警示,而是一种制度化的记忆装置。也许它的作用,或者说某项作用,是确保没人会忘记或否认维系"男性联盟"——这种狼性制度——所需付出的社会代价。兄弟会与日耳曼青年战团之间并没有令人不安的必然联系,它们并非一脉相承;而且,驱使青年战团杀戮、兄弟会强奸的男性暴力也没有根本的源头。它们是两个组织,两个青年男性联盟,一个属于古老的、半神话的过去,另一个则还在蓬勃发展。就其本质而言,制度既非自然产物也非原始冲动。它们不是放任"男孩做自己"的必然结果,而是被刻意创建与维护的社会装置,执行着特定的文化功能。

她认为,这个社会的初衷就是要给男性最大限度的、无法无天的自由,而这势必会导致强奸的发生。强奸"从逻辑上讲,在这个表面上利他的、人道主义的道德体系中,就不可能只是极为恶劣的偶发事件"。她在哈维·韦恩斯坦丑闻曝光以及后续一系列事件发生的六个月前,写下了这篇文章:"迄今为止,还没有任何途径或任何人能让我们了解到(强奸的不公),没有任何途径能让它成为公共知识,成为所有人共享的知识,成为我们所有人都认可的集体认知。要创造这样的知识,你必须比那些企图让集体遗忘的力量更强大。"她指出,也许杰姬说谎是因为她想要获得这种强大的力量,但她选择的方式错了。

2015年1月,在《滚石》的文章发表后,我回到夏洛茨维尔,撰写关于弗吉尼亚大学兄弟会招新的报道。这是我头一次写新闻,我很紧张。身为校友的我与其他记者相比,视角更有利。但这一次我的视角发生了变化,从局内人变成了观察者。回母校的第一天晚上,我坐在"弗吉尼亚人"餐厅的卡座里,和朋友斯蒂芬一起喝啤酒以平复心情。外面人声鼎沸,有望加入兄弟会的男生穿着卡其裤、北面牌外套,姐妹会的招新女生们则个个披着卷发,脚蹬高筒靴。

很快,人们就发现了一个比埃德利的报道更宏大、更深刻的故事。《滚石》那篇文章发表时,当地刚好有好几起令人瞠目的暴力案件引发关注,最初是一位名叫亚德利·洛芙的年轻女性于2010年被人谋杀,直到2017年的"白人至上"集会致命事件。我曾在姐妹会招新时见过这个名叫洛芙的女孩,她后来被前男友乔治·休格利杀害。乔治踹开她的卧室门,对她持续施暴,直到她的心脏停止跳动。2014年,大二女生汉娜·格雷厄姆在市中心失踪。后来,出租车司机杰西·马修被指控谋杀格雷厄姆以及五年前失踪的另一名女孩摩根·哈灵顿。马修和休格利一样,都有暴力犯罪的前科。前者在两起案件中均对自己的罪行供认不讳，罪名包括谋杀罪与"绑架并意图猥亵"。

夏洛茨维尔并不大，乘坐老式电车从弗吉尼亚大学小教堂到市中心的步行街，只需 15 分钟。这几起案件在当地引起轩然大波。我大学时有个好友叫蕾切尔，跟上文中的受害者一样，她人很美，金发碧眼、皮肤白皙。马修在绑架并杀害摩根·哈灵顿之前载的最后一位乘客就是蕾切尔，但她并不知情，直到很久之后警方深入调查汉娜·格雷厄姆的案子时她才得知这件事。然而，几乎没人注意到在相同时间段内失踪的其他年轻女性。2012 年秋，跨性别黑人女性塞奇·史密斯失踪，警察局等了 11 天才请求外援。与之形成对比的是，根据艾玛·艾森伯格在 Splinter 网站发表的文章，弗吉尼亚州几乎所有的执法机构都在 48 小时内知悉了格雷厄姆的名字和长相，紧接着联邦调查局和很多志愿者搜救组织也收到了信息。媒体肯定会报道格雷厄姆案件，却对史密斯的失踪置若罔闻。（艾森伯格告诉我，她总共联系了 28 家媒体，只有一家愿意刊登她的文章。）2013 年，17 岁的黑人女孩亚历克西斯·墨菲在夏洛茨维尔附近失踪，同样只获得了极少的媒体报道。后来法庭判决白人男性兰迪·泰勒谋杀墨菲的罪名成立，可在新闻里居然都找不到他形容枯槁、面无血色的照片。但厚嘴唇、黑皮肤、扎着一头脏辫的司机马修的照片却随处可见。

在夏洛茨维尔，针对女性的暴力史与基于种族的暴力史从来都是相互联系的，而其遗留的问题越来越明显。一股巨大的创伤和不公的暗流在涌动。女性的身体一直是权力结构被打破和重建的试验场。在 19 世纪的弗吉尼亚，犯了强奸罪的黑人男性会被判处死刑，而白人男性则只判 10 至 20 年的监禁。20 世纪上半叶，弗吉尼亚州的公民开始极为关注白人妇女被强奸的案件，但他们几乎只关注被告是黑人的案件。

从根本上说，针对女性的暴力与其他系统性的暴力互为关联。尽管埃德利尽力了，但如果不写种族问题，就无法真实地反映弗吉尼亚大学强奸案的情况，甚至无法讲清楚兄弟会的情况。那年 1 月，我离开了夏洛茨维尔，当时我一直在思考弗吉尼亚大学研究生玛雅·希斯洛普告诉我的事实，这个令人愤懑不已的事实既没有出现在《滚石》的文章里，也没有出现在后续的详尽报道中：弗吉尼亚大学首次记录的强奸案发生在 1850 年，当时三名学生将一个年轻女奴带到野地里，然后轮奸了她。

弗吉尼亚大学创建于 1819 年，那年 76 岁的托马斯·杰斐逊从政界退休，回到位于弗吉尼亚的种植园蒙蒂塞洛（Monticello），一心想实现在那个时代算是相当激进的愿景：创建一所不分贫富贵贱，面向所有白人的世俗公立大学。如今，将托马斯·杰斐逊偶像化已成为弗吉尼亚大学的固有传统。人们经常亲昵地称呼他为"TJ"或"杰斐逊先生"——听着可真造作。虽然我拿到的全额奖学金是由"杰斐逊学者基金会"所颁发。学校乐此不疲地颂扬杰斐逊的智慧、正直、反叛精神和他的口才。上大学时，每逢情人节，校园里就会四处张贴印有杰斐逊和他的女奴萨莉·海明斯（Sally Hemings）剪影的传单，并配以"俏皮"的标语"TJ ♡ 萨莉"。

萨莉·海明斯比杰斐逊小30岁，她是杰斐逊的妻子玛莎（Martha）带过来的陪嫁，还在襁褓中就成了杰斐逊的私人财产。海明斯是玛莎的奴隶，也是她同父异母的妹妹，她有四分之三的白人血统。海明斯14岁那年被安排负责照看杰斐逊的小女儿，随同前往海外旅行。杰斐逊在巴黎与她们会合，到他离开时，16岁的海明斯已有孕在身。当时，弗吉尼亚州的法定性同意年龄为10岁。海明斯曾考虑留在巴黎，因为法国平等自由的原则等于默认她不再是谁的财产。但根据她儿子麦迪逊（Madison）的说法，杰斐逊说服她返回美国，允诺给予她"非凡特权"，并向她保证，一旦她的孩子满21岁，他就还他们自由。

在《弗吉尼亚州笔记》（"Notes on the State of Virginia"）中，杰斐逊沉思道，黑人的批判性思维能力"远不如"白人，黑人明显的劣势"不仅仅是他们的生活条件所造成的结果"。也许事实并非尽管杰斐逊觉得黑人愚钝，还是爱上了自己的黑人女仆；而是正因为杰斐逊觉得黑人愚钝，这位肤色稍浅的女性才在他眼中显得格外迷人。两人的关系是公开的秘密。1818年，《里士满记录者报》（*Richmond Recorder*）写道："众所周知，人们乐于尊敬的那个男人，多年来一直将他的一个奴隶作为情妇。她的名字叫萨莉。"但杰斐逊自始至终未做回应，这篇文章也就被压了下来。(他的一个孙辈在信中写道:"任何有头脑的人都能判断得出,像杰斐逊先生这样一个在私生活方面如此可敬可佩的人……有没有可能跟黑人生养后代……有些事情,从道德上看,根本不可能。")杰斐逊在去世前确实释放了海明斯的子女,但海明斯本人却被留下来继续为奴,直到1834年她才获得自由。给予她自由的人是杰斐逊的女儿。恢复自由身的第二年,萨莉就去世了,被埋葬在一个无名墓中,这个墓大概位于夏洛茨维尔市中心欢朋酒店附近的一个停车场旁边。当然,杰斐逊和他的后代——仅限其白人后代,都长眠于蒙蒂塞洛庄园。

1987年,联合国教科文组织将蒙蒂塞洛庄园与弗吉尼亚大学校园一同列为世界遗产。蒙蒂塞洛庄园至今依然是夏洛茨维尔的热门旅游景点,它在稳步改变推广方案,并承认杰斐逊蓄奴的事实。2018年,庄园终于举办了一场关于海明斯的展览,因为海明斯的样貌未留下任何记录,该展览便以剪影的形式呈现,配文写道:"被奴役的女性没有法律上的性同意权。她们的主人拥有她们劳动所创造的价值,以及她们的身体和她们的孩子。"历史学家安妮特·戈登-里德(Annette Gordon-Reed)在1997年出版的研究杰斐逊和海明斯的书中证实了他们确有关系。她还指出,在丈夫面前,玛莎也没有性同意权。(直到2002年,弗吉尼亚州才将婚内强奸定为犯罪,而该州参议员理查德·布莱克仍在努力争取使其非刑事化。)《纽约时报》的一篇文章指出,蒙蒂塞洛的展览必然会招致一些反对之声。该文引用了托马斯·杰斐逊遗产协会某位女士的话，而这个协会整日忙于驳斥杰斐逊是海明斯孩子的父亲的说法。"我晚上有时会蜷在床上，趁着昏暗的灯光读他的信，"这位女士说，"他看着不像是会做那种事的人。"

体面的外表与不光彩的现实之间的紧张关系，在弗吉尼亚大学创建伊始就根深蒂固。"这所大学是一所实验性的新学校，它能否得到公众的支持，未来的发展如何，都是未知。"雷克斯·鲍曼（Rex Bowman）和卡洛斯·桑托斯（Carlos Santos）在《腐化、骚乱与反叛》（*Rot, Riot, and Rebellion*）一书中写道。这本书追溯了弗吉尼亚大学建校伊始的过往："没有强大的教会教派支持这所大学，也没有人脉甚广的校友团体捍卫其名声。学校的领导很清楚，学生的酗酒行为、暴力行为与反叛可能会让学校毁于一旦。"尽管如此，来自南方奴隶主阶层的学生们还是控制不了自己。在课堂上，他们表现出一种"夸张的优越感"。不上课的时候，他们酗酒、打架。弗雷德里克斯堡市（Fredericksburg）有个老师说这所大学是"孕育坏规矩的摇篮"。一名学生写道："在这所学校，看到学生们喝得烂醉如泥，走起路来两腿打摆，再稀松平常不过。"鲍曼和桑托斯指出，杰斐逊相信"骄傲、抱负和道德会引导学生行为端正……学生有荣誉感，所以没必要设立严苛的规定"。但说到荣誉的概念，尤其是在白人与南方人看来，它与暴力密不可分。弗吉尼亚大学自我标榜的崇高美德，从一开始就在为其犯下的最严重的罪行打掩护、提供助力。

甚至在刚建校的时候，管理者就担心学生的暴力行为会引发舆情。"有人被谋杀会让公众关注到学生的众多违法行为，学校并不希望这样，"鲍曼和桑托斯写道，"因为会影响到学校一心想要维护的脆弱形象，即弗吉尼亚大学是个风平浪静的学术村。"学校把对自己不利的信息都压了下来：1828年爆发伤寒，导致三名学生死亡，但弗吉尼亚大学没有按照法律规定正式记录死亡人数或向州政府报告。第二年伤寒又一次爆发，学生们开始退学。弗吉尼亚大学的第一位医学教授罗布里·邓利森认为，这些学生"在全国引起恐慌，极可能对学校产生不利影响"。

所有这一切污点都被托马斯·杰斐逊的声誉所掩盖。弗吉尼亚大学的支持者指出，杰斐逊曾起草反对奴隶制的立法提案——虽然他曾将奴隶带入白宫，虽然为了把蒙蒂塞洛庄园改造成未来联合国教科文组织的地标建筑而欠债时，他曾拿奴隶做抵押。在弗吉尼亚大学开课那一天，被奴役的人，包括建筑工、厨师、洗衣女工，加起来比学生还多。如今，被奴役妇女的生活几乎无迹可寻，然而，弗吉尼亚大学学生的身份正是建立在被抹杀身份的黑人妇女之上。第一起有记录的校园性侵事件发生在开学七个月后，两名学生冲进一位教授家，扒光了一名女奴的衣服。在罗布里·邓利森指导下学习医学的学生们，应该感谢一名名叫普鲁登斯（Prudence）[1]的女奴所付出的劳动——是她，为

---

[1] 意为"审慎"。

他们清理解剖楼地板上的血迹。

直到 1970 年，弗吉尼亚大学才实行男女同校。在此之前，根据大学的条款，女性从根本上被视为"他者"。上课期间，女性不得在大草坪上行走——《骑士日报》说这是一条"不成文的规定"，一直到 20 年代才"废止"。1954 年，针对学校给每栋宿舍楼配备舍监阿姨的提议，一名学生对该报开玩笑说："我看，把又聋又哑又瞎的舍监阿姨的手脚通通砍掉，然后拴在地下室的炉子旁，每天就给她点水和面包，那也不是不行。"同年 4 月，一名 19 岁的女孩在大草坪附近的楼里惨遭轮奸。当天凌晨 2 点，她的约会对象把她带到那里，神志不清、遍体鳞伤的她从房间走出来时，已是第二天上午 10 点。

这个女孩的家庭颇有势力，惨剧发生后她很快联络了父母，然后父母直接找到了时任弗吉尼亚大学校长的科尔盖特·达登。达登将参与轮奸的 12 名男生或开除或勒令停学，但此举让很多师生大为不满。三名被告致信《骑士日报》称，他们"仅因未能制止他人行为而受指控"。达登坚持自己的做法，学生们则奋起反抗，向校方提交了一份长达 16 页的正式申诉书。教师会议上，百余名学生到场抗议。随后，学生们四处游说，希望能改变大学管理层的结构。他们成立了一个"学生司法委员会"，据《骑士日报》报道，该委员会将"把校长办公室的纪律处分权交还给学生组织，而学生组织的管理机制与之前有很大不同"。学生自治是杰斐逊时代的理想，也是弗吉尼亚大学最引以为豪的传统之一。众多传统让弗吉尼亚大学成为一个"特别的所在",而在这些传统中位列第一的便是学生参与管理的学生事务长办公室。

1954年的轮奸案发生一个月后,最高法院宣判了布朗诉托皮卡教育局案(Brown v. Board of Education)[1]。控制弗吉尼亚州政坛的参议员哈里·F. 伯德旋即发起"大规模抵抗"计划——通过立法奖励抵制种族融合的学生,并关闭任何服从联邦法令的公立学校。1958年,夏洛茨维尔宁愿关停所有学校长达五个月,也不愿意接收黑人学生。1959年,一名联邦法官驳回了这一决定,下令维纳布尔小学必须接收九名黑人学生——这所学校位于第14街,以前我在我住处的屋顶上喝啤酒时就能听到这所学校课间休息时的吵闹声。我朋友蕾切尔的女儿现在上的就是维纳布尔小学,还记得吧,蕾切尔就是杰西·马修杀害摩根·哈灵顿前载的那个乘客。她有对双胞胎女儿,俩姑娘漂亮、风趣又聪明,我和男友是她们的教父教母。有时,我很乐观,也很确信,她们长大后的世界将截然不同。然而,在"团结右翼"组织集会那天,大卫·杜克(David Duke)[2]和他那帮白人至上主义者同伴正从蕾切尔家门前游行而过。

大学城的重要人口构成每四年更替一次,因此这个城

---

[1] 美国历史上非常重要的案件。本案的判决终止了美国社会中存在已久的白人和黑人必须分别就读不同公立学校的种族隔离现象。在本案宣判后,"隔离但平等"的法律原则被推翻。

[2] 美国著名的白人至上主义者,曾任三K党(Ku Klux Klan)党魁。

市患有一种特别的失忆症,也许它必须如此。如果你了解历史,你就相信它必然经历过重塑,或者至少你会相信重塑历史完全可能。你必须相信,现在的你在那里是有使命的,你和以前那些混淆是非的人不一样。最可能的情况是,你可能觉得自己是唯一一个踏入校园的人,你并不能真真切切地感受到过往的错误。弗吉尼亚大学一直在不遗余力地压制一种想法,即它也有丑陋的一面,也会造成创伤,但正是这种压制的做法,使丑陋和创伤延续了半个世纪。学校的自我认知永远不会变得真实,除非它能承认自己的虚假程度:那被神化的校园是由奴隶劳工建造的;这所大学实际上有着悠久的轮奸历史;而奥尔德曼图书馆,那个我为了撰写蹩脚的论文而度过无数个夜晚的地方,是以一个坚定的优生论者的名字命名的。这个优生论者在担任大学校长期间,曾感谢三K党的捐赠,署名是"你忠诚的同伴"。

《滚石》刊登那篇报道已是多年前。在过去的两年里,埃德利希望通过报道实现的大部分目标都已实现。性侵报道在公众中激起巨大反响,令人发指的侵犯行为与校方的冷漠态度紧紧地抓住了人们的视线。我有时会想,如果《滚石》杂志没有以如此令人瞠目的方式搞砸这篇报道,那之后的媒体报道浪潮会不会相对客观公正、无懈可击?从2015年《纽约》杂志报道比尔·考斯比丑闻采用的开创性封面,到哈维·韦恩斯坦丑闻以及之后的一切事件,记者们都避免将任何一名女性或任何一段经历作为具有广泛代表性的案例来报道。记者对报道对象追根究底，目的是让他们的立场更有可信度。他们向读者展示的，不仅是他们作为记者所知道的，也包括他们所不知道的。

弗吉尼亚大学的情况也在发生变化。学生们在唱校歌时不再大喊"不是那个 gay！"。（现在他们喊"滚犊子，弗吉尼亚理工！"弗吉尼亚大学与弗吉尼亚理工大学现在是死对头。）没人说"GDI"了。年轻人很乐意说自己是女性主义者。人们在讨论是否要重新命名奥尔德曼图书馆。美国民主社会党夏洛茨维尔分部也成立了。预防性侵现在已成为新生入学教育的重要内容——但我们也知道，不管在哪所学校，这类课程的效果主要在于提高学生对该问题的认识。对学校处理性侵投诉的能力表示有信心的学生比例翻了一番，虽然总比例仍低于 50%。在韦恩斯坦爆出丑闻的一年后，也就是布雷特·卡瓦诺（Brett Kavanaugh）[1]获准担任最高法院大法官那一年里，仍然有弗吉尼亚大学的女生接二连三地写信给我，说她们曾遭到性侵，最后大多不了了之。

最近，我和一位年轻女性聊了聊，她的中间名是弗朗西丝。弗朗西丝两眼异常明亮，性格勇敢坚定，你在阳光

---

1 现任美国最高法院大法官。2018 年提名美国最高法院大法官期间，被三名女性指控高中及大学时期性侵，联邦调查局（FBI）受限调查后未发现足够证据。其任命经参议院党派投票通过，引发全美抗议，成为 #MeToo 运动与政治极化的标志性事件。

明媚的街道上也许会看到的这样的姑娘——骑着自行车，车篓里装着一束郁金香。2017年秋，弗朗西丝进入弗吉尼亚大学就读，她告诉我，开学一个月后，她在寝室里遭到了性侵。第二天早上，她喊朋友给她脖子上的瘀伤拍照，那是袭击者掐她时留下的痕迹。她当天就向校方报告了此事，不到一周，校方就做出回应，袭击者被勒令无限期停学。"我觉得学生组织非常支持我。"她说。警方也是如此，他们指控袭击者犯有性侵犯罪和勒颈伤害罪，后来又多了一项伪证罪。警方为何会如此积极？对此她直言不讳："因为我也是白人女孩。"在遇袭后的几个月里，她忙着走报案的各项流程，非常之烦琐。她还找了位心理医生，向她倾诉自己反复梦到袭击者的痛苦。她梦到过袭击者把她关进房间，她想要打电话求救，可手机怎么都解不了锁。

我和弗朗西丝聊到弗吉尼亚大学的自我包装术，聊了很久。她在美国西北部太平洋沿岸地区长大，第一次去弗吉尼亚大学是高三那年秋天。"那天夜晚，从走到大草坪上的那一刻起，我就爱上了这里，"她说，"一切都太完美了。"回去后，她把电脑和手机的屏保换成了圆厅图书馆和夏洛茨维尔的照片。"我渴望拥有这里的一切——烛光草坪上的圣诞颂歌，这座'人类思想无限自由'的堡垒。"她援引杰斐逊的名言说道。《滚石》报道性侵案那年，弗朗西丝13岁，她没读过那篇文章。她到现在也没读过，但她知道那篇报道有颇多疑点。也许在她眼中，弗吉尼亚大学依然是它所宣传的那样。

经过几个月的调查，校方最终裁定弗朗西丝的指控不成立。施暴者得以自由重返校园。（大二秋季学期她致信告知我，此人确已归来。）学校发布了一份长达127页的报告，得出的结论是她的证词不可靠。"按照报告里的说法，我就是个喜欢勾三搭四的派对女郎，那天我喝得醉醺醺的，结果事态失控，最后我狼狈不堪，无法收场。"我把整份报告读了一遍，读到最后我感觉整个人都要虚脱了。在一份书面声明中，袭击者承认发生了性接触，弗朗西丝想要终止对方的行为，并与其发生了肢体冲突。袭击者声称自己在恰当的时刻停了下来。报告指出，弗朗西丝在事发前的行为与事发后的陈述严重不一致，并称这完全可以理解。据此，再加上校方"无罪推定"原则，这次遭遇基本上被认为是"两厢情愿"，其潜台词显而易见——弗朗西丝要么在撒谎，要么在自欺欺人，要么甚至是理应受到指责的过错方。在这个已经发生了许多积极改变的时代，弗朗西丝依旧遭受了此等苦难，一想到这里我就感到麻木而绝望。警方和弗朗西丝的朋友对她的遭遇明明都郑重其事，弗吉尼亚大学也曾勒令袭击者停学，并按照程序规范进行彻底调查。然而现实依旧冰冷——大学第一学期派对后的性侵确凿存在，校方仍以"程序正义"之名豁免罪责。勇气、自信、热忱，这些让弗朗西丝成为她自己的特质，在将要绽放盛开时，却遭到了毁灭性的打击。从客观层面上讲，每个人都在做他们应该做的事，但感觉就像在某种深不可测的腐烂事物周围建造了一个玻璃结构：看起来每个人都各司其职,实际上是在围着某种深不见底的朽烂之物搭建透明的玻璃墙。

近年来,公众对于性侵的认识有了巨大转变,我们也亟须这种转变,但它让人们忽视了这样一个事实,即对于性侵问题,我们的制度依然无计可施。卡夫卡式的《教育法修正案第九条》流程规范证明,社会制度没有能力去处理我们的文化所煽动、催生的犯罪行为。没有哪一种犯罪像强奸罪那样,可以颠倒黑白,却又如此残忍。没有哪一种暴力犯罪自带一种内置借口,能够立即为罪犯开脱罪责,并将责任推给受害者。没有哪一种人际行为可以用来美化抢劫或谋杀,但性爱可以用来美化强奸。对于强奸受害者来说,最好的判决意味着最惨痛的经历:为了说服人们相信你理应得到公正,你必须先被摧毁。而女性主义的兴起和被接受并不能改变这一事实。我们所相信的世界,我们努力想将其变成真实存在的世界,仍然不是现在的世界。

我逐渐领悟,任何将性侵视为例外的叙事都已失去立足之地。强奸的真相在于其普遍性,它绝非偶然事件。而且我们没法把强奸圆成一个令人满意的故事。

写这篇文章时,我在网上找到了杰姬的婚礼购物清单。我一边翻看清单,一边想象着改随夫姓的她搬进新家——喜庆的厨房,纸巾架上钉上红彤彤的搪瓷苹果,房门口的牌子上写着"心怀感恩,所遇皆美好"。我突然觉得很鄙视她。我之前在恶搞百科网站 Encyclopedia Dramatica 上看到过她的词条。词条里写着，"这样说来，满嘴谎话的婊子杰姬……是不是该让我们白干一次？""萨布丽娜·鲁宾·埃德利呢？得把她干到断气不过分吧？"看到这里我不禁打了个寒战，一方面是因为这些话太瘆人，另一方面是因为我居然有点认同他们：我也讨厌杰姬和埃德利。我有种感觉，她俩似乎无意间决定了贯穿我写作生涯的主题——性暴力，好像学会报道这样的私人话题的目标，已经在我身上打下深深的烙印。好像我总有一股盲目的冲动，想要去弥补或挽回两个陌生人犯下的错误。

但我知道，说到强奸这个特殊问题，愤怒瞄准的往往是替罪羊。我知道，我真正憎恨的是性暴力本身。我憎恨那些从未反思过自己是否做错事的男孩。我憎恨他们变成的男人，憎恨他们依赖从属关系所获得的权力，憎恨他们对自我拷问的故意逃避。我憎恨的是我脚下流淌的肮脏河流，而不是在河流中翻船的记者和大学生，我知道，在某种程度上，我们是同谋。沙姆伯兰发表在《n+1》杂志的那篇文章中写道：

> 关于杰姬的叙述，我是这么理解的：她是出于愤怒才这么做。她被激怒了，但她自己并不知晓。发生了这样糟糕的事，她想告诉其他人，让别人知道发生了什么，知晓她的感受。但当她讲出来时，无论是对别人还是对自己讲，叙述都失去了力量。讲出来的故事听着一点也不像她经历的事件那般沉痛、悲惨，那

故事听着很稀松平常、很没特色、很容易被人遗忘——这种事发生过无数遍，发生在无数个女人身上，可落到她自己身上，的确是完全不同的感受。

文末，沙姆伯兰猜测杰姬想表达的到底是什么。"她无法客观冷静地讲出来，"她写道，"必须用戏剧化的方式表达。大概的语气是：给我睁大眼看清楚了，你他妈的敢不看试试……你要弄清楚，我们做了哪些牺牲，付出了哪些代价来维持这个社会的男权。这一次，你可要记清楚。"

现在，每当想起杰姬，我就会想起我同样感到心绪不宁的那一年。那年我没在弗吉尼亚大学，毕业后因为参加和平队而去了吉尔吉斯斯坦，这个隐没于世的美丽国度承袭着旧世界的荒诞逻辑。我抵达吉尔吉斯斯坦是在3月，一个星期后，该国发生武装冲突，造成88人死亡，近500人受伤，政府也被推翻。夏天晚些时候，针对乌兹别克族群的暴力事件频发，造成2000余人罹难，10万多人流离失所。我曾两次被转移到吉尔吉斯斯坦首都附近的一座现已关闭的美军基地，空军当年在那里承担阿富汗空运任务；第三次则是被疏散到哈萨克斯坦边境。在动荡之间，我就住在雪山深处一个巴掌大的村里教高中生学英语，整个人都快憋疯了。

根据某些官方指标，吉尔吉斯斯坦在两性平等方面远远领先于美国。2010年革命后的临时总统是位女性，女性政治家们接二连三地在议会中引入进步立法。吉尔吉斯斯坦的宪法明文保障平等权利——这在美国都尚未实现。但在日常生活中，这个国家的运作规范却对女性限制颇多，对男性非常有利。在公共场合，我绝不能露出膝盖和肩膀。我寄宿的那家人有个10岁出头的女儿，和她认识没多久，她就谆谆告诫我，坐公交车要当心被男人掳走。"抢婚"是吉尔吉斯斯坦的古老传统，男人可以在公共场合掳走女人，把她们扣为人质，直到她们同意与自己结婚。尽管如今多为私奔男女的仪式性表演，但它并未销声匿迹。家庭暴力无处不在。女性志愿者经常受到骚扰，尤其是亚洲女性，因为我们的长相与当地人有些相似。我已经习惯了出租车司机故意绕远路，一路上跟我说些粗俗下流、不堪入耳的话，最后才肯放我回家。安德鲁来探望我时，有个当地人问他身上有没有枪，愿不愿意为了老婆跟人干架，这人看似在开玩笑，却来回问了许多遍。

我感到幽闭恐惧，甚至是在尘土飞扬的街道上、长途大巴上，或是在辽阔壮丽的天空下。由于冲突持续不断，我们受到了严格的安全限制。我自然不会按照那些规定来，因为我很孤独，我想到处逛逛，找点事做，而且我觉得我有权做我想做的事。但事实并非如我所想，我被"禁足"在村里几个月，以示惩戒。那些日子我觉得更惊慌了，在山里散步时总忍不住回头看，总疑心刚刚碰到的男人在跟踪我。也许我是神经错乱了。有一天，我寄宿的那户人家的男人醉醺醺地往我跟前靠，我本以为他只是想亲下我的脸，结果他一把抱住我，亲我嘴。我赶紧跑开，给朋友打电话，又给和平队的管理人员打电话，问我能不能去首都住段时间。他的回答是，我的风评一向不好，看样子我只不过是想找个借口和朋友们出去玩。事实上，我确实想和朋友们出去玩，因为我想给自己打个岔，不去想被人强吻了这件事。我不明白，上大学时我遇到过比这更糟的事，强吻又算得了什么？可这次我为何如此在意？遇到性骚扰时，我一般会予以否认，甚至本能地否认。我总觉得性侵只能说明性侵者很可悲、很软弱；我总觉得自己肯定比那些想要胁迫、压制我的人都要强。但在这儿，我应该谦卑，认识到自己并不比谁强。我应该——我也确实愿意，按照这儿的规矩来。

我提前一年离开了吉尔吉斯斯坦，后来我才发现，我一直处于抑郁状态。那年我21岁，我竭尽全力去同理和感受别人的痛苦，却发现这么做根本就徒劳无益，只是在自我感动。但我不知如何停下。我强烈地感觉到，我的处境与更多人的处境并无差别，我所遭受的区区不公与每个人所面临的不公也无差别。我太天真了，暴力似乎无处不在：夜色中，公交车疾驰过村庄，撞到人后继续往前拖行；醉汉把孩童往墙上猛摔。我第一次彻底领悟，自己被纳入了一个不公正、残暴、惩罚性的社会体系——女人受苦是因为男人对她们有支配权，男人受苦是因为他们被期望执行这种支配权。长久以来，权力的层层分配极不均衡，而我几乎无力改变。

这让我产生了一种妄想、偏执和迷失的心理状态，以致到现在都不确定到底发生了什么，不确定我是高估了还是低估了我在某个情境中所面临的危险，在小路上与市场的男孩们擦肩而过时，我被他们一把抓住；乘出租车时，司机故意绕了20分钟的路，我只能央求他把我送回家……这些是我的想象吗？或者，从寄宿家庭的男主人强吻我到我打电话给朋友的那15秒的时间里，我是否只是在想象，还是说更糟，是我自己不知怎的挑起了整件事？和平队的管理人员对我嗤之以鼻，这让我火冒三丈，但我没表现出来，因为我知道自己的身份意味着优越：我随时都可以终止义工服务，和我认识的那些当地女性相比，我的生活太容易了。和平队那个管理人员质疑我在小题大做，这让我也不禁质疑自己是否确实是在小题大做，让我不禁希望不幸能降临到我头上，只为证明自己没疯，证明一切并非我的想象与幻觉。我满心愤恨，怒视那些紧盯着我的男人，挑衅他们：你们谁有胆量再骚扰我，让我在心里再记下一笔账？你们谁有胆量承认让我恍然大悟的事实——这里的女性时刻都有可能遭受侵犯？你们谁有胆量做点什么，让我意识到这一切并非我杜撰？我真希望，我在和平队或者上大学时就知道，故事用不着规整划一，也用不着令人满意；事实上，它永远不会规整划一，令人满意。一旦意识到这一点，我才能看到什么是真实的。

难搞的女性

过去的10年，世界发生了划时代的巨变，但大家并未充分认识到这一点：当今的女性从女性主义视角理解自己及其他女性的生活，已成寻常。过去，人们总把难以操控的女性叫作"疯女人""野女人"，但现在这两个词被认为带有性别歧视意味。媒体审视女性外貌的积习犹存，却披上了**女权主义修辞**的外衣。"荡妇羞辱"这个做法从21世纪初开始流行，10年后，人们意识到这么做不对，到了2018年它则成了文化禁忌。从花边小报偷拍女星布兰妮·斯皮尔斯的底裤，到斯托米·丹尼尔斯[1]成为公众喜爱的政治英雄，这一过程曲折坎坷，让人眼花缭乱，所以人们往往意识不到这场巨变的深刻意义。

女性"难搞"特质从负累转化为优势的认知重构，实则是数十年女权主义思想在互联网开放场域中的集中迸发——这些思想突然以华丽的姿态，极具说服力地涌现。这种重构依托于双向叙事工程：既对名人生命史进行女性

---

[1] 美国成人影片演员，自爆与特朗普发生过婚外情。

主义的文本重读，又实时将公共事件转化为性别政治宣言。华裔作家许韶洋（Hua Hsu）在《纽约客》的一篇文章中指出，女性主义名人的话语与社交媒体时代多数文化批评一样，遵循的都是一种"意识形态模式识别"的思路——作家们仔细研究名人的生活及其公共叙事，用紫外线灯照射，令潜藏的性别歧视无所遁形。

网络女性主义借由名人的案例，来识别并解构父权制加在女性身上的评判标准。布兰妮·斯皮尔斯最初被媒体刻画成精神有问题的天真少女，空虚、纵欲，如今却被重新诠释为值得同情的悲剧主角：公众希望她性感魅惑、纯洁无瑕，同时又有商业价值，但她根本无法满足这些相互矛盾的期待，最后只能走向精神崩溃。艾米·怀恩豪斯（Amy Winehouse）[1]和惠特妮·休斯敦（Whitney Houston）[2]生前被媒体妖魔化，被说成是毒虫，她们死后人们才醒悟过来：她们是才华横溢的天才歌手。萨米勒·莱温斯基（Samille Lewinsky）[3]并非没脑子的荡妇，而是个普普通通的职场新人，只不过二十来岁时与美国最有权势的上司发

---

[1] 英国歌手、词曲作者，以复古灵魂乐与爵士融合风格闻名，其烟嗓、蜂窝发型和文身成为文化标志。但长期陷入酗酒、药物成瘾及法律纠纷，导致事业停滞。2011年因酒精中毒去世，去世时仅27岁。

[2] 美国传奇歌手、演员，被誉为"The Voice"（天选嗓音）。后药物成瘾、婚姻破裂、嗓音衰退。2012年溺亡于酒店浴缸。

[3] 美国前白宫实习生，因1998年与总统比尔·克林顿的性丑闻成为全球媒体焦点，事件引发总统弹劾案。后转型为反网络欺凌社会活动家，致力于解构权力结构中的性别不平等。

生了婚外情，惨遭性剥削。希拉里·克林顿并非毫无魅力，而是资质过人的公共服务者，其抱负受阻于对手的偏见与暴怒。

通过女性名人来分析性别歧视是非常有效的教学方法，计算女性的确切价值本就是一种公众喜闻乐见的文化消遣，只是如今这种做法被赋予了进步的政治意义。这种重构亦具有私人维度，因为在重新阐释女性名人的故事的同时，我们也在重新阐释普通女性的故事。在过去的几年里，有没有发布关于女性主义的报道——换句话说，有没有客观公允的报道，日益成为判断媒体优劣的标准。哈维·韦恩斯坦丑闻被曝光以及随后发生的一切之所以会发生，很大程度上是因为女性终于可以依赖从女性主义角度进行叙事和分析的基础框架。女性知道，她们受害的故事哪怕不被所有人理解，也能被其中许多人理解。安娜贝拉·西奥拉可以大胆地说，因为被强奸，她被逐出了电影业；艾莎·阿基多可以大胆地说，她与韦恩斯坦交往是在自己被他强奸之后。在新气象下，人们并不会因为这两位女性陈述的事实而觉得她们可疑或可悲。（对于阿基多后续的丑闻——她被指控性侵了一位比她年龄小很多的男演员，媒体的报道既细致入微又冷静克制，一方面谴责了她的行为，一方面也指出虐待会滋生虐待。）

反过来，当女性名人在叙事中作为主体而非客体出现时，大量的普通女性会从她们读到的故事中看到自己的影子。渐渐地，女性能清楚地说出过去无人言说的事实：与某人开始一段关系并不能阻止他伤害你——事实上，这有时会导致伤害；遭到性骚扰或性侵犯有时会让女性的职业生涯毁于一旦。通过希拉里·克林顿，女性发现，这个国家是多么唾弃渴望权力的女性；通过萨米勒·莱温斯基，女性发现，自己可能轻易沦为他人野心的牺牲品；通过布兰妮·斯皮尔斯精神失常的报道，女性发现，她们的痛苦挣扎可以变成全社会的笑料，任何一个女性的故事都可能被男权篡改和扭曲。因此，任何一个女性都可能会被塑造成复杂的英雄：先被父权制埋葬，接着在女性主义者手中起死回生。

然而，当女性价值的辩护部分建基于其承受的不公待遇时，问题就会变得棘手。尤其在充斥着仇恨与不公审查，并将其范围和影响无限扩大的网络之中，即使女性主义思想成了主流，这一问题也依然存在。每个女性都要面对抵制和批评，出类拔萃的女性要面对的更多。而这些批评总是从性别歧视的角度出发，正如女性生活中的方方面面一样。多重现实共同作用，形成了一种观点：对女性的严厉批评本身就是性别歧视。更微妙的是，遭受带有性别歧视的批评本身竟然成了衡量女性价值的佐证。

但如果把这种从女性主义视角分析名人叙事的方法机械套用到凯莉安妮·康韦（Kellyanne Conway）[1]、萨拉·赫

---

[1] 美国共和党民调专家、战略师，曾作为竞选团队经理帮助特朗普赢得 2016 年总统大选，在特朗普总统任内担任白宫高级顾问。

卡比·桑德斯（Sarah Huckabee Sanders）[1]、霍普·希克斯（Hope Hicks）[2]和梅拉尼娅·特朗普（Melania Trump）等政治人物身上，其局限性就开始显现。我一直在想，我们是否正步入这样的时代——尽管女性遭受不公也依旧肯定女性的价值，和因为女性遭受不公而肯定女性的价值，这两者之间的界限是不是正在模糊化？保护女性免受不公平批评这一合法需求，是不是已演变成保护女性免受一切批评的不合法需求？是不是仅仅因为一名女性遭受了批评，就可以对她极尽赞美？

这种认知重构的底层逻辑简明清晰：我们都被历史语境所定义，而历史语境几乎全由男性书写并为男性服务。任何一位在人类历史上留下印记的女性，其存在必然与男权背景形成张力。直至最近，我们依然是通过男性视角来认识女性。但女性生命始终存在被重新赋权的可能。

你可以像很多人一样，重新阅读以往的作品，比如翻开《圣经》。先从夏娃开始，不再把她视作懦弱的罪人，而是激进的求知者。因为回头看了一眼燃烧的索多玛和蛾摩拉就被上帝变成盐柱的罗得之妻，并不是忤逆者，而是承受了对女性不公的惩罚。要知道，罗得不仅把两个还是处子之身的女儿献给陌生人玷污，还让同居山洞的女儿们怀

---

[1] 共和党保守派政治家，曾担任特朗普政府新闻发言人。
[2] 原白宫沟通部主任，在特朗普2016年美国总统大选竞选团队中担任新闻秘书，是团队中与新闻媒介沟通的桥梁。

上了自己的孩子。我主日学校的老师对罗得的评价很正面，说他只能这么抉择，而且艺术作品中的罗得也只是一个无法抗拒年轻女性肉体诱惑的凡夫俗子。可他的妻子呢？只因扭头看了一眼，就遭到永远的惩罚，这死得也太憋屈了。当然，蛇蝎美人的故事也应被重述：《圣经》中的大利拉是个招摇撞骗的妓女，她把她的情人出卖给了非利士人，可如今看来，她不过是个想方设法在乱世中幸存并寻乐的女人。从宗教的角度看，这些女性的故事都是警示寓言。从女性主义的角度来看，她们说明了要求女性必须顺从宗教道德这一标准的局限性。无论从哪个视角看，她们的诱惑力都是与生俱来的。"当然，恶女的形象对我们很有吸引力。那是种解放的幻觉。"伊丽莎白·沃策尔（Elizabeth Wurtzel）在1998年出版的《恶女》（*Bitch*）一书中写道。这本书是女性主义文化批评浪潮的先驱，如今这种批评已司空见惯。"大利拉是生命的象征，"沃策尔写道，"我生活在一个满是负担沉重、疲惫不堪的单亲母亲的世界里，她们任由男人摆布，整日忙碌，却又得不到应得的报酬……我这辈子从未知晓过能让男人一蹶不振的女人，直到我听到了大利拉的故事。"

大利拉是个很好的例子。她攫取的权力始终与"女性本应无权"的预设缠绕共生。巨人参孙十几岁时就能徒手把狮子撕成碎片。他曾杀死了30个非利士人，剥光他们衣服，带回去送给筵席上的客人。他还用一块驴颔骨灭敌一千。所以，即便大利拉不断逼问其神力来源，夜间嬉闹般以绳索捆缚他，参孙仍视她为无害玩物。参孙把真相告诉了她——他的伟力来自头发，他那从出生起就没剪过的头发，接着便枕在她的膝头睡着了。大利拉遵照非利士人的指示，举起了刀。

在这之后，参孙才升格为真正伟大的英雄。非利士人抓住他，剜掉他的双眼，用铁链把他拴在石磨上，让他像骡子一样磨玉米。最后，参孙被拖去献祭，失去力量的他向上帝祈祷，上帝给了他最后的神力。他抱住柱子用力一扳，神庙坍塌，压死了数以千计的非利士人，自己也与他们同归于尽。参孙战胜了邪恶，蔑视残忍的非利士人及卑鄙的魅惑者大利拉。弥尔顿在诗歌《力士参孙》(*Samson Agonistes*)中将大利拉描述为"蛇蝎心肠"之妇。他笔下的参孙哭诉道："邪恶的娇弱妇人把我拴住/沦为她的奴仆。"参孙承认对大利拉的仇恨，就是承认她的力量。沃策尔写道："依我看，大利拉显然是当之无愧的主角。"

"难搞的女性"(difficult women)天生就会惹麻烦，可若能换个角度看待，你会发现这些麻烦几乎都具有积极意义。女性要求原本只属于男性的权力和能动性，这是女性的"恶行"，也是女性的解放。要想实现解放，得先犯下恶行——女性追求解放的行动在其时代往往会被误认为是邪恶。1905年，克丽丝特布尔·潘克赫斯特(Christabel Pankhurst)明知自己会被捕，依旧选择在一次政治会议上向警察吐口水，就此，英国妇女选举权运动拉开了激进阶段的序幕。那之后，妇女社会政治联盟的成员不断冲击男性专属场所,她们甘愿被捕,绝食抗争,还砸窗纵火。妇女参政论者被妖魔化为野兽,而这立刻凸显出她们受到的待遇是何等不公。1906年,《每日镜报》(*Daily Mirror*)不无同情地写道:"若非通过呐喊、冲撞与暴动,男性所谓'权力'又是如何得来的呢?"

纵观历史,一旦女性不服从规训,行为越界,往往就会受到谴责。即使是历史上最受人尊敬的女性圣母玛利亚也面临同样的处境:《马太福音》里说,圣约瑟发现她怀孕后便要求离婚。但不听话的女人也会收获赞美。1429年,17岁的圣女贞德在幻觉的驱使下,说服王储查理任命她为法军统帅,她冲锋陷阵,在百年战争中帮助查理加冕称帝;1430年,贞德被俘;1431年,她被指控散播异端邪说及女扮男装而受审,并被处以火刑。但同时人们也赞颂贞德。在贞德被监禁期间,理论家和诗人克里斯蒂娜·德·皮桑(Christine de Pizan),即乌托邦幻想小说《妇女城》(*The Book of the City of Ladies*)(书中描绘了一个女性受尊敬的理想之城)的作者写道,贞德是"女性的荣耀",而处决贞德的人说他"非常害怕因此被诅咒"。

1451年,也就是圣女贞德死后20年,教宗卡利克斯特三世重新审判贞德并追认她为圣洁殉道者,她的悖逆与美德自此在历史叙事中永恒纠缠。斯蒂芬·里奇(Stephen Richey)在2003年出版的《圣女贞德:圣战士》(*Joan of Arc: The Warrior Saint*)中写道:"在她死后的五百年里,人们对她的评价各执一词:恶魔般的狂热分子、灵性的神秘主义者、质朴天真却惨遭权贵利用的工具、现代大众民族主义的缔造者和偶像、万众敬仰的女英雄、圣人"。同一个人，同样的行为、同样的性格，有人爱戴她、有人憎恶她。1920年，贞德被正式封为圣徒，成为继圣露西、圣塞西莉亚、圣阿加莎之后又一纯洁殉道的圣女。这与我们现在将那些因其"恶行"而"殉道"的流行文化人物奉为"圣徒"的做法如出一辙。

重写女性的故事意味着我们必须直面过往定义了女性故事的男性规则。想要反对一种意识形态，首先得认识到其存在并学会阐明它。在这一过程中，你可能会无意中给自己反对的意识形态添砖加瓦。这是经常困扰我的问题，也是特朗普时代新闻业所面临的问题：写文章本是想反对什么，可到头来却赋予了它更多力量和成长空间。

2016年，作家萨迪·多伊尔（Sady Doyle）出版了《命运多舛的女性：我们憎恨、嘲笑、恐惧的女性及其成因》(*Trainwreck: The Women We Love to Hate, Mock, and Fear ... and Why*)一书，该书分析了那些命运多舛的女性名人的人生与公共叙事：布兰妮·斯皮尔斯、艾米·怀恩豪斯、林赛·罗韩（Lindsay Lohan）[1]、惠特妮·休斯敦、帕

---

[1] 美国演员、歌手，以童星身份出道。后因私生活、法律纠纷（酒驾、盗窃等）和职业不稳定引发媒体争议，被视为千禧一代"堕落童星"文化符号。

丽斯·希尔顿（Paris Hilton）[1]，更早的还有西尔维娅·普拉斯、夏洛蒂·勃朗特、玛丽·沃斯通克拉夫特（Mary Wollstonecraft）[2]，甚至有作家哈丽特·雅各布斯（Harriet Jacobs）。《科克斯书评》（*Kirkus Reviews*）评价这本书"剖析全面而细致"，《ELLE》则认为它"精彩绝伦，是必读之作"。但该书的副书名呈现出一种潜在的不确定性，阐明了女性主义话语中的核心矛盾：憎恨、嘲笑、恐惧这些女性的"我们"是谁？是这本书的读者吗？还是说，正视并消除他人头脑中的所有仇恨、恐惧和嘲弄是女性主义作家和读者的个人义务？

多伊尔说她这本书"试图用新的视角重新看待这些命运多舛的女性，不仅让那些被我们噤声的女性经验得以言说，更凸显她们如何以越界姿态挑战性别规训"。基本可以肯定，这句话中的"我们"不包括多伊尔和她的读者。在整本书中，"我们"逐渐异化为厌女者和女性主义者的畸形合体，这两者看似对立，但她们都乐于深度发掘女性的堕落和痛苦，即便是出于截然相反的原因。在关于艾米·怀恩豪斯、惠特妮·休斯敦和玛丽莲·梦露那一章中，多伊

---

[1] 美国名媛、媒体名人、商人，希尔顿酒店集团继承人，因2000年代初在真人秀中塑造"金发无脑富家女"形象，成为网红文化鼻祖。近年活跃于反问题青少年机构改革运动，其形象从消费主义符号转为复杂的女权主义争议对象。

[2] 英国启蒙时代著名的女性政论家、哲学家、作家与思想家，西方女权主义思想史上的先驱，与威廉·戈德温（William Godwin）于1797年结婚。

尔写道,"通过死亡,一个命运多舛的女性终于道出了我们期待的那句话:像她那样的女人注定失败,人们不该鼓励她们为成功而努力"。该书最后一章,多伊尔写道:"后来学'坏'的乖乖女林赛·罗韩、离异单亲妈妈布兰妮·斯皮尔斯、搔首弄姿的凯特琳·詹娜(Caitlyn Jenner)[1]、胆敢与黑人老公一起登上《时尚》封面的金·卡戴珊",这些女性全都被看客"欢天喜地地绑在铁轨上,任由疾驰的舆论火车碾过"。"我们公开摧毁任何具备或展现女性性欲的名人,以此来控制女性的身体,并让女性处于恐惧之中。"我们真的如此吗?诚然,弄清楚第一人称复数指代的是哪些人往往比较困难,但这句话中的"我们"却能说明,在承认结构性不平等长久存在的同时,我们有时无法看清当前流行文化的真面目。

显然,《命运多舛的女性》这本书就是要发掘大众对知名女性所施加的虐待,从而杜绝这种行为;它希望在这个大众对女明星"发疯"喜闻乐道的文化中,普通女性能免受伤害。多年来网络女性主义话语普遍采用了夸张戏谑的宿命论语调,而多伊尔也是如此阐述这一有意义的话题的。在《致命吸引力》一章中,她写道:"渴望得到你的爱的女人多半也渴望得到全世界的关注。"命运多舛的女性"很

---

[1] 原名布鲁斯·詹纳(Bruce Jenner),美国前田径奥运冠军、演员,曾于1976年获得蒙特利尔奥运会男子十项全能冠军,并于2015年完成变性手术,更名为凯特琳·詹娜。2021年,凯特琳·詹纳宣布将竞选美国加州州长。

癫狂，我们都很癫狂——因为在性别歧视的文化中，身为女性是种病，无可救药的病"。社会将麦莉·赛勒斯塑造成"脱衣舞娘、魔鬼和贪得无厌的化身"；网络上的"头号热门话题仍然是蕾哈娜是不是女性坏榜样的争论"，且"争论结果多半不是正面的"。公众认为美国激进女性主义作家瓦莱丽·索拉纳斯（Valerie Solanas）是"卑鄙、愤怒、把人生搞得一团糟的弃妇"、是个"妖怪"，却把暴力狂男作家诺曼·梅勒（Norman Mailer）视作天才。我猜很多千禧一代女性都半真半假地崇拜过索拉纳斯，而对梅勒的了解仅限于他是把妻子捅成重伤的厌女者。多伊尔说她的创作动力来源于她"一生都在目睹世界上最美丽、最幸运、最富有、最成功的女性被媒体丑化为没脑子的恶女，并在公众的唾弃中被反复捶打，打到血肉模糊，打到出不了声"。

有种观点是，要想对抗并根除像父权制这样古老的力量，我们必须首先充分认识到它的力量，必须阐明并正面它最恶劣的损害和影响。但这么做往往会让我们过于悲观。"从当代名媛帕丽斯·希尔顿谈到启蒙时代著名的女性政论家玛丽·沃斯通克拉夫特，这看似很跳跃，"多伊尔写道，"但实际上，兔子蹦一下都比这远。"她的意思是，在很长一段时间里，人们更多关注的是沃斯通克拉夫特的性生活，而不是她的经典著作《女权辩护：关于政治和道德问题的批评》（*A Vindication of the Rights of Woman*）。沃斯通克拉夫特死后，其夫威廉·戈德温（William Godwin）将她写的性爱书信公之于世。这与瑞克·所罗门未经希尔顿许可出售性爱录像带的行为并无本质区别。但1797年至2004年间的变化不应被低估或简化，2004年至2016年间的变化亦如此。我敢说，我们今天的现实世界并不会将最美丽、最幸运、最富有、最成功的女性"丑化为没脑子的恶女"。女性是明星产业的推动者和主宰者，她们富有，她们拥有权力——虽然她们理当拥有更多权力。诚然，知名女性遭受了大量不公的批评，但这一点并不能否定上述事实。相反，正是因为她们遭受了这样的批评，让我们得以迂回地意识到这一现实。知名女性因为她们的困境——她们的缺点、她们混乱的生活、她们生而为人的脆弱——而受到尊敬，这样我们普通女性才可以有缺点、才可以脆弱、才可以也得到别人的尊敬。

自2016年起，我就在思考上述观点，尤其是自那一周起——那周接连发生了两件事，一是金·卡戴珊被持枪抢劫，二是埃莱娜·费兰特身份遭到曝光。网络上的女性主义者群情激愤，认为两件事本质上是一回事。"瞧瞧，雄心勃勃的女性会有怎样的遭遇，"大家在网上留言，"瞧瞧，这个社会是怎么惩罚敢于活出自己的女性的。"我认为大家说的没错，只是我的思路略有不同。问题似乎存在于更深的层次，似乎根植于这一个事实：女性想要成功必须克服重重障碍，以至于判断女性是否成功必须看她克服了多少障碍。而这个问题似乎又可以联系到另一种做法：用知名女性作为重要标准，来判断我们必须克服多少障碍。

我认为，把名人的生活作为准绳有一定的局限性。决定女明星生活的，是呈指数级增长的知名度、金钱和权力，而普通女性的生活基本上受制于世俗的东西：阶层、教育、房市、社保福利等等。女明星确实懂得如何自我营销，比如在性取向、着装打扮、情感和种族等方面，她们知道怎么包装能让普通大众接受，怎么包装更有市场，而在当今世界，懂得包装和营销似乎至关重要。但女明星也有超出大众接受范围的时候，从很多方面来看，公众的关注也是一种束缚。她们在持续的高强度舆论审判中挣扎，获取"女性活出自我"的社会许可，其难度远超常人想象。

2017年，安妮·海伦·彼得森（Anne Helen Petersen）出版了《太胖、太婊、太吵：任性女性的崛起与统治》（*Too Fat, Too Slutty, Too Loud：The Rise and Reign of the Unruly Woman*），以女性"难搞"特质的双刃剑效应为核心论题。彼得森写道，不羁的女性"在美国人的想象中占据了极其重要的地位"。把自己包装得不羁既有利可图，又有风险；大众能接受的底线在不断变化，不羁的女性不能越过这个底线，但只要她有胆量越线，她就能积累巨大的文化声望。

彼得森在书中重点探讨的是被公众所称道的桀骜不羁——"被主流认可的不羁"。她写到了演员梅丽莎·麦卡西、演员詹妮弗·维纳、网球运动员塞雷娜·威廉姆斯，以及金·卡戴珊等女性，分别以"太胖""太吵""太显眼""太强调自己的孕妇形象"等标签突破社会规训。"她们的名气是否推动了当今女性'可被接受的'行为、身体和女性生存方式的真正转变?"彼得森在书中问。"与其说该问题的答案取决于这些女性,倒不如说取决于我们作为文化消费者谈论和思考她们的方式。"这些女性的不羁"很重要,而让人们看到她们的重要性、力量和影响力的最好方式,就是不停谈论针对她们的行为背后的原因"。彼得森在每一章都讨论了一位知名女性,她们拥有某些备受争议的特质,却又能在自己的领域中拔得头筹。这些女性既"难搞"又成功。彼得森写道,不羁是"无穷的动力",美妙又迷人。

叫人郁闷的是,"不羁"这个范畴的含义非常之宽泛。女性的很多行为都可以被视作不羁。如果一个女性能大大方方地接受自己,能听从自己的欲望——无论那欲望意在解放自我还是妥协让步,还是两者兼有之——那她就会被视作不羁。如果一个女性被人误认为言行逾矩,可她却认定自己做得没什么错,那她也会被视作不羁。这种特质甚至存在于假设性批判中:以凯特琳·詹娜为例,公众并未抵触或批评她,但她的公众形象却与预期中会出现的抵触和批评紧密相关。无论用何种标准衡量,美国跨性别女性的生活都困难重重且充满危险,凯特琳却是个显著的例外。凯特琳未受过任何伤害,因为她是个有钱有名(或许还得算上她前奥运冠军的名头)的白人。她穿着紧身胸衣登上了《名利场》的封面;她有专属的真人秀;她的政治主张——比如她支持特朗普,而这位总统声称将很快取消对变性人群体的保护——登上了头条,而这一切发生在许多州同时通过"厕所法案",

而针对黑人跨性别女性的谋杀率仍然比普通人群高出五倍的时候。这种名人叙事与现实的割裂常常被人们用来论证凯特琳·詹纳是如何桀骜不驯,但它其实更应被视为名人叙事与真实苦难之间的鸿沟的注脚。

在另一章,彼得森写到了凯特琳的继女金·卡戴珊,展现了更复杂的文化图景。金在自己的节目中说,她本来以为自己能有一个挺"可爱"的怀孕过程,腹部隆起是唯一的变化。可事实是她身上处处都开始长肉。她还和以前一样,穿紧身衣、高跟鞋,这种选择"意外地戳破了'好母亲'这一理想化形象"。她"穿着网纱透视装、裸露双腿的短裙、深V领上衣、让腰身显得更臃肿的高腰铅笔裙。她浓妆艳抹,高跟鞋不离脚……一如既往地卖弄妩媚和性感"。媒体把她比作胖鲸鱼、矮沙发,她穿着透明高跟鞋脚踝红肿的照片在新闻中随处可见。孕期的卡戴珊要面对的是公众带有性别歧视的、残忍、尖刻的批评。但这一章未明确说明或者忽视了一个事实:在这种情况下,让金显得不羁的,不是她的身材变化,而是她把身体色情化、货币化的不懈努力。正如彼得森所说,她坚持自我物化的本能做法让她成了"无心插柳的女性主义者",但不管怎样,反正她"都是女性主义者"。

无论金·卡戴珊做出什么样出格的事,公众都不会觉得意外。吊诡的是,公众却很热衷于议论她,经常把她扭曲成自我赋权的偶像。正如书中所言,正是这种"自我物化的本能",使她成了"偶然的激进主义者"。这种看似矛盾的评价，折射出当代文化中一个吊诡的现实——对金·卡戴珊这类人物的评判标准往往被放得极低。金·卡戴珊这样的女性在某些文本（虽非彼得森著作这样的主流论述）中被塑造成"暗黑系赋权偶像"，实则是消费主义对女权话语的收编。女性主义者通常认为女性的勇气本身就具有最大程度的颠覆性，尽管实际上那颠覆不了什么。金的案例恰恰揭示：有时所谓的"颠覆"不过是对现有体制的精明顺应。严格说来，女性去做那些能让自己名利双收的事不叫"勇敢"。对一些女性来说，勇敢做自己困难重重、十分危险；可对另一些女性（比如卡戴珊姐妹们）来说，做自己不仅容易，而且有利可图。没错，这个世界确实嘲笑卡戴珊太能生，嘲笑她"太胖、太肤浅、太虚伪、太丰腴、太风骚"，如彼得森所指出的，社会的这种规范行为反映出许多厌女者对于卡戴珊的成功和权力的担忧。与其说尽管卡戴珊"太胖、太肤浅、太虚伪、太丰腴、太风骚"，她依旧能成功、能有权有势，不如说卡戴珊能成功，恰恰是因为她是这样的人，她摆出肤浅、虚伪、丰腴、风骚的样子对她来说是有利的。她证明了一个不复杂也不激进的事实：在当今社会，一个又富又美还能拥有自我规训能力的女性，完全能够通过强化这些既有优势，不断实现更富更美的梦想。

在讲到麦当娜时，彼得森清晰地阐述了这一批判性视角，那一章聚焦的正是这位年近六十还喜欢穿紧身胸衣且肱二头肌依然健硕的超级巨星。麦当娜非常乐于展现极致的健美和性感。彼得森指出，"从表面看，麦当娜反对年龄羞耻，但她坚持不懈地对抗衰老恰恰说明她有年龄羞耻"。在舞台上，她边唱歌边跳绳；在大都会艺术博物馆慈善舞会，她身穿尖锥紧身衣和露臀裤出席。麦当娜主张，女性超越社会认可年龄后仍享有性感权利，但实际上也只有特定人群可以打破这种禁忌。麦当娜并非在暗示公众"所有五六十岁的女性都重要。相反，她认为只有像她这样的五六十岁女性才有可能重要"。她想传达的信息是，只有每天锻炼 3 小时，严格按照营养学家要求搭配饮食的女性才能勉强做到衰老并性感着。也就是说，这种打破常规的做法只适用于出类拔萃的佼佼者，不适用于普通人。

当然，那些因突破社会边界而出名的女性，确实承担着揭露这些边界的陈腐性的先锋工作。但当这些边界的过时性已成为普遍共识时，我们将面临怎样的新局面？我们已经进入了一个新的时代，在这个时代，女性主义并非总在矫正正统观念。在许多领域，女性主义突然间就成了正统。在打破无趣的边界时，女性往往并不有趣——我甚至觉得现在的女性往往很无趣。梅丽莎·麦卡锡因为肥胖而被大众诟病，大众对她的批评索然无趣、乏善可陈，而她的才华不拘一格、独树一帜。电视剧《大城小妞》（*Broad City*）的主演艾比·雅各布森和伊拉娜·格雷泽在剧中所表现出的复杂性，不仅仅是打破了社会对女性文雅矜持的要求这一禁忌那么简单。名人并非总是走在最前沿，她们也并非总能代表魅力，甚至也不能总被公众接纳。普通女性在每一日的生活中能做到的事,往往比公众给名人定的标准超前得多。彼得森书中《太过赤裸》那一章就聚焦编剧、导演和主演莉娜·邓纳姆(Lena Dunham),由她创作的电视剧如《都市女孩》(*Girls*)、《大城小妞》等之所以被视为具有开创性意义的电视剧,正是因为它们所呈现的女性身体和场景,对许多人来说,本就普通而美好。

在女权主义对名人的分析中,潜藏着一个未经检验的普遍假设:我们赋予知名女性的自由终将惠及普通女性。这个假设之下还嵌套着另一层预设:这场对话的最终目标是赋权。但关于"难搞的女性"的讨论似乎常常偏离该目标。女性主义者在很大程度上瓦解并摒弃了传统男性对模范女性的定义,即女性必须甜美、端庄、驯顺、处处完美。如果说男性曾将女性置于神坛又乐于看她们跌落,那么当下女权主义的主要成果,或许只是颠倒了这个操作顺序——将跌落神坛的女性重新偶像化。知名女性仍然在不断接受大众的评判,而评判仍是以女性应极具魅力的期望为基础,只是现在的女性魅力包含了"难搞"的特质。女性主义者仍在寻找偶像——只是那些按照女性自己的复杂标准被偶像化的偶像。

在"难搞的女性"的疆域之外,还有另一种女名人在统辖。在《太胖、太婊、太吵》那本书中,彼得森指出,桀骜不羁的女性"与一种更讨人喜欢,通常也更成功的女性形象——事业家庭两不误的超人型妈妈,相互较量"。她接着写道：

> 以演员瑞茜·威瑟斯彭、杰茜卡·阿尔芭、布蕾克·莱弗利、格温妮丝·帕特洛，以及伊万卡·特朗普为代表的一些女性，她们很少上推特热搜，但她们所信奉的以消费主义、母性光辉、精致讲究为特征的"新家庭主妇"形象，帮助她们建立起极具商业价值的个人品牌。她们身材苗条、匀称，即使怀孕也明艳动人；她们从不会穿错衣服，从不说负面言论，也绝不允许自己变粗俗。值得注意的是，这些女性都是白人（杰茜卡·阿尔芭除外，她很小心，绝口不提她的种族），也是异性恋者。

除非遇到了极其愚蠢的政治环境，这类女性绝不会表现得很"难搞"。这类女性包括各种各样的"小"名人：生活博主、美容健康达人，还有喜欢在照片墙上弄个长标题且一看就知道什么品位的普通网红。这些女性非常成功，以至于部分女性主义者对她们极为不满——不满于她们不够不羁，失望于她们恪守社会对女性最寻常的期待。

换句话说，与"难搞的女性"一样，这些女性的生活也远远不够理想。人们一面欣赏一面又憎恨她们。很多时候，对于摩门教育儿博主、带货网红、"基本款"女孩，还有像格温妮丝·帕特洛、布蕾克·莱弗利那类女人，女性主义文化不仅瞧不上她们，还会与之划清界限，主动"割席"。有时——或者说经常——网友会公开表示憎恶这样的女性：像名为"滚出我的互联网"这样的大型在线论坛聚集着热衷于剖析网红生活每个细节的女性群体。《命运多舛的女性》中有句话很能说明问题，多伊尔写道："女性憎恨命运多舛的女性，就像我们憎恨自己的不完美。但我们也爱她们，因为我们希望自己的失败和不完美也能被人所爱。问题就在于如何在爱与恨之间做选择。"可为什么我们只有这两个选择呢？我想要的自由存在于这样一个世界：我们无须执着于热爱女性，甚至不必将自身对女性的感受视为意义重大的道德指标。在那个世界里，我们不必通过细致入微地审视这些名人的每一处细节，也可以探究女性的价值与解放。

2015年，阿兰娜·梅西（Alana Massey）给BuzzFeed网站写了篇热门文章，标题是《在为格温妮丝量身打造的世界里做薇诺娜》（"Being Winona in a World Made for Gwyneths"）。在文章开头，阿兰娜讲了个故事。29岁生日那天，她的男朋友告诉她，他理想的性伴侣是明星格温妮丝·帕特洛。"在那一刻，"梅西写道，"我对我们未来的一切打算和憧憬都化为泡影，原先我还梦想着我们会有几个可爱的宝宝，一起领养猫咪，会有美妙的性爱。因为当你是薇诺娜[1]型的女人，且你生活在适合格温妮丝的世界里，

---

[1] 薇诺娜·瑞德（Winona Ryder）是美国著名女演员，她在影坛上的形象常常是另类、非主流以及具有挑战性的，这使得她成为20世纪90年代青少年的偶像之一。

那么你与一个喜欢格温妮丝的男人根本没有未来。"文章接着深入探讨了梅西所说的"两类截然不同的白人女性，按照传统审美，她们都是迷人的女性，但她们的公众形象却体现了截然不同的生活方式和世界观"。薇诺娜·瑞德"令人共情，又给人以鼓舞"，她的生活"更真实……既令人兴奋又有点悲伤"。而格温妮丝"一贯体现的是有品位但保守的消费偏好，而不是她真实的个性"，她的人生"过于完美规整，既令人艳羡又显得平庸"。

对女性而言，真实性总与"难搞"绑定，这一女性主义的假设已成了主流逻辑，却仍以稀缺性自居。梅西认为，薇诺娜们的故事讲出来才有意义，尽管这个世界是为了迎合另一类型的女性而建。（当然，这个世界也是为了迎合薇诺娜们而建：虽然梅西承认她的论述有种族局限性[1]，但一篇爆款文章竟然以格温妮丝·帕特洛和薇诺娜·瑞德为例来分析女性形象，这一事实既能说明白人在主导名人话语，也说明公众定义名人"离经叛道"的标准无比宽松。）后来，梅西撰文回忆，这篇文章发表后，她的事业也随之走向了辉煌，她买了房，把头发染成亮金色，还改造了衣橱。她看着镜中的自己："一头金发由专业造型师打造，拎着名牌手袋，皮肤晶莹剔透，昂贵酸类精油滋养出的水光肌……靠，我居然变成了格温妮丝，如假包换。"精确衡量理想的女性形象这一做法，要么前所未有地重要，要么一点都不

---

[1] 格温妮丝和薇诺娜都是白人。

重要。

梅西将这篇"薇诺娜VS格温妮丝"文章收录在她2017年出版的《我想要的生活：陌生的名人，最好的朋友》(*All the Lives I Want: Essays About My Best Friends Who Happen to Be Famous Strangers*)一书中，该书聚焦几位公众所熟知的偶像：科特妮·洛芙（Courtney Love）[1]、安娜·妮可·史密斯（Anna Nicole Smith）[2]、艾波·罗斯（Amber Rose）[3]、西尔维娅·普拉斯、布兰妮·斯皮尔斯。其核心思想大概是：被父权制统治的世界美化、浪漫化了女性的苦难。也许，女性现在可以通过积极的方式，即一种炽烈、神圣、深刻、真实、积极、有意义的方式，去肯定和美化自身的苦难。就像书名所传达的那样，我们渴望在她们的困难和挣扎中发现意义。这本书把名人的生活视作具有深刻含义的个人象征：在西尔维娅·普拉斯"身上可以看到那些成天发自拍，并配文说自己又胖又丑的年轻

---

[1] 美国摇滚歌手、演员，以"朋克女皇"著称，前夫为涅槃乐队主唱科特·柯本。曾凭《性书大亨》(*People vs. Larry Flynt*)提名金球奖最佳女主角，因特立独行的时尚风格与多次法律纠纷成为争议性文化符号。
[2] 美国模特、演员，以与高龄石油大亨的婚姻及遗产争夺案闻名，其戏剧化人生常被视为消费主义与媒体狂欢的缩影，2007年因药物过量去世。
[3] 美国模特、社交媒体名人，因与坎耶·韦斯特（Kanye West）的恋情受关注，后以女权主义倡导者身份活跃，创立"荡妇游行"（Slut Walk）运动反对性暴力和污名化。

女性的影子"；小甜甜布兰妮的身体就像罗塞塔石碑，梅西则透过那具身体窥见了自己的渴望——渴望自己的身材能像布兰妮那样苗条火辣；科特妮·洛芙则是"满心仇恨的女巫"，是"我期盼成为的女人，而非那个常显笨拙的女孩"。梅西就像一位女祭司，她讲述因迫害而起的荣耀，因痛苦而生的神化。这些"难搞的女性"所经历的每一丝苦难都体现了她们的价值和人性。她们充满生机，充分实现自我，她们与众不同——"平淡的女性"永远无法像她们那样。

读这本书时，我总在想：长期以来，女性身份被剥夺了深度和意义，以致现在女性的方方面面都被赋予近乎超载的意涵。过去，女性想要克服障碍被视为有悖常理，而现在，女性拒绝克服障碍被视为有悖常理。整个解释框架正在变得站不住脚。若是从传统的视角来分析"难搞的女性"，你会发现她们颇具争议性；若是从女性主义的角度来分析"平淡的女性"，你会发现她们也颇具争议性。在这种情况下，女性为了解放而摒弃传统的女性特质，接着发现自己既鄙视又渴望拥有这些特质。同理，在梅西想要远离格温妮丝又被格温妮丝的形象所吸引的心态之中，存在这种模式；在互联网论坛中，生活博主被网友骂得狗血喷头，背后也存在这种模式。女性主义者以良善初衷竭力为女性的"难搞"正名，却让这个概念膨胀为万能的工具：它既是女性的挡箭牌，是女性不假思索就该赞颂的东西，也是可以掩盖任何恶行、自欺欺人的遮羞布。

2018年，随着名人与政治的边界彻底消融，围绕"难搞的女性"的讨论通过名人而博得更多的影响力，并强大到足以进入主流政治领域。特朗普政府中的女性体现出了女性主义者所赞美的许多品质：她们的自私、厚颜、大言不惭、野心勃勃、矫揉造作等等。她们作为名人所受到的待遇揭示了这个时代的吊诡之处，而互联网的作用又急剧放大了这些现象。一方面，性别歧视依然无处不在，触及女性生活的各个角落；另一方面，只要是批评女性，无论批评的是什么，仪态也好、举止也好，通通都不行，通通都涉嫌性别歧视。也就是说，特朗普政府中的女性几乎无法受到批评，否则都会和性别歧视扯上关系，成为话题。她们很幸运，因为关于"难搞的女性"的话语能把公众的注意力从实质批评转移到性别歧视上来。

特朗普阵营里的每一位女性貌似都有些"难搞"，都能被臭烘烘地捧成虚伪的女性主义名人。凯莉安妮·康韦因为显老的容貌遭到嘲弄、因着装品位受到讥讽、因沙发坐姿被荡妇羞辱，所以她是顽强的斗士，即使置身于混乱不堪的局面，也能屡战屡胜。还有梅拉尼娅，有人对她不屑一顾是因为她曾经是个模特，因为她不乐意假装自己是个和蔼可亲、热爱家庭生活的第一夫人；她拒绝了人们对白宫家庭生活的传统期待，用自己的方式重新定义了"第一夫人"这个早就和时代格格不入的职位。还有同样因做过模特而被看轻的霍普·希克斯，她年轻、寡言少语，不过对特朗普相当忠诚，所以公众认为她软弱可欺，但她却是总统真正信任的少数几个人之一。伊万卡同样是因为模特出身而被人瞧不起，媒体批评她作风轻佻，缘由是她创立了自己的同名时尚品牌，参加政治会议还戴蝴蝶结。但她对公众的憎恶置若罔闻，仍在幕后默默工作。还有因臃肿的身体和锋芒太露而备受嘲讽的萨拉·赫卡比·桑德斯，她让我们知道，作为一名与公众打交道的官员，要想做业内顶尖女性，不必苗条纤瘦，也不必开朗活泼。女性因生而为女而受到批评，同时又因生而为女而被赋予了政治意义——这种模式是如此宽泛，几乎适用于任何情况。看看特朗普圈内的女性吧，她们证明了女性的力量并不总是如我们所愿。看看她们，面对公众的强烈反对，依然坚持自己的立场，拒绝为自己的身份道歉，拒绝为自己所获得的而以前的女性绝无可能拥有的权力地位道歉，拒绝为打破公众的期望而道歉。

事实上，这种叙事在某种程度上是有生命力的。只不过讲述如此叙事的通常不是女性主义者，尽管有些作品看似符合女性主义。奥利维亚·努齐（Olivia Nuzzi）为《纽约》杂志2017年3月刊撰写的封面故事题为《大明星凯莉安妮·康韦》（"Kellyanne Conway Is a Star"），详细描述了康韦如何成为众矢之的。努齐认为，人们没完没了，"自作聪明地分析她的心理状态、辱骂她、盛气凌人地嘲笑她，但她并没屈服，而是浴火重生般通通接住，冷静客观地分析世人对她的看法。我这篇文章就算交给她写，她也能写得很好"。她表现出"蓝领的真诚"，有着斗士的本能；

她"对真相不甚在意",但"显然很喜欢玩政治游戏"。尽管她那让人无计可施的容貌和举止不断受到批评,但这还是将她推上了"美国真正的第一夫人"的位置。努齐还曾两次撰文介绍霍普·希克斯,第一篇文章于2016年发表于《GQ》杂志,标题是《唐纳德·特朗普的左膀右臂,霍普·希克斯为何获胜》("The Mystifying Triumph of Hope Hicks, Donald Trump's Right-Hand Woman"),详细讲述了一个"从未涉足政治的人如何成为这次大选中举足轻重人物"。2018年初,希克斯辞职后,第二篇文章由《纽约》杂志发表。努齐将她刻画成一个将命运牢牢掌握在自己手中的女人,同时也是个善良、天真、脆弱的女侍,侍从一个正在分崩离析的机构。

媒体关于特朗普政府中的女性的讨论常常自相矛盾,因而变得毫无意义。这些女性受益于流行女性主义的条件反射——只要女性获得可见度与权力,手段皆可赦免。[2015年,女性主义讽刺网站Reductress所发的一篇博文《新电影中的女性》("New Movie Has Women in It")恰如其分地概括了这一情况。]本属于自由派的女性主义如今已将保守派人物收入麾下。2018年,美国中央情报局官员吉娜·哈斯佩尔(Gina Haspel),这位曾在泰国的黑监狱亲自下令严刑拷问犯人并监督刑讯过程,后销毁所有证据的女性,被提名为局长,成了中情局首位女局长。萨拉·赫卡比·桑德斯在推特上写道:"任何声称支持妇女赋权与国家安全却反对提名哈斯佩尔的民主党人,都是不折不扣的伪君子。"许多保守派也表达了同样的观点，虽然有些人是言不由衷。前几年有这么个笑话：左派说要废除监狱制度，自由派说要多雇些女狱警。如今，看透女性主义可消费性的保守派们，也加入了"聘用更多女狱警"的大合唱。

特朗普政府的反女性立场如此赤裸，因而经常有媒体探查、批评特朗普班子里的女性，一是因为她们是特朗普的同谋，二是因为她们对女性主义的支持流于表面。（或许我们也可以用同样的怀疑态度来看待名人制度：尽管好莱坞盛行自由主义，但名人的价值，比如名气、人设、野心、完美身材，却催生了个人卓越主义的女性概念，而这本质上依旧是保守主义。）但媒体也会为特朗普阵营的女性辩护，将她们重塑为"难搞的女性"叙事下的悲情英雄。梅拉尼娅在陪同特朗普访问梵蒂冈时穿了件黑色礼服裙，戴着黑头纱，看起来多少有点像个寡妇。这引发了全网群嘲，说她这么穿是因为她心里巴望着能赶紧当上寡妇。《纽约时报》刊登了一篇专栏文章，论述了梅拉尼娅"沉默的激进主义"，作者评价梅拉尼娅是"在沉默中反抗"。后来，梅拉尼娅搭乘飞机，跟随特朗普前往休斯敦慰问哈维飓风灾民时，穿的是黑色细高跟鞋。这一不明智的选择立即遭到抨击，随后又有人用女性主义的那一套话术为她辩护：梅拉尼娅愿意穿什么鞋是她的自由，对女性衣着评头论足不仅肤浅，而且厌女。

2018年，特朗普政府已深谙如何使用这一手段来打舆论战。南部边境的非法移民家庭骨肉离散，民愤激荡之际，梅拉尼娅身穿印有"我真的不在乎，你呢？"字样的Zara风衣登上了飞机，前往得克萨斯州收容所探望移民儿童。这件事立刻闹得沸沸扬扬。这句话是赤裸裸地挑衅，传递的是反社会的信息，目的是以此引起对梅拉尼娅的批评，然后再将批评定性为性别歧视。这样一来，关于性别歧视的讨论就可以转移公众对眼下更迫切事宜的关注。

更吊诡的是，一种女性主义文化已被默认——必须保护女性免受任何方式的批评，无论这批评针对的是女性的身体、个人选择，还是整体形象。因此，特朗普政府也可以依赖自由派女性为其政府的女官员辩护。2017年，凯莉安妮·康韦的照片在网上疯传，这张照片让公众大跌眼镜、火冒三丈。照片里的康韦光着脚，两腿叉开，跪在总统办公室的沙发上，而房间里站满男人。这是特朗普会见正襟危坐的非裔大学校长们的正式场合，男人们都西装革履，举止庄重得体；可从康韦的举止看，她似乎是把总统办公室当成了自家客厅。康韦不成体统的行为激起了轩然大波，紧接着就有人高声为康韦辩护，比如切尔西·克林顿就发了条推文。《时尚》杂志随后评论道，切尔西表示支持的姿态"给所有女性主义者做了'榜样'，当有权势的政客因为女性身份而被贬损、被轻视时，大家就应该这么做"；称"以此策略击败康韦等'后女权'政客堪称高明"。文章继而话锋直指本质：当人们指责康韦面容憔悴或"利用女性特质"时，恰落入其算计——"她正将女性身份化为对付我们的武器。康韦深知无论如何言行……身为女性必遭赤裸裸的性别攻击"。但我还想补充一点，康韦很可能知道也会有人为她辩护，而这些人的语言，按照当代女性主义的标准，同样带有性别歧视。

希拉里·克林顿总统竞选团队的联络主管詹妮弗·帕尔米耶里（Jennifer Palmieri）在《纽约时报》撰文感叹：在公众眼中，特朗普政府高级战略顾问史蒂夫·班农（Steve Bannon）阴险狡诈却也才华横溢；而同样善于操控的康韦，就因其女性身份，在公众眼中顶多算是做事风格乖张。在《周六夜现场》（Saturday Night Live）的幽默短剧中，康韦被比作《致命诱惑》（Fatal Attraction）中的格伦·克洛斯[1]，这是性别歧视；网民把康韦恶搞成"咕噜"和"骷髅王"[2]的表情包，同样是性别歧视。但撇开性别歧视，我们依然面临如何评价凯莉安妮·康韦的问题。况且，若因政治正确原则禁止我们批评白宫发言人的自我呈现，那么我们也没有办法批评她在工作中的表现。厌女症坚持认为女性的外表具有至高价值；而对厌女症的没完没了、火力太强的批评也会让公众只注意到女性的外表。凯莉安妮·康韦目前担任的职务是特朗普政府坚不可摧的喉舌，一般的性别歧视并不能从根本上动摇她的权力。事

---

1 该片讲述了家庭幸福的已婚律师汤姆·加洛格，偶然间和格伦·克洛斯饰演的女编辑春风一度，不料从此被后者缠上的故事。

2 咕噜和骷髅王分别为《魔戒》（The Lord of the Rings）和美国系列动画片《宇宙的巨人希曼》（He-Man and the Masters of the Universe）中的反面角色。

实上，通过女性主义所构建的话语，凯莉安妮甚至可以从性别歧视中借力。《周六夜现场》说她是"渴望关注的神经病"，尽管如此，凯莉安妮依然屹立不倒。

说到特朗普班子里的女官员，就数霍普·希克斯和萨拉·赫卡比·桑德斯得到了媒体最坚定、最条件反射式的辩护。希克斯于2018年初辞职后，劳拉·麦根（Laura McGann）撰文指出："媒体一直在用带有性别歧视的语言打击希克斯的信心，直到她离职。"麦根认为，新闻媒体反复拿希克斯当过模特的经历说事，说她是政坛新人；可假如希克斯是个男人，媒体就会把她说成是旷世奇才，并且也不会总惦记着她十几岁时做过兼职模特的经历。记者们发表了很多报道，过度渲染她"女性化"的性格特征；媒体"质疑她经验不足，怀疑她对竞选和白宫做的贡献，暗讽她的长相……让她占尽便宜，而这就形成了另一种关于女性掌权者的阴险叙事，世界各地的成功女性对这种叙事都耳熟能详"。麦甘写道，想要公正地审视她，我们应该忘掉她"青少年时期做模特的经历"。

我们可以而且应该抛开父权制去批评希克斯，这种想法从理论上来说无可挑剔。但女性本身就是由父权制塑造的。我的职业本能与别人不同，毕竟我在得克萨斯州、福音教会、啦啦队、兄弟会和姐妹会等体系中长大，我年幼时所接触的权力机构影响了我对权力的看法。而希克斯是在康涅狄格州的近郊长大，当过模特；她上的是南卫理公会大学（Southern Methodist University），那是所位于达拉斯郊外的私立学校，能把孩子送到这所学校的家庭非富即贵，而且非常保守；她最后成了公开的厌女者特朗普的忠实助手，后者与她的关系如父女般亲密。保守的性别政治似乎从深层次和本质上真正塑造了她，而她也一直以此为行为准则，这是她的权利。在评价希克斯时，我们可以不去讨论父权制在她的人生所起到的作用，但要说这种不提及在政治上是必要的，那便是偏离了重点。麦根在文章中引用了《纽约时报》对希克斯的报道，并认为那篇报道暗含性别歧视；希克斯辞职后，《纽约时报》的一篇文章引用了我的评价，认为我涉嫌性别歧视，说我是个把希克斯贬低成"只不过是个打杂的"的媒体人。该文章引用了我的推文，我确实曾写道："再见，霍普·希克斯，感谢你让我们见识到，在有厌女症的上司手下干活时爬得最快的秘诀——美貌、沉默寡言、对男性的无条件服从。"

我认为，正是这些特质使得希克斯在特朗普政府中非常有用，但我的判断完全有可能出错。也许她并不像记者们所说的那样唯唯诺诺。（但可以肯定的是，她少言寡语，从未在媒体上公开讲过话。而她的长相也确实漂亮。）不过，一位娶过三位名模，反对第一任妻子有职业抱负，并对女儿的美貌有着令人不安的骄傲的总统，选了一位年轻貌美、循规蹈矩的女性做自己的得力助手，这似乎并非巧合。当然，希克斯很努力，也确实有政治敏锐性和政治手腕。但在特朗普看来，女性的外表、举止与她们的能力密不可分。

333

对他来说，希克斯的美貌和少言寡语就是难得的能力。我认为，她当过模特的经历与此有非常大的关联：模特行业是极少数几个女性能够利用厌女症来取得成功并在收入上超越男性的行业之一。模特必须想方设法吸引那些看不见的、不断变化的观众；她必须晓得如何不露声色地引诱人们将他们的欲望和需求投射到自己身上；在压力下，她必须表现得镇定自若，具备极强的控场能力。模特的技能很独特，很不寻常，而这些技能为一个人在特朗普手下工作做好了充分准备。不过，我或许也正堕入揭露厌女逻辑时的悖论：此刻的批判是否反而延长了性别歧视的半衰期？

这种意在揭露、实则强化的言语模式，在2018年的白宫记者晚宴之后体现得尤为明显。当晚，脱口秀演员米歇尔·沃尔夫（Michelle Wolf）拿萨拉·赫卡比·桑德斯开涮——毕竟拿人开涮是她的职责所在——"我超爱你在《使女的故事》(*The Handmaid's Tale*)中扮演的莉迪亚嬷嬷[1]。"沃尔夫还开玩笑说，每次桑德斯走上台，你永远也想不到她会说些什么，"是新闻发布会？空话套话？还是宣布带领大家组建垒球队？"最引发争议的是她对桑德斯妆容的讽刺："她焚烧事实，用灰烬勾勒出完美的烟熏妆。也许她生

---

[1] 加拿大作家玛格丽特·阿特伍德（Margaret Atwood）的小说《使女的故事》及同名电视剧中的角色。在"基列共和国"，莉迪亚嬷嬷是男性统治阶级欺骗和压迫广大妇女的帮凶。

来就长这样，也许是她扮出来的——多半是扮出来的。[1]"这些笑话反响强烈，占据了一整个新闻周期。微软全国广播公司（MSNBC）的主持人米卡·布热津斯基（Mika Brzezinski）在推特上说："看着一位妻子和母亲因长相而在全国性的电视台上受到羞辱，实在叫人痛心。我也遭受过总统对外貌的羞辱。发生这种攻击时，所有的女性都应该团结起来。白宫记者协会欠萨拉一个道歉。"《纽约时报》的明星记者玛吉·哈伯曼（Maggie Haberman）一直跟踪报道特朗普，她在推特上写道："白宫新闻发言人坐在那里，听着别人大肆批评她的外貌、工作表现等，却没有拂袖而去，真叫人惊叹不已。"沃尔夫是这么回击哈伯曼的："所有笑话都是拿桑德斯令人不齿的行为开涮。怎么听着倒是你对她的长相颇有微词？"女性主义者和急于证明自己是女性主义者的人们，纷纷支持沃尔夫：可没人取笑她的长相！

但事实是，大家就是在嘲讽桑德斯的长相。沃尔夫并没有直接侮辱桑德斯的外貌，但这些笑话的编排让人首先想到的是桑德斯臃肿的身材。她确实会让人联想到垒球教练这样的刻板印象：身形不优美，膀阔腰圆，不适合直筒连衣裙和珍珠项链。她看着确实挺显老，所以沃尔夫才会拿她跟莉迪亚嬷嬷做比较。至于烟熏妆，是因为桑德斯平

---

[1] 原文为"Maybe she's born with it, maybe it's lies."，这句话改编自美宝莲的广告词"Maybe she's born with it, maybe it's Maybelline."

时的眼妆确实看着脏脏的、不服帖，很难看。然而，性别歧视的存在为人们植入了一种不容置疑的观念——女性的外貌尤为珍贵。因此沃尔夫批评的都是在这种观念下绝不能批评的东西，沃尔夫的笑话从一开始就不能被接受。

一个月后，演员萨曼莎·比（Samantha Bee）在节目中骂伊万卡"婊子"的消息又占据了一整个新闻周期。她在自己的节目中讲到边境的移民家庭妻离子散，并辱骂了伊万卡，说这厢媒体在报道移民儿童被关在监狱般的拘留中心受人虐待，那厢伊万卡在网上晒出自己和小儿子相亲相爱的照片。"伊万卡，你知道吗？"萨曼莎·比说，"你跟儿子的合照是挺美，但我想以人母的身份对你这个人母说：对你亲爹的移民政策做点什么吧，你这个没责任心的婊子！他肯定听你的！"右翼和中间派的怒火如潮水般袭来，不是因为移民家庭的悲惨境遇，而是因为"婊子"这个词。保守派又一次把借来的道德批判变成了武器。白宫要求特纳广播公司（TBS）砍掉比的节目，然后比本人出来道歉了。这让我感觉女性主义者的常规做法好像变成了硫酸，渗入并侵蚀了地板，就好像性别歧视本身太过难以解决，以至于我们几乎放弃在实际生活中根除它。相反，我们一直在借由文化批评来制裁不平等的现象，而这种流于口头的举措对像伊万卡这样的人极为有利。是我们教会了那些根本不关心女性主义的人如何分析女性，如何分析人们对女性的反应，如何不止不休地辨认和解读性别歧视的种种迹象。

笼罩这一切的阴云，是在 2016 年的总统大选中，希拉里·克林顿输给了特朗普。大选自始至终，希拉里本人及外界一直将她塑造成一位"难搞的女性"，一位深受主流女性主义思潮喜爱的人物。她确实符合这种人设。数十年来，带有性别歧视的批评决定了她的公众形象是什么样：太丑、太冷酷、野心太大、太不顾家、太有心计。她因勇于实现抱负而招来毫无缘由的憎恨，但她通通挨了下来，并成为美国历史上第一位获得主要政党总统提名的女性。随着大选的临近，她要面对的是可怕又复杂的双重标准：作为重要的候选人，她的对手是一个尽人皆知地利欲熏心的商人；而作为女人，她的对手是一个男人。希拉里想要充分利用这一点。她将厌女者对女性的轻视变为营销策略。特朗普在辩论时用"恶毒的女人"（nasty woman）诋毁她，她便将对性别歧视的回应转化为营销策略——印有"恶毒的女人"的商品很受欢迎。污辱也能用来赋权：在推特上，女性主义者整天自称为"恶毒的女人"，真叫人尴尬。可如果我们真那么喜欢恶毒的女人，希拉里不是应该赢得大选吗？如果这种流行的女性主义真的如此盛行，53% 的白人女性难道不该把票投给她，而不是投给特朗普吗？

事实上，希拉里因为经受住了性别歧视者的批评而备受赞誉，至少在 11 月前是如此。我最喜欢希拉里的一点，就是她在面对厌女症时表现出的力量和坚韧。我由衷地钦佩曾经拒绝改随夫姓的希拉里、无法忍受困在家中烤曲奇的希拉里。对于这位因班加西（Benghazi）事件[1]而被国会质询了11个小时仍能全程保持从容不迫的政治家，我非常信任；而媒体却批评她"太情绪化"，只是因为她在电视节目中谈到死去的美国人时几度哽咽。2016年，看着希拉里在辩论台上被特朗普步步紧逼，却能坚强隐忍、泰然处之，我深受触动。近些年来，没有一位女性像她那样被抹黑、被蔑视。几年过去了，在全国各地的特朗普支持者集会上，愤怒的男男女女仍在高呼："把她送进监狱！"

然而，希拉里被迫对抗的性别歧视，最终只让公众看到了她是一名女性的事实，并未真正照亮她的政治内核。这对她——最终也对我们——造成了严重的伤害，因为她被贬低成了一个"平淡的女性"。厌女症为希拉里提供了一个糟糕的外部结构，让希拉里能展现出奉献、坚韧，有时也能展现出风度；但厌女症还要求她为了生存而迎合、妥协，要求她磨掉自己的棱角，让公众几乎无法看到她的个性。希拉里竞选和参选的真实本质首先被性别歧视所遮蔽，同时也被条件反射式的回击所遮蔽。她受到了不留情面、不公平的攻击，反过来，给她以支持和保护的往往是同样不留情面地还击。这些还击想要捍卫的从不是希拉里·克林顿本人，而是所有"恶毒的女人"。

---

[1] 指2012年9月11日发生在利比亚班加西的美国外交设施遭受攻击的事件，该事件造成四名美国人死亡。批评者质疑当时的奥巴马政府及国务卿希拉里·克林顿对危机的处理方式，认为他们未能充分保护外交人员，并且对事件真相有所隐瞒。

对于希拉里的失利，我会永远耿耿于怀，这也许再次让我们看到了为"难搞的女性"留出空间的必要性和重要性。它还说明，过多地关注女性的反抗姿态，可能会以破坏性的方式掩盖她真实的、独特的自我，这是我们始料未及的。备受瞩目的明星常常被当作是性别歧视受害者的范例，但受害者远不止明星。而关于女性主义的讨论并没有认识到这个事实：无论面对哪位女性，无论她有着怎样的渴求与道德观，性别歧视都会如影随形。想要抵制性别歧视，女性不一定非要成为女性主义者的偶像——她可以只从自身的利益的出发，尽管这与主流的女性主义的思路并不总是一致。

我恐婚[1]

---

[1] 原文为"I Thee Dread",此处作者是戏谑地模仿西方婚礼的誓词"with this ring I thee wed"(以这枚戒指,我与你结为夫妻)。

我的男友安德鲁会用谷歌表格把我们一起参加过的婚礼都记录下来，表格分成好多栏：婚礼日期、地点、我们与新人的关系、是否送了礼物、我俩谁送的礼物。表面上看，他这么做主要是为了把具体信息记清楚。但实际上，这是他的个性使然：我是个粗枝大叶的人，只在码字时比较严谨，但安德鲁不一样，他是建筑师，他总是一丝不苟，哪怕是无关紧要的琐事，他也一丝不苟到就连洗碗机里的盘碟碗筷也要摆放整齐的地步。不知从何时起，电子表格成了我们生活中不可或缺的一部分。过去的九年中，我们参加了46场婚礼。我不想结婚，而这些婚礼也许就是我不想结婚的原因。

安德鲁今年33岁，我30岁，从人口统计学的角度来看，我们的经历多少跟别人有些不同。我俩的高中同学大多是中上阶层，观念偏保守，是那种按部就班地结婚、生子，而且把婚礼办得特别传统、特别有排场的人。我跟他上的都是弗吉尼亚大学，那里的人也倾向于保守。实际上，这46场婚礼我们并不全是一起参加的。有时周末我俩会分头行动,参加不同的婚礼,我们带上熨烫好的正装,开车到机场,在航站楼挥手告别,然后登上各自的航班。大概有十几场婚礼我们收到了请柬却没参加,有时是为了省下钱好参加其他婚礼——我俩读研的时间前前后后加起来差不多有五年,总有一人囊中羞涩,更何况基本上所有的婚礼都得搭飞机过去。

但我们很爱我们的朋友,也几乎总是很喜欢他们的另一半。和很多"厌婚者"——这是个甚至囊括了大多数已婚人士的庞大群体,他们都会乐不可支地吐槽婚礼的繁文缛节,除了他们自己的婚礼——一样,安德鲁和我只要到了婚礼现场,就会爱上婚礼。我们醉意蒙眬,感动得泪流满面,沉浸在二手幸福中无法自拔,跟着蒙特尔·乔丹(Montell Jordan)的节奏与新人的父母共舞。所以,我们不厌其烦地参加别人的婚礼,重复如下步骤:订酒店、约车、写支票、挑礼物、从洗衣店取回礼服、天刚亮就起床打车去机场。我现在已记不清每场婚礼的具体情景,但电子表格能让我回忆起一个个瞬间:在暮色笼罩的查尔斯顿,孔雀在绿意葱茏的花园中悠闲地踱步,氤氲的水气沁透了我从二手店铺买的礼服的裙摆;在休斯敦,宴会厅里响起嘻哈组合 Big Tymers 的音乐,所有人都欢呼雀跃;在曼哈顿迷人的夜色中,我漫步到宽阔的阳台,俯瞰中央公园,看大家都穿着清一色的正装,城市熠熠闪烁;在弗吉尼亚乡村,新娘穿着雨靴走上红毯,连阴霾的天空都像屏住了呼吸;在马里兰的郊外,新郎骑着白马来到婚礼现场,金色的田野上回响着印第安人的音乐；在奥斯汀，玫瑰花架下的一对新人弯腰接受亚美尼亚式王冠；在新奥尔良，警灯忽闪，为狂欢节游行般的遮阳伞和铜管乐队开道。

我明白人为什么想要结婚。但这些婚礼不断提醒我，选择结婚的人往往没法理解不结婚的人。每当有人问起我和安德鲁什么时候结婚时，我都支支吾吾：我不知道，也许一辈子都不结；我太懒了；我不戴首饰；我喜欢看别人结婚，但我自己不想结。一般我会想办法转移话题，但从没成功过。紧接着大家就刨根问底，好像我故意隐瞒了什么，接着就认定我是那种嘴上说办不办婚礼都无所谓，但一旦有人求婚肯定麻溜儿改变主意的伪洒脱女。他们为此热烈地争论个不休，好像我给他们出了个亟待解决的难题，好像我脖子上挂了块牌子，上面写着"快来改造我啊！"怂恿人结婚，和怂恿人积极投票一样，似乎都是公民的义务。

"从没想过结婚？"他们半信半疑地反问，"嗨，婚礼仪式其实挺神奇的，特别是在这么一个几乎毫无仪式感的时代。只有婚礼才能把你爱的人都聚在一起。我的婚礼超级低调，我就是想着，大家伙儿能一起痛痛快快玩一场就行，明白吧？我就是想办个超级好玩的派对。讲实话，结婚是为了别人，但仔细想想，也是为了自己。"下一场婚礼上，同样的讨论还在继续。"还不考虑结婚啊？"大家关心地问，"结婚不一定非得办婚礼啊，知道吧？"六年前我参加过一个男人的婚礼，后来在别人婚礼上我又碰到了他，他说我错过了很多美妙的东西。"我们的关系现在更深入了,"他说,"相信我,结婚后有些东西确实会变。"

安德鲁被问到这类问题的频率比我低一些,大家似乎默认婚姻对女性更具情感意义:同样是结婚,人们常说婚礼那天是新娘子一生中最特别的一天,新郎可就不一定了。(当然,对于不想要孩子的夫妻来说,人们的疑问同样带有性别偏见,而且更具侵扰性。)尽管如此,安德鲁还是经常被问到为什么不结婚这个问题。"你不觉得烦吗?"最近我问他。之前他告诉我,他和一男一女两个老朋友通了几次电话,这二人对我们不具有法律约束力的关系都隐隐表示担忧。"不烦啊。"正在塔康尼克大道上变换车道的他这么回我。

"为什么不烦啊?"我问。

"我……真的不在乎别人怎么想。"他说。

"没错!"我说,"我通常也不在乎!"

"当然。"他听起来对这个话题已经有点不耐烦了。

"平时我真不在乎别人怎么想。"我愤愤道。

安德鲁点点头,眼睛不离前面的路。

"可就这件事,"我说,"就这件事,别人说的话会影响到我。这多半是个死循环吧——我们不结婚,本不关别人的事,但他们确实觉得关他们的事,要不然我们干吗非得围着这个话题打转。而被迫解释得越多,本不存在的问题就越多。'为什么我不想结婚?'这个问题的答案变成了一张错综复杂的网,掩盖了我对家庭结构、爱情等的真实想法。接着我会更加讨厌这个问题,因为我料到别人会问这个愚蠢的问题,而别人也会料到我怎么回答,这显得我越发愚蠢。种种元叙事充斥着我的脑子,而事实却是,整件事都荒谬至极,它的出发点就在于只要男人向女人示爱了,女人就应该被动地等待着他决心要与自己步入婚姻、白头偕老的那一刻。尽管从统计数据来看,婚姻中受益的是男方。而女方呢,不仅不如单身时过得幸福,她还得戴上那枚俗不可耐的、象征男性所有权的戒指。女人理应为新的婚姻生活感到兴奋,大家默认你后半辈子都得对婚姻有信心,而你有任何疑虑都不能说出去……"

我的声音越来越小,我知道安德鲁早就没在听我说话了,他在考虑晚上该看哪场20世纪90年代的摔跤比赛。他和我不同,我还在不停地跟人解释我为什么不结婚,我期望的生活是什么样,可他早就与这些问题和解了。而我呢,就跟很多女人一样,说到婚礼这个话题,总会刹不住车。

婚庆行业建议刚订婚的人需要为婚礼做一系列准备工作。人们普遍假定——即便事实并非总是如此——对于异性夫妻而言,在这个过程中耗费最多心力的人理应是准新娘。假定订婚后一年举行婚礼,那么这对准夫妻应当立即着手筹办订婚派对,选定婚礼策划人(平均费用为3 500美元),选定婚礼场地(平均费用为13 000美元),并确定日期。在剩下来八个月的时间里,她需要创建婚礼网站(平均费用100美元,很便宜),敲定供应商(鲜花2 000美元;餐食12 000美元;音乐2 000美元)。她应该已经买好邀请伴娘的小礼品(包括定制的吸管杯和记事本在内的礼盒套装,价格高达80美元每份,而一张印有"你愿意加入我的新娘大联盟吗?"的卡片仅需3.99美元),拟好宾客名单(得亏有宾客出席,她才有望回本4 800美元),敲定摄影师(6 000美元),购置礼服(平均1 600美元。但如果选的是婚纱中的战斗机,克莱因菲尔德牌婚纱,那么平均花费则高达4 500美元)。

在剩下来六个月的时间里,新娘得安排订婚照拍摄(500美元),设计好请柬、流程单和座位牌(750美元),敲定蜜月旅行行程(4 000美元)。距婚礼还有四个月,她应该买好结婚戒指(2 000美元),为伴娘、伴郎准备礼物(伴娘、伴郎每人100美元),准备婚礼伴手礼(275美元),准备新娘送礼会事宜,预订婚礼蛋糕(450美元)。随着婚礼的临近,她需要办结婚证(40美元),试穿礼服、婚鞋,举办单身派对,准备座位表,告知乐队或DJ歌单,并与摄影师沟通。婚礼前几天,她还要通过最后的梳妆流程。离婚礼只有几天时间了,她要最后再试一遍婚纱,试一遍妆容。婚礼前一天晚上还要举行彩排晚宴。婚礼当天,一年的心血和大约3万美元的花费会在12个小时内化为乌有。第二天早上,她得起床参加早午餐欢送会,然后去度蜜月,寄感谢信,订购相册,很可能还要办理改姓手续。

但这些仪式都笼罩在"传统"与"趣味"的名义之下。

人们模模糊糊地觉得：当一个女人穿着价值数千美元的纯白色缎面婚纱走过红地毯；当她当着175位宾客的面亲吻丈夫，发誓要与他长相厮守；当宾客们三三两两地回到挂满闪烁小灯的帐篷，在摆满洋牡丹的桌旁就座，边吃着苦苣沙拉边站起身，随着布鲁诺·马尔斯（Bruno Mars）的歌声摇摇摆摆——新郎新娘就变成了一对比翼鸟，被连接到一条无尽的恋人长链上。这条金色链条延续了几个世纪，已有成千上万的男男女女做着美梦，在奢华的露天酒吧举办盛大的婚宴，用手写的座位牌来标记这个决定将与对方携手共度余生的日子。

然而回溯历史，几个世纪以来的婚礼完全是家庭内的事务，是在私人场合举行的仪式，简短而朴素。过去，多数女性结婚时只邀请十几位宾客，没有宴席，她们穿的是旧的彩色礼服裙，裙子以后还会再穿。在古希腊，家境富有的新娘会穿紫色或红色的婚纱。在文艺复兴时期的欧洲，婚纱通常是蓝色的。在19世纪的法国和英国，下层和中层阶级的女性结婚时穿的是黑色丝绸婚纱。白色婚纱直到1840年才开始流行，那一年，时年20岁的维多利亚女王身着镶有橙花纹样的白色婚纱嫁给了她的表弟阿尔伯特亲王。这场婚礼没留下一张照片，直到14年后，摄影技术有所发展，维多利亚和阿尔伯特才重新拍摄了婚礼照，英国报纸长篇累牍地报道了维多利亚的婚纱、缎面拖鞋、蓝宝石胸针、金色马车和300磅重的婚礼蛋糕。1989年，霍利·布鲁巴赫（Holly Brubach）在《纽约客》撰文指出，

"新娘"和"皇室"之间的象征性联系始于维多利亚女王，并在后世演变为"婚礼是每一个女人的加冕礼"这一观念。

维多利亚女王大婚后不久，她的某些做法就被奉为悠久的"传统"。1849年，《歌迪女士》(*Godey's Lady's Book*)杂志写道："从古至今，习俗决定了白色是最适合（新娘）的色调，无论什么材质。"维多利亚时代的精英们纷纷开始效仿他们的女王。在专门销售婚礼配饰和装饰品的新兴商店的帮助下，婚礼程式基本固定，必须有正式请柬、入场仪式、鲜花和音乐。19世纪晚期迅速发展的消费市场将婚礼变成了效仿上流社会生活方式的舞台：这一天，你只要花钱就能过上上流社会的生活，即使你并不属于上流社会。中产阶级女性想通过婚礼给人留下自己是上流阶级的印象，所以白色婚纱变得越发重要。卡罗尔·华莱士（Carol Wallace）在她的《白色婚纱：美国婚礼的兴起》(*All Dressed in White: The Irresistible Rise of the American Wedding*)一书中写道："一件洁白素净的婚纱说明它的主人有自己的裁缝、女仆和专门的洗衣妇。"

到了20世纪初，中产阶级家庭在婚礼上花费过大，以至于引起了文化反弹。批评者要人们警惕爱情被商业异化，有作者告诫大家切勿为了一场派对把自己搞得倾家荡产。中产阶级把婚礼当成了社交表演，作为回应，精英阶层再度抬高门槛以区隔身份。根据薇姬·霍华德（Vicki Howard）在《婚庆产业：美国婚礼与商业传统》(*Brides, Inc.: American Weddings and the Business of Tradition*)一书中所述，富贵人家是这样展示婚礼贺礼的：主人家让宾客们"把盖着桌布的长桌上摆满的银器、瓷器、珠宝，甚至是家具……看个仔细……报纸上的公告不仅有礼物鉴赏活动的介绍，还标明礼物的设计者或制造商"。1908年，田纳西州的一位新娘邀请了1 500多位宾客参加婚礼，收到了"70件银器、57件玻璃和水晶制品、31件瓷器、9套床上用品和60件其他礼品"。

蓬勃发展的婚礼产业逐渐意识到，让人们接受铺张浪费和表演性的婚庆仪式，最好办法就是告诉女性——就像《歌迪女士》在1849年推崇白色婚纱时所做的那样——这些奢侈元素都是千百年的"传统"。"珠宝商、百货公司、时装设计师、婚纱顾问等群体都成了'发明传统'的专家，"霍华德写道，"他们捏造了自己想要的历史，只是为了给新的仪式正名，并消除社会对奢华婚礼的抵触情绪。"1924年，百货公司大亨马歇尔·菲尔德（Marshall Field）发明了婚礼购物清单，零售商们则开始发布礼仪指南，并坚称购买精美瓷器和寄送烫金请柬都是"传统习俗"。

1929年爆发的经济大萧条抑制了婚庆消费。但后来零售商们打出了"爱情不惧萧条"（love knows no depression）的广告语。接下来的10年，报纸大幅增加婚礼专题报道，报道礼服如何华贵、婚宴菜单如何高档，给读者以刺激的代入式体验。华莱士写道，到了20世纪30年代，新娘已成了"只风光一天的女明星"。1933年，社交名媛南希·比顿（Nancy Beaton）与休·斯迈利爵士（Sir Hugh Smiley）

在威斯敏斯特教堂举行婚礼时,她的哥哥塞西尔拍摄的如梦似幻的婚礼照片占据了各大报纸头版。照片中的南希看起来慵懒迷人,八位伴娘手挽着一条长长的花环,两个穿着白色缎面礼服的男孩托着她的头纱。"当时人们的生活普遍都比较拮据,大家渴望富丽堂皇的婚礼,"2017年,一位87岁的女士接受《镜报》采访时说,她原是个女装裁缝,受比顿启发,便给自己拍了套差不多风格的婚礼照,"婚礼可是千载难逢的机会,那一天我们觉得自己就是明星。"1938年,珠宝品牌戴比尔斯(De Beers)的代表写信给广告公司艾耶父子(N. W. Ayer&Son),询问"多种形式的宣传"能否刺激订婚戒指市场。1947年,该广告公司的文案弗朗西丝·杰蕾蒂(Frances Gerety)为珠宝品牌写出了"钻石恒久远,一颗永流传"的广告词,从那时起,钻戒几乎成了人们订婚的必备单品。2012年,美国钻戒市场的交易额高达110亿美元。

华莱士写道,20世纪40年代,结婚"不再是人生的关键转折,而是某种神圣仪式"。婚礼不再标志着女性从单身到已婚的转变,而是表明她从普通女性跃升为新娘和妻子。这种神圣化主要是通过消费来实现,于是关于婚庆的书刊应运而生,它们会告诉女性应该买什么。1934年,美国第一本婚庆杂志《喜事将近》(*So You're Going to Be Married*)创刊,后更名为《新娘》(*Bride*),并被康泰纳仕出版集团(Condé Nast Publications Inc)收购。1948年,第一本专门针对婚礼的专著《新娘礼仪》(*The Bride's Book of Etiquette*）出版，在随后的数十年，它一直致力于为女性提供婚礼建议："尽你所能打扮得漂漂亮亮，这是你的特权""让你的婚礼成为你想要的样子，这是你的特权""让自己成为万众瞩目的焦点，这是你的特权"。

在第二次世界大战的背景下，婚礼有了新的、更重要的意义。1942年，美国有近200万人步入婚姻的殿堂，比10年前增加了83%，其中三分之二新娘的另一半是新入伍的军人。婚庆行业用战时婚礼仪式来彰显美国人所重视的价值观，以从中谋利。华莱士指出："新娘的想法是，坚持举办一场正式的婚礼，白色缎面婚纱等一样也不少，这是爱国者的义务，而人们会觉得这个想法无可厚非。"战争也给珠宝公司带来了持久的利益。在此之前，珠宝公司曾尝试向男士销售订婚戒指，但都以失败告终，因为男士订婚戒指与当时依然盛行的"求婚是男性对女性的单方面承诺"的观念格格不入。但在战争背景下，男性佩戴婚戒开始变得合情合理：戒指能让远在千里之外的男人惦记着妻子、家国。很快，新郎新娘在婚礼上交换戒指就成了新的传统。到了20世纪50年代，人们就以为这是从古至今都有的仪式。

第二次世界大战落下帷幕，战时布料配给制也走向尽头，美国人的婚纱开始变得越来越精致。合成纤维面料被广泛使用，由薄纱和欧根纱制成的宽裙摆婚纱风靡一时。新娘的年龄越来越小，20世纪初，女性的平均初婚年龄为22岁，1950年，这一数字已降至20.3岁；到了50年代末，

20岁至24岁的美国女性有75%都已结婚。长达20年的经济萧条和战乱被和平、繁荣及全新的大众消费经济所取代，而婚礼象征着像产品目录一样美好的未来的开端：城郊的房子、崭新的洗衣机、客厅里的电视机。

20世纪60年代的美国社会动荡不安，但婚礼依然是家庭传统和稳定的象征。新娘们纷纷模仿杰奎琳·肯尼迪的造型，头戴"药盒帽"，身穿高腰裙和七分袖上衣。70年代，婚礼行业开始迎合反主流文化浪潮，满足新一波想要避开上一代审美观的年轻夫妇的需求。正是在这10年间，随着"自恋流行病"的蔓延与汤姆·沃尔夫（Tom Wolfe）所说的"自我的一代"（Me Generation）的崛起，婚礼能强烈表达个人风格这一观念开始深入人心。男人们穿着彩色礼服，摇滚歌手碧安卡·贾格尔（Bianca Jagger）大婚时穿的是圣罗兰牌的吸烟装。"风格诡异的婚礼很是吸引眼球，"华莱士写道，"比如滑雪主题婚礼、水下婚礼，或是干脆一丝不挂地在时代广场举行婚礼。"

到了20世纪80年代，婚礼潮流迎来新一轮循环。"20世纪70年代，我们会站在海滩上，看着伴娘演唱《云的另一面》（"Both Sides Now"），看着赤脚的新人朗读纪伯伦《先知》（*The Prophet*）中的段落，互相许下爱的誓言，"霍莉·布鲁巴赫（Holly Brubach）在《纽约客》杂志上写道，"对于我们很多人来说，80年代婚礼回归传统是件值得欣慰的事。可谁能预料到，婚礼最后还是走向了浮华与荒诞呢？"她注意到，在电视实况转播戴安娜的王室婚礼之后的几年里,"迪奥的新风尚和维多利亚时代时尚元素的七拼八凑"成了新娘服饰的主导风格。就像戴安娜的婚纱一样,20世纪80年代的婚礼造型元素,比如宽裙摆、泡泡袖、裙撑和蝴蝶结,也与时尚背道而驰。

20世纪90年代,随着设计师王薇薇(Vera Wang)声名鹊起和时尚品牌卡尔文·克莱(Calvin Klein)因极简主义的兴起,婚纱重新与时尚接轨。新娘们身着白色吊带裙,模仿卡洛琳·贝塞特-肯尼迪(Carolyn Bessette-Kennedy)的穿搭风格。她一头柔顺的金发、肤白貌美,婚前是卡尔文·克莱的公关,代表的是东海岸的优雅品位。而在西海岸,花花公子大厦[1]的"纵欲美学"注入了婚礼。辛迪·克劳馥(Cindy Crawford)穿着类似内衣的迷你裙举办了一场沙滩婚礼。消费主义的狂欢——麦当娜的歌曲《狂野女孩》("Girls Gone Wild")、MTV春假音乐节[2]——冲击着这个行业。准新娘们坚持要举办告别单身派对,派对上既有身穿警察制服跳性感脱衣舞的舞男,也有阴茎形状的情趣吸管。

在21世纪初的头10年,婚礼在真人秀节目中大放异

---

1 美国著名的豪宅,位于加利福尼亚州洛杉矶市。它是《花花公子》(*Playboy*)杂志创办人休·赫夫纳(Hugh Hefner)的私人住所。这座大厦以其奢华的派对、名流聚会和豪华生活方式而闻名。
2 美国音乐电视网(MTV)在每年春假期间制作和播出的特别节目。这些节目通常在受大学生欢迎的度假胜地拍摄,展示海滩上的派对、音乐会和各种娱乐活动。

彩。2000年2月,《谁想嫁给千万富翁?》(*Who Wants to Marry a Multi-Millionaire?*)这档堪称灾难的节目开始播出。《单身汉》系列节目的终极目标是让演员订婚,而订婚又是《我的梦幻婚纱》(*Say Yes to the Dress*)节目中婚礼"流水线"的必备环节。2003年,特里斯塔·雷恩(Trista Rehn)和瑞安·萨特(Ryan Sutter)[1]将规模盛大到需要电视台直播赞助的婚礼带入大众视野。他们的婚礼耗资377万美元,吸引了1 700万观众,美国广播公司(ABC)花了100万美元买断了婚礼的电视转播权。2010年后,供用户分享图片的社交网络平台Pinterest带动了一种精致却单一的文化,创造了一种新的、随处可见的"传统"婚礼美学,比如教新人用租来的谷仓、插着野花的陶罐、老式敞篷车或是锈迹斑斑的皮卡车来炮制质朴的"真实感"。

如今的婚服行业仍在蓬勃发展,最近两场皇室婚礼更是掀起热潮:身材纤瘦的凯特·米德尔顿(Kate Middleton)身着价值43.4万美元的亚历山大·麦昆婚纱;眼睛黑亮的梅根·马克尔(Meghan Markle)身着价值26.5万美元的纪梵希一字领婚纱。尽管自2008年经济衰退以来,美国民众的经济状况捉襟见肘,但婚礼的花费却越来越高。娜奥米·沃尔夫认为,婚礼仍然是一个由婚庆行业主导的"阶层向上流动的主题乐园",这个乐园世界被一种假象所

---

[1] 特里斯塔·雷恩是《单身汉》第一季的参赛选手,最终她获得了亚军。之后,雷恩被选中参加衍生真人秀《钻石单身汉》,最后她选择了瑞安·萨特作为获胜者。这对情侣于2003年12月6日结婚。

定义,即其中的每个人都是中上阶层。

在社交媒体时代,这种幻觉被进一步定型,人们常常会花钱购置婚服和婚宴布景,这在很大程度上是为了让网络受众看到一种尊贵感。婚礼长期存在于这种表演性的生态系统中。"一套精美的婚纱照能证明这钱花得很值,而想要拍一套精美的婚纱照的愿望也会鼓励人们消费。"丽贝卡·米德在《完美的一天:美国婚礼的商业化》(*One Perfect Day: The Selling of the American Wedding*)中写道。照片墙鼓励人们把生活当成一场婚礼,如同一场精心设计的演出,目的就是要让观众看见并欣赏。现在的人,尤其是女性,常以为自己是时时刻刻活在镁光灯下的大明星。在此种情况下,新娘就是名人、公主,这已成了不成文的规定。人们希望新娘既美丽动人又容光焕发,这让新娘背负了美容与保健两方面的繁重义务。《新娘》杂志给读者的建议是,结婚仪式前要在桑拿房里休憩片刻,并用浴盐洁净全身。《玛莎·斯图尔特婚礼》(*Martha Stewart Weddings*)杂志则给出了婚礼烟花表演的报价:5 000美元,表演3到7分钟。《美国时尚婚纱》(*The Knot*)杂志推荐准新娘在腋下注射肉毒杆菌(每个疗程1 500美元)。我有个朋友最近打听到的婚礼跟拍的报价是一天27 000美元。现在我们不仅有婚礼社交媒体顾问,还有在全美各地都能看到的"新娘训练营"健身课程,精心策划、有专业跟拍摄影师的订婚行业也在不断发展。总有那么一天,人们也会以为这些都是自古已有的传统。

甭管我什么性格，也甭管我一杯酒下肚后是个什么德行，反正在过去的13年里，有超过12年的时间我都是在跟异性谈恋爱，而且从不脚踩两条船。但我对爱情所谓的高潮——婚礼，却一直兴趣寥寥。女孩们从小就被训导，要对婚姻充满憧憬，训导的工具有芭比娃娃（我对芭比娃娃一点儿也不感兴趣）、过家家（这方面的需求我主要靠阅读幻想），以及迪士尼音乐电影（这些电影里有很多美丽的公主，被她们迷倒的男人有一大片，但这些男人千篇一律、毫无特点）。我喜欢这些电影，但不喜欢里面的爱情元素。我幻想自己是《美女与野兽》（*Beauty And The Beast*）中的贝儿，在图书馆的梯子上悠来荡去；我幻想自己是《小美人鱼》（*The Little Mermaid*）中的爱丽儿，举着叉子在深海里游啊游啊；我幻想自己是《阿拉丁》（*Aladdin*）中的茉莉公主，和她的大老虎一起沐浴星光；我幻想自己是灰姑娘辛德瑞拉，在老鼠和鸟儿们的帮助下改头换面。当电影即将结束，当她们和王子们坠入爱河时，我就觉得索然无味，赶紧把录像带退了出来。在写这章的内容时，我在YouTube上找到了《灰姑娘》和《小美人鱼》中的婚礼片段，感觉自己从来没看过这些镜头，心里还纳闷是不是小时候看的版本里这部分被导演剪掉了。

我并不是从小就反感婚嫁。儿时的我其实很女孩子气，也很喜欢被关注。我房间里的床单、窗帘还有墙纸都是粉色的。书中出现服饰描写时，我会看得特别仔细，在《飘》（*Gone with the Wind*）中，当思嘉因为"紧身底裙上有块明显的油渍"而没法穿她最喜欢的那件"缀着荷叶边，每条边都镶着绿色的天鹅绒丝带的绿格子塔夫绸裙"时，我难受极了。有时在家庭聚会上，我会找个人听我唱《风中奇缘》（Pocahontas）的主题曲《风的颜色》（"Colors of the Wind"），以致敬这位最能引起我共鸣的迪士尼公主——印第安公主宝嘉康蒂。她能看到瑰丽的日出，她有浣熊做好朋友，她去哪儿都能打赤脚。4岁那年，我开始给妈妈写信，动之以情地劝她带我去"魅力照相馆"拍照。那是家特别俗气的照相馆，就在商场里面，照相馆提供能闪瞎眼的亮片衣服。妈妈同意了，于是我给上帝写了封感谢信。"感谢您让我有机会去魅力照相馆拍照，"我龙飞凤舞地写道，"感谢您给了我那么多鬼主意。"照片里的我穿了件白色蓬蓬袖连衣裙，头上插着花，看起来对自己甚是满意。

我初中的第一次"约会"是去商场看亚当·桑德勒主演的浪漫喜剧片《冒牌老爸》（Big Daddy），是爸妈开车送我去的影院。大约从那时起，我开始巴望男生喜欢我，与此同时，我又厌恶自己这样，即便青春期有这种渴望很正常。高中时，我和很多男生成了"好哥们"，暗地里也发展出一些奇怪的暧昧关系。但我们那一个年级只有90个人，而且10年来大家都在同一所学校念书，因此我也没谈成恋爱。上大学后我很快就喜欢上了一个男生，第二年秋天，他搬进了我的公寓。那年我17岁。那年，我在我的社交媒体上记录了我们的一次对话：

> 他向我倾诉恐惧——担心自己只是扮演着"左翼存在主义者大学男友"的角色,而最终我会与"适合结婚的类型"的男人安定下来……我告诉他,也是我真实所想:我们谁不是在恰当时刻扮演着社会赋予的角色?

在我关于自己青春期的种种记录中,"结婚"这个词只在这次对话中出现过一次。看着自己在无意中把个体内心的矛盾冲突变成了客观抽象的社会学问题来探究,刹那间,我瞥见了自己在"处心积虑"地为自己的渴求找借口时不愿承认的一些真相。

总之,大四那年我和那位男友分手了。当时我突然很困惑,不懂自己怎么会心甘情愿帮别人洗袜子。毕业后我搬回了家,我觉得很无聊,就给一年前在万圣节派对上认识的安德鲁发信息。他在派对上假扮的是职业摔跤手罗迪·派彭。我假扮的宝嘉康蒂,这显然是政治不正确的做法。而我的男伴则披着羽毛围巾演绎《风的颜色》。当时,安德鲁正和我们姐妹会里一个身材娇小的黑发女孩交往,他去休斯敦读研后,他俩分手了。

那时安德鲁刚到得克萨斯州,而我则以为自己随时都可能出发去和平队。在彼此心照不宣这段关系注定短暂的默契中,我们如胶似漆地度过了六个月。这天早上,我俩躺在朋友沃尔特的公寓里那瘪塌塌的气垫床上,从宿醉中醒来。尘埃在阳光中如魔法微粒飘浮。当我望向他时,突然意识到若不能永远如此，我将窒息而死。几天后，我们飞往华盛顿参加兄弟会聚会，那次聚会很正式。喝得烂醉的我到外面好好享受了几支香气怡人的薄荷味香烟，然后回到屋里。安德鲁讨厌我浑身烟味。"为了你，我愿意戒烟，"我对他说，"可……"没说出来的话是，还有两周我就要出发去中亚了。温柔的安德鲁开始掉眼泪。我们回到酒店房间，承认爱着彼此。醒来时，我身边摆满了百威啤酒，醉醺醺的我就用冰凉的啤酒罐来敷那张哭肿的脸。

尽管我马上就要出发去中亚，我们还是决定继续相处下去。我登上了飞往吉尔吉斯斯坦的飞机，在那儿做了几个月的志愿者。在此期间，我用前所未有的热情构想着我的婚礼。朋友伊丽莎白给我寄来了一个补给包，里面塞满了各种美妙的零碎东西，其中有一期《玛莎·斯图尔特婚礼》。杂志里的所有东西都完美无瑕却毫无用处，漂亮精致却毫无新意。但我很喜欢，翻来覆去地读。一天晚上，为了能让我那部小小的诺基亚手机接收到信号以联系上安德鲁，我一直爬到了半山腰。一番折腾仍然无果的我陷入了恐惧的虫洞，觉得自己正在毁掉一些无可替代的东西。后来我读着那本杂志睡着了，在梦中我嫁给了安德鲁，那是个热烈、生动、逼真的梦，背景乐是 2011 年的歌曲。辽阔的绿色平原一望无垠，空中飘着朵朵鲜花，吉他声响起，那是何塞·冈萨雷斯（José González）翻唱的《心跳》（"Heartbeats"）。这个梦让人感到一种打碎一切的自由，感到安全，仿佛等待我的是升华，也可能是死亡；然后是昏暗的房间，闪烁着迪斯科舞厅的灯光，罗宾（Robyn）的《伴我同行》（"Hang with Me"）在空气中震颤。我惊醒了，蜷缩成一团，两眼刺痛。之后的几个星期，我一直沉浸在这种幻想中，尽管除了灯光、音乐和天气，我想象不出其他任何事物：我想象不出自己的模样，也想象不出伴娘会是谁，婚纱和蛋糕是什么样。

我提前离开了和平队。在从吉尔吉斯斯坦回美国的飞机上，我神经绷得紧紧的，从未感到如此脆弱。作为一个美国人所拥有的畸形特权与作为一个女人必须忍受的万般无奈交织，加上未确诊的肺结核的折磨，以及自己无法适应环境、无法用自己的方法解决甚至理解每一个难题所带来的羞耻感和无力感，这些都让我心力交瘁。我下了飞机，直奔安德鲁在休斯敦的住处，再也没离开。那段时间他忙得不可开交，从研究生工作室回家后，每晚只能睡五个小时。我则忙着做我在和平队时喜欢上的两件事：瑜伽和烹饪。一个人在厨房里擀酥皮、查看瑜伽课表时，我会回忆起大学时光，感觉自己又一次在年少无知时扮演起了妻子的角色，这让我很不自在。

严格来说，当时我并不必马上找工作。安德鲁拿到了莱斯大学（Rice University）的全额奖学金，每月500美元的房租（现在是我们共同承担）是他父母在付，他们本打算用攒下来的这笔钱补贴他的研究生学费。这一年不用付房租的生活让我发生了翻天覆地的变化，但我对经济依附的意味深感恐惧，惧怕用性和准备晚餐来体现自己的价值。我每天花几个小时在招聘网站上找工作，在这个过程中，我发现了很多生活博客、婚礼博客，这些网站让我感到灰心至极。我不再帮人东拼西凑地写项目资金申请文书，而是开始"帮助"富家子弟撰写申请大学用的论文——说白了就是当枪手。枪手这个工种让阶层体系得以维系，它给我带来可观的收入，有了这笔不义之财，我觉得自己想做什么都行。我写了几篇短篇小说，读了密歇根大学（University of Michigan）的艺术硕士项目。2012年，我们搬到了安娜堡。随后的一年里，我们收到了18张婚礼请柬。

那时候，安德鲁和我是好"队友"。我们一起养狗，一起分担家务，一起还信用卡账单，所有的节假日也都一起过。早晨蜷缩在他身边时，我感觉自己就像只幼年的海狮，在阳光照耀下的岩石上爬呀爬。2013年的一个周末，我们飞回得克萨斯州的马尔法（Marfa）小镇参加婚礼，那场婚礼堪比天堂幻境：教堂里回荡着齐柏林飞艇（Led Zeppelin）哀婉的吉他旋律，教堂外是烈日炎炎的沙漠，新婚夫妇幸福得无与伦比，翩翩起舞，直到夕阳的渐变色慢慢从天空褪去。那天晚上满天繁星，我穿着黑色连衣裙，喝着龙舌兰酒，怀疑我的本心是否与当下的感知相悖——我的心正在以笃定的节拍宣告，我根本不想要眼前这一切。

这个念头带来的压力持续膨胀，我的耳朵似乎在嗡嗡作响。我跟安德鲁说了我的想法，他的脸色突然变得很落寞。他坦言自己正怀着截然相反的期待。这场婚礼让他第一次真正明白，这一切是为了什么。

那已经是五年前了。安德鲁早就原谅了我在马尔法把他弄哭这件事。他对举办婚礼也失去了兴趣,可能也因为确实没有其他更好的选择。我俩的生活虽然每天都快快乐乐的,但几乎没什么仪式感:情人节就跟平常一样过,不庆祝周年纪念日,不送圣诞礼物,也不装点圣诞树。我不再为自己不想嫁给一个这么好的适婚对象而感到内疚。我现在知道,我对婚礼感到不知所措,甚至反感婚礼,其实再正常、再合理不过。我们的社会有很多证据证明,婚礼往往是肤浅的作秀,且铺张浪费,令人生厌。在我们的文化中,对婚礼的狂热之下,涌动着强烈的憎恨的潜流。当然,憎恨和狂热本就相互交织。

这种张力在众多婚礼题材电影中反复浮现,婚礼往往被描绘成爱恨交织的时刻。[或是如《忧郁症》(*Melancholia*)这部抚慰人心、令人动容的电影中,一颗彗星即将撞上地球,婚礼正好赶上世界末日。]传统婚礼电影中,主角通常很爱她的另一半,但家人往往反对她结婚,比如《岳父大人》(*Father of the Bride*)或《我盛大的希腊婚礼》(*My Big Fat Greek Wedding*)。但近些年来,婚礼电影开始讲述女性对婚礼的爱憎。2011 年保罗·费格(Paul Feig)导演的大片《伴娘》(*Bridesmaids*)将这种冲突演绎成了温情满满的滑稽喜剧。2012 年,莱丝利·海德兰德(Leslye Headland)导演的电影《未婚女子》(*Bachelorette*)如法炮制,只是风格黑暗、讽刺。

在这之前还有 2008 年上映的由凯瑟琳·海格尔主演的

《27套礼服》(*27 Dresses*)，2009年上映的由凯特·哈德森和安妮·海瑟薇联袂主演的《结婚大作战》(*Bride Wars*)。这两部叫人心烦意乱的爱情喜剧本该塑造的是热爱婚礼的女性形象，本该迎合那些热爱婚礼的女性，可展现出来的，似乎是它们真的痛恨婚礼，也痛恨那些女性。《27套礼服》讲的是简，一个焦躁不安、多愁善感，时刻都觉得心力交瘁的"职业伴娘"，自从小时候有一次帮新娘补好婚纱的裂口，她便对婚礼着了迷。"我知道，在她一生中最重要的日子里，我帮了大忙，"简在开场时气喘吁吁地说，"我巴不得我特别的那一天能早点到来。"在整部电影中，她强迫症般地否定自己的价值，觉得自己不配得到幸福，将价值与幸福寄托于幻想中的未来婚礼。她马不停蹄地给别人做伴娘，内心深处的嫉恨不断堆积。

《结婚大作战》更糟。海瑟薇饰演的艾玛和哈德森饰演的莉芙是情同手足的好姐妹，两人从小就特别向往婚礼。她们同时订婚，更巧合的是，两人的婚礼是在同一天、同一家大酒店举行。这场本可轻易化解的荒谬误会最后却引发了一场大战。艾玛是公立学校教师，她打十几岁起就在为婚礼攒钱，并用这笔钱支付了假日大酒店25 000美元的婚礼场地费。为了让莉芙长胖，艾玛每天都给她寄巧克力。丽芙是名律师，为了保持好身材，她甚至买了台跑步机放在办公室。她偷偷溜进艾玛光顾的美黑沙龙，把艾玛的皮肤变成了亮橙色。这两个女人都没什么朋友，都把未婚夫当成工具人。艾玛请不到人当伴娘，只好请同事帮忙，就

在走入婚礼殿堂前的那一刻,一向忍让的艾玛对同事出言不逊:

> 德比,我这辈子都在应付你这类人。我得告诉你,我早该这么告诉自己,有时我才是主角,明白吗?虽然不会一直如此,但偶尔也有轮到我出风头的时候。就像今天。要是听了这些话觉得不爽,那你走。可如果你打算留下,就得做好你该做的事。你得面带笑容,夸夸我这个新娘有多美。最要紧的是,不要总把自己当主角……听懂了吗?你能做到吗?

和简一样,艾玛也被这种文化上的精神错乱所击垮,它怂恿女性把一生的热情和渴求都堂而皇之地塞进挥金如土的一天。2018 年,米歇尔·马科维茨(Michelle Markowitz)和卡罗琳·莫斯(Caroline Moss)共同写了本叫人捧腹的书《嘿,女士们!》(*Hey Ladies!*)。这是本虚构人物的书信集,写信人是住在纽约的一群女性朋友。她们没完没了地要求对方尽到朋友该尽到的社交义务,而当这些人的儿女接二连三订婚时,麻烦就更大了。

例如,说到新娘送礼会,有个准新娘的母亲在信中是这么要求的:

> 鉴于珍自小钟情花卉,我计划在弗吉尼亚乡村俱乐部举办花园午宴式新娘婚前派对。虽知从纽约市及

布鲁克林前往弗吉尼亚路途遥远,但已查得四月末火车往返票价仅约450美元/人(超值!)。

艾丽,作为首席伴娘由你负责着装规范:请诸位女士穿着与肤色相称的淡雅色调。若不确定,请上网查查!也可以去高档服装店,约个造型师咨询一下。鞋履方面,户外场合不等于可牺牲美观换舒适。现场将配备摄影师,请谨记!至于发型与妆容,请致电弗吉尼亚州"今日美发沙龙"的米根,以确保造型一致性。

这封信当然是在讽刺现实,而且很夸张。但推特上确实有很多人会转发类似的邮件。实际上直到2014年,我的年收入从未超过35 000美元,但到目前为止,我花在参加婚宴上的钱绝对超过这个数字。

婚礼事多、累人、费钱。此外,还要提到女性主义对它的一些看法。想必大家都知道,从古至今,婚姻大多对女性不利,对男性有利。中国古代认为妇人应该"三从四德";亚述的法典规定,"男人可以鞭打、殴打妻子,拽其发,割其耳,无须承担任何罪责"。历史学家斯蒂芬妮·孔茨(Stephanie Coontz)在《婚姻简史》(*Marriage, a History*)一书中写道,在近代早期的欧洲,丈夫"可以强迫(妻子)发生性关系,殴打她,并将她囚禁在家中,同时占有女方全部财产。从他把戒指戴在妻子手指上的那一刻起,他就控制了她带到夫家的每一片土地,拥有她所有的动产以及她婚后赚取的一切收入"。"已婚妇女无独立法律地位原则"自中世纪起实施，直至20世纪末才在美国彻底废除。正如法学家威廉·布莱克斯通爵士（Sir William Blackstone）在1753年所说，"女性在婚姻存续期间的法律人格被悬置，或至少被并入丈夫的人格"。直到1974年，金融机构还要求申请信用卡的女性必须有丈夫的陪伴。直到20世纪80年代，美国很多州的法律还明文规定，丈夫强奸妻子不算犯罪。

我之所以不想结婚，部分是因为我没法代入"妻子"这个称谓，我只受得了萨沙·拜伦·科恩在电影《波拉特》（Borat）[1]里说这个词，受得了他完美且永恒的荒诞解构。除此之外，"妻子"这个词于我始终与这段阴郁的历史捆绑。同时，我也知道，近几个世纪，人们一直在婚姻内部和外部反对其不平等性，而近年来，"妻子""婚姻伴侣"的含义也发生了变化。2015年夏，美国最高法院在"奥贝格费尔诉霍奇斯案"（Obergefell v. Hodges）的判决中保障了同性婚姻权利——这一判决肯定了相对较新的婚姻观念，即婚姻是以双方的爱和承诺为基础，并将婚姻重构为一种所有性别都可以平等缔结的社会组织形式。"没有哪一种形式的结合比婚姻更深刻，因为它体现了爱情、忠诚、奉献、

---

[1] 在电影中，萨沙·拜伦·科恩扮演的哈萨克斯坦男人波拉特带有浓重的口音，说的是一口蹩脚的英语，会用荒诞不经的方式说"This is my wife!"（这是我的妻子！）、"This is my other wife!"（这是我另一个妻子！）。

牺牲和家庭的最高理想,"判决书最后一段写道,"婚姻的缔结让两个人都变得更伟大……断言这些男女不尊重婚姻理念实属误解。他们的请求是以对婚姻制度深深的敬意为基础,他们尊重婚姻,所以才想亲身体验和实现婚姻的意义。他们希望自己不会被排斥在人类文明最古老的制度之外,孤独终老。他们要求在法律面前享有平等的尊严。"判决出来的那个星期五,我本打算待在家,可这个消息让我激动万分,于是我出门去蹦了迪。我记得自己当时呆呆地立在原地,周围人都在跳舞,而我的心变得就像一块撒满糖针的彩色蛋糕。我一边哭一边抱着手机一遍又一遍阅读判决书的最后一段。

宪法赋予同性恋人的权利让婚姻制度的未来更有希望。我们这一代以及下一代的许多人似乎都想不通,以前的同性恋怎么会没有婚姻权利呢?就像我想不通,以前的妇女自己去银行怎么会申请不了信用卡呢?在这个时代,人们普遍认为婚姻不是伴侣关系的开始,而是伴侣关系的公开声明;在这个时代,有大学文凭的女生比男生要多,而且在20岁到30岁这个年龄段,女性往往比男性挣得多;在这个时代,人们不会再以为女性结婚是为了性或为了稳定的生活,所以女性选择晚婚,甚至选择不结婚。如今,只有约20%的美国人在29岁之前结婚,而在1960年,这个百分比是60%。婚姻的方方面面都变得更加平等,"这部分是因为,当我们推迟结婚时,变得独立的不仅仅是女性,"丽贝卡·特雷斯特在《单身女性的时代》中写道,"还有男性,他们和女性一样,学会自己穿衣吃饭,自己打扫房间,自己熨烫衬衫,自己收拾行李。"

我参加过的很多婚礼都反映了一些转变。对处女贞洁的恋物情结已基本从婚礼中消失:就连得克萨斯州宗教保守派也常常默认,订婚意味着一对新人已为今后的共同生活做好了准备,包括性生活。对了,谢天谢地,我已经记不得上次看到新娘扔手捧花是什么时候了。现在,陪着新娘走红毯的人通常是父母双方(而不只是她的父亲)。我还记得有场婚礼的花童正是那对新人的女儿们。我在和平队认识的一个女性朋友在塞内加尔的海滩上主动向男友求婚,写这一章时,我还去辛辛那提市参加了他们的婚礼。这对新人互相亲吻后,司仪十分骄傲地宣布,这对夫妻是"凯瑟琳·伦纳德博士和乔纳森·琼斯先生"。几周后,我又去布鲁克林参加另一场婚礼,而那对新人一起步入仪式场地[1]。新娘、作家乔安娜·罗斯科普夫(Joanna Rothkopf)的婚礼誓词只有两句话,其中一句是拿电视剧《黑道家族》(*The Sopranos*)玩梗:"我爱你,胜过鲍比爱凯伦,还好我不会做饭,不然你还得吃我临死前做的通心粉。"[2]

但总体而言,"传统"婚姻,即传统的异性婚姻,仍是我们社会中最根深蒂固的性别不平等场景之一。婚姻的文化脚本是这样的:女人垂涎钻石,男人只能心不甘情不愿

---

[1] 按照惯例,男方应当在圣坛前等待女方走过红毯。
[2] 《黑道家族》中的凯伦和鲍比是一对夫妻。2002年,凯伦出车祸身亡。凯伦去世后,鲍比把她死之前做的通心粉放在冰箱里保存了很久。

地掏钱买钻戒；而婚姻现实是这样的：婚后男人的生活往往变得更好，女人的生活却往往变得更糟。换言之，文化脚本与现实根本就大相径庭。数据显示，已婚男性比单身男性的心理状态更好，寿命也更长；相反，已婚女性比单身女性的心理状况更差，死得更早。这些统计数据并非暗示婚姻行为本身是某种性别诅咒，而是反映出在传统的约束下，当男女双方必须共同承担无偿的家庭义务（比如家务）时，女方通常会承担大部分；而有了孩子后，这种情况会更加严重。尽管有一种观点认为，离婚可以让女性大捞一笔，但事实上，在婚姻存续期间工作的女性离婚后收入平均会减少20%，而男性的收入不仅会增加，增加的幅度还会大于20%。

性别不平等在异性婚姻中根深蒂固，即便在文化变迁和个体努力的作用下，它依然存在。2014年，一项研究以哈佛商学院校友为样本（要知道这些人都野心勃勃、懂得变通），结果发现，30岁至60多岁的男性中，超半数希望自己的事业将优先于配偶的事业，其中四分之三的男性已如愿以偿。而同年龄段的女性校友中，只有不到四分之一认为配偶的事业比她们的重要，但实际情况是40%的女性会牺牲自己的事业。很明显，生物学特征在这里起很大作用——如果想要孩子，就必须由身体符合女性生物学特征的人来生。但同时，社会习俗和公共政策带来了很多本可避免的困境。这项研究还显示，哈佛商学院年轻女性毕业生（20多岁至30岁出头）也正面临着与前辈相似的现实与理想的割裂。

在一些国家，异性恋女性仍常被要求正式冠以夫姓，这样的习俗预示并象征了婚姻中的性别不平等。在夏洛蒂·勃朗特于1847年出版的《简·爱》中，女主人公在婚礼前看到行李标签上"罗切斯特夫人"字样时，有一种错位感。"我没法让自己，也没法让别人贴上这些标签。罗切斯特夫人！她并不存在，"简心想，"……梳妆台对面的那个壁橱里，一套据说是属于她的衣服，已经取代了我洛伍德的黑呢大衣和草帽，这就已经够我受的了，因为那套结婚礼服，此刻挂在它们占走的衣架上的珍珠色的长袍，还有薄如烟雾的婚纱并不属于我。我关上了壁橱的门，藏起那古怪的、幽灵似的衣着。"在达芙妮·杜穆里埃（Daphne Du Maurier）于1938年出版的《蝴蝶梦》（*Rebecca*）中，身份未知的叙述者在即将步入婚姻时也有同样的疏离感。"德温特夫人！我将成为德温特夫人！我掂量着这个名称的分量，考虑着自己在支票、账单以及宴会请柬上的签字。"她重复着这个名字，心神恍惚。"德温特夫人。我将成为德温特夫人。"过了几分钟，她才想起来自己吃了个酸橘子："满嘴苦涩味，这工夫才觉察到。"罗切斯特夫人和德温特夫人的丈夫在前一段婚姻中的麻烦都殃及了她们，几乎要她们丧命；有意思的是，勃朗特和杜穆里埃为了实现某种平等，让罗切斯特与德温特的庄园都化为灰烬。

美国第一位在婚后保留自己姓氏的女性是女性主义先

驱露西·斯通（Lucy Stone），她于1855年与亨利·布莱克韦尔（Henry Blackwell）结婚。这对夫妻把婚礼誓词公之于众，这么做是为了抗议婚姻法，因为婚姻法"拒绝承认妻子是一个独立、理性的存在，却赋予丈夫极为有害且有悖常理的优越感，赋予他任何高尚的男人都不会行使的、任何男人都不应该拥有的法律权力"。后来，在参加学校董事会选举投票时，斯通被禁止使用自己的姓氏。将近70年后，一群女性主义者成立了"露西·斯通联盟"，帮助已婚妇女争取权利，用自己的姓名入住酒店、开设银行账户或办理护照。直到不久前，这场争取姓名平等的斗争还在继续：上文所提到的以哈佛商学院校友为对象的研究发现，在某些州，校友中年龄最大的女性，当年欲行使投票权就必须改冠夫姓。直到1975年，田纳西州最高法院才在"邓恩诉巴勒莫案"（Dunn v. Palermo）的判决中最终废除了相关法律。"已婚女性，"乔·亨利（Joe Henry）法官写道，"长期承受着社会强制与经济压迫的双重枷锁，这种压迫阻碍了公民权利的实现。"并且，"人类的自由在迅速扩展，"这位大法官认为，要求女性随夫姓"几乎会扼杀和阻碍这方面的一切进步。我们生活在一个崭新的时代。我们不能创造并延续人类社会的不公，不能只因它是遗风旧俗就断定其合理"。

20世纪70年代，大量女性开始保留自己的姓氏。1986年，《纽约时报》用"女士"这一敬语来称呼婚姻状况不明的女性，以及希望保留自己姓氏的已婚女性。姓氏自由的浪潮在20世纪90年代达到顶峰，有23%的已婚女性保留了自己的姓氏，但如今这个比例只有20%。"这本质上是权宜之计的选择，"2004年，作家凯蒂·洛芙（Katie Roiphe）在一杂志上写道，"政治问题是次要的。我们根本上的独立性并没有脆弱到必须靠保留自己姓氏来捍卫……说到这一点，我得向露西·斯通以及她在保留姓氏方面所做的开创性贡献道声歉，现在女性对此的态度是'只要省事就行'。"

洛芙的自由放任式的后女性主义观点仍然很普遍。她们认为，姓氏是个人选择，与政治无关，而这一观点在很大程度上是因为姓氏的选择仍然受到文化的限制和约束。女性保留姓氏往往是白忙活一场，并不能改变太多，因为子女不会随她姓，丈夫也不会改姓。一般的想法是，最多给孩子起名时会用她的姓做中名，或者和夫姓一起出现在孩子的姓名中，最后也难免因为太长而被划掉。（事实上，路易斯安那州的法律仍然规定，婚生子必须随父姓才能办出生证明。）我们的社会认为，女性不该像男性那样在姓名问题上拥有很多权利。这与很多其他方面的问题一样，女性只有在不影响他人的情况下，才能维护自己的独立性。

当然，就算男女平等，也没有明确的办法来处理姓氏问题："父姓+母姓"的起名方法只能用一代，一般来说，到了第三代就不得不去掉一个姓。但是，在处理给孩子取名以及婚礼习俗问题，尤其是求婚问题时，不同于异性婚姻，酷儿夫妻非常灵活变通。同性夫妻也比异性夫妻更平等地分担家务。如果同性夫妻有明确的"传统"性别角色，他们"一般并不认为责任的划分模式是仿照异性夫妻的模式或其衍生模式"。阿比·戈尔德贝里（Abbie Goldberg）在2013年的研究中发现，"同性伴侣在婚姻中的家务分配是以实际可行性与个人选择为基础。数据告诉我们，与异性恋夫妇相比，同性伴侣更可能认为他们的劳动分工比异性夫妻要公平，即使家务并不是双方平分，他们也这么认为。（换言之，他们的期待与实际情况更相符。）没有了历史原因所造成的婚姻权力不平衡，婚姻制度的运作方式也不同了。婚姻与所有的社会建构一样，只有在重新定义时，才最能适应社会的变化。

我不禁自问：当代生活中的许多事情为何总令人感到如此荒诞无稽又无处遁形？于我而言，对婚礼的思考并无多大助益：了解产生婚礼仪式的物质条件、它的不平等起源以及它在延续这种不平等中所起到的作用，并不会带来实际的改变。这种思考并没有让我脱离一个通过婚姻和婚礼组织起来的文化，它当然也没让我觉得即将步入婚姻的恋人们的行为不太理性。无论是过去、现在还是未来的恋人们，他们都会抓住婚礼这个机会，享受仪式带来的快感和甜蜜——这当然是合理的。

但我依然想知道，如果不先塞给女性关于婚礼的种种美好幻想，那么，让她们接受婚姻的现实会不会难上许多？

我在想，如果不是先过度夸大她们的自我的重要性，今天的女性是否会欣然接受婚姻不公地削弱她们的独立性这一事实？婚礼就像是个骗局，一个曾经奏效并且仍在奏效的伎俩，新娘仍然是女性气质最受推崇的化身。在女性的一生中，只有在一个阶段，所有人都会无条件地鼓励她去做自己想做的事，那就是婚礼筹备阶段。

在传统观念中，婚礼是女人一生的重头戏，这似乎是一种不言而喻的交易。我们的文化告诉女性，婚礼上你将成为绝对的焦点——婚礼会定格你年轻娇美的容颜，见证你被人艳羡与爱慕的那一刻；整个世界在你眼前展开，如同一望无垠的草地、如同奢华的红毯；烟火将你的双眸映亮，花瓣从你浓密的秀发上飘过。作为交换，从那一刻起，在国家看来，在周围所有人看来，你的需求将慢慢不复存在。当然，并不是所有人都是如此，但对很多女性来说，成为新娘仍然意味着被极尽讨好，直到你乖乖就范；意味着通过前所未有的注目和一系列再度区分男女的仪式（新娘送礼会、单身派对，以及之后的婴儿淋浴会）为未来做好准备，准备迎接被系统性视为丈夫和孩子的附属的崭新身份。

婚礼根本的矛盾之处在于它所塑造的两个不同版本的女性：一个是被美化的新娘，风光无限、光彩照人，要风得风、要雨得雨；另一个则是她的孪生姐妹，也是她的对立面——一个在面纱与别人的姓氏下消失的女人。这两个对立的自我被男权束缚在一起。婚礼杂志上来回念叨的"让所有人的目光都聚焦在自己身上是你应得的特权"，以及安妮·海瑟薇饰演的角色对伴娘说的"有时我才是主角",这些话术与那些要求女性必须随夫姓才有选举权的旧法同根同源,与婚后男性比女性更健康、更富有、更幸福的事实互为关联。透过富丽堂皇的婚礼表象,我们看到的是一个社学会研究案例,它审视的是两性不平等如何伴装肯定和支持女性,以补偿她们在婚姻中消失的身份。

这一切如此轻易就能让人感到美好。最近,我查阅了《玛莎·斯图尔特婚礼》的过刊,想看看能不能找到大概10年前我在吉尔吉斯斯坦反复翻看的那一期。我一眼就看到了那一期的封面:桃红色的背景,还有涂着鲜艳口红的笑容明媚的红发女郎,她白色抹胸薄纱裙上落着几只蝴蝶,整个人宛若迪士尼公主。封面上有行字:"打造属于你的婚礼"。我买下这本杂志又看了一遍,A字摆婚纱、银莲花、洋牡丹、杏黄色的香槟烟火——那些曾在我困顿时帮助我构筑精神堡垒的意象,历历在目。

封面上的女人让我想起《绿山墙的安妮》中,蒙哥马利笔下一头红发的女主人公,她体贴、聒噪。我记不清她何时成婚、婚礼如何举行,尽管我喜欢过书里的邻家男孩吉尔伯特·布莱思——是呀,毕竟有谁不喜欢他啊。我翻阅了该系列的第五本,《梦中小屋的安妮》(*Anne's House of Dreams*),找到了婚礼的场景。那是9月的一天,阳光明媚,安妮先是待在她原先住的房间里,凝望着樱桃树,想着怎么做一个好妻子。她穿着婚纱走下楼梯,"腰肢轻盈,两眼顾盼生辉",怀里捧满玫瑰。但在这个人生的重大时刻,安妮像是消失了,没有想法,没有话语。叙述视角切换到吉尔伯特:"她终于是他的了。那么多年的耐心等待,他终于赢得了她,他寻觅已久的、躲躲闪闪的安妮,带着新娘的甜蜜与顺从,向他走来。"

再自然不过的场景,如此美好、如此熟悉,又因过于熟悉而令人隐隐不安。我突然意识到,我渴望独立,我要求并期待独立,可从十几岁开始,这种渴望与期待并没有强烈到让我甘愿选择彻底独自一人。有可能,就像婚姻通过精心策划的婚礼来掩盖其真实面目一样,我给自己策划这场人生大戏,也不过是为了逃避某些生命真相。如果说我反对削弱妻子权利的原因与反对赞颂新娘的原因相同,那么这个原因也许比我想象中要简单和明显得多:我不想被削弱,却渴望被赞颂——不仅仅是在某一个特定的耀眼瞬间,而是我想什么时候就什么时候。

这似乎是事实,但我仍然不能相信它。我越是想找到我所探寻的答案,就越觉得自己走得太远。每当想到这一切,我都能感受到自我欺骗的声音在我耳畔嗡嗡作响,低沉、不安,而我越是想把它写出来,越是想让它安静,这声音就越大。我能感觉到内心深处反复滋长的疑虑拉扯着我:关于自我的任何认知,必定在某种程度上存在谬误。

说到底,最保险的结论就是不要下结论。我们生活的环境错综复杂,人们却期待我们能彻底理解自己的生活。对那些本应抗拒的事物,我始终在默默妥协。如同诸多其他困境,我惧怕的可能从来就不是"婚",而是"我"自己。

致谢

虽然本书中的文章均为原创,但有几篇是受我在《纽约客》发表的旧文所启发;同时,《纽约客》上发表的文章也有一些是在本书找到的灵感。有几篇是以我在《耶洗别》和 The Hairpin 网所发表的文章为基础。我很庆幸能在 The Awl 这个大家庭里开始我的写作生涯:感谢最先发表我文章的两位编辑洛根·沙本和麦克·丹格;感谢最先在 The Hairpin 网站上刊载我文章的编辑简·玛丽,你是我梦寐以求的编辑;感谢科瑞·斯查和亚历克斯·鲍克,真搞不懂,你俩明明是在线刊物编辑还天天吐槽互联网,笑死人了。

感谢"忏悔五角大楼"对我的教育,它影响了我一生。感谢我的朋友劳伦、蕾切尔、安娜贝尔、拉拉,感谢你们的陪伴。罗伯特,我为你感到高兴,就跟当时我们初见非营利组织"建筑天使"时一样高兴。

感谢我挚爱的母校弗吉尼亚大学。感谢杰斐逊学者基金会,你们所提供的奖学金让学子们不用再为学费烦恼。感谢母校的迈克尔·约瑟夫·史密斯、卡罗琳·罗迪、沃尔特·亨特、蕾切尔·根德罗。感谢凯文、杰米、莱恩、托里、巴克斯、朱莉和巴斯特·巴克斯特，感谢你们给了我永久的精神家园。

我在和平队待了段时间，在那期间，我开始认真考虑以写作为业，虽然当时看来不太现实。罗拉、扬、凯尔，谢谢你们，我的笔记本电脑叫人偷走后，是你们安慰哭泣的我；还有阿卡什，谢谢你把电脑借给我写作。大卫，你真是我的好兄弟。迪娜拉·苏丹诺娃，我认识那么多女性，就数你最棒。

非常感谢密歇根大学海伦·泽尔作家项目提供的资金和创作机会。感谢尼古拉斯·德尔班科对我的及时鼓励，感谢布里特·贝内特、玛雅·韦斯特、克里斯·麦考密克和梅雷德·斯莫尔·斯泰德，你们待我可真好。丽贝卡·谢尔姆、芭芭拉·林哈特、凯蒂·伦纳德——咱们健身房见！

纽约的朋友们，是你们让我的小世界温馨安宁：感谢"互助小组"，感谢2018年，感谢我的"歌剧贱友"。感谢艾米·罗丝·斯皮格尔，你是我的守护天使；感谢德里克·戴维斯，你的音乐给了我太多灵魂出窍的时刻；感谢弗兰妮·斯塔比尔，你让我的臀型越变越美。普雅·帕特尔，我很抱歉，抱歉某次西南偏南音乐节终究未成行。卢切·德·帕尔奇，我永远不会忘记，大选结束那个晚上我火急火燎地赶稿子时，你告诉我，我要做的是怎么想就怎么写——不用特意迎合谁。

感谢高客传媒的汤姆·斯科卡，给我改稿你费了很多心血。感谢《耶洗别》的怪咖们，来，每人干一瓶玫瑰红葡萄酒！

感谢丽贝卡·米德、丽贝卡·索尔尼特和丽贝卡·特拉斯特——安德鲁总是闹不清我说的是哪个丽贝卡——你们，还有你们的作品令我叹服，你们对我的关照让我感到无比幸福。感谢杰夫·贝内特，你改的稿子给我很多启发，也感谢才气过人的马龙·詹姆斯介绍我们认识。感谢吉迪恩·刘易斯·克劳斯，你非常仔细地改这本书稿，也让我看清自己。感谢麦肯齐·威廉姆斯指导我搜集研究数据，特别是为《我们来自老弗吉尼亚》《我恐婚》那两篇。谢谢亲爱的海莉·姆洛泰克在交稿那天帮助我拟好本书的小标题。还有艾玛·卡迈克尔，谢谢你让我有了自己的事业，从你那儿我学到了如何帮助别人发挥最大潜能，最重要的是，你成了我的挚友，我无法想象，没有你生活会是怎样。

谢谢麦克道尔文艺营，我在那儿度过了一个月天堂般的生活。感谢我的经纪人艾米·威廉姆斯，你的业务能力太出色了，感谢你所做的一切。感谢珍妮·梅尔，感谢新闻界的安娜·凯莉。我至今仍然想不明白，我有何德何能，居然能给《纽约客》打工——我永远仰视那些才华横溢的同事。艾米莉·格林豪斯，谢谢你收留流浪到伦敦的我。珍妮·里斯，感谢你核查本书的数据等，确保其准确无误。布鲁斯·迪奥内斯，有了你一切才得以正常运转。尼克·汤普森，谢谢你雇用我。感谢多萝西·维肯登和帕姆·麦卡锡。大卫·哈格伦德，我的编辑，你是最棒的——谢谢你让我变得更好。感谢大卫·雷姆尼克的不辞退之恩，我是个麻烦鬼,你却没炒掉我。

卡莉·弗莱,你是最热心的读者、最了不起的编辑、最可爱的人——你自始至终一丝不苟的认真态度与深刻洞见给了我很多启示,帮助我把创作设想变成这么一本书,没有你就不会有这本书。感谢兰登书屋给我关照的每一位员工,特别是安迪·沃德、苏珊·卡米尔、莫莉·特平和达拉·帕里克。感谢沙兰雅·杜瓦苏拉为本书设计的精美绝伦的封面。感谢我的编辑本·格林伯格,是你让这本书成为现实——你质疑它、磨砺它,有你在我很放心。

最后,我想对林恩·斯特卡斯和约翰·戴利说谢谢,2010年至今,你们一直是我的家人,感谢你们把好的价值观传承给你们的孩子,感谢你们以身作则、相互关爱、相互尊重。克莱尔、马特、CJ和奎恩,很开心你们出现在我的生命中。感谢我的弟弟马丁,很抱歉在有格雷茨基之前,我让你假扮我的宠物狗。感谢我的小狗卢娜,你是我最好的毛绒"玩具"——有了你,我永远都不会感到寂寞。感谢艾达·阿迪亚,我美丽的祖母,我爱读书都是受你的影响。感谢爸妈的养育之恩,你们的牺牲让我变得坚强、能干,让我对这个陌生的世界充满好奇,让我懂得什么是无条件的爱。还有安德鲁·戴利,你是我一切事情的搭档,谢谢你陪我一起成长,让我有自己的书桌、自己的生活,也谢谢你如此迷人。事实上,咱们就是对老夫老妻。

参考阅读

网络中的"我"

Carr, Nicholas. *The Shallows: What the Internet Is Doing to Our Brains*. W.W. Norton, 2010.

Forster, E. M. "The Machine Stops." *Oxford and Cambridge Review*, November 1909.

Gilroy-Ware, Marcus. *Filling the Void: Emotion, Capitalism, and Social Media*. Repeater, 2017.

Goffman, Erving. *The Presentation of Self in Everyday Life*. Anchor Books, 1959.

Hermann, John. "The Content Wars." *Awl*, 2015.

Lanier, Jaron. *You Are Not a Gadget: A Manifesto*. Penguin, 2011.

Milner, Ryan, and Whitney Phillips. *The Ambivalent Internet: Mischief, Oddity, and Antagonism Online*. Polity, 2017.

Nagle, Angela. *Kill All Normies: Online Culture Wars from Tumblr and 4chan to the Alt-Right and Trump*. Zero Books, 2017.

Odell, Jenny. *How to Do Nothing*. Melville House, 2019.

Phillips, Whitney. *This Is Why We Can't Have Nice Things: Mapping the Relationship Between Online Trolling and Mainstream Culture*. MIT Press, 2016.

Read, Max. "Does Even Mark Zuckerberg Know What Facebook Is?" *New York*, October 2, 2017.

Ronson, Jon. *So You've Been Publicly Shamed*. Picador, 2016.

Schulman, Sarah. *Conflict Is Not Abuse: Overstating Harm, Community Responsibility, and the Duty of Repair*. Arsenal Pulp Press, 2017.

Silverman, Jacob. *Terms of Service: Social Media and the Price of Constant Connection*. Harper Perennial, 2016.

Wu, Tim. *The Attention Merchants*. Atlantic, 2017.

时刻最优化

Brodesser-Akner, Taffy. "Losing It in the Anti-Dieting Age." *New York Times Magazine*, August 2, 2017.

Buchanan, Matt. "How to Power Lunch When You Have No Power." *Awl*, January 22, 2015.

Foucault, Michel. *Discipline and Punish*. Pantheon, 1977.

Haraway, Donna. "A Cyborg Manifesto: Science, Technology, and Socialist Feminism in the Late Twentieth Century." In *Simians, Cyborgs and Women: The Reinvention of Nature*. Routledge, 1991.

Kinsella, Sophie. *My Not So Perfect Life*. Dial Press, 2017. Lacey, Catherine. *The Answers*. Farrar, Straus & Giroux, 2017.

Shelley, Mary. *Frankenstein*. 1818; Dover, 1994.

Sudjic, Olivia. *Sympathy*. Houghton Mifflin Harcourt, 2017.

Weigel, Moira. "Pajama Rich." *Real Life*, August 22, 2016.

Weiss, Emily. "The Little Wedding Black Book." *Into the Gloss*, 2016.

Widdows, Heather. *Perfect Me*. Princeton University Press, 2018.

Wolf, Naomi. *The Beauty Myth*. Chatto & Windus, 1990.

纯真女主人公

Alcott, Louisa May. *Little Men*. Roberts Brothers, 1871.

———. *Little Women*. Roberts Brothers, 1869.

Austen, Jane. *Pride and Prejudice*. T. Egerton, 1813.

Beauvoir, Simone de. *The Second Sex*. Penguin, 1949.

Blume, Judy. *Starring Sally J. Freedman as Herself*. Bradbury, 1978.

———. *Tiger Eyes*. Bradbury, 1981.

Chopin, Kate. *The Awakening*. Herbert S. Stone & Co., 1899.

Collins, Suzanne. *The Hunger Games*. Scholastic, 2008.

Didion, Joan. *Play It as It Lays*. Farrar, Straus & Giroux, 1970.

Edwards, Julie Andrews. *Mandy*. HarperCollins, 1971.

Eliot, George. *Middlemarch*. William Blackwood and Sons, 1871.

Eugenides, Jeffrey. *The Marriage Plot*. Picador, 2011.

———. *The Virgin Suicides*. Farrar, Straus & Giroux, 1993.

Ferrante, Elena. *My Brilliant Friend*. Europa, 2012.

———. *The Days of Abandonment*. Europa, 2005.

Fitzhugh, Louise. *Harriet the Spy*. Harper & Row, 1964.

Flaubert, Gustave. *Madame Bovary*. Michel Lévy Frères, 1856.

Flynn, Gillian. *Gone Girl*. Crown, 2012.

Gergen, Mary. "Life Stories: Pieces of a Dream." In *Toward a New Psychology of Gender*. Routledge, 1997.

Grossman, Lev. *The Magicians*. Viking, 2009.

Hardy, Thomas. *Tess of the D'Urbervilles*. James R. Osgood, 1891.

James, E. L. *Fifty Shades of Grey*. Vintage, 2011.

James, Henry. *Portrait of a Lady*. Houghton, Mif" in and Company, 1881.

Konigsburg, E. L. *From the Mixed-Up Files of Ms. Basil E. Frankweiler*. Athe

neum, 1967.

Kraus, Chris. *I Love Dick*. Semiotext (e) , 1997.

Larsson, Stieg. *The Girl with the Dragon Tattoo*. Norstedts F?rlag,

2005.

Lovelace, Maud Hart. *Betsy-Tacy and Tib*. Thomas Y. Crowell, 1941.

Lowry, Lois. *Anastasia Krupnik*. Houghton Mif" in, 1979.

Meyer, Stephenie. *Twilight*. Little, Brown, 2005.

Milan Women's Bookstore Collective. *Sexual Difference: A Theory of Social Symbolic Practice*. Indiana University Press, 1990.

Miller, Nancy. *The Heroine's Text: Readings in the French and English Novel*.

Columbia University Press, 1980.

Mitchell, Margaret. *Gone with the Wind*. Macmillan, 1936.

Montgomery, L. M. *Emily of New Moon*. Frederick A. Stokes, 1923.

———. *Anne of Green Gables*. L .C. Page & Co., 1908.

Naylor, Phyllis Reynolds. *The Agony of Alice*. Atheneum, 1985.

Offill, Jenny. *Dept. of Speculation*. Vintage Contemporaries, 2014.

Pascal, Francine. *Double Love*. Macmillan, 1983.

Plath, Sylvia. *The Bell Jar*. Heinemann, 1963.

Roth, Veronica. *Divergent*. HarperCollins, 2011.

Rowling, J. K. *Harry Potter and the Prisoner of Azkaban*. Scholastic, 2001.

Smith, Betty. *A Tree Grows in Brooklyn*. Harper & Bros., 1943.

Solnit, Rebecca. *The Mother of All Questions*. Haymarket, 2017.

Taylor, Sydney. *All of a Kind Family*. Follett, 1951.

Thackeray, William. *Vanity Fair*. Bradbury & Evans, 1848.

Tolstoy, Leo. *Anna Karenina*. The Russian Herald, 1878.

Warner, Gertrude Chandler. *The Boxcar Children*. Albert Whitman & Co., 1942.

迷醉

Beverly, Julia. *Sweet Jones: Pimp C's Trill Life Story*. Shreveport Ave., 2015.

Carson, Anne. *Decreation: Poetry, Essays, Opera*. Vintage, 2006.

Faniel, Maco L. *Hip Hop in Houston: The Origin and the Legacy*. History Press, 2016.

Hall, Michael. "The Slow Life and Fast Death of DJ Screw." *Texas Monthly*, April 2001.

Hitt, Jack. "This Is Your Brain on God." *Wired*, November 1, 1999.

Holland, Julie. *Ecstasy: The Complete Guide: A Comprehensive Look at the Risks and Benefits of MDMA*. Park Street Press, 2001.

Huxley, Aldous. *The Perennial Philosophy*. Harper & Bros., 1945.

James, William. *The Varieties of Religious Experience*. Longmans, Green & Co., 1902.

Julian of Norwich. *Revelations of Divine Love*. 1670; Dover, 2006.

Kierkegaard, Søren. *Fear and Trembling*. C. A. Reitzel, 1843.

Lewis, C. S. *Perelandra*. The Bodley Head, 1943.

———. *The Screwtape Letters*. Geoffrey Bles, 1942.

Malinar, Angelika, and Helene Basu. *The Oxford Handbook of Religion and Emotion*. Oxford University Press, 2007.

Porete, Marguerite. *The Mirror of Simple Souls*. c. 1300; Paulist Press, 1993.

Weil, Simone. *Gravity and Grace*. Librairie Plon, 1947.

Wright, Laurence. *God Save Texas*. Knopf, 2018.

一代人，七个骗局

Amoruso, Sophia. *#GIRLBOSS*. Portfolio, 2015.

Bowles, Nellie. "Un! ltered Fervor: The Rush to Get Off the Water Grid." *New York Times*, 2017.

Braucher, Jean, and Barak Orbach. "Scamming: The Misunderstood Confidence Man." *Yale Journal of Law and Humanities* 27, no. 2 (2015).

Bruder, Jessica. "Driven to Despair." *New York*, May 21, 2018.

Cairns, James Irvine. *The Myth of the Age of Entitlement: Millennials, Austerity, and Hope*. University of Toronto Press, 2017.

Carreyrou, John. *Bad Blood*. Knopf, 2018.

Chocano, Carina. "From Wells Fargo to Fyre Festival, the Scam Economy Is Entering Its Baroque Phase." *New York Times Magazine*, May 16, 2017.

Craig, Scott. "Mast Brothers: What Lies Beneath the Beards." *Dallas Food*, 2015.

Harris, Malcolm. *Kids These Days: Human Capital and the Making of Millennials*. Little, Brown, 2017.

Konnikova, Maria. *The Confidence Game*. Penguin, 2017.

Lewis, Michael. *Liar's Poker*. W.W. Norton, 1989.

———. *The Big Short*. W.W. Norton, 2010.

McClelland, Mac. "I Was a Warehouse Wage Slave." *Mother Jones*, March–April 2012.

Pressler, Jessica. "Maybe She Had So Much Money She Just Lost Track of It." *New York*, May 28, 2018.

Stone, Brad. *The Upstarts: How Uber, Airbnb, and the Killer Companies of the New Silicon Valley Are Changing the World*. Little, Brown, 2017.

我们来自老弗吉尼亚

Coronel, Sheila, Steve Coll, and Derek Kravitz. "*Rolling Stone's* Investigation: 'A Failure That Was Avoidable.'" *Columbia Journalism Review*, April 5, 2015.

Dorr, Lisa Lindquist. *White Women, Rape, and the Power of Race in Virginia, 1900–1960*. University of North Carolina Press, 2004.

Doyle, Jennifer. *Campus Sex, Campus Security*. Semiotext（e），2015.

Eisenberg, Emma. " 'I Am a Girl Now,' Sage Smith Wrote. Then She Went Missing." *Splinter*, July 24, 2017.

Reed, Annette Gordon. *Thomas Jefferson and Sally Hemings: An American Controversy*. University of Virginia Press, 1997.

Santos, Carlos, and Rex Bowman. *Rot, Riot, and Rebellion: Mr. Jefferson's Struggle to Save the University That Changed America*. University of Virginia Press, 2013.

Schambelan, Elizabeth. "League of Men." *n*+1, Spring 2017.

Seccuro, Liz. *Crash Into Me: A Survivor's Search for Justice*. Bloomsbury, 2011.

Shane, Charlotte. "Obstruction of Justice." *Harper's*, August 2018.

Syrett, Nicholas L. *The Company He Keeps: A History of White College Fraternities*. University of North Carolina Press, 2009.

"Take Back the Archive." University of Virginia Library's Scholars' Lab.

难搞的女性

Doyle, Sady. *Trainwreck: The Women We Love to Hate, Mock, and Fear . . . and Why*. Melville House, 2016.

Gay, Roxane. *Bad Feminist*. Harper Perennial, 2014.

Massey, Alana. *All the Lives I Want: Essays About My Best Friends Who Happen to Be Famous Strangers*. Grand Central, 2017.

Petersen, Anne Helen. *Too Fat, Too Slutty, Too Loud: The Rise and Reign of the Unruly Woman*. Plume, 2017.

Wurtzel, Elizabeth. *Bitch: In Praise of Difficult Women*. Doubleday, 1998.

我恐婚

Brontë, Charlotte. *Jane Eyre*. Smith, Elder & Co., 1847.

Brubach, Holly. "In Fashion for Better or Worse." *New Yorker*, July 10, 1989.

Coontz, Stephanie. *Marriage, a History: How Love Conquered Marriage*. Penguin, 2006.

Du Maurier, Daphne. *Rebecca*. 1938; William Morrow, 2006.

Dunn v. Palermo. Tennessee State Supreme Court, 1976.

Howard, Vicki. *Brides, Inc.: American Weddings and the Business of Tradition*. University of Pennsylvania Press, 2008.

Mead, Rebecca. *One Perfect Day: The Selling of the American Wedding*. Penguin, 2008

Montgomery, L. M. *Anne's House of Dreams*. McClelland, Goodchild and Stewart, 1917.

Moss, Caroline, and Michelle Markowitz. *Hey Ladies!: The Story of 8 Best Friends, 1 Year, and Way, Way Too Many Emails*. Harry N. Abrams, 2018.

Obergefell v. Hodges. U.S. Supreme Court, 2015.

Wallace, Carol. *All Dressed in White: The Irresistible Rise of the American Wedding*. Penguin, 2004.

Wolf, Naomi. "Brideland." In *To Be Real: Telling the Truth and Changing the Face of Feminism*, edited by Rebecca Walker. Anchor Books, 1995.

Yalom, Marilyn. *A History of the Wife*. Harper Perennial, 2002.